Ali Berg und Michelle Kalus
Liebe kann kein Zufall sein

Die Autorinnen

Ali Berg und Michelle Kalus, beide in Melbourne geboren, sind beste Freundinnen und unverbesserliche Bookaholics. Gemeinsam wollten sie ihre australischen Mitbürger dazu bringen, das Smartphone beiseitezulegen und mal wieder in guten Romanen zu schwelgen. Im April 2016 fingen sie an, gebrauchte Bücher in Zügen und U-Bahnen auszulegen. Seitdem konnten sie über 500 Menschen und zahlreiche Verlage rekrutieren, sich an der Aktion zu beteiligen. Wenn Ali Berg und Michelle Kalus nicht gerade irgendwo in der Stadt Bücher verteilen, halten sie ihre Erlebnisse auf Papier fest. Ihr erster Roman *Buchstäblich Liebe* erschien 2019 im Blanvalet Verlag.

Besuchen Sie uns auch auf www.instagram.com/blanvalet.verlag und www.facebook.com/blanvalet.

ALI BERG
MICHELLE KALUS

Liebe kann kein Zufall sein

Roman

Ins Deutsche übertragen
von Larissa Rabe

blanvalet

Die Originalausgabe erschien unter dem Titel »While you were reading« bei Simon & Schuster Australia.

Die Zitate auf Seite 159 und 336 stammen aus Emily Brontë, *Sturmhöhe,* Aufbau Verlag 2005.

Das Zitat auf Seite 198 stammt aus Kazuo Ishiguro, *Alles, was wir geben mussten,* Heyne 2016.

Das Zitat auf Seite 259 stammt aus Roald Dahl, *Küßchen, Küßchen. Elf ungewöhnliche Geschichten.* Rowohlt 2005.

MIX
Papier aus verantwortungsvollen Quellen
FSC® C014496
FSC
www.fsc.org

Penguin Random House Verlagsgruppe FSC® N001967

1. Auflage 2021

Redaktion: Carina Heer
Umschlaggestaltung und -motiv: © Johannes Wiebel | punchdesign, unter Verwendung von Motiven von Shutterstock.com (TonyNg; theskaman306) und Daria Shevtsova/Pexels.com
JB · Herstellung: eR
Satz: Vornehm Mediengestaltung GmbH, München
Druck und Einband: GGP Media GmbH, Pößneck
Printed in Germany
ISBN: 978-3-7341-0731-3

www.blanvalet.de

Für alle Lehrer, die dazu beigetragen haben, in uns die Liebe zum Lesen und Schreiben zu erwecken, und für alle, die Bücher lieben.

*»Wenn man ein Buch nicht mit Genuss
immer und immer wieder lesen kann,
lohnt es sich nicht, es überhaupt zu lesen.«*

OSCAR WILDE

1

Bea Babbage hätte alles dafür gegeben, um eine der Frauen zu sein, die fein säuberlich vor ihr aufgereiht standen: Eliza Doolittle, Elizabeth Bennet, Rachel Chu, Nancy Drew, Aibileen Clark. Jede dieser Frauen lebte mutig und kühn zwischen den Deckeln der Bücher, die sich in dem gewaltigen Regal aus Eiche aneinanderschmiegten, das ihr so vertraut war.

Bea erinnerte sich noch genau daran, wie sie die Bibliothek von Cassandras Familie zum ersten Mal gesehen hatte. Das Herz hatte ihr zuerst vor lauter Neid wehgetan und dann vor Sehnsucht. Sie hatte sich mehr als alles andere gewünscht, die beeindruckenden eichenen Bücherregale zu erkunden, die sich an den Wänden bis hoch zur Decke ausdehnten. Und nachdem sie und Cassandra die besten Freundinnen geworden waren, tat sie an fast jedem Wochenende genau das: die Bücherregale durchforsten – bis die beiden ihre Heimatstadt Dunsborough verließen und nach Perth an die Uni gingen. Wie anders fühlte es sich nun an, nach all diesen Jahren als Cassandras Trauzeugin wieder in diesem Zimmer zu stehen.

Beas Reise in die Vergangenheit wurde jäh durch eine Hand unterbrochen, die sich ihr auf die Schulter legte.

»Was machst du denn hier oben?«, fragte Matt mit etwas glasigem Blick. Seine Fliege war aufgebunden und hing ihm lose um den Hals. Sein braunes Haar war leicht verstrubbelt, aber er sah noch immer unbeschreiblich glücklich aus.

»Ich? Dasselbe könnte ich dich fragen.« Bea taumelte einen Schritt vorwärts, sie war auch schon ein bisschen angesäuselt. »Du bist schließlich der Bräutigam!«

Er lächelte und schob die Hände in die Taschen. Einen Augenblick standen sie still da und ließen den beeindruckenden Raum auf sich wirken, der für beide so viele Erinnerungen barg.

»Ich musste mal ein bisschen durchatmen, Beatrix Potter.« So nannte Matt sie, seit er herausbekommen hatte, dass Bea nach der berühmten englischen Autorin benannt worden war. »Es wird irgendwann zu viel, wenn dich jeder anstarrt und anlächelt.«

Bea nickte, als hätte sie schon unzählige Male geheiratet und als könnte sie das vollkommen nachempfinden.

»Du siehst übrigens großartig aus«, bemerkte Matt. Bea fuhr sich über ihren glatten schwarzen Pferdeschwanz und nestelte verlegen an den Trägern ihres zu eng sitzenden Wildlederkleides herum.

»Sieht Cassandra heute nicht traumhaft aus?« Bea schlenderte auf die andere Seite des Zimmers und ließ die Fingerspitzen über die farbigen Buchrücken gleiten. »Du bist ein Glückspilz, Matt, ehrlich.«

»Ich weiß. Sie ist wunderschön. Aber sie sieht immer perfekt aus.« Matt lächelte. »Außer nach ihrem Junggesellinnenabschied, da war sie total zerstört. Und, Bea, sie hat sich echt geschämt. Ich weiß wirklich nicht, wie du das zulassen konntest!« Matt lachte.

»Oh, dann hat sie es dir also erzählt?«

»Klar hat sie's mir erzählt.«

»Ja, natürlich.« Bea hickste unelegant und hielt sich rasch

die Hand vor den Mund. »Sie hat gesagt, dass sie's tun würde.«

»Es gibt einfach gewisse Dinge, weißt du … So eine Feier ist schließlich der Abschied von deinem bisherigen Leben. Das ist wirklich keine große Sache, Bea. Ich hab das bei meinem Junggesellenabschied auch gemacht.« Matt zwinkerte ihr zu.

»Du hast auch mit dem Oben-ohne-Kellner geschlafen?« Vor Schreck ließ Bea die Ausgabe von *Betty und ihre Schwestern* fallen, die sie gerade aus dem Regal gezogen hatte.

Matt erstarrte. »Was? Nein! Ich hab bei meinem Junggesellenabschied auch gekotzt!« Er trat einen Schritt auf Bea zu. »Moment mal – Cassandra hat mit dem Oben-ohne-Kellner geschlafen?«

Panisch suchte Bea nach einer Ausrede. »Oh, hab ich gesagt, sie hätte mit dem Oben-ohne-Kellner geschlafen? Ich meinte, ähm, sie war selbst oben ohne. Nein, ich meinte, sie hat mit dem Oben-ohne-Kellner getanzt.« Bea wusste, dass ihre verzweifelten Versuche, Cassandra zu decken, nichts brachten. In ihrem Kopf drehte sich alles, ihr Brustkorb wurde eng, und sie bekam nicht mehr richtig Luft.

»Nein!«

»Matt!« Bea stolperte auf ihn zu und fasste ihn am Arm, aber er riss sich los und rannte aus der Bibliothek. Auf ihren viel zu hohen Stilettos stöckelte und stakste Bea ihm hinterher.

»Cassandra!«, brüllte Matt, während er die blumengeschmückte Marmortreppe hinunterstürmte. Frauen in Seidenkleidern und mit Perlenkette erstarrten auf der Tanzfläche, und Männer im blütenweißen Hemd und mit eleganter Fliege um den Hals wandten überrascht den Kopf.

»Cassandra!«, dröhnte Matt erneut. Er rannte an den

mit Bändern geschmückten Stühlen und den Tischen mit ihren hoch aufragenden Blumenarrangements und wohlriechenden Kerzen vorbei, vorbei an strahlenden Gästen und bunten Lichtern. Bea stolperte ihm nach. Dann entdeckte er Cassandra. Sie stand anmutig am Schokoladenbrunnen, eine Champagnerflöte in der Hand, die andere Hand auf dem Terrassengeländer – wie immer der Inbegriff von Eleganz. Sie trug ein weißes Spitzenkleid mit tiefem Rückenausschnitt, das ihre Größe und ihre Bräune ausgezeichnet zur Geltung brachte. Ihre Lippen waren kirschrot geschminkt und ihr dichtes blondes Haar zu einem lockeren Zopf geflochten, der ihr über den Rücken hing. Sie war das genaue Gegenteil der blassen, dunkelhaarigen, gerade einmal einen Meter fünfzig großen Bea.

»Da seid ihr ja«, hauchte Cassandra, als sie ihren frisch angetrauten Ehemann und ihre beste Freundin sah.

»Stimmt das?«, fragte Matt.

»Stimmt was?«, fragte Cassandra zurück und warf Bea einen nervösen Blick zu, die nur den Kopf schüttelte.

Der Fotograf und der Videofilmer steuerten auf das Paar zu, um ihre Unterhaltung einzufangen, genauso sorgfältig, wie sie jede einzelne Minute der Hochzeit aufgezeichnet hatten.

»Hast du mich bei deinem Junggesellinnenabschied betrogen, ja oder nein?«

Cassandra wurde bleich. Sie schaute erst Matt an und dann Bea, und ihr Blick wurde anklagend. *»Du hast es ihm erzählt?«* Cassandra, die normalerweise mädchenhaft flüsterte, spie die Worte geradezu aus. Der Fotograf knipste wild drauflos, und der Videofilmer fummelte an seiner Linse herum. Bea hoffte nur, dass er nicht auch noch ranzoomte.

»Cass, es tut mir leid. Es ist mir einfach so rausgerutscht.

Ich dachte, er wüsste es. Es hat so gewirkt, als wüsste er es«, flehte Bea und strengte sich gewaltig an, um die Worte klar hervorzubringen und nicht in Tränen auszubrechen.

Cassandra würdigte Bea keines Blickes mehr und wandte sich ihrem Mann zu. »Matt, es war ein Fehler. Ein fürchterlicher, schrecklicher Fehler. Ich war sturzbetrunken. Es hat mir überhaupt nichts bedeutet. Ich liebe dich, du weißt doch, wie sehr ich dich liebe.« Sie streckte ihre zitternde Hand nach ihm aus. Wie zufällig hatten sich die Gäste um die drei versammelt, und ihr gedämpftes, fasziniertes Flüstern schien aufzusteigen wie heiße Luft.

Matt wich vor Cassandras Hand zurück. »Ein fürchterlicher, schrecklicher Fehler, mit dem du den Rest deines Lebens klarkommen musst, Cass«, sagte er mit finsterer Stimme. »Ich kann dich nicht einmal mehr anschauen. Wie konntest du mir das antun? Wie konntest du *uns* das antun?« Er sah am Boden zerstört aus, geschlagen. Mit einem letzten Blick auf seine Braut, die knallrot geworden war, drehte er sich um und schob sich durch die Ansammlung von Gästen. Der Videofilmer und der Fotograf blickten sich an, als wollten sie einander fragen: *Bleiben wir jetzt bei der Braut oder sollen wir dem Bräutigam hinterher?*

Cassandra wollte Matt nachsetzen.

Bea, du Oberniete, du musst das wieder in Ordnung bringen!, ging es Bea durch den Kopf. Sie kannte Matt gut genug, um zu wissen, dass er jetzt allein sein musste. Also umschlang sie Cassandra mit beiden Armen, so fest sie konnte.

»Das wird schon wieder, Cass. Ich versprech's dir. Ich bring das wieder ins Reine«, sagte sie.

Klick, klick, klick. Der Fotograf hatte sich entschlossen zu bleiben.

»Lass mich los!«, kreischte Cassandra und stieß Bea weg.

Sie rangen miteinander. Bea klammerte sich mit aller Kraft an ihre Freundin und hoffte, dass sie irgendwann in ihren Armen zusammenbrechen würde. Je stärker Cassandra sie von sich stieß, desto fester klammerte sich Bea an sie. Dann begann Cassandra, um sich zu schlagen und zu treten, und Bea gab nach und ließ sie los. Unglücklicherweise setzte Cassandra genau in dem Augenblick zu einem neuen Befreiungsschlag an und landete so mit ihrem Couture-Kleid geradewegs im Schokoladenbrunnen.

2

liebe Justine,
danke, dass du so kurzfristig kommen konntest. Bitte mach heute ganz gründlich sauber, wisch alle Schränke ab und putz die Fenster. Das ist das letzte Mal, dass du zu mir kommen musst, denn morgen ziehe ich nach Melbourne. Ich weiß was du jetzt denkst: Das ist ja reichlich kurzfristig, um alle Taue zu kappen und in eine neue Stadt abzudüsen, wo ich keine Freunde habe, keine beruflichen Verbindungen, keine Wohnung, und wo ich nur meine Schwester kenne, die fünfzig Minuten außerhalb der Stadt lebt. Aber verzweifelte Situationen erfordern nun mal verzweifelte Maßnahmen. Deshalb mache ich mich auf, um in Melbourne neu anzufangen – in der Stadt der literatur, der latte Art und der zerdrückten Avocados. Ich habe mir immer ein aufregenderes leben gewünscht – und wann, wenn nicht jetzt? Vielleicht werde ich sogar auf großem Fuße leben und mir Balayage machen lassen? Ach, Justine, ich bin so aufgeregt, und gleichzeitig hab ich auch ganz schön Angst, ein schlechtes Gewissen und schäme mich.
Mit freundlichen Grüßen
Bea x

PS: In dem Jahr kostenlosen Putzservice, den ich beim Preisausschreiben gewonnen habe, ist keine Endreinigung enthalten, das ist mir klar. Also hab ich dir fünfzig Dollar hingelegt und hoffe, das reicht.

3

Bea drückte auf die Zahnpastatube und schmierte sich einen Klecks auf den Finger. Sie leckte ihre Fingerspitze ab und probierte die pfefferminzige Frische. Kurz runzelte sie die Stirn, dann griff sie nach ihrem Stift und kritzelte einige Begriffe auf das Blatt vor sich. *Minzig mild, knackig, frisch. Frischer Biss???*

So hatte Bea sich ihren ersten Monat in Melbourne nicht vorgestellt. Bücher, Lesen, ja, Sprache waren ihr Lebenselixier, und sie liebte ihre Arbeit in der schnellen und kreativen Welt des Marketings – eigentlich. Sie hatte ihre Tätigkeit immer mit dem Umschlag eines Buches verglichen – eine Gelegenheit, etwas zu erschaffen, das den Konsumenten anspricht. Bei ihrem früheren Job war sie stets furchtlos ans Werk gegangen – es war tatsächlich so ungefähr die einzige Gelegenheit gewesen, bei der sie sich selbstbewusst und eigenverantwortlich gefühlt hatte. Aber seit sie kurz nach ihrer Ankunft in Melbourne das gefunden hatte, was sich für sie wie ein Traumjob angefühlt hatte (»Das Melbourne Writers Festival gehört auch zu den Kunden der Agentur!«, hatte sie ihrer Schwester Lizzie am Telefon freudig ins Ohr geschrien), war Bea einzig und allein für den Kunden CoolFresh-Mundhygiene zuständig. Und dazu gehörte es, sich neue Produktnamen und Slogans für Zahnpasta, Bleichsubstanzen und, an guten Tagen, Zahnseide auszudenken.

Bea blickte von ihrem Schreibtisch auf und spähte hinüber zu ihrem Nachbarn in der Bürozelle nebenan. Bill tippte so langsam, dass Bea befürchtete, er könnte jeden Augenblick tot an seinem Schreibtisch zusammensinken. Er wurde auf dem Kopf schon kahl, dafür hatte er um die Körpermitte herum reichlich Fülle zu bieten. Seit Bea hier angefangen hatte, hatte er kaum ein Wort mit ihr gesprochen. Eigentlich hatte so gut wie noch keiner hier mit Bea gesprochen. Bisher hatte sie es eigentlich noch nie nötig gehabt, großen Aufwand zu betreiben, um Anschluss zu finden. Irgendwie war es immer von ganz allein gekommen, dass Freundinnen, Freunde oder Kolleginnen sich für sie interessiert hatten. Nie hatte sie sich Gedanken darüber machen müssen, mit wem sie gerne befreundet wäre – sie hatte einfach immer die Freunde genommen, die sie ausgewählt hatten. Selbst als sie sich mit Cassandra angefreundet hatte, hatte Bea keine aktive Rolle dabei gespielt. Eine sehr selbstsichere Achtjährige hatte sich in der Pause neben Bea niedergelassen und verkündet: »Ab jetzt sind wir beste Freundinnen!« – und seitdem waren sie einfach beste Freundinnen gewesen.

Bea ließ den Blick in den Bereich des Großraumbüros schweifen, der für das Melbourne Writers Festival zuständig war. Während sie in einer kargen weißen Umgebung saß, zierten dort bunte Poster von Büchern die Bürozellen. Ein riesiger Pinguin aus Plüsch hockte in einer Ecke, und die Leute, die fürs Festival zuständig waren, saßen auf aufblasbaren Gymnastikbällen. Sie trugen gepunktete Kleidung, Doc Martens und Haarbänder aus Samt und verströmten regelrecht spleenigen Spaß. Bea zupfte ihr graues Seidenoberteil und ihre beige Caprihose zurecht. *Kein Wunder, dass sie mich nicht zu diesem Kunden wechseln lassen.*

»Was schaust du so nachdenklich, Bea?« Das war Anika

aus dem Team der Melbourne Writers. Sie kam meistens dreimal am Tag auf ihrem Weg zur Teeküche an Bea vorbei und war einer der wenigen Menschen, die ihre Existenz überhaupt zur Kenntnis genommen hatten (wahrscheinlich aus einem Schuldkomplex heraus, aber Bea nahm, was sie kriegen konnte!). Anika hatte dunkle Haut und langes braunes Haar und trug eine große Brille mit violettem Gestell, ihr Markenzeichen, die den größten Teil ihres zarten Gesichts einnahm.

»Ich schaue nur zu, wie viel Spaß ihr da drüben habt«, sagte Bea und spürte kurz einen sehnsüchtigen Stich. *Na super, Bea. Noch verzweifelter hättest du kaum klingen können.*

»Oh, du kannst jederzeit rüberkommen und ein Schwätzchen mit uns halten!«, sagte Anika freundlich, und es klang wirklich nur ein Hauch von Mitleid durch.

»Danke. Du kannst auch immer zu mir rüberkommen.« *Denn ich bin ja hier echt der Brüller. Ich rede tatsächlich die ganze Zeit mit überhaupt niemandem.*

Anika lächelte vorsichtig. Bea musste das verlegene Schweigen brechen, und zwar schnell.

»Also … Bücher.«

Anika sah verwirrt aus. »Bücher?«

»Magst du Bücher?«

»Ja klar.«

»Tja. Ich auch.«

»Das ist ja toll.« Anika blickte unbehaglich auf den langen Gang zwischen den Bürozellen, der sie von Bea wegführen würde.

»Alles klar, du kannst jetzt weitergehen«, sagte Bea in einer Tonlage, die sie von ihrer Stimme noch nie gehört hatte.

Anika lachte nervös und entfernte sich so schnell, dass es fast wirkte, als wäre sie auf der Flucht. Was sie ja auch war.

Bea überlief ein Schauer. Sie warf einen Blick auf ihr Telefon in der Hoffnung, dort Spuren menschlicher Interaktion vorzufinden, die weniger beschämend wären – aber nichts. *Nada.* Nach drei Monaten Funkstille hatte Bea noch immer nicht aufgegeben und schickte ihrer besten Freundin jeden Tag reumütige Nachrichten in der Hoffnung auf Vergebung. Sie wurde noch immer knallrot vor Entsetzen, wenn sie an die Hochzeit dachte. Die Schmach der ganzen Angelegenheit hatte sich tief in ihr festgesetzt – der Schmerz, den sie ihrer besten Freundin zugefügt hatte, und die Tatsache, dass sie im Grunde genommen gar nicht mehr ihre beste Freundin war.

*

Sobald die Uhr auf elf sprang, lief Bea hinunter in The Nook, das kleine Café, das im Erdgeschoss des Bürogebäudes lag, um sich ihren zweiten Schub Koffein für den Tag zu besorgen. Das Kaffeetrinken war ein neues Ritual, das sie dreimal täglich vollzog, obwohl sie es sich eigentlich gar nicht leisten konnte, das aber ihre Arbeit beinahe erträglich machte. Das lag vor allem an Grover Dinopoli, auch bekannt als Dino oder als ihr Barista-Ritter in koffeinierter Rüstung. Er stand auf Taschenbücher, Gedichte und Mini-Soja-Kaffees und kam derzeit dem, was sie unter einem Freund verstand, am nächsten. *Und er gibt sich auch nur mit mir ab, weil ich ihm Geld einbringe,* dachte Bea voller Verzweiflung.

Sie trat durch die hellblaue Tür zum Ort ihrer Rettung. Ein gemütliches Café, das im Gewühl und Gedränge der Commercial Road in South Yarra nicht besonders auffiel. Im kleinen Innenraum standen nur sechs hölzerne Tische. Die helle Herbstsonne fiel durch die großen Fensterscheiben, als wollte sie Bea dazu auffordern, das Beste aus den warmen Tagen zu machen, solange sie noch anhielten. Beim tröstlichen Geruch von frisch gebackenen Plunderteilchen und duftendem Kaffee fühlte Bea sich auf der Stelle wohl.

Sie schlenderte zur Theke, lächelte und wartete geduldig darauf, dass Dino sie bemerkte. Er stand da wie üblich: über sein Moleskin-Notizbuch gebeugt, den Kuli in der Hand, und kritzelte vor sich hin. Sie nahm mal an, er arbeitete an seinem neuesten Gedicht. Dino schien überhaupt nicht der Typ für Gedichte zu sein. Eins achtzig groß, sonnengebräunt, ein Arm mit Tattoos bedeckt, zerrauftes braunes Haar, ewig gekleidet in eine mehlbestaubte grüne Schürze und zu große Secondhandklamotten und mit einer klaren Abneigung, über »seine Gefühle« zu sprechen, war er das genaue Gegenteil ihrer Vorstellung von E.E.Cummings, T.S.Eliot und Edgar Allan Poe. Und es hatte tatsächlich nicht lange gedauert, bis Bea festgestellt hatte, dass Dino in vielerlei Hinsicht etwas Außergewöhnliches war.

Als sie erkannte, dass Dino ihre Anwesenheit so bald nicht bemerken würde, räusperte Bea sich ganz sanft. Er schnellte sofort hoch, aus seiner Trance gerissen, doch als er sie sah, hob er nur eine Augenbraue.

»Ich hätt's wissen müssen. Pünktlich wie immer, Beatrix Babbage«, sagte er und wies mit dem Kopf auf die Uhr, die gefährlich schief an der Wand hinter ihm hing. Bea war nie sicher, ob er nur so tat, als wäre er genervt.

»Ich hab's keine Sekunde länger ausgehalten, ohne dich zu sehen, lieber Grover Dinopoli.« Bea mimte einen Ohnmachtsanfall mit dem Unterarm auf der Stirn.

»Nenn mich nicht so – darüber haben wir doch schon gesprochen! Jede Silbe dieses Namens kratzt über mein Innerstes wie Fingernägel über eine Tafel. Wenn du nicht diese fürchterliche Koffeinsucht hättest, die meinen Laden am Laufen hält, hätte ich dich längst vor die Tür gesetzt«, sagte Dino und machte schon ihren Strong Skinny Latte fertig: Eine seiner großen Hände mahlte die Bohnen, mit der anderen schäumte er die Milch auf.

»Aber gerne doch.« Bea rieb Daumen und Finger als Zeichen für Geld aneinander. Sie schaute bewundernd zu, wie er den Kaffee fertig machte, bis ein sanftes feuchtes Stupsen an ihrer Hand sie ablenkte. Als sie herabschaute, sah sie Agatha Christie, den hellbraunen Zwergpudel, den Dino von seiner verstorbenen Großmutter übernommen hatte. Er saß in seinem Hundenest auf einem Barhocker neben der Theke. »Ja, guten Morgen, Agatha«, flötete sie und kraulte den winzigen Pudel hinter den Ohren. Der Hund gab einen verzückten Laut von sich und stupste ihr noch mehr feuchte Küsse auf den Arm.

»Sie ist eine Serienleckerin.« Dino zwinkerte Bea zu und reichte ihr den dampfenden Kaffeebecher über den Tresen. Bea blickte ihn dankbar an, hob die Koffeinköstlichkeit an die Lippen und genoss den ersten Schluck.

»Du bist echt süchtig.«

Da sie den Mund noch am Becherrand hatte, zuckte Bea nur leicht mit den Schultern, als wollte sie sagen: *Erzähl mir was Neues.*

Dann zog eine kurze Bewegung in der Küche Beas Blick auf sich. Ein Kopf mit Haaren wie pinkfarbene Zuckerwatte tauchte in der Durchreiche in der Wand auf. »Bea! Bist du das?«, rief Sunday, Dinos stille Teilhaberin, Konditorin, Mitarbeiterin in der Kundenbetreuung und Möchtegern-Modestylistin. »Beweg deinen Hintern hier rüber, meine Löffel lecken sich schließlich nicht von selbst ab!«

Bea ging zur Durchreiche hinüber und ließ ihren Kaffee

zum Abkühlen auf der Theke stehen. »Was gibt's denn heute Süßes, meine Süße?«

»Teilchen gefüllt mit Erdnussbutter, Marmelade und Honigwabe.« Sunday legte ihr ein etwas zu dunkel geratenes goldbraunes Gebäckstück in die offene Hand.

Bea schob es sich sofort in den Mund und ließ die Süßspeise auf der Zunge zergehen. Der Geschmack drang langsam in ihre Geschmacksknospen ein. Sie seufzte entzückt und schloss die Augen. »Du bist wirklich eine Künstlerin, Sunday!«

»Warte erst mal ab, was ich nächste Woche für dich habe. So viel schon vorab: Es sind drei verschiedene Sorten Schokolade drin verarbeitet.«

Bea leckte sich genießerisch die Lippen.

»Und, wie läuft's bei der Arbeit? Verbringst du deine Zeit immer noch damit, dir Namen für Zahnpasta auszudenken?«, fragte Sunday.

Bea nickte und wischte sich mit dem Handrücken die Mundwinkel ab. »Was die Sache noch schlimmer macht: Ich bin echt richtig schlecht darin. Ich hab noch keinen einzigen Namen erfunden, der auf Zustimmung gestoßen wäre. Aber irgendetwas muss ich ja arbeiten, meine Rechnungen bezahlen sich schließlich nicht von selbst.« Sie lächelte etwas gezwungen. »Wo wir gerade von der Arbeit sprechen – ich mach mich mal lieber wieder auf den Weg.«

Sunday drückte ihr noch eine von ihren Erdnussbutter-Kreationen in die Hand und winkte ihr zum Abschied zu. Auf dem Weg zur Tür schnappte sich Bea ihren Kaffee und sagte Dino Auf Wiedersehen, der gerade Croissantkrümel von einer Sitzbank wischte. An der Tür blieb sie stehen und drehte sich um. »Ich hab's so eilig gehabt, meine Sucht zu stillen, dass ich noch nicht mal dein Zitat gelesen habe. Also, gucken wir mal.«

Sie ging zurück zur Theke und hielt ihren Pappbecher schräg, sodass das Licht auf eine krakelige Schriftzeile fiel, die um den ganzen Becher herum geschrieben stand: *Schluss jetzt mit der ganzen Aufregung über Sex. Da geh ich doch lieber zum Zahnarzt.*

Dino – das hatte sie begriffen – war bei dem, was er tat, weder halbherzig noch konventionell. Statt ihren Namen auf den Becher zu schreiben, krakelte er mehr oder weniger exakte Zitate aus irgendeinem Buch darauf. Das hatte er bei ihrem allerersten Skinny Latte so gemacht, während sie die Nase in ein Buch gesteckt hatte (es war übrigens *Normale Menschen* von Sally Rooney gewesen), und dann war es zur Gewohnheit geworden. Eine Gewohnheit, von der Bea gerne glauben wollte, dass sie nur zwischen ihnen beiden bestand.

»Als Inspiration für deine nächste Zahnpastawerbung. Ist aus *Lust und Laster* von Evelyn Waugh.«

Ehe Bea ihren blasierten Barista zur Ordnung rufen konnte, erschien eine Blondine mit verschmiertem hellrotem Lippenstift neben ihr und hüstelte dramatisch. »Ich hätte gern einen großen nonfat Soja Flat White mit whipped Cream und einem ganz klein bisschen Karamell.«

»Kommt sofort«, sagte Dino mit finsterem Blick und begann mit der Zubereitung der Bestellung.

Als Bea sich zum Gehen wandte, gab er ihr ein Zeichen, und seine Lippen formten stumm: *Moment noch!* Bea zuckte mit den Achseln und trat einen Schritt zur Seite.

Sie holte ihr Telefon heraus und hoffte wieder einmal, dass sie von Cassandra eine Mail, eine Facebook-Nachricht, eine SMS oder möglicherweise sogar eine Nachricht im Chat der Scrabble-App Words with Friends bekommen hätte.

Nichts.
Also tippte Bea. Wieder mal.

> Hey Cass,
> ich denk an dich. Von Mum hab ich gehört, dass du jetzt wieder zur Arbeit gehst, das finde ich super! Ich bin immer noch in Melbourne, und es freut dich sicher zu hören, dass es hier nicht besonders gut läuft – ich hasse meinen Job, und ich hab keine Freunde hier. Karma ist eine ganz schön beschissene Sache, was?
> Wie auch immer, ich möchte noch mal sagen, dass mir das alles so fürchterlich leidtut. Ich liebe dich, und du fehlst mir mehr als Sommerfrüchte mitten im Winter. Bitte schreib mir doch, wenn du so weit bist.
> Bea xo

»Und, was hältst du davon?«, fragte Dino, als Bea ihre hundertsiebzehnte Nachricht an Cassandra abschickte, auf die sie vermutlich wieder keine Antwort erhalten würde.

»Wovon?« Bea blickte überrascht auf. Die Frau, die die viel zu lange Kaffeebestellung aufgegeben hatte, saß in der Ecke des Cafés und schlürfte aus ihrem Pappbecher, einen Tupfer Sahne auf der Nase.

»Mensch, Bea, du achtest auch wirklich auf gar nichts außer auf das Display, das du vor der Nase hast«, knurrte Dino.

Bea starrte ihn an. Sie hatten einen freundschaftlichen

Umgangston, aber so freundschaftlich nun auch wieder nicht, dass Dino plötzlich so schroff werden könnte.

»Ich trete morgen Abend bei einem Poetry-Slam auf«, begann er und schaute auf Agatha Christie hinunter. »Und ich hab noch eine Karte übrig – meine Mutter hat im letzten Moment einen Rückzieher gemacht, was wahrscheinlich einiges über die Qualität meiner Kunst aussagt. Egal – ich dachte, vielleicht hast du Lust mitzukommen und ein bisschen mehr von Melbourne kennenzulernen?«

Ein Poetry-Slam? Bea war sich nicht ganz sicher, ob so etwas ihr Ding war, aber andererseits stapelten sich bei ihr die Einladungen nicht gerade. Außerdem hätte sie so die Chance, Dino auf der Bühne Gedichte rezitieren zu hören – unbezahlbar!

»Wunderbar, Barista.« Bea lächelte ermutigend und speicherte Zeit und Ort in ihrem Telefon. Dino nickte entschieden und fing an, die Kaffeemaschine sauber zu machen.

»Ach, wäre es in Ordnung, wenn ich ein paar Gewinne hierher zu euch schicken lasse? Ich würde ja meine eigene Adresse angeben, aber ich bin nie da, wenn die Post kommt, deshalb kann ich die Sachen zu Hause nicht annehmen. Und ins Büro dürfen wir uns keine Privatpost schicken lassen«, stöhnte Bea.

»Äh, ja, das ist in Ordnung. Was für ›Gewinne‹ sind das denn?« Dino kniff leicht verwirrt die Augen zusammen.

»Na ja, du weißt schon, von solchen Preisausschreiben, wo man in fünfundzwanzig Worten oder weniger antworten muss.«

»Mmm …«

»Ich hab da irgendwie ein Händchen für.« Bea zuckte mit den Schultern.

Dino lächelte amüsiert. »Ein Händchen, soso?«

»Ja, ich nehme jede Woche an ein paar Preisausschreiben dieser Art teil und gewinne oft was. Das Geheimnis liegt darin, bei den Antworten ganz ehrlich zu sein. Kein Rumgelaber, kein Anschleimen an die Firma, die die Preise vergibt. Alles einfach so sagen, wie es ist, weißt du?« Bea lehnte sich über die Theke, als ob sie Dino an einer Verschwörungstheorie teilhaben ließe.

»Mir scheint, das Geheimnis liegt eher darin, dass du jede Woche an mehreren solchen Preisausschreiben teilnimmst. Wer hat denn Zeit für so was?« Er lachte.

»Ich hab hier in Melbourne keine Freunde – schon vergessen? Ich hab jede Menge Freizeit!«

»Okay, klar kannst du deine Preise hierherschicken lassen, du komischer Vogel.«

*

»Ein bisschen mehr von Melbourne kennenzulernen« – Dinos Worte gingen Bea den ganzen Nachmittag im Kopf herum. Und so beschloss sie, nach der Arbeit die belebte Brunswick Street entlangzubummeln. Sie betrachtete junge Pärchen, die die letzten langen, warmen Tage genossen und draußen auf den Caféterrassen ein Glas Wein tranken, sie starrte junge Frauen an, die beste Freundinnen waren und sich gegenseitig am Arm fassten, während sie hysterische Lachanfälle bekamen. Bea wünschte sich verzweifelt das, was diese Frauen hatten. Es war erst ein paar Wochen her, da waren Cassandra und sie noch ganz genauso gewesen. Sie hatten sich zu ihrem wöchentlichen »Buchklub für zwei« getroffen, Bücher ausgetauscht, getratscht und sich das Neueste aus der Popkultur erzählt, etwas, das sie mehr oder weniger schon ihr ganzes Leben lang machten.

Nur dass irgendwann aus der heißen Schokolade ein Glas Wein geworden war und dass sie jetzt nicht mehr Ausrutscher auf MSN durchgingen, sondern jedes noch so winzige Detail von Beas neuestem misslungenem Tinder-Date besprachen.

Für die Brunswick Street hatte Bea sich entschieden, weil ihr *Lonely Planet: Melbourne & Victoria* darauf verwiesen hatte. Er versprach eine lebendige und freundliche Atmosphäre und prahlte mit einem jungen, gemischten Publikum. Außerdem versprach der Reiseführer noch eine schöne Buchhandlung mit Personal, das sich gut auskannte, und einer ausgezeichneten Auswahl an Romanen. Und nachdem sie den Großteil ihrer Bücher in Perth zurückgelassen hatte, musste Bea unbedingt ihren geradezu jämmerlichen Buchbestand vergrößern. (Sie hatte einen Stapel ihrer Lieblingsbücher auf Cassandras Türschwelle gelegt, eine Art symbolisches Friedensangebot, aber später hatte sie erfahren, dass Cassandra diese Bücher einfach angezündet hatte.) Und außerdem musste sie sich zwingen, auch mal mehr als ihre gewohnten fünf Blocks in jede Richtung zu gehen. Ihr neues Wohnviertel Windsor gefiel Bea zwar unglaublich gut: grüne verschlungene Straßen und malerische viktorianische Häuserzeilen mit Türen, die in hellen Farben gestrichen waren. Diese Gegend zu erkunden war ein echtes Vergnügen. Aber sie durfte sich nicht als Einwohnerin von Melbourne bezeichnen, wenn sie noch nicht einmal nördlich des Yarra River gewesen war.

Bea kam an der Buchhandlung, der Kleinen Buchhandlung in der Brunswick Street, an, schob die gläserne Ladentür auf und hörte ein Glöckchen klingeln. Drinnen lockte der vertraute Geruch von neuen Taschenbüchern wie ein altbekannter Freund. Bücher in allen Größen und Farben standen in den Regalen überall im Laden, und Bea fühlte sich sofort heimisch.

Die zwei Frauen hinter der Ladentheke grüßten sie. Eine hatte dunkles Haar, die andere feuerrotes. Die Rothaarige trug einen merkwürdigen Strickhut und ein schwarzes, ebenfalls gestricktes T-Shirt und hielt ein Baby im Arm. Die Dunkelhaarige hatte die Füße auf die Ladentheke gelegt und hielt *Das Schicksal ist ein mieser Verräter* in der Hand. Nach einem Blick auf Bea rief sie: »Chick-Lit!«, und las dann ungerührt weiter. Bea verdrehte die Augen. Die beiden rieten offenbar, was für ein Buch sie kaufen würde. Sie hatte schon davon gehört, dass Buchhändler manchmal solche Spielchen machten. Langsam ging sie durch die Gänge und betrachtete erst die Klassiker, dann die Jugendbücher, dann die Thriller.

Und, was hast du jetzt vor, Bea? Du bist doch nach Melbourne gekommen, um neu anzufangen, aber so richtig zu klappen, scheint das nicht, oder? Du verabscheust deinen Job, hast hier keine Freunde, und deine neuen farbigen Strähnchen sehen bei deinen schwarzen Haaren echt lächerlich aus. Wie sieht dein Plan aus, Bea? Wie willst du endlich Leben in die Bude bringen?

Geistesabwesend nahm sie ein Exemplar von *Unbekannte Jägerin* in die Hand und blätterte durch die ersten Seiten, während sie im Geiste doch ganz woanders war. Wie fand sie nur aus dieser Sackgasse heraus, in die sie sich selbst hineinmanövriert hatte? Sie spürte die Blicke der Buchhändlerinnen auf sich ruhen, und als sie aufschaute, lächelten die beiden ihr zu. Nur sie vier – das Baby schaute Bea nicht an – waren im Laden, und sie spürte eine Art stille Verbundenheit zwischen sich und diesen beiden Bücherwürmern, eine Kameradschaft zwischen Buchliebhabern.

»Werfen Sie doch auch mal einen Blick in unsere Secondhandabteilung, die haben wir ganz neu.« Die dunkelhaarige Frau zeigte zum hinteren Bereich des Ladens. Bea nickte und ging in die Richtung, die die ausgestreckte Hand ihr wies. Hinten fand sie einen klobigen antiken Schrank voll mit wunderbaren alten Büchern. Einige waren gebunden, manche hatten einen Einband aus Leinen, andere aus Pappe. Bea hatte immer schon was für gebrauchte Bücher übriggehabt – es hatte einfach etwas, wenn man ein Buch las, das schon jemand anderes durchlebt hatte. Aufgeregt blätterte sie in den ersten paar Büchern und hielt dann inne. Ein Buch ragte leicht über seine Nachbarn heraus, als wäre es eine markierte Stelle extra für sie. Bea zog es vorsichtig heraus und strich mit den Fingern über die abgestoßenen Ecken und den geprägten Titel: *Meeting Oliver Bennett* von Emma Delcour. Der Einband war dunkelgrün mit goldenen Buchstaben, er hatte Flecken und kleine Macken, und sie war auf der Stelle fasziniert. Bea hatte noch nie von diesem Buch gehört, aber das Impressum belehrte sie, dass es 1994 erschienen und aus dem Französischen übersetzt worden war.

Sie blickte sich um, ob die Frauen sie noch immer beobachteten, aber sie sah, dass sie bereits wieder in ihre eigenen Bücher vertieft waren. Die Rothaarige hatte ihres in einen Ständer mit Kochbüchern geklemmt und las, während sie sanft ihr Kind wiegte.

Bea drehte das Buch um und las den leicht verblassten Text auf der Rückseite.

Oliver Bennett zu begegnen ist ein Ereignis: breite Schultern, dunkle Gesichtszüge und ein Geist, der schneller arbeitet als eine Imperial-Schreibmaschine Modell 58. Amelias Herz erblüht in einer Liebe, die sie nie für möglich

gehalten hätte. Nach einer kurzen, aber leidenschaftlichen Zeit der Werbung kniet Oliver mit einem Heiratsantrag vor ihr nieder und verspricht, sie für immer zu ehren.
Und dann fällt die erste Bombe.
Eine fesselnde Geschichte aus der Zeit des Zweiten Weltkriegs über Tapferkeit, das Unrecht des Krieges und die unerschütterliche Bestimmung zweier unglücklich Liebender inmitten von Chaos und Verwüstung in London.
Sobald Sie Oliver Bennett begegnen, wird nichts mehr sein wie zuvor.

Bea geriet auf der Stelle in Verzückung. Eine tragische Liebesgeschichte war jetzt genau das Richtige für sie! Sie schlug das Buch auf, ließ den Finger über die ersten Zeilen gleiten und stellte sich vor, wie ihre neuen Freunde nur darauf warteten, dass sie sie entdeckte. Kein Charakter ist nur eindimensional (sogar Fräulein Knüppelkuh, die tyrannische Schuldirektorin aus Roald Dahls *Matilda,* hatte einen gewissen Charme), und man konnte oft Überraschungen erleben. Wenn Bea sich früher mit ihrer Schwester Lizzie gestritten hatte oder bei einer der seltenen Gelegenheiten, bei denen sie sich mit Cassandra nicht einig geworden war, hatte Bea sich gewünscht, sie könnte nur von Romanfiguren umgeben sein statt von echten Menschen. Wie viel Spaß würde es machen, mit Don Tillman aus dem *Rosie-Projekt* zu Abend zu essen oder mit Jo March aus *Betty und ihre Schwestern* Achterbahn zu fahren oder die ganze Nacht durch mit Emma Woodhouse zu schwatzen!

Sie blätterte um, und ihr Blick fiel auf etwas, das ganz links unten auf der Seite hingeschrieben stand. Sie blinzelte und hielt sich das Buch näher vors Gesicht.

dein name ist mein liebstes wort

Jeder Buchstabe war fein säuberlich an den nächsten gehängt, nichts unterbrach den Fluss der einzelnen Wörter, die alle klein geschrieben waren. Die makellose laufende Schrift erinnerte an die perfekte Schreibschrift eines Grundschullehrers.

Bea runzelte die Stirn und blätterte ein paar Seiten weiter. Hier war ein Satz dick mit schwarzer Tinte unterstrichen. Drei Seiten weiter waren mit gelbem Leuchtstift zufällig ausgewählte Wörter markiert: *fiel, erschrocken, zusammenhanglos, verwittert, dichter Nebel, er.* Wieder blätterte sie weiter, diesmal viele Seiten auf einmal, bis sie in der Mitte des Buches, an den Seitenrand gequetscht, eine weitere Notiz fand:

bereit oder nicht?

Drei kleine Worte. Eine Frage.

4

Halloistdasdeinbuch

Hallo zusammen!
Ich hätte nie gedacht, dass ich mal einen Instagram-Account führen würde (so ein Leben führe ich nicht, das es wert wäre, dauernd fotografiert zu werden), aber – ach! – nun bin ich hier. Und zwar aus folgendem Grund: Ich suche den Eigentümer einer Sache. Und offenbar sind Hashtags ja die neuen Mindmaps.
Ich habe heute ein Buch gekauft, weil es wie für mich gemacht schien. Und, Mann, bin ich vielleicht froh, dass ich's gekauft hab. Denn ich habe darin etwas ziemlich Außergewöhnliches entdeckt: Anmerkungen. Auf fast jeder Seite persönliche Notizen und Unterstreichungen – und so was von vielsagend und bedeutungsvoll! Welcher Mensch notiert sich so poetische Dinge wie »kein finsterer blick wird dein großes herz treffen« und »wenn du erwachst, vertreibt ein neues leuchten alle schatten«? Könnten das die Notizen sein, von denen ich träume?
Schreibt mir eine DM, wenn ihr so etwas schon mal irgendwo gesehen habt! Und wenn ihr rausfinden wollt, was

sonst noch hinter dieser Geschichte steckt, dann bleibt dran! #ichliebedaslesen #lesewütig

---

Likes: 11

Kommentare (1)

Lostinthepages41: Willkommen bei #Bookstagram. Du wirst nie mehr ohne auskommen ♥

5

Cass, nächste Woche werde ich 30! Ich hätte mir nie träumen lassen, dass mein Leben dann so aussehen würde wie jetzt. Und ich hätte mir ganz sicher nie träumen lassen, dass du an diesem Tag nicht an meiner Seite sein würdest. Wenn es so sein sollte, dass du eine Reise nach Melbourne in Erwägung ziehst, dann komm bitte zu meiner kleinen Party am Samstagabend. Wir sind ab 20.30 Uhr im Woods of Windsor. Ich muss dir unbedingt das Secondhandbuch zeigen, das ich in der Kleinen Buchhandlung in der Brunswick Street (das Pendant zu Boffins Books in Melbourne) gekauft habe, *Meeting Oliver Bennett.* Es ist voll erstaunlicher und origineller Anmerkungen. Du würdest ausflippen! Ich vermiss dich mehr als Dumbledore. Hab dich lieb.

xxx

Bea war die ganze Nacht wach gewesen und hatte die wunderbaren Anmerkungen gelesen, die die eselsohrigen Seiten von *Meeting Oliver Bennett* schmückten. Sie war von den handgeschriebenen Anmerkungen und Markierungen aller Art derartig in Bann gezogen, dass sie kaum auf die Handlung des Buches geachtet hatte. Auch auf dem Weg zur Arbeit dachte sie die ganze Zeit an die offenbar mit Herzblut geschriebenen Worte und überlegte, an wen diese wohl gerichtet waren. Der Mensch, der hier den Kugelschreiber geführt hatte, war wie eine weitere vielschichtige, vertrackte Figur aus dem Buch. Aber das Beste daran war: Dieser Mensch existierte in Wirklichkeit! *Und vielleicht schaffe ich es ja irgendwie, diesen Menschen kennenzulernen? Ich muss unbedingt diese schreckliche Lücke schließen, die unser »Buchklub für zwei« in mir hinterlassen hat.* Eilig schüttelte Bea diesen Gedanken wieder ab. Sie berührte das Buch in der Leinentasche, um sicherzugehen, dass es noch da war, und strich die Vorderseite ihres pinkfarbenen Pünktchenshirts glatt. Sie hatte es erst kürzlich gekauft und hielt es für den Inbegriff dessen, was zum Schick des Melbourne Writers Festivals passte.

Als sie The Nook betrat, sah sie, dass Dino ein Shirt trug, das ihm mindestens zwei Nummern zu groß war. Bea verdrehte die Augen. Er hatte ihr mal anvertraut, dass er ausschließlich in Secondhandläden einkaufte. Er wollte nicht so viel Geld für Dinge ausgeben, die er auch zum halben Preis kriegen konnte. So sinnvoll dieses Vorhaben an sich auch klingen mochte – in seinem neuen Shirt sah Dino ein bisschen unförmig aus (wie sie Dino kannte, war es vielleicht auch Absicht). Er schüttete etwas Zimt als i-Tüpfelchen auf das Getränk in einen Mehrwegbecher, den eine kleine, zierliche Frau, von Kopf bis Fuß in Schwarz gekleidet, sehnsüchtig anstarrte. Sie tätschelte Agatha Christie regelrecht manisch den Kopf, mit der anderen Hand umklammerte sie ihr Telefon, als ginge es um Leben und Tod. Sobald Dino ihr den Becher über die Theke reichte, trippelte die Frau davon, die Lippen an den Rand des Bechers gedrückt, den Blick jetzt sehnsüchtig starrend auf ihr Telefon gerichtet.

Hoch aufgerichtet, die Hand auf der Hüfte, trat Bea an die Theke und strahlte Dino an.

»Bea? Du kommst ja heute regelrecht beschwingt daher. Die Nachwirkungen einer durchtanzten Nacht?« Er kicherte.

»Eine durchlesene Nacht trifft's eher«, sagte sie. Die Aufregung über ihre literarische Entdeckung strahlte regelrecht aus ihr heraus. »Gestern hab ich ein wahnsinnig tolles Buch ent…«

Dino unterbrach sie, indem er einen Finger in die Höhe hielt. »Hat da nicht gerade der Ofen gepiepst? Sunday hat sich heute krankgemeldet, und ich fühle mich wie ein kopfloses Huhn, das versucht, den Laden am Laufen zu halten. Warte mal ein Momentchen.« Er eilte in die Küche.

Sie spürte, wie Agatha Christie sie sanft am Handgelenk leckte, und trat einen Schritt zurück, riss ihr Telefon heraus, aktivierte die Kamera und hockte sich auf den Boden auf der Suche nach der besten Perspektive, aus der sie die perfekte Kombination von süßem Hündchen und leckerem Gebäck, das auf der Theke thronte, fotografieren konnte. Das war gar nicht so leicht, und es endete damit, dass sie sich auf den Boden legte. Zufrieden mit ihrem Bild rappelte sie sich auf und klopfte sich den Staub ab. Dino kehrte mit einem Tablett voller Scones zurück und reichte ihr einen Becher mit Kaffee. Bea griff danach und drehte ihn einmal ganz herum, damit sie das Zitat lesen konnte.

»Ihre Leben Nachahmungen, ihre Leidenschaften nur Zitate«, las sie laut.

»Das ist von Oscar Wilde.«

»Ich weiß, dass das Oscar Wilde ist«, log Bea frech. Trotz aller Anstrengungen ihrer Lehrerin Miss Lew war in der neunten Klasse *Das Bildnis des Dorian Gray* für sie vor allem eines geblieben: grau in grau.

»Dann weißt du ja sicher auch, was ich damit sagen will.« Dino beugte sich über die Theke, hob Agatha Christie auf den Arm und hielt ihr einen halben Toast mit Früchten vors Maul, an dem sie sofort begeistert zu knabbern begann.

»Natürlich weiß ich das.« Bea trank einen großen Schluck von ihrem Latte, um zu verbergen, dass sie in Wirklichkeit keine Ahnung hatte, was er damit sagen wollte.

»Das bedeutet, dass du heute aus irgendeinem Grund genauso bist wie alle anderen. Bitte sag mir nicht, dass du jetzt auch unter die Influencerinnen gegangen bist.« Er schaute Agatha Christie an, während er sprach, als ob sie vollkommen Bescheid wüsste, was er meinte. Dann zeigte er auf das kleine Schild, das neben den Regalbrettern mit Kaffeebohnen und Take-away-Bechern hing. Darauf stand: #NoFoodPorn. »Da stehst du doch wirklich drüber, Beatrix Babbage.«

Bea runzelte die Stirn. »Du bist ja so was von altmodisch, Dino.«

Er zuckte mit den Achseln. »Hast du je darüber nachgedacht, wie passend das alte Sprichwort heutzutage ist: ›Wenn im Wald ein Baum umfällt und keiner da ist, der ihn fallen hört, hat er dann ein Geräusch gemacht?‹ Heutzutage hat ja offenbar keiner mehr Spaß ohne die Bestätigung, dass es auch irgendjemand anderem gefällt!«

»Ich weiß gar nicht, wovon du redest.« Bea konnte seine

Haltung von oben herab jetzt gar nicht gebrauchen, sie drohte, ihr die Stimmung zu verderben. Vielleicht war heute nicht der richtige Tag, um Dino ihre Entdeckung zu enthüllen und ihr Instagram-Projekt vorzustellen. Sie nahm eines der länglichen Zuckertütchen aus einem Glas neben sich und machte demonstrative Bewegungen in seine Richtung.

»Was soll das denn jetzt?«

»Ich belege dich mit einem Zauber, damit du nicht mehr so verurteilend bist.« Sie wedelte weiter mit dem Zuckertütchen herum, und es war ihr ausnahmsweise einmal völlig egal, wie lächerlich sie wirkte.

Dino nickte, als würde er das voll und ganz verstehen, legte dann sanft seine Hand auf ihre und bereitete der Wedelei ein Ende. »Also, sehen wir uns heute Abend beim Poetry-Slam?«, fragte er ganz beiläufig.

»Klar doch«, sagte Bea. Dann dachte sie an den Geheimnisvollen Autor irgendwo da draußen in der Welt und von diesem Gedanken bestärkt fügte sie hinzu: »Kann ich vielleicht noch jemanden mitbringen?«

»Jemanden?«

»Ja. Es besteht die Chance, dass ich heute meine erste Freundschaft hier in Melbourne schließe, und wenn das klappt, dann muss ich sie einfach mitbringen.«

»Na gut, sicher.«

*

Bea saß auf der Toilette, die Jeans um die Fußknöchel. *Meeting Oliver Bennett* balancierte gefährlich unsicher auf ihren Knien. Sie hatte sich lustvoll in die Anmerkungen vertieft. Als sie das Klackern von Absätzen hörte und sich die Tür der Toilettenkabine neben ihr öffnete und wieder schloss, hob sie den Blick vom Buch und beugte sich weit nach unten, sodass sie einen Blick auf die Schuhe der Frau werfen konnte: glitzernde dunkelblaue Jimmy Choos mit schmalem Riemchen, Kitten-Heel-Absatz und strassbesetzten Anhängern.

»Martha?«, flüsterte sie.

Bea war Martha zum ersten Mal in genau der gleichen Situation begegnet, als ihr das Lesezeichen runtergefallen und unter der Trennwand durchgerutscht war. Die beiden hatten sich darüber unterhalten, wie es war, an ungewöhnlichen Plätzen zu lesen – und der Rest war Geschichte. Aber als Martha die Spülung betätigt hatte, war es Bea plötzlich peinlich gewesen, und sie hatte dieser belesenen, klugen Frau nicht persönlich gegenübertreten und etwas Dummes sagen wollen. Also war sie einfach sitzen geblieben, und so hatten sich ihre Begegnungen bisher jedes Mal abgespielt.

Sie hatten sich also im echten Leben noch nie gesehen, aber Bea erkannte Martha immer an ihren fantastischen Schuhen.

»Ich hab mir gestern Abend wieder mal den letzten Teil angesehen«, sagte Martha mit ihrem vornehmen englischen Akzent. Sie sprach von der Fernsehverfilmung von *Stolz und Vorurteil* 1995 als Serie, die sie beide erst kürzlich entdeckt hatten und nach der sie inzwischen beide verrückt waren.

»Von dieser Doppelhochzeit träume ich heute noch«, seufzte Bea und faltete ein Stück Toilettenpapier fein säuberlich zu einem Quadrat zusammen.

»Welches Paar magst du lieber – Jane und Bingley oder Elizabeth und Darcy?«, fragte Martha.

»Das ist ja wohl keine Frage – Elizabeth und Darcy natürlich«, sagte Bea. Ihre Unterhaltungen mit Martha hatten sich bisher auf Plaudereien über Klassiker beschränkt, aber heute ermutigten die geheimnisvollen Anmerkungen, die ihr literarischer Seelenverwandter geschrieben hatte, Bea dazu, ein bisschen offener zu sein. Sie räusperte sich. »Hast du heute Abend schon was vor? Ich gehe zu einem kleinen Poetry-Slam, vielleicht hast du Lust mitzukommen?«

Bea wartete auf eine Antwort und horchte qualvoll auf das diskrete Geraschel von nebenan.

»Das ist wirklich lieb von dir«, antwortete Martha schließlich, »aber heute Abend kann ich nicht. Vielleicht ein andermal.«

Sie zog die Spülung. Das Geräusch eines laufenden Wasserhahns und ein abschließendes Klappern von Absätzen zeigten an, dass sie die Toilette verlassen hatte und Bea wieder mal allein war.

»Oh«, sagte sie, kaute auf ihrer Unterlippe herum und versuchte, von der abschlägigen Antwort nicht enttäuscht zu sein. Weil sie noch nicht bereit war, ihren Rückzugsort zu verlassen, holte sie ihr Telefon heraus und begann, eine ihrer drei täglichen Entschuldigungen an Cassandra zu schreiben, als eine andere Nachricht auf dem Display erschien.

Dino: Bis heute Abend – 20 Uhr in der Meer-Bar. – D

Bea: Wird bestimmt meerchenhaft! Alles klar. – B x

Dino: Argh! Du bist echt schrecklich.

Sie grinste und hatte ihre Freude daran, dass sie Dino mit einem Wortspiel genervt hatte.

*

Bea trug einen engen schwarzen Kunstlederrock und ein tief ausgeschnittenes dunkelgrünes ärmelloses Oberteil und war bereit, heute Abend jemand anders zu sein. Sie hatte sich Locken gemacht, trug statt ihrer üblichen Leinenturnschuhe hautfarbene High Heels mit Keilabsatz und versuchte, Selbstbewusstein und Coolness auszustrahlen – selbst wenn sie sich überhaupt nicht danach fühlte –, als sie die hippe Bar im Stadtteil Hawthorn betrat.

Wenn sie an einem ganz gewöhnlichen Tag allein in eine Bar gegangen wäre, hätte das für Bea alle möglichen Arten von sozialer Angst bedeutet. Dazu kam, dass sie es nicht gewohnt war, überhaupt allein unterwegs zu sein. Sie hatte ja immer Cassandra gehabt. Und weil Cassandra so war, wie sie nun mal war, mit ihrem extrovertierten Kichern und ihren frechen Sprüchen, wusste sie genau, wie man Aufmerksamkeit auf sich zog. Dabei hatte Cassandra immer einen Weg gefunden, Bea in die Unterhaltung einzubinden, indem sie einen netten kleinen Witz über sie machte, oder sie brachte sie sogar dazu, mit dem Barkeeper zu flirten. Aber manchmal war es eben leichter, sich eine Pointe einfach nur anzuhören, als selbst eine erfinden zu müssen. Die zunehmende Einsamkeit in der neuen Stadt drohte Bea zu überwältigen, sie sehnte sich verzweifelt nach Gesellschaft. Und auch wenn sie es am liebsten für alle Zeiten vermieden hätte: Um neue Freunde zu finden, musste sie die Anstrengung auf sich nehmen und ausgehen.

Die winzige bierbefleckte Bar wurde fast nur von Kerzen erleuchtet, kleine Tische standen dicht an dicht. Eine Mischung aus Gelächter und Geplauder füllte den Raum. Plötzlich fühlte sich Bea ermutigt von dem Stimmengewirr hier, alles war so anders als im geruhsamen, langsamen Nachtleben von Perth. Sie nahm ihren Wein, den sie bestellt hatte, und sah, dass an einem Tisch mit zwei Frauen noch ein Platz frei war, also strebte sie geradewegs darauf zu.

»Ist hier noch frei?«, fragte sie und setzte sich schon hin. *Ganz schön dreist, Bea, bravo!*

»Klar«, antwortete die eine Frau mit rotem Haar und jeder Menge Piercings im linken Ohr.

»Bist du oft hier?«, fragte die andere.

»Nein, zum ersten Mal. Und ihr?«

Die beiden Frauen lächelten herablassend und wandten einander wieder die Köpfe zu, um weiter miteinander zu plaudern. Bea holte ihr Telefon heraus, schoss ein Foto und lud es auf Instagram hoch.

Halloistdasdeinbuch

William ShakespHIER

Fühle mich so #kultiviert, warte auf meinen Freund, der gleich Poetry-Schlamm macht. #rednerdymitmir #daswortspielwürdeerhassen

---

Aufgeregt wartete sie auf Dinos Auftritt. Sie hoffte, seine Poesie wäre witzig und leicht selbstironisch und nicht von der tragischen Sorte, bei der man vor Fremdschämen fast verging.

Das Gelächter verwandelte sich allmählich in Gemurmel, als der erste Teilnehmer auf die Bühne geschlichen kam, ein kleiner Mann mit langem, buschigem Bart, der mindestens viermal den Reim »Hund« und »bunt« verwendete und mitten in seinem Auftritt einen Schluckauf bekam. Bea biss sich auf die Lippen, um nicht zu lachen. Drei Jurymitglieder in der vordersten Reihe an der Bar hielten Notizblöcke hoch, auf die sie die Ziffern 3, 2 und 5 geschrieben hatten. Der Mann bekam zum Abgang höflichen Applaus, dann erschien eine Frau in einem eleganten bodenlangen goldenen Kleid mit hochgeschlossenem Kragen. Sie trug ihren lyrischen Text mit dünner, hellklingender Stimme vor, die wunderschön war, bei der man aber leider kein Wort verstehen konnte. Nach ihrem Auftritt machte sie einen Knicks, und die gleichen Preisrichter hielten neue Zettel hoch, diesmal mit 5, 6 und 5.

Ganz schön streng, dachte Bea. Neben ihr kicherten die beiden Frauen und zeigten auf das grelle Display eines iPhones. Gerade als Bea ihr eigenes Telefon rausholen wollte, trat Dino auf. Er war völlig anders gekleidet als normalerweise in The Nook und trug schwarze Converse-Turnschuhe, eine schwarze Hose und ein weites schwarzes T-Shirt. Sein Haar war zurückgekämmt und auf seinem Gesicht lag ein leidenschaftlicher Ausdruck. Sein Blick fiel auf Bea, und er verzog die Mundwinkel zu einem winzigen Lächeln.

Er ging zum Mikrofon, gab acht, dass er nicht über das schlangengleich gewundene Kabel auf dem Boden stolperte, und sprach mit tiefer, durchdringender Stimme, die Bea noch nie von ihm gehört hatte.

»Ähm, das hier ist eine Kleinigkeit, die ich letzte Woche

geschrieben habe.« Ein Quietschen drang aus den Lautsprechern, und Dino trat einen Schritt vom Mikro weg. »Es ist eigentlich noch die Rohfassung. Der Titel lautet ›Plackerei‹.« Er räusperte sich und fing an.

Kleine ovale Bohnen
Sich rasch abwendende Blicke, unfreundliche Bestellungen
Ein herzliches Lächeln und ein glasiger Blick
Leichte Schritte, begehrliche Hände auf satinierten Gläsern.

Bea war überrascht. Sie hatte erwartet, dass Dinos Gedichte verbittert oder trivial sein würden. Auf so etwas war sie nicht gefasst gewesen.

Dino sprach weiter.

Leichtes Ziehen. Leises Winseln. Ein Glockenton erklingt.

Bea klatschte und fiel in die Beifallsrufe ein. Sie versuchte, Dinos Blick noch einmal zu begegnen, aber er war schon von der Bühne verschwunden. Bea stieß ihren Stuhl zurück und sprang genau in dem Moment auf, als die rothaarige Frau mit zwei Gläsern Rotwein zu ihrem Platz zurückkehrte. Sie stieß mit ihr zusammen, und der Wein ergoss sich über Beas Seidentop. Bea schrie auf, während die Frau eine halbherzige Entschuldigung murmelte, in einem nicht besonders hilfsbereiten Versuch mit der Hand an ihr herumwischte und dann rasch verschwand. Bea blieb leicht verstimmt zurück.

Nach einigen weiteren Auftritten (und einer Viertelstunde, in der Bea versuchte, ihr Top auf der Toilette mit Seife auszuwaschen und es unter dem Händetrockner halbwegs wieder trocken zu kriegen) waren die Formalitäten beendet, und die Preisrichter gaben den Sieger bekannt: Dino. Unter Beifall und Geschrei stand das Publikum von den Tischen auf und drängte sich zur Bar, um eine neue Runde Getränke zu bestellen. Bea ging nach vorne, um Dino zu gratulieren. Sie sah ihn mit den anderen Slammern zusammenstehen, er nickte ganz ernsthaft zu etwas, das die Frau im goldenen Kleid sagte, und beugte sich zu ihr vor, wie um sie besser zu hören. Bea klopfte ihm auf die Schulter.

»Herzlichen Glückwunsch, du Superstar!« Sie umarmte ihn, aber er blieb steif aufrecht stehen.

»Danke«, sagte er nur.

»Um ehrlich zu sein, wusste ich nicht so richtig, was mich hier erwarten würde.«

Dino lächelte und trank einen großen Schluck aus seinem Glas.

»Könnte deine Mutter bitte auch in Zukunft nicht kommen, damit ich wieder ihre Eintrittskarte kriegen kann? Es hat mir heute Abend wirklich super gefallen!«

»Tja, das kann ich dir fast garantieren. Sie hat mehr Auftritte von mir ausfallen lassen als angeschaut. Also kannst du ihre Karte jederzeit kriegen.« Dino zuckte mit den Achseln.

»Wohnt sie hier in der Gegend?«, fragte Bea.

»Nein. Aber ich geh jetzt besser mal zurück zur Party. Sie feiern ja schließlich meine Wenigkeit.« Dino zwinkerte ihr zu. »Danke, dass du gekommen bist, Babbage. Und jetzt kannst du dich wieder deinen richtigen Freunden zuwenden!«

»Werd ich machen.« Bea lächelte und dachte an den einzigen Freund in Melbourne, dem sie sich jetzt zuwenden würde. *Meeting Oliver Bennett.*

6

Halloistdasdeinbuch

Notiz des Tages: *Liebe vollkommen. Vertraue gänzlich. Hinterfrage alles. Was für eine Farce.* Ich kann meinen Blick einfach nicht von den Anmerkungen in meinem Buch losreißen. Ihr wisst doch, wie das ist, wenn man im Café zufällig was von der Unterhaltung am Nebentisch mitbekommt und gar nicht anders kann, als zuzuhören und sich zu fragen, welche Geschichte und was für ein Leben wohl dahintersteckt? Wo diese Menschen arbeiten, wen sie lieben und wer sie liebt? Genauso sind diese Anmerkungen für mich. Ich konnte einen kurzen Blick in die Welt des Geheimnisvollen Autors werfen – und jetzt denke ich die ganze Zeit darüber nach, wer er oder sie wohl sein könnte. Und zum ersten Mal seit langer Zeit spüre ich auf einmal eine Verbindung zu etwas oder zu jemandem.

Likes: 45
Kommentare (7)
StephenPrince: @NoOffenceBut Hast du diesen Instagram-Account schon entdeckt? Ich glaube, der könnte dir gefallen.

Erinnert mich an den Buch-Blog, wo wir uns kennengelernt haben. 😎

Holliefraser: Danke, dass du weiterschreibst! Ich beobachte leidenschaftlich gern andere Menschen!

NoOffenceBut: @StephenPrince Ja, das ist ganz süß. Aber längst nicht so süß wie du.

7

Früher in Perth hatte Bea an ihrem Geburtstag immer in der Bar Wines of While Drinks für alle ihre Freunde ausgegeben. Cassandra kam jedes Jahr etwas früher mit einer Flasche von Beas liebstem Pinot Noir und einem großartigen Geschenk zu ihr (Cass war einfach unschlagbar, was Geschenke anging), und die beiden tranken ein Glas zusammen, ehe sie den Rest ihrer Freunde in der Bar trafen.

Bea hatte versucht, dieses Jahr in Melbourne einen ähnlichen Geburtstag auf die Beine zu stellen. Und seitdem schalt sie sich dafür, dass sie so etwas auch nur für möglich gehalten hatte. *Hier sind keine Freunde und keine Cassandra – wie könnte es also das Gleiche sein?* Sie lief in ihrem engen Apartment hin und her und nippte an dem gleichen Pinot Noir, der jetzt gar nicht mehr so süß schmeckte. Bea war fertig zurechtgemacht und bereit für die Drinks zu ihrem dreißigsten Geburtstag, aber sie hatte noch zwei Stunden Zeit, bis die ersten Gäste in die Bar kommen würden, die zehn Minuten zu Fuß von ihrer Wohnung entfernt lag. Sie wusste nicht so richtig, was sie anfangen oder wo sie hingehen sollte, also holte sie ihr Telefon heraus und wählte die Nummer ihrer Schwester Lizzie.

Lizzie war nach der Schauspielerin Elizabeth Montgomery benannt worden, aka Samantha Stephens aus *Bewitched – Verliebt in eine Hexe*, denn Lizzie hatte ihre Eltern sofort verzaubert, als sie zur Welt gekommen war. Sie schien ganz einfach durchs Leben zu gleiten, lernte Menschen kennen, lebte die Liebe und sammelte Piercings dabei. Das Bemerkenswerteste, was sie vorzuweisen hatte, war ihr zweiter Platz in der zweiten Staffel vom *Bachelor*. Für Bea gab es nichts Peinlicheres, als einen Reality-TV-Star zur Schwester zu haben. Inzwischen war Lizzie Mutter von eineiigen Zwillingstöchtern geworden, Lola und Willow, und außerdem eine professionelle Influencerin. Sie lebte ihr neues Piercing-freies Leben und berichtete aller Welt über Instagram und Snapchat-Storys davon. Heute würde Bea ihre Schwester erst zum dritten Mal seit ihrem Umzug nach Melbourne sehen. Lizzie lebte fast eine Stunde entfernt im hübschen Küstenstädtchen Mount Eliza, und Bea war nach Melbourne gezogen im Wissen, dass sie gerade nahe genug bei ihrer Schwester wohnte, falls alles ganz schlimm kommen sollte (wenn sie zum Beispiel eine heimatlose Nomadin ohne einen einzigen Pfennig in der Tasche werden würde), aber immer noch weit genug weg, um nicht komplett in deren Leben hineingezogen zu werden und als Lizzies persönliche Instagram-Fotografin oder als Babysitterin auf Abruf zu enden.

»Hi, Liz«, flötete sie ins Telefon, das sie zwischen Schulter und Ohr klemmte, damit sie die Hände frei hatte, um sich Wein nachzuschenken.

»Bea! Sehen wir uns nicht gleich?«

»Ja. Ich dachte nur, ich ruf mal an, um mich für heute Abend in Stimmung zu bringen.« Bea schlürfte einen Schluck Rotwein und hasste sich dafür, wie verzweifelt sie gegenüber ihrer coolen älteren Schwester klang.

»Oh, Bea. Ich hab dir doch schon gesagt, du musst ein bisschen mehr unter Menschen. Als ich beim *Bachelor* mitgemacht habe, hat mir das so viele Türen geöffnet! Wie oft hab ich dir schon gesagt, dass du dich wieder bei Tinder anmelden sollst?«, fragte Lizzie schrill.

»Ich brauche keinen Freund, Liz. Ich brauche neue Freunde. Leute, mit denen ich mich mal treffen kann. Im Moment hab ich nur eine Sache, die dem nahekommt, und das ist ein Buch, auf das ich zufällig gestoßen bin.«

»Ein Buch? Na, das ist ja ganz schön armselig. Ich melde dich gleich mal bei Tinder an, dauert bloß eine Sekunde«, unterbrach Lizzie sie.

»Liz, nein, bitte hör auf damit!«

»Bin schon fast fertig.«

»Liz, jetzt hör mir mal zu! Vom Onlinedating hab ich echt die Nase voll.«

»Okay, fertig. Als Profilfoto für dich hab ich jetzt das heiße Bild von uns beiden bei meiner Hochzeit genommen. Da klicken noch viel mehr Kerle drauf, wenn sie sehen, dass deine Schwester beim *Bachelor* mitgemacht hat, glaub mir! Dein Username ist deine E-Mail-Adresse, und dein Passwort ist mein Geburtsdatum. So, jetzt muss ich aber los. Nick lässt schon den Motor an. Bis gleich!« Liz beendete das Gespräch, ehe Bea auch nur ein weiteres Wort sagen konnte.

Sie stöhnte, ging online, lud die App von Tinder herunter, loggte sich ein und löschte ihren Account.

Mein Gott, wie ich Cass vermisse.

*

Sie war es leid, ziellos in ihrer Wohnung herumzuspazieren, also ging sie eine halbe Stunde früher zum Woods of Windsor, einer kleinen Weinbar in der Chapel Street, leicht versteckt gelegen. Weil sie immer noch neu in der Stadt war und ebenso neu in der Kunst, Freunde zu gewinnen, war ihre Gästeliste peinlich kurz geraten. Abgesehen von ihrer Familie stand ihre Kollegin Anika vom Melbourne Writers Festival Team darauf (und sie hatte nur aus Mitleid zugesagt, da war sich Bea sicher) mit ihrer Partnerin Ruby, dann Sunday und Dino und natürlich Cassandra. Aus lauter Hoffnung und Verzweiflung hatte Bea ihr nicht nur einmal, sondern gleich dreimal geschrieben und sie gebeten, doch zu kommen, selbst wenn sie sich nur über FaceTime zuschaltete.

Sie ging zur Theke, bestellte einen Espresso Martini – laut *Lonely Planet* das Lieblingsgetränk jedes echten Melbourners – und holte *Meeting Oliver Bennett* aus der Tasche. Das Buch wurde immer mehr zu ihrem geschätzten Begleiter, ohne den sie sich irgendwie verloren fühlte. Sie hatte immer von einem Menschen geträumt, der ihr das, was in den Notizen und Anmerkungen in diesem Buch stand, sagen würde – doch er war nie aufgetaucht. Und bei jeder Anmerkung, die sie las, hatte sie immer deutlicher das Gefühl, als würde in ihrem Leben jemand fehlen. Ein Mensch, der tief in ihre Seele blickte und der sie, ganz egal, was er dort sah, lieben würde. Jemand, der Dinge sagte, über die man noch lange Zeit später nachdachte. Und jemand, für den sich Bea endlich einmal selbst entschieden hatte – auch wenn das bedeutete, dass sie vielleicht darauf warten musste, dass er sich für sie entschied.

Sie schaute zu zwei Männern in kurzärmligen karierten Hemden und Chinohosen hinüber, die mit einem Bier in der Nähe des Dartbretts standen. Mit dem einen stellte sie kurz verlegen Blickkontakt her, dann wandte sie sich rasch wieder ihrem Buch zu.

Zwanzig Seiten und einen Martini später fiel ihr, in eine Ecke auf Seite 32 gequetscht, etwas auf, das aussah wie eine

Telefonnummer, neben der der Buchstabe »e« (natürlich kursiv und in Kleinschreibung) stand. Bea runzelte die Stirn. *Wer könnte das sein? Ein Geliebter? Eine Freundin? Die Person, an die sich die ganzen wunderbaren Anmerkungen richten?* Sie holte ihr Telefon heraus und wählte die Nummer, jede Ziffer mit besonderem Nachdruck. *Was willst du denn überhaupt sagen, Bea?* Sie verdrehte innerlich die Augen über ihre eigene Impulsivität und drückte das Telefon fest ans Ohr. Der Anruf wurde sofort auf die Mailbox umgeleitet, und eine helle, lässig klingende Frauenstimme sagte: »Tut mir leid, ich kann gerade nicht rangehen. Hinterlasst mir nach dem Ton eine Nachricht, dann rufe ich vielleicht zurück.«

»Bea, Schätzchen!« Jemand umarmte sie von hinten und zog sie fest an seinen Busen.

»Mum!« Bea beendete den Anruf und schwenkte auf ihrem Barhocker herum. Sie umarmte ihre Mutter, eine zierliche Frau mit dunklem, kurz geschnittenem Bob und einem warmherzigen Lächeln.

Bea fühlte, wie ihre Mutter ihr hektisch über die Rippen strich. Sie stieß Bea plötzlich von sich und packte sie bei den Schultern. »Beatrix, du verkümmerst ja! Isst du denn überhaupt genug?« Maggie, Beas vollkommen »nicht« überbehütende, »nicht« in ihre Töchter vernarrte, sie »nicht« zwangsernährende Mutter, überschüttete ihre beiden Töchter mit Zuneigung in Form von Lasagne, Apfelkuchen und kaum verhohlenen mütterlichen Ängsten über mehr oder weniger alles im Leben. Sie hatte kürzlich Twitter und Emojis für sich entdeckt und kostete jede Möglichkeit aus, »Nachrichten zu schreiben und zu twittern, wie es die Kinder heutzutage tun« und sich auf diesem Weg auch über deren Befinden zu informieren.

»Herzlichen Glückwunsch, mein Schatz.« Beas Vater

kam gemütlich hinter ihrer Mutter her, beugte sich zu seiner Tochter und drückte ihr einen nachlässigen Kuss auf die Wange. Martin war Arzt, kürzlich in den Ruhestand gegangen und hatte seitdem eine Besessenheit für Drohnen entwickelt. Er sah zufrieden aus. »Mach dir nichts aus dem, was deine Mutter sagt. Sie hat sich nun mal vorgenommen, so viele Sorgen wie möglich in unsere kurze Reise nach Melbourne zu stopfen.« Er zwinkerte ihr zu. »Die Stadt scheint dir gut zu bekommen. Und Lizzie hat uns erzählt, dass sie sich besonders gut um dich gekümmert hat. Wir sind wirklich stolz, dass sie so eine liebevolle ältere Schwester ist. Und wir sind stolz auf dich, dass du diesen Schritt und den Umzug ganz allein gewagt hast.«

Maggie und Martin, oder M&M, wie sie liebevoll genannt wurden, waren eben erst gelandet, nachdem sie einen Last-minute-Flug von Perth hierher gebucht hatten, um bei Beas bedeutungsschwangerem dreißigstem Geburtstag dabei zu sein. Sie wollten sie nicht »einengen«, wie ihre Mutter gesagt hatte, und hatten daher über Airbnb eine kleine Wohnung ein paar Blocks von der Bar entfernt gemietet.

»Wo ist denn Lizzie?« Bea schaute sich suchend in der Bar nach ihrer unglaublich großen, schönen und nur leicht ichbezogenen älteren Schwester um.

Und da schoss sie auch schon hinter einem Pfeiler hervor und rannte auf Bea zu. Ihr Mann Nick, ein eher zurückhaltender früherer Profifußballspieler von der Westküste, folgte ihr dicht auf den Fersen, unter jedem Arm ein zappelndes Kleinkind. Lizzie sang eine opernartige Version von *Happy Birthday*, bei der sie kaum einen Ton richtig traf, während sie auf Bea zukam und energisch mit einer Hand winkte. Mit der anderen hielt sie ihr Telefon umklammert und richtete es auf Bea.

»Bea! Alles Gute zum Geburtstag! Ja, ich weiß schon, warum sind denn die Zwillinge dabei – in einer Bar! Aber die Babysitterin hat in letzter Sekunde abgesagt.« Lizzie legte Bea den Arm um die Schultern und zog sie an sich, sodass sie ihr beinahe die Wange zerquetschte. »Lächeln!«, quiekte sie und schoss ein Selfie, bei dem der Blitz grell aufleuchtete. Bea schob ihre Schwester sanft zur Seite. Sie hatte ganz vergessen, wie es war, mit Lizzie auszugehen.

»Liz, wie geht's dir?«, fragte sie und küsste liebevoll die lockigen Köpfe der Zwillinge. Die M&Ms betrachteten ihre jüngste Nachkommenschaft bewundernd.

»Ich bin erschöpft, liege drei Kilo über meinem angestrebten Gewicht und bin sauer auf dich, weil du einfach den Tinder-Account gelöscht hast, an dem ich so lange gesessen habe! Du brauchst nicht zu glauben, ich hätte auf meinem Telefon die Benachrichtigungen abgestellt!« Lizzie warf sich in die Brust und stemmte theatralisch die Hände in die Hüften.

Bea winkte nur ab. Eine der Zwillinge hatte sich aus dem festen Griff ihres Vaters befreit, saß jetzt auf dem Boden und betatschte mit klebrigen Händen Beas linkes Bein.

Maggie schaltete sich ein. »Du solltest wirklich auf deine Schwester hören. Neue Leute lernt man offenbar heute nur noch über Apps kennen.« Bea wurde blass. Ihr nicht vorhandenes Liebesleben war wirklich das Allerletzte, worüber sie jetzt mit ihrer Familie sprechen wollte.

»Egal, genug davon, jetzt wird gefeiert!« Lizzies Aufmerksamkeitsspanne reichte nicht für eine längere Unterhaltung, und sie blickte sich prüfend in der Bar um, in der hauptsächlich leere runde Tische und eine Handvoll wackliger Barhocker zu sehen waren. »Wo sind denn die anderen Gäste alle?«

»Ich wollte es dieses Jahr ganz klein und intim halten«, sagte Bea, um ihre klägliche Gästeliste schönzureden. »Du weißt schon, ich wollte nicht so einen Wirbel machen um diesen Geburtstag, mit dem man beginnt, sich allmählich dem eigenen Niedergang zu nähern.« Den letzten Teil des Satzes flüsterte sie und beugte sich verschwörerisch zu Lizzie hinüber, als würde sie ihr das Geheimnis ewiger Jugend enthüllen.

Lizzie stieß ein Lachen aus, das eher nach einem schrillen Aufschrei klang, und schoss ein paar Fotos von ihren wunderschönen Töchtern.

Bea schaute sich ängstlich um, dann tippte sie auf ihr Telefon, das sie, wie ihr erst jetzt auffiel, ein bisschen sehr fest umklammert hielt. Keine Nachrichten. Maggie schaltete sich wieder ein, beschäftigte ihre Familie mit Überlegungen, was sie zu trinken bestellen sollten, und zeigte stolz Martins neueste Luftaufnahmen von Cottesloe Beach herum. Bea trat einen Schritt von ihnen weg, betrachtete die lebhafte Gruppe und lächelte vor sich hin. Ihr war gar nicht bewusst gewesen, wie sehr sie dieses Familienchaos vermisst hatte.

Mit Drinks und Schnabeltassen versehen besetzte Beas Familie Tische und Stühle am Fenster. Gelächter und Unterhaltungen mischten sich mit sanfter Jazzmusik. Die restlichen Gäste trafen nach und nach ein, mit guten Wünschen und der Bereitschaft, sofort zur Bar zu gehen, wo sie sich etwas zu trinken bestellten. Schließlich waren alle da außer Dino. Bea kontrollierte auf ihrem Handy wiederholt die Uhrzeit und scharrte unruhig mit den Füßen, während sie versuchte, sich auf die Unterhaltung zwischen ihrem Dad und ihrer Schwester zu konzentrieren. Es ging die ganze Zeit um irgendwas mit Hashtags und um die Macht viralen Marketings. Wenn Lizzie irgendetwas wirklich ernst nahm, dann war es, der Bezeichnung »Mummy Blogger« voll und ganz gerecht zu werden. Bea blickte sich in der Bar um, ob ihre anderen Gäste sich auch amüsierten. Sunday unterhielt sich in der Ecke mit irgendeiner unbekannten Frau, und Anika vom Melbourne Writers Festival und Ruby saßen schweigend auf der Couch und tranken vor sich hin.

Dann spürte Bea, wie ihr jemand sanft an die Schulter fasste. Sie zuckte zusammen und drehte sich rasch um, damit sie den Eigentümer der Hand begrüßen konnte.

»Bea, tut mir leid! Ich hätte mich nicht so ranschleichen sollen«, sagte Dino. Er trug ein Shirt, auf dessen Brusttasche die Initialen von jemand anders standen: *AIK*.

»Dino, da bist du ja!« Bea stand auf und gab ihm einen raschen Kuss auf die Wange.

Verlegen trat er einen Schritt zurück.

»Herzlichen Glückwunsch!« Er überreichte ihr eine kleine Schachtel.

Sie öffnete sie und rief aus: »Mein Tamagotchi!« Vor einiger Zeit hatte sie spätabends *Les Misérables* geschaut und gleichzeitig an einem Preisausschreiben teilgenommen.

»Das war heute Morgen in der Post. Ich nehme an, es ist einer von deinen ›Preisen‹. Moment mal – hast du gerade Tamagotchi gesagt?«

»Ja, hast du das noch nicht mitgekriegt? Sie erleben gerade ein Comeback.«

Dino lachte und schaute auf Beas leeres Glas. »Komm, ich hol dir einen neuen Drink. Betrachte ihn als Geburtstagsgeschenk.«

An der Bar bestellte er einen Pinot für Bea und ein Craftbier für sich selbst. Der Barkeeper stellte ihnen die Gläser hin, und Dino wühlte in seinen diversen Taschen herum. »Verdammt, ich glaube, ich hab meine Brieftasche im Auto vergessen«, seufzte er und lehnte Beas Angebot ab, er könne ja einfach die nächste Runde bezahlen. »Ich bin gleich wieder da. Nicht weglaufen!«

Er rannte hinaus, und Bea machte es sich auf dem Barhocker bequem. Sie war dankbar für eine Verschnaufpause von den Unterhaltungsbröckchen, die sie die ganze Zeit von sich gab. Rasch trank sie einen Schluck Wein und sah ihr Buch, das sie geistesabwesend auf dem Tresen hatte liegen lassen, als ihre Eltern angekommen waren. Schuldbewusst zog sie es an sich, schlug es auf und vertiefte sich sofort darin. *Nur eine einzige Seite,* sagte sie sich. Nach drei Zeilen fiel ihr eine neue Anmerkung ins Auge:

**du schaffst und hütest erinnerungen –
für beides liebe ich dich**

Bea versuchte sich vorzustellen, wen der Geheimnisvolle Autor hier beschreiben könnte. Sie stellte sich eine Frau vor mit einem Gesicht, das man auf der Stelle wiedererkannte, selbst wenn man es nur ein einziges Mal gesehen hatte, nur einen flüchtigen Augenblick lang. Ihr Lieblingsbuch wäre *Der Jane Austen Club.* Aber sie würde wahrscheinlich überall behaupten, ihre Lieblingsbücher wären die von Jane Austen. Bea seufzte gedankenverloren und las weiter.

»Bars und Bücher? Dann bist du ja vielleicht die Frau meiner Träume«, sagte eine tiefe Stimme.

Widerstrebend riss sie sich von der Seite los und blickte auf. Es war einer der beiden Männer, die sie vorhin gesehen hatte. Von Nahem fielen ihr seine braunen Augen auf, seine breiten Schultern und der Dreitagebart. Der Mann überragte Bea bei Weitem. Sie sank in sich zusammen und wünschte sich verzweifelt, sie hätte das unerschrockene Selbstvertrauen von Lizzie oder Cass.

»Was liest du da?« Er schaffte es, gleichzeitig zu ihrem Buch hinzunicken und mit einem Fingerschnipsen ein neues Bier zu bestellen.

Bea schlug das Buch zu und schob es ihm hin. Er schaute es an und berührte ihren Arm leicht mit seinem.

»*Meeting Oliver Bennett?*«, rief er aus und wurde auf der Stelle weniger lässig und dafür lebhafter. »Das gibt's doch nicht! Ich hab mein Buch neulich erst in diesem süßen kleinen Laden da oben in Nord-Melbourne abgegeben. Wie heißt der noch gleich ...«

Bea schaute den Bücherfreund mit den Lachfalten und dem zerrauften lockigen Haar neugierig an. »Das war nicht zufällig die Kleine Buchhandlung in der Brunswick Street?«

Er schnipste mit den Fingern, und sein Gesicht erhellte sich. »Ja, genau, der war's. Die haben so eine coole kleine Secondhandabteilung.«

»Das Buch habe ich letzte Woche genau dort gekauft«, sagte sie vorsichtig. Er konnte doch unmöglich der Mensch sein, der die Notizen hinterlassen hatte, die sie inzwischen wesentlich lieber gewonnen hatte als die Geschichte selbst.

Er schaute sie verblüfft an und verzog die Lippen zu einem leichten Lächeln. Dann zog er das Buch zu sich hin und blätterte die ersten Seiten um. Er starrte erst das Buch an und dann Bea.

»Das ist tatsächlich mein Buch.«

Bea konnte es nicht fassen. Wie standen die Chancen, dem früheren Besitzer des Buches, das sie erst seit ein paar Tagen hatte, einfach so über den Weg zu laufen? Sie fühlte sich, als würden die Sterne ins Wanken geraten und dann wieder in ihre richtigen Konstellationen zurückfallen.

»Ich bin übrigens Zach.«

Sie schüttelte seine ausgestreckte Hand. »Bea.«

8

Bea trank einen großen Schluck Wein. Es war schon ihr dritter Drink heute Abend. »Ich muss unbedingt wissen, was du dir bei all diesen Anmerkungen gedacht hast. Ich meine, die sind ja wirklich überall, im ganzen Buch! So was hab ich noch nie gesehen. Und wie konntest du dort so unglaublich persönliche Sachen eintragen?« Bea schienen die Fragen einfach so aus dem Mund zu purzeln. »Und die Telefonnummer, von wem ist die?«

Zach lächelte und warf einen Blick über die Schulter. »Hör mal, ich muss zurück zu meinem Kumpel. Sieht sehr danach aus, als würde da ohne mich alles bergab gehen.« Er zeigte auf seinen Freund, der allein dasaß, mit seinen Dartpfeilen Erdnüsse aufspießte und sie sich in den Mund schob. »Vielleicht können wir uns später noch ein bisschen über Bücher unterhalten?«, sagte er errötend. Waren ihm seine Eintragungen vielleicht ein bisschen peinlich?

Bea sprang auf und taumelte leicht. Das letzte Glas war ihr ganz klar zu Kopf gestiegen. Sie konnte Zach jetzt nicht einfach gehen lassen – so unhöflich das jetzt wirken musste – und fragte dringlich: »Machst du das mit all deinen Büchern?« Dieser Typ hatte etwas so Entspanntes an sich, als wäre er gerade einem Reiseprospekt über die Malediven entstiegen. Diesen Mann, diesen Typ von der sonnigen tropischen Insel – sie wollte nicht, dass er ging. Nicht, wo sie einander gerade erst gefunden hatten.

»Nur, wenn's mich gerade überkommt. Ich hab's jetzt schon eine ganze Weile nicht mehr gemacht«, sagte Zach und trat den Rückzug an.

»Wie kann ich dir dein Buch später zurückgeben?«

»Jetzt ist es dein Buch«, sagte Zach mit einem Zwinkern.

»Mmm, tja«, murmelte Bea und folgte ihm einen Schritt. »Aber angenommen, ich müsste dich jetzt ganz dringend so schnell wie möglich erreichen wegen dieses Buches, wenn ich zum Beispiel eine brennende Frage hätte zum Thema …«

»Und was, wenn ich aus Versehen das Ende ausplaudere? Das würde ich mir nie verzeihen!«

»Ähm, ja. Das wäre natürlich tragisch. Aber ich bin in letzter Zeit ein Mensch geworden, der sehr viel leichter vergeben kann als früher. Du weißt schon, jemand, der älter und weiser geworden ist.« Bea zog die Silben und versuchte, verführerisch zu klingen, aber sie klang eigentlich eher betrunken.

Zach lächelte. »Das ist ein echt gutes Argument. Und ein guter Buchklub für zwei hat mich schon immer gereizt.« Er blickte zu seinem Freund hinüber, der inzwischen versuchte, so viele Erdnüsse wie möglich auf der ausgestreckten Zunge unterzubringen. »Du hast recht. Machen wir's offiziell und stellen wir das Schicksal nicht noch mal auf die Probe.« Er holte sein Telefon heraus und hielt es Bea hin. Dankbar speicherte sie ihre Nummer und kontrollierte sie mehrmals auf Tippfehler und Zahlendreher, während sie sich selbst zu ihrem gewagten Vorstoß gratulierte. *Und das ganz ohne Cassandras Hilfe.* »Ich wünsch dir noch einen schönen Abend, Bücherwurm«, sagte Zach, steckte sein Telefon ein und ging zu seinem Dartspiel zurück.

»Da, Tinder, dir hab ich's vielleicht gezeigt!«, jubelte Bea.

Mitten in ihrer triumphierenden Handbewegung kehrte Dino zurück, ganz erhitzt und leicht außer Atem.

»Sieht ganz so aus, als hättest du einen Saufkumpan gefunden.« Er wies mit dem Kopf auf Zach und musterte ihn abschätzig von oben bis unten.

»Da bist du ja wieder«, nuschelte Bea und schlug ihm leicht gegen die Brust.

»Mmm«, sagte Dino nur dazu.

»Dreißig ist vielleicht doch gar nicht so übel«, jauchzte Bea. »Ich hab mehr als nur einen Saufkumpan gefunden – ich hab ein richtiges Date!«

»Herzlichen Glückwunsch«, sagte Dino. »Du bist ja eine ganz schöne Aufreißerin, Bea.«

»Weißt du, Dino, manchmal muss man das Leben einfach bei den Hörnern packen. Die Gegenheit beim Schopf ergreifen.«

»Du meinst sicher: die Gelegenheit?«

»Kein Mensch kann Besserwisser leiden, Dino.«

»Also los, Frau Professor«, sagte er, legte das Geld auf die Theke und drehte Bea herum. »Gehen wir mal zurück zu deiner Party.«

Während ihrer Abwesenheit war die Party allmählich leicht ins Chaos abgeglitten. Lizzie saß rittlings auf einem Stuhl und machte Selfies, während Nick Lola jagte und versuchte, sie zu fassen zu bekommen, bevor sie den gesamten Inhalt ihres Bechers über ihre Schwester kippen konnte.

»Bea.« Ihre Mutter tauchte ganz plötzlich vor ihr auf. »Wo warst du denn die ganze Zeit, Liebes? Wir sind schon sehr gespannt, alles über das Melbourne Writers Festival zu hören. Ich hab neulich erst gelesen, dass Storybooks auf Instagram der neueste Schrei im Marketing sind – stimmt das?«

Bea kicherte und bekam einen Schluckauf, dessen Wucht sie einen Schritt zurückstolpern ließ. Dino legte ihr rasch die Hand auf den Rücken, sonst wäre sie womöglich hingefallen, aber Bea schüttelte seine Hand ab und gewann ihre Haltung wieder. *Reiß dich zusammen, Babbage.*

»Ehrlich gesagt, ging es letzte Zeit ein bisschen mehr um Colgate als um Capote«, gestand sie. »Aber wie heißt es so schön: Rom wurde auch nicht an einem Tag erbaut. Es ist nur eine Frage der Zeit, bis der Geldsack von Chef mein Potenzial und meine Vorliebe für alles Gedruckte erkennt. Stimmt doch, Anika?«, rief Bea zu ihrer Kollegin hinüber, die offenbar gerade in eine lebhafte Unterhaltung mit Beas Vater verstrickt war. Anika legte den Kopf leicht schräg und hob zur Antwort ihr Glas (und zweifelnd die Augenbrauen).

»Ich bin ja so stolz auf dich, dass du das Risiko eingegangen bist und diesen neuen Job angenommen hast. Bist du nicht auch stolz auf Bea?« Maggie wandte sich an Dino, der an seinem Glas genippt hatte, jederzeit bereit, die leicht schwankende Bea wieder zu stützen. »Wer warst du noch mal?«

»Das ist mein Barista. Dino ist mein heiliger Barista!«, schwärmte Bea und legte den Arm um einen ganz starr gewordenen Dino.

»Das stimmt, Fräulein Strong Skinny Latte hier arbeitet in den Büroräumen gleich über meinem Café.«

»Ach, wie goldig! Erzähl mal, wie funktioniert denn eigentlich ›Latte Art‹?« Maggie zeichnete mit den Fingern Anführungszeichen in die Luft.

»Das kann ich Ihnen wirklich nicht sagen. Ich bin eher für ganz simple Muster.«

»Mum, du musst wissen, dass Dino seine ganze Kunst auf seine Zitate verwendet. Jeden Tag schreibt er mir was Neues auf meinen Pappbecher!«

Dino schob sie ein bisschen von sich weg. »Eigentlich hatte ich gehofft, Ihre Tochter mit meinem Kaffeebecher-Graffiti davon zu überzeugen, sich endlich eine richtige Tasse zu kaufen.«

Maggie nickte beeindruckt. »Nachhaltigkeit ist ja heutzutage so wichtig.«

*

Gegen halb zehn fand sich Bea auf der Couch wieder, zwischen Anika und Ruby eingequetscht, jeweils eine Hand auf deren Knien.

»Aber wie? Wie schafft ihr das bloß alles? Und die ganze Zeit strahlt ihr so eine feurige Leidenschaft füreinander aus!« Bea hatte die letzten fünfundzwanzig Minuten über das Wunder der Liebe philosophiert und darüber, wie man gleichzeitig seinen (oder ihren) Traumjob an Land ziehen konnte.

Dino tauchte vor ihr auf. »Ich muss allmählich los«, sagte er. »Die Kaffeebohnen mahlen sich nicht von selbst.«

Bea lachte fast schon hysterisch, während Anika und Ruby ihre Taschen und Jacken packten und sich im Hinauslaufen verabschiedeten.

»Kommst du denn hier allein zurecht?«, fragte Dino.

Lizzie und ihre kleine Entourage waren gegangen, noch bevor Bea sich Anika und Ruby geschnappt hatte, und ihre Eltern waren kurz danach auch verschwunden. Sunday hatte ohnehin nur vorbeigeschaut und hatte sich schon verabschiedet, kurz nachdem Dino gekommen war.

»Ich bin nicht allein«, sagte Bea und lehnte sich auf der Couch zurück. Sie hatte sich einen kleinen Cocktailschirm hinters Ohr gesteckt und nickte zum Barkeeper hinüber.

»Geh, verschwinde schon. Du musst morgen ja wirklich ganz früh raus.«

Dino beugte sich zu ihr hinunter und gab ihr einen raschen Kuss auf die Wange. »Komm gut nach Hause«, rief er ihr im Hinausgehen über die Schulter hinweg zu. »Und noch mal Glückwunsch zu den heißen Dreißigern!«

Bea lehnte müde den Kopf gegen die Wand und kämpfte mit sich, ob sie noch etwas trinken sollte. Nachdem sie wieder zu den Espresso Martinis gewechselt war, war sie viel zu aufgedreht, um schon zu Bett zu gehen. Mit geschlossenen Augen griff sie nach ihrer Tasche neben sich und kramte nach dem Portemonnaie. *Einen Drink noch, dann geh ich auch*, sagte sie sich, während sich in ihrem Kopf schon alles drehte.

»Okay, Bea«, sagte sie, die Augen noch immer geschlossen, »die letzte Runde geht auf mich.«

»Das ist aber unfair«, antwortete eine tiefe Stimme. »Ich bin doch jetzt dran mit Bezahlen.«

Bea öffnete mühsam ein Auge und blinzelte hinauf, sah aber nur eine verschwommene Silhouette. *Dino?*

»Geht's dir gut?«

Bea spürte, wie die Couch unter ihr nachgab, und bei dieser Bewegung wurde es ihr noch schwindeliger. *Vielleicht ist es doch keine so gute Idee, noch was zu trinken.* Sie öffnete jetzt auch das andere Auge.

»Ich bin's – Zach. Der Secondhandbuch-Zach.«

Bea hatte offenbar die Stirn gerunzelt.

»Wie wär's, wenn ich dir eine Fahrt bei Uber besorge? Vielleicht ist es besser, wenn ich dich jetzt nach Hause bringe.«

»Du bist sehr schön«, murmelte Bea. Sie streckte die Hand aus und tätschelte sein Gesicht. »Und du liest gern.«

Zach zog lachend den Kopf weg. »Los, komm, vom Whiskey verweht – beweg dich!« Er schob ihr eine Hand unter den Arm und hievte sie auf die Füße.

Bea lachte. »Dino fände dieses Wortspiel bescheuert.«

Zach lächelte und verstand offenbar nichts. »Du hattest ja heute Abend eine ganz schön irre Sippschaft hier.«

»Hast du mir etwa nachspioniert?«

»Wenn du mit ›nachspionieren‹ meinst, dass ich dich abgecheckt hab, dann muss ich zugeben, ich hab dir ein ganz kleines bisschen nachspioniert.«

Zach führte Bea raus auf die Straße. Er holte sein Telefon heraus und wischte auf seinem Display herum, bis er seine Uber-App gefunden hatte. Nach vollen fünf Minuten Blackout fiel Bea wieder ein, wo sie wohnte, und er bestellte einen Wagen. Die ganze Zeit stand sie regungslos da und lehnte sich in Zachs zuverlässige Umarmung, während sie mit zusammengekniffenen Augen heimlich diesen unerwartet aufgetauchten, ziemlich anziehenden Mann betrachtete: ein Typ mit zwanglosem Charme, der nicht viel Aufhebens davon machte, dass er gut aussah, und der richtig gut schreiben konnte.

Nach acht Minuten Wartezeit (gesegnet seien die Uber-Götter) packte Zach Bea auf die Rückbank eines grauen Geländewagens und stieg neben ihr ein.

»Du, Zach?«

»Ja, Bea?«

»Wie alt bist du eigentlich?«

»Achtundzwanzig.«

»Achtundzwanzig? Ich bin heute dreißig geworden. Heißt das, ich bin jetzt eine MILF?«

»Tja, das weiß ich auch nicht. Wie viele Kinder hast du denn?«

»Also ehrlich, jetzt klingst du wie meine Mutter!« Bea rückte verärgert von ihm weg.

»Nein – tut mir leid.« Zach versuchte, Bea hinterherzurutschen, aber der Gurt hielt ihn zurück. »Ich glaube, das, was du meinst, ist Cougar.«

Bea schaute ihn misstrauisch an. »Du bist zu jung für mich.«

»Hab ich gesagt, ich wäre achtundzwanzig? Ich meinte eigentlich achtundzwanzigdreiviertel. Außerdem habe ich mindestens eine beige Rentnerweste – und gerade hab ich *Ein Mann namens Ove* gelesen und merke, dass ich regelmäßig über ›Rowdys‹ fluche und die guten alten Zeiten herbeisehne, als es noch keine Kindles gab.« Dann beugte Zach sich ganz nah zu Bea und flüsterte ihr ins Ohr: »Alter ist doch bloß ein Zahl, Baby.«

Gänsehaut und noch mehr Gänsehaut.

Wer ist dieser Typ?

Und dann lagen seine Lippen auf ihren. Er schmeckte nach Zitrone und Cola, und es fühlte sich an wie ein Neubeginn.

9

liebe Ramona,
ich hoffe, du hast die Schlüssel gut gefunden. Danke noch mal, dass du jetzt ein Jahr lang jede Woche bei mir putzt. Das ist ein derartiger luxus für mich, du kannst es dir gar nicht vorstellen. Ich bin unglaublich erleichtert, dass ich den Gewinn von Perth nach Melbourne übertragen konnte!
Oh, und das Durcheinander hier tut mir leid. Ich bin gestern Nacht nach Hause gewankt gekommen, total berauscht von lauter Wein und einem raffinierten Kuss von einem Typen namens Zach. Er hat verwuscheltes Haar und dunkle Augen und süße Grübchen. Ein ganz besonderes leckeres Exemplar. Ausgerechnet ich, die ständig verlegene Bea Babbage, hab ihn geknutscht wie verrückt – und es hat ihm gefallen! Glaube ich jedenfalls. Im Moment erinnere ich mich nur verschwommen an alles. Egal, was ich sagen wollte, war: Als ich nach Hause kam, hab ich kaltes Brathähnchen aus dem Kühlschrank geholt und zugeschlagen. Ich hab versucht, so gut wie möglich sauber zu machen, aber möglicherweise liegen noch irgendwo ein paar Hühnerknochen rum, und es sind sicher auch noch Fettflecken da.
Mit freundlichen Grüßen
Bea Babbage

Ach, PS: Meine Freundin Sunday kommt heute vorbei und will sich ein Kochbuch ausleihen. Es macht dir doch nichts aus, sie kurz reinzulassen, oder? Danke!

10

Bea,
alles ist sauber gemacht. Ich hab deine Freundin reingelassen und sie hat Buch geholt. Glückwunsch für diesen Mann. Er klingen schöner Mann. Und das Gewinn ist nur noch neun Monate übrig, nicht ganzer Jahr. Nächste Woche ich kommen wieder.
Ramona

11

Auf dem Weg zur Arbeit schaffte Bea in der Straßenbahn nur eine einzige Seite von *Meeting Oliver Bennett.* So kurz die Fahrt von ihrer Wohnung in Windsor nach South Yarra war – sie hatte bei jedem kleinen Gefälle und jeder Kurve das Gefühl, sie müsste sich gleich übergeben. *Bums. Hoppla. Rumpel.* Aber die eine Seite, die sie schaffte, ging ihr die ganze Zeit im Kopf herum. Sie liebte es, das Großbritannien der 1940er-Jahre aus der Sicht des bärenstarken Oliver Bennett zu erleben und zu erfahren, wie er die junge Liebe mit wilder Leidenschaft durch alle Untiefen steuerte. Doch es waren die hastig gekritzelten Worte auf der Seite, von denen Bea ihre Gedanken nicht losreißen konnte. Sie lagen vor ihr auf ihren Knien wie eine Opfergabe.

Und genauso wenig konnte sie ihre Gedanken von dem Mann losreißen, der diese Notizen geschrieben hatte. *Zach.*

Sie ließ sich den Namen auf der Zunge zergehen. Seit sie in der neunten Klasse in Philosophie beinahe durchgefallen wäre, glaubte Bea nicht mehr an die abstruse Auffassung von Schicksal (nicht zuletzt auch, weil Cassandra vehement darauf bestand, dass so etwas Unsinn und nur was für kleine Kinder war. Das hatte sie schon mit elf Jahren gesagt). Aber ihre zufällige Begegnung hatte doch ganz entschieden etwas Besonderes an sich. Sie war dem gut aussehenden, gebräunten Mann begegnet, der die Anmerkungen geschrieben hatte, die sie so sehr beschäftigten. Und, nun ja, Schicksal war in diesem Zusammenhang das einzige Wort, das für sie irgendeinen Sinn ergab.

Bea fuhr sich mit den Fingerspitzen über die Lippen und hing der Erinnerung an den spontanen und für sie ganz untypischen Kuss nach. Bea küsste normalerweise keine Fremden. Sie war sehr wählerisch, wenn es darum ging, mit wem sie ihren Speichel austauschte (»Man weiß nie, von wem man sich einen Herpes holen kann«, pflegte ihr Dad immer zu sagen, bevor sie das Haus verließ). Aber für Bea hatte es sich so angefühlt, als würde sie Zach schon lange kennen. Die impulsiven Anmerkungen auf den Seiten des Buches hatten sie in ihrem tiefsten Innern berührt. Die Leichtigkeit und die Unbekümmertheit, mit der sie geschrieben waren, waren ihr unter die Haut gegangen.

Sie hatte es genossen, den Mann zu küssen, der dahintersteckte, und sie wollte es wieder tun. Und zwar bald.

Aber will er das auch? Bea lehnte den Kopf gegen die Fensterscheibe der Straßenbahn und schloss die Augen. Sie spürte das Rumpeln des Waggons durch ihre Fersen in den Körper dringen, die Jeans herauf und in ihr weißes Leinenshirt. *Bitte lass ihn nicht so sein wie alle anderen,* betete sie im Stillen. Auf einmal stand ihr wieder alles vor Augen: Momentaufnahmen enttäuschender Dates, Anrufe, die niemand beantwortete, und Sleazy Shane – der Freund, mit dem sie immer mal wieder zusammen gewesen war und dann wieder nicht. *Bitte lass Zach anders sein, bitte mach, dass er seinen Anmerkungen gerecht wird!* Sie hielt sich das abgenutzte Exemplar von *Meeting Oliver Bennett* dicht vors Gesicht und sog seinen Geruch ein. Der holzhaltige Geruch der Seiten riss sie für kurze Zeit aus ihrem Kater. Sie lächelte, während sie ihr Gesicht noch tiefer zwischen den Seiten vergrub. Sie dachte an Ströme von Worten und Notizen, an Grübchen und breite Schultern, an Zitrone und Cola und an Zach, Zach, *Zach*.

»Mensch, nimm dir doch ein Zimmer«, knurrte ein Junge neben ihr und schnipste mit dem Finger gegen das Buch.

Bea machte die Augen auf, senkte das Buch und lachte. »Keine Sorge. Das werde ich.« Sie holte ihr Telefon heraus, um Cassandra von dem Mann zu schreiben, den sie kennengelernt hatte. Sie schickte ihr eine rasche Nachricht und schrieb dann einen Post für ihren Instagram-Account. Dafür benutzte sie ein Foto, das sie vor ein paar Tagen gemacht hatte.

Halloistdasdeinbuch

Anmerkung des Tages: *Lass deine Hemmungen fallen.* LEUTE, ICH HABE DEN GEHEIMNISVOLLEN AUTOR GETROFFEN! Den Geheimnisvollen Autor himself! Ich war in einer Bar, und da hat er sein Buch wiedererkannt. Er ist genauso wundervoll, wie wir ihn uns vorgestellt haben, und mit seinem Gesicht kann er Joshua Templeman aus Sally Thornes *Küss mich, Mistkerl!* Konkurrenz machen.

---

*

Trinken macht die Menschen interessanter, stand in krakeliger Schrift auf ihrem Kaffeebecher, und Bea las es laut vor.

»Das ist von …«

»Ich weiß, Hemingway. Ha, ha – sehr lustig«, sagte sie. Bea sah heute Morgen wirklich sehr mitgenommen aus. Sie war mehr oder weniger in The Nook hineingestolpert und hatte um ihre tägliche Ladung Koffein gebeten. Ihre sonst so lockigen, voluminösen Haare waren zu einem unordentlichen Knoten hochgesteckt, der ihr schief auf dem Kopf saß, und ihr Oberteil war ganz fürchterlich verknittert. Dino hatte sie nur finster angeschaut und ihr den Kaffee hingestellt, ohne ein Wort zu sagen, bis sie das Zitat gelesen hatte.

Bea kippte den Kaffee hinunter. »Was ist denn?«

Dino zuckte mit den Schultern und wandte sich ab, um den nächsten Kunden zu bedienen. Bea verdrehte die Augen, spielte mit dem Fell von Agatha Christie herum und schaute Dino zu, wie er Kakaopulver über seine neueste Kreation verteilte und den Deckel schwungvoll auf den Take-away-Becher drückte.

»Und, ist da gestern Nacht was gelaufen zwischen dir und diesem lächerlich konventionellen Typ?«, fragte er schließlich. Bea mochte es, wie Dino in die Sprache eines klatschsüchtigen Teenagermädchens zurückfiel, wenn er unter Druck stand.

Sie lachte. »›Lächerlich konventionell‹? Wovon redest du da eigentlich? Übrigens, sieht Agatha heute nicht ein bisschen dicker aus als sonst?«

»Versuch nicht, das Thema zu wechseln«, sagte Dino, während er die Croissants auf der Theke so arrangierte, dass sie eine perfekt symmetrische Pyramide bildeten. Er stellte einen Miniatur-Eiffelturm daneben. »Jetzt komm schon, der sah doch so aus, als käme er geradewegs von den Dreharbeiten zu *Gossip Girl.*«

Bea spürte, wie ihr die Röte den Hals hinaufkroch, allein

beim Gedanken an den *Gossi-Girl-ähnlichen* Menschen, mit dem sie vor weniger als zwölf Stunden erst geknutscht hatte. Sie tat Dinos Bemerkung mit einer Handbewegung ab. »Ich hab nur seine Telefonnummer gekriegt, das ist alles. Ich fand ihn echt süß.« Offenbar war sie jetzt eine dieser Frauen geworden, die nicht über ihr Liebesleben sprachen. »Und konventionell ist er wohl kaum. Er liest. Und er schreibt!«

Dino starrte sie an. »Soll ich jetzt etwa überrascht sein, dass er kein Analphabet ist?«

»Er kann nicht nur schreiben, er ist ein verdammter Dichter!«

Dino hob nur zweifelnd eine Augenbraue.

»Na ja, nicht so ein Dichter wie du«, gab sie zu. »Aber ich bin in der Kleinen Buchhandlung in der Brunswick Street – da solltest du übrigens auch mal hingehen – auf ein Buch gestoßen, dass er ihnen verkauft hatte und in das er ganz viele Notizen gemacht hat. Das Buch ist fast von oben bis unten vollgeschrieben! Da stehen jede Menge unglaubliche Einsichten zur Handlung des Buches und lauter weltgewandte Beobachtungen und Parallelen, die er zu seinem eigenen Leben zieht.« An diesem Punkt gestikulierte Bea bereits so wild, dass selbst Agatha Christie schon überrascht zu ihr aufzublicken schien. Sie konnte ihre Entdeckung einfach nicht mehr für sich behalten. »Wie auch immer, er scheint wirklich interessant zu sein.«

»Klingt nach einem tollen Fang. Gut gemacht!«

»Mmm, das Buch – also Zach – der scheint wirklich was ganz Besonderes zu sein.«

»Du solltest aber den Tag nicht vor dem Abend loben.«

»Danke für den Tipp, du Optimist! Ist es denn so schlimm, wenn man mal ein bisschen träumt?« Grollend warf Bea eine Serviette nach Dino, der er gewandt auswich. »Und jetzt gib mir bitte ein Schokomuffin, ehe ich hier verhungere«, sagte sie.

Dino reichte ihr vorsichtig das Gebäck über die Theke. »Tja, ich weiß, dass ich keine Marginalien-Literatur verfasse, aber kommst du heute Abend wieder zu meinem Poetry-Slam?«

»Klar. Jede Poesie ist gute Poesie!«, sagte Bea, den Mund voll Muffin.

*

Bea rückte mit dem Stuhl an die äußerste Ecke ihres Schreibtischs und schlug *Meeting Oliver Bennett* auf. Sie wartete darauf, dass die Wirkung der Kopfschmerztablette, die sie gerade genommen hatte, einsetzte und dass ihre Eltern kamen. Die beiden hatten darauf bestanden, dass Bea sie an ihrem neuen Arbeitsplatz herumführte und sie anschließend gemeinsam mittagessen gingen. Bea ließ den Blick schon wieder langsam über die Anmerkungen im Buch gleiten, die sie einfach nicht ignorieren konnte, und sog sie regelrecht in sich auf:

wie kann etwas so kleines meine ganze welt erfüllen?

Jetzt, wo sie wusste, dass Zach hinter diesen Bemerkungen steckte, fühlten sie sich alle noch viel persönlicher an. So echt. Was ging ihm sonst noch so durch den Kopf? Sie stellte sich vor, wie er mit seinen starken Händen den Kugelschreiber umfasst hielt, wie es in seinem Kopf arbeitete, wie er seine Gedanken aufs Papier strömen ließ. Noch nie im Leben hatte sie so viele Anmerkungen gesehen, und jede einzelne davon mit einer derartigen Bedeutung aufgeladen! Sie breiteten sich auf den Seiten aus, als würden sie ihr Revier markieren. Bea ließ die Finger über die Seiten des Buches gleiten, sie glitten über die eng geschriebenen Kleinbuchstaben, erfassten jedes noch so kleine Detail.

»Bea, Liebling«, gurrte eine herzliche Stimme und holte Bea wieder in die Welt zurück. »Ich glaub es kaum, dass das hier wirklich dein Schreibtisch ist!«

Rasch schob sie *Meeting Oliver Bennett* unter ein paar herumliegende Blätter, schob ihren Stuhl zurück und umarmte ihre Mutter. Sie dankte der Sekretärin, die ihre Eltern heraufgeführt hatte, und küsste ihren Dad zur Begrüßung auf die Wange.

Maggie beugte sich zu ihr hin und legte ihr den Arm auf den Rücken. »Und jetzt, Liebling, zeig mir mal, wo ihr eure großen Besprechungen abhaltet.«

Bea führte ihre Eltern zum Sitzungsraum, lächelte milde die Kollegen an, an denen sie vorbeikamen, und hoffte, sie verstellte sich gut genug, um auf ihre Eltern wie eine wertgeschätzte Kollegin zu wirken, die in das professionelle und soziale Umfeld des Teams gut integriert war. Maggie und Martin waren begeistert und blieben alle paar Schritte stehen, um ein Whiteboard mit einigen unausgegorenen Ideen vom Brainstorming zu bewundern. Sie baten Bea auch, sie der einen oder anderen Kollegin vorzustellen, aber das ignorierte Bea taktvoll. Als sie wieder in die Nähe ihrer Bürozelle kamen, merkte Bea, wie ihr Telefon in ihrer Gesäßtasche vibrierte. Eilig holte sie ihr Telefon heraus.

Zach: Es war wunderbar, dich gestern Abend kennenzulernen, Bea.

»Oh Gott«, flüsterte Bea vor sich hin.

»Was ist denn, Liebling?«, fragte Martin.

»Ach, nur eine Mail von meinen Vorgesetzten, mit der sie mir zu meinen letzten Vorschlägen gratulieren. Sie sind echt beeindruckt.«

Maggie klatschte freudig in die Hände. »Oh, die Mail wollen wir auch lesen!«, flötete sie und schnappte sich kurzerhand Beas Telefon. Als sie die Nachricht auf dem Display sah, runzelte sie die Stirn. »Wer ist denn Zach?«

Bea schauderte sichtlich. Sie fürchtete die Unterhaltung, die jetzt unweigerlich folgen würde. »Nur ein Freund, Mum.«

»Aber nicht zufällig ein Freund mit gewissen Vorzügen?«

»Ach, Mum!« Beas Mutter übertrieb es ganz entschieden mit ihrer Ausdrucksweise als Möchtegern-Junggebliebene.

»Liebling, das ist ja wunderbar. Du musst sofort antworten.«

Bea nahm ihrer strahlenden Mutter das Telefon aus der Hand und steckte es wieder ein. »Danke, Mum, das werde ich tun.«

»Auf der Stelle.«

»Du hörst doch, was deine Mutter sagt.« Beide Eltern starrten sie jetzt erwartungsvoll an.

Langsam zog Bea ihr Telefon wieder hervor und schrieb eine Nachricht.

Bea: Find ich auch, Zach. Tut mir nur leid, dass du gleich die sturzbetrunkene Bea kennengelernt hast.

Ehe sie das Telefon wegstecken konnte, vibrierte es erneut. Ihre Eltern nickten ihr ermutigend zu.

Zach: Gar nicht schlimm, war mir ein Vergnügen. Aber die nüchterne Bea würde ich auch gern kennenlernen.

Bea: Das würde ihr gefallen.

Zach: Wie wär's mit heute Abend? Ich hab zwei Eintrittskarten für Alice Underground, eine davon für dich.

Bea seufzte. *Heute Abend?*

»Und?«, fragten M&M wie aus einem Mund.

»Er möchte sich heute Abend mit mir treffen.«

Beas Eltern jubelten, nahmen sie in den Arm und begannen, mit ihr in der Mitte im Kreis zu hüpfen. Bea zuckte zusammen und erinnerte ihre Eltern daran, dass sie sich hier an ihrem Arbeitsplatz befanden.

»Ich wollte heute Abend eigentlich zu Dinos Poetry-Slam.«

»Ist das dein Barista-Freund, der nicht mit Latte Art arbeitet?«, fragte Maggie. »Ich bin sicher, er hat Verständnis, wenn du nicht kommst. Wann hast du eigentlich zum letzten Mal ein Date gehabt, Liebes?«

»Das besprechen wir nicht jetzt, Mum.« Bea lächelte halbherzig, als zwei ihrer Kollegen auf dem Weg zu einem Meeting an ihnen vorbeikamen.

»Schatz.« Martin fasste Bea an beiden Händen. »Nutz diese Chance. Du musst endlich mal wieder mehr unter Leute. Denk einfach daran, was deine Schwester jetzt machen würde.«

Beas letztes Date lag tatsächlich gefühlt bereits Jahre zurück. Einige Zeit vor Cassandras Hochzeit war sie gelegentlich mit einem ganz besonders scheuen Herrn namens Paul ausgegangen – aka »Warum habe ich bei Tinder bloß nach rechts gewischt?« –, der sich vom Acker gemacht hatte, als sie ihn gefragt hatte, ob er sie nicht zu Cassandras Hochzeit begleiten wollte. Diese Zurückweisung, zusammen mit den traumatischen Ereignissen der Hochzeit selbst, hatte Bea dazu bewogen, den Männern abzuschwören. Bis sie Zach begegnet war.

»Jetzt komm schon, Liebes. YOLO«, murmelte Maggie sanft.

Bea: Diese Theater-Show zum Eintauchen?
Da würd ich irre gern reingehen!

Zach: Fantastisch! Treffen wir uns doch heute Abend um acht im Melbourne Central Shopping Centre unter der Uhr?

Bea: Bis dann x

»Und, seid ihr nun zufrieden?« Bea streckte ihren Eltern das Telefon hin, damit sie mitlesen konnten, und senkte den

Kopf, als ihr klar wurde, wie tief sie gesunken war, dass sie jetzt schon Datingtipps von ihren Eltern annahm.

»Ich bin begeistert!«, flötete Martin. »So, habt ihr jetzt auch Hunger?« Er legte Bea und Maggie die Arme um die Schultern und führte sie zum Aufzug, während Bea erneut ihr Telefon herausholte.

Bea: Ich kann heute Abend leider doch nicht. Tut mir leid, Dino! Beim nächsten Mal bin ich wieder dabei. Versprochen!

12

»Weit aufmachen.«

Bea befolgte Zachs Anweisung, und er legte ihr ein winziges pinkfarbenes Marshmallow mit der Aufschrift »Iss mich« auf die Zunge. Sie standen in einem Zimmer mit Kronleuchtern, staubigen Büchern, einem alten Klavier und einer Handvoll Schauspielern, die als Figuren aus dem Buch von Lewis Carroll verkleidet waren. Ein Mann im pinkfarbenen Kunstfellkostüm der Grinsekatze tippte Bea auf die Schulter. Damit waren sie nun offiziell eingetaucht in diese alternative Welt von Alice im Wunderland.

»Wir sind hier alle verrückt«, sagte der Mann und kicherte sie aufdringlich an.

Zach ergriff Beas Hand. »Bist du froh, dass du mit mir ins Kaninchenloch gesprungen bist, oder hältst du mich jetzt für völlig bekloppt?«

»Du bist völlig bekloppt!«, rief Bea aus. »Aber ich verrate dir ein Geheimnis.«

»Die besten Leute sind alle verrückt.« Zach grinste, während er das Zitat aus dem Film vollendete, und Bea fühlte sich, als würde ihr ganzer Körper vor Freude strahlen.

Ein großer Mann mit einem gräulichen Bart, als Alice verkleidet, eilte an ihnen vorbei und schubste Bea gegen eine Wand mit vergilbten Buchseiten. Zach trat dicht neben sie, und sein Arm berührte ganz beiläufig ihre Hüfte. Er schob ihr eine Haarsträhne aus dem Gesicht.

Bea neigte den Kopf zur Seite. »Du weißt sicher, dass ich gleich wieder anfange, von deinem Buch zu reden. Ich muss einfach die ganze Zeit an diese Notizen denken und an die Erkenntnisse, die darin stecken, und kann mich kaum auf das konzentrieren, was der eigentliche Autor geschrieben hat.«

»Ich würde sagen, ich glaube nun mal nicht alles einfach unbesehen«, sagte Zach ruhig.

»Was hast du gemeint, als du geschrieben hast: ›Ich kenne die schnellste Möglichkeit zu reisen‹?«, platzte Bea mit der ersten von vielen Fragen heraus, die sie Zach stellen wollte.

»Na, was wohl – Bücher natürlich!«, lachte er.

Der verrückte Hutmacher, mit einem großen dunkelroten Hut und gestreiften Beinkleidern in Gelb und Schwarz, bot ihnen einen Cocktail in einer Teetasse an. Sie nahmen ihn dankbar entgegen.

Zach stieß mit ihr an. »Es kommt mir so vor, als hättest du einen ziemlich unfairen Vorsprung. Du hast meine tiefsten Gedanken gelesen und bohrst noch immer weiter, ich hingegen weiß noch überhaupt nichts über dich.«

Bea ließ die süße pinkfarbene Flüssigkeit im Mund kreisen, ehe sie sie hinunterschluckte. Sie wollte unbedingt mehr über Zachs Anmerkungen wissen, aber offenbar war hier vorerst nichts zu holen. Also ließ sie widerstrebend zu, dass er das Thema wechselte. »Was möchtest du denn gern über mich wissen?«

»Was ist dein Lieblingsbuch?«, fragte er.

Ein Mann nach meinem Herzen. »Ganz einfach. *Die geheime Geschichte.*«

»Dieses Buch liebe ich auch.« Er lächelte und rückte noch ein bisschen näher an sie heran.

»Wirklich?«

»War es nicht Donna Tartt, die etwas in der Art gesagt hat wie: ›Es ist besser, ein einziges Buch ganz genau zu kennen als tausend Bücher nur oberflächlich‹?«

»Angeber.« Bea schubste ihn leicht und kicherte. Sie war entzückt, dass er auf eines ihrer großen Autorinnen-Vorbilder verweisen konnte.

Eine Herzkönigin mit einem Silbertablett voller Törtchen mit Marmeladenfüllung ging an ihnen vorbei. Zach nahm sich eins, biss hinein und hielt Bea den Rest vor den Mund. Sie biss einmal ab und leckte sich die Lippen.

»Woher weißt du eigentlich so viel über Bücher? Bist du ein Autor oder ein Lektor oder ein Verleger – oder einfach nur ein Buchliebhaber so wie ich?«

»Zach Harris, Lektor bei Thelma & Clarke, sehr erfreut.« Er streckte ihr die Hand hin, und Bea ergriff sie.

»Mensch, das ist ja sexy.«

»Und du bist?«, fragte er.

»Bea Babbage, Marketingmanager bei AKDB. Ich arbeite neben dem Melbourne Writers Festival.«

»Neben?«

»Das ist eine lange Geschichte.« Bea schlürfte ihren restlichen Drink. Zach schaute sie nachdenklich an, als machte er sich im Kopf Notizen über sie.

»Ich hätte nie gedacht, dass ich mal jemanden treffen würde, der Bücher genauso liebt wie ich«, sagte er voller – *war das etwa Ehrfurcht?*

»Ich auch nicht«, sagte Bea. »Und wo wir gerade von Büchern sprechen, ich hätte da noch ein paar Fragen. Erstens: Wann hast du damit angefangen, Anmerkungen in deine Bücher zu schreiben?« Sie musste die Unterhaltung einfach wieder auf ihr Buch zurücklenken.

Zach fummelte einen Augenblick an seinem Jackett herum, vielleicht auf der Suche nach den passenden Worten. »Ich glaube, diese Angewohnheit hatte ich schon immer. Ob du's glaubst oder nicht, das Lesen ist mir als Kind nicht leicht gefallen. Zum Glück war ich ein sturer kleiner Kerl und wollte unbedingt so weit kommen, dass ich *Fünf Freunde* lesen konnte. Ich müsste mich eigentlich bei Enid Blyton bedanken.« Er blickte gedankenverloren in seine Teetasse. »Ich bin jede Nacht aufgeblieben und hab mit einer Stirnlampe unter der Bettdecke gelesen.«

Bea stellte sich einen kleinen Jungen mit lockigem Wuschelkopf vor, der die Buchseiten mit leicht gerunzelter Stirn anstarrte, genauso wie Zachs Stirn jetzt aussah.

»Jedes Wort, das ich nicht kannte oder nicht verstanden habe, hab ich unterstrichen. Und am nächsten Morgen habe ich meine Mum mit Fragen bombardiert und ihr mein Buch mit den Unterstreichungen unter die Nase gehalten, während sie versucht hat, Frühstück zu machen.«

»Und überleg mal, was später aus dir geworden ist! Du schreibst deine eigenen Geschichten als Anmerkungen in deine Lieblingsbücher! Nimm nur mal diese eine Anmerkung, die du geschrieben hast: ›Wenn man ein Mensch unter Millionen ist, dann gibt es immer noch mehr als siebentausend Leute, die so sind wie man selbst‹ … so oder so ähnlich stand es da.«

»Ich glaube, ich habe vor allem daran gedacht, dass wir Menschen immer solche Angst vor dem Alleinsein haben. Aber selbst für den allereinsamsten Menschen gibt es irgendwo auf der weiten Welt jemanden, der genauso ist wie er selbst.«

Bea nickte. Das hätte für sie in diesem Augenblick nicht wahrer klingen können. Aber sie hatte noch mehr Fragen.

Und sie hatte das Gefühl, sie gar nicht schnell genug stellen zu können.

*

Bea und Zach beendeten den Abend im hellen Glitzernebel und nur minimal angetrunken. Sie hatten die Abenteuer von Alice nacherlebt und Drinks geschlürft (es stellte sich heraus, dass die Grinsekatze nicht nur Schauspieler, sondern auch Magier und Barkeeper war und den ganzen Abend wundersamerweise Wodka-Shots aus dem Nichts erscheinen lassen konnte), hatten sich unterhalten und ganz einfach die Anwesenheit des anderen genossen. Bea hatte erfahren, dass Zach mit viel Grün im Vorort Camberwell aufgewachsen war, sich als Klassenclown einen Namen gemacht und drei Golden Retriever geliebt und verloren hatte. Außerdem hatte er eine Abneigung gegen Teigtaschen entwickelt, nachdem er die Herausforderung angenommen hatte, hundert Stück in Folge zu verspeisen (er hatte es geschafft, aber er litt noch heute an den Folgen). Und er war süchtig nach Netflix-Dokus (»Hast du schon gehört, dass die Existenz von Aliens rein statistisch eine Gewissheit ist?«, hatte er ernsthaft gefragt).

Nachdem sie schon ein paarmal gegähnt hatten, schoben sie sich durch die verbleibenden Gäste hinaus ins Freie und machten sich auf den Weg zum Bahnhof. Dort studierten sie die verschiedenen Fahrpläne, die über die Bildschirme glitten, auf der Suche nach dem schnellsten Weg nach Hause.

»Welche Linie nimmst du?«, fragte Bea und versuchte, es wie nebenbei klingen zu lassen.

»Alamein. Und du?«

»Sandringham.« Sie zögerte und suchte langsam nach ihrer Dauerkarte.

Der Abend war großartig gewesen, tatsächlich einer der wenigen wirklich guten Abende, seit sie nach Melbourne gezogen war. Und sie hatte Angst, dass er jetzt schon zu Ende gehen würde. Also holte Bea tief Luft und machte zum ersten Mal seit langer Zeit etwas Mutiges.

»Willst du noch auf einen Drink oder so mit zu mir kommen? Ich kann richtig krasse Cosmopolitans mixen«, platzte sie heraus.

Zach lächelte. Er holte seine Fahrkarte heraus und folgte ihr zu den Drehkreuzen. »Das klingt zwar sehr verlockend, aber ich hatte einen ziemlich langen Tag und sollte vielleicht besser nach Hause gehen.«

»Ja, natürlich«, erwiderte Bea etwas niedergeschlagen. *Wie bescheuert von dir, Bea! Das kam viel zu früh!*

»Wir sehen uns, Bea.« Zach verabschiedete sich mit einem kleinen Winken. Bea winkte zurück. *Nicht mal ein Abschiedskuss?* Verlegen drehte sie sich um und fühlte sich ziemlich dämlich, als sie sich auf den Weg zu ihrem Bahnsteig machte, der genau in entgegengesetzter Richtung lag. Sie fühlte sich einsamer denn je.

13

liebe Ramona,
bitte nur das übliche Saubermachen heute (oder was immer mein Gewinn beinhaltet)! Und Achtung – zwischen zehn und elf kommt ein Techniker vorbei, um sich meinen Router anzuschauen. Gestern Abend ist mein WLAN mittendrin abgeschmiert. Findest du es eher merkwürdig oder erfrischend anders, dass Zach nicht auf Facebook ist?
Dank dir schön!
Bea xx

14

Bea,
ich habe den Technik Mann reingelassen. Er sagt Schalter umlegen.
Ramona

PS: Niemand auf Facebook mehr. Du nicht hast gehört von Spionen von Russland?

15

»Kaffee. Ich brauche Kaffee!«

Kurz vor Ladenschluss stolperte Bea in The Nook und warf sich dramatisch über die Theke. Hinter ihr lagen einige Tage voller Herausforderungen. Sie hatte oben im Büro ein Meeting nach dem anderen durchgestanden, in denen sie gezwungen gewesen war, Protokoll zu führen, sich um die Kaffeebestellungen zu kümmern und den kreativen Mist ihrer Kollegen anzuhören. Die schlaflosen Nächte machten das Ganze nicht besser. Seit zwei Tagen hatte sie nichts mehr von Zach gehört, nachdem sie ihn dämlicherweise zu sich nach Hause eingeladen hatte. Um nicht daran denken zu müssen, war Bea lange aufgeblieben, hatte bis in die frühen Morgenstunden gelesen und versucht, sich Zach auf dem Umweg über seine Notizen zu nähern.

»Lange nicht gesehen«, sagte Dino ein bisschen zu herablassend, als es Bea in ihrem derzeitigen Zustand guttat.

»Ich hab bloß eine halbe Stunde, dann muss ich in meinen Albtraum namens Leben zurück. Kaffee – bitte!«, jammerte sie.

»Ach nee.«

»In einer halben Stunde muss ich am Steuer eines unpraktischen, gemieteten Großraumwagens sitzen, während der schlimmsten Bauarbeiten, die Melbourne je erlebt hat, und das auch noch auf der Autobahn! Ich muss meine Eltern, den

Mann meiner Schwester, Nick, und ihre Zwillingstöchter zum Flughafen bringen. Nick und die Zwillinge besuchen seine Eltern. Der Haken an der Sache ist: Meine Schwester hat ein ›Sponsoring-Treffen‹ für ihre Instagram-Seite und bleibt deswegen noch in Melbourne. Und sie wohnt bei mir, mit in meiner winzigen Wohnung, die in etwa so groß ist wie ein Schuhkarton. Sie bleibt eine ganze Woche!«, rief Bea verzweifelt aus.

Dino lachte. »Warum kann sie denn nicht zu Hause wohnen, während ihr Mann und ihre Kinder weg sind?«

»Weil sie, ich zitiere: ›zu klein ist, um ganz allein in so einem großen Haus zu bleiben‹.« Bea verdrehte die Augen. »Also, wie ich schon sagte: Ich brauche Kaffee. Bitte!«

Dino fing an, die Bohnen für Beas Latte zu mahlen, setzte die Kaffeemaschine unter Dampf und schäumte die Milch auf. Er schnappte sich einen Stift und kritzelte ein neues Zitat auf einen Take-away-Becher. Dann goss er den heißen Kaffee hinein und schob ihn Bea hin, die noch immer über der Theke hing, das Gesicht auf dem Tresen plattgedrückt. Der tröstliche Duft riss sie allmählich aus ihrer Benommenheit, sie richtete sich auf und trank gierig einen großen Schluck.

»Du bist einfach der Beste«, seufzte sie, umklammerte den Becher mit beiden Händen und drückte ihn an die Brust.

Dino räusperte sich vielsagend.

»Wie konnte ich das nur vergessen!« Bea hob den Becher auf Augenhöhe und drehte ihn langsam, während sie das Zitat las. »Nach einem starken Kaffee kann man allen vergeben, sogar der eigenen Familie«, las sie laut und kicherte leicht, bevor sie einen übertrieben großen Schluck trank.

»Aber wenn du dein nächstes Gehalt kriegst, kaufst du dir endlich einen Keramikbecher«, sagte Dino, wandte Bea den

Rücken zu und wischte die Milchspritzer ab, die ihr Kaffee hinterlassen hatte. »Schon was von Zach gehört?«

»Nein, aber wenigstens hab ich seine Notizen als Gesellschaft. Hör dir mal dieses Zitat an: ›Sich ein Leben lang nach morgen sehnen.‹ Ist das nicht unglaublich treffend?« Bea setzte sich auf dem Barhocker zurecht, nahm sich, ohne zu fragen, einen Apfel-Zimt-Muffin aus dem Auslagekorb und biss hinein.

Dino nickte unverbindlich. »Großartig. Bist du auch sicher, dass du um diese Tageszeit einen Zuckerschock brauchst?«, fragte er und blickte kurz von seiner Arbeit auf.

»Es ist Obst drin, also zählt es nicht«, sagte Bea mit vollem Mund, dass die Krümel nur so flogen. »Außerdem kann ich alles an Gebäck brauchen, was ich kriegen kann, damit ich diesen Nachmittag überlebe!«

Dino ging ins Hinterzimmer und kehrte mit einem großen Rahmen zurück. Bea schwenkte auf ihrem Barhocker herum und lehnte sich mit dem Rücken gegen die Theke. Sie schaute zu, wie Dino in einer eleganten Bewegung auf die niedrige Sitzbank sprang, die an der Seitenwand des Cafés entlanglief. Wie gut, dass gerade – so kurz vor Ladenschluss – nichts los war. Er kickte ein paar Kissen zur Seite, neigte den Rahmen leicht und hielt ihn an die Wand.

»Und, was hältst du davon?«

Es war ein einfacher Druck. Man sah eine lange schwarze Linie. Auf den ersten Blick bestand sie nur aus zufälligen Windungen, aber als Bea längere Zeit darauf starrte, bildeten die Farbspritzer die Worte: *Ich filtere Kaffee, keine Menschen.*

Bea verbarg ihr Lächeln hinter dem Becher. *Merken: Dino mag neben Wortspielen, neuer Kleidung und öffentlicher Zurschaustellung von Gefühlen ganz klar eine weitere Sache nicht:*

Instagram. »Du willst mir also zu verstehen geben, dass ich in deinem Café keine Fotos machen darf?«

»Du kannst dein letztes Geld drauf wetten, dass ich genau das meine. In diesem Café sind Instagram-Influencer unerwünscht.«

»Du bist ganz schön eingebildet, Dino«, sagte Bea. »Würdest du denn für eine bescheidene Bookstagramerin eine Ausnahme machen?«

»Jetzt sag bloß nicht, du bist auf die dunkle Seite hinübergewechselt?«, sagte Dino und lehnte sich wie in einem Anfall von Schwäche theatralisch gegen die Wand. »Gerade als ich dachte, wir könnten Freunde werden.«

»Ich konnte nicht anders«, antwortete Bea.

Dino schüttelte den Kopf und schnalzte missbilligend mit der Zunge. »Das glaub ich dir nicht.«

»Es ist nichts Angeberisches, was ich mache – ich erzähle bloß, was ich von Zachs Buch halte.«

»Dann bist du also jetzt seine Managerin? Wie sexy.«

Bea verdrehte die Augen. »Wenn du's genau wissen willst: Ich hatte die Seite schon angelegt, bevor ich ihm begegnet bin, aber – na ja, ich hab diese Onlinelesergemeinschaft irgendwie liebgewonnen, also hab ich danach weitergemacht. Und meine Leser lieben Zachs Bemerkungen fast genauso sehr wie ich. Hör dir bloß mal die hier an: ›In einem Raum voller Kunstwerke sehe ich nur dich.‹«

Dino antwortete nicht, also fuhr Bea fort. Es war ihr plötzlich ein Anliegen, dass Dino anerkannte, wie besonders Zachs Notizen waren. »Das ist noch nicht mal eine seiner besten Sachen. Ich bin von diesen Notizen total besessen, Dino, ehrlich, ich fühl mich wie ein Teenager, der total auf Homer in *Morgen war Krieg* steht.«

»Ich freu mich sehr für dich, Bea«, sagte Dino gleichgültig und wischte über das Glas des Bilderrahmens. Zufrieden sprang er von der Bank und ging zurück auf seinen Platz hinter der Theke. »Hey, musst du nicht allmählich mal los?«

Bea blickte auf die Uhr, sprang von ihrem Hocker und schnappte sich ihre Tasche. Plötzlich war sie hellwach. »Scheiße! Danke für den Kaffee, Picasso!«, rief sie noch über die Schulter, während sie hinausrannte.

*

Bea umklammerte das Steuer, beugte sich vor und tat ihr Bestes, um sich auf die Straße zu konzentrieren. Der Verkehr nahm immer mehr zu, die Zwillinge schrien sich auf der Rückbank die Seele aus dem Leib, und ihre Mum fing bereits an, leise vor sich hin zu schluchzen (Maggie war noch nie besonders gut im Abschiednehmen gewesen). Bea bereute die ganze Sache jetzt schon.

»Schatz, ein ganz klein bisschen weiter nach links – ja, genau so«, bat Lizzie und schoss ein paar Dutzend Fotos von ihren unbezahlbaren und emotional verstörten Töchtern. Nichts war so wahrhaftig wie ein paar echte Tränen mitten unter der Woche. Lizzie ging es immer darum, ihren Onlineauftritt perfekt auszubalancieren. Willow war an diesem Tag jedoch nicht besonders kooperativ. Sie schlug Lizzie das Telefon aus der Hand, was einen gemessenen, aber strengen Tadel ihrer Mutter zur Folge hatte.

»Lizzie, sei nicht so streng mit Willow«, schaltete sich Nick nun sanft ein. »Wir wollen doch versuchen, bei den Mädchen mehr auf positive Verstärkung zu setzen. Sie müssen sich angenommen fühlen, so wie sie sind. Erst dann wissen sie, dass es auch in Ordnung ist, wenn sie mal v-e-r-s-a-g-e-n.« Das letzte Wort buchstabierte er, damit die Zwillinge auch ja kein bisschen negative Energie mitbekamen.

»Mach dich nicht lächerlich, Nick, sie müssen schließlich lernen, dass es Grenzen gibt«, gab Lizzie scharf zurück.

Maggie hörte so lange mit dem Weinen auf, dass sie Lizzie ermutigend zunicken konnte, und stimmte ein Loblied darauf an, was für eine geduldige und positive Mutter Lizzie doch war. Martin nutzte die Gelegenheit und fragte Bea weiter über ihr Leben in Melbourne aus.

»Schätzchen, ich hab nachgedacht: Wenn du das Gefühl hast, deine jetzige Stelle ist nicht interessant genug, warum schaust du dich nicht nach etwas anderem um?«, sagte er und trommelte mit den Fingern auf dem Propeller seiner Drohne herum. Er weigerte sich, sie mit dem Gepäck zusammen aufzugeben. »Vielleicht probierst du es auch mal mit Reality-TV. Du weißt doch, dass die Tochter von Celeste und Barry bei *MasterChef* aufgetreten ist? Jetzt verdient sie Geld, wenn sie einfach nur Fotos von sich macht, wie sie beim Brunch sitzt.«

Bea nickte bloß. Eher würde sie nackt auf der Straße tanzen, als sich bei einer Reality-TV-Show zu bewerben. »Super Idee, Dad. Ich werde drüber nachdenken.«

»Schluss mit dem ganzen Nachdenken, du musst es einfach nur riskieren«, fuhr Lizzie dazwischen. »Schau doch nur, was der *Bachelor* für meine Karriere bedeutet hat. Ich bin in meinem ganzen Leben nie glücklicher gewesen!«

Bea betrachtete Lizzie im Innenspiegel. Sie schien ganz gefasst, während sie den Batzen Apfelkompott wegwischte, den Lola ihr gerade in den Ausschnitt gespuckt hatte. Langatmig ließ sie sich weiter darüber aus, wie man seine Karrierechancen durch Netzwerken optimieren konnte, während ihre Mutter sich immer wieder mit hilfreichen Tipps einschaltete, wie man LinkedIn zu seinem Vorteil nutzte.

»Du hast doch hoffentlich wenigstens ein Account bei Bumble Bizz? Bea, also ehrlich.« Lizzie schüttelte herablassend den Kopf, und M&M murmelten nervös vor sich hin. »Bea, das werde ich alles für dich regeln. Ich bin schließlich Unternehmerin!«

»Psssst«, murmelte Bea leise vor sich hin.

»Wie bitte, Beatrix?«, fragte ihr Vater sanft.

»Ihr sollt jetzt alle mal ruhig sein«, flüsterte Bea mit zusammengebissenen Zähnen.

»Häh?«, fragte ihre Familie einstimmig.

»Seid ruhig! Ihr müsst jetzt alle mal die Klappe halten, damit ich uns durch diesen Albtraum von Verkehr und Stau zum verdammten Flughafen bringen kann, ohne dass ich *absichtlich* vor die Wand fahre!«, brüllte Bea los.

Alle schwiegen schockiert. Sie waren es nicht gewohnt, dass Bea so schroff war. Normalerweise war sie die ruhige und besänftigende Kraft in der Familie. Selbst Willow und Lola hielten ihre Mäulchen.

Der Rest der Fahrt verlief schweigend, nur das leise Gemurmel des Abendprogramms im Radio war zu hören, während die verletzten Gemüter schwiegen. Bea liebte ihre Familie heiß und innig und vermisste sie ganz fürchterlich, seit sie nach Melbourne gezogen war. Aber hier, mitten im Lärm und Chaos, mit der geradezu erstickenden Fürsorge und den besorgten Blicken, fühlte sie ihnen gegenüber eine merkwürdige Entfremdung.

Nach siebenundzwanzig unerträglich langen Minuten hielt Bea, noch immer mit zusammengebissenen Zähnen, endlich vor dem Terminal von Qantas. Sie half, die Koffer aus dem Wagen zu zerren, und umarmte ihre tränenüberströmte Mutter und ihren Vater zum Abschied.

»Du wirst mir fehlen, Liz.« Nick küsste Lizzie auf den Mund und klemmte sich unter jeden Arm einen Zwilling.

»Ich werde euch beide so vermissen, meine schönen Babys! Mummy hat euch lieb. Macht es euch nett mit Oma und Opa. Wir sehen uns bald wieder!« Lizzie traten die Tränen in die Augen, als sie ihre Kinder leidenschaftlich umarmte. Dann zogen Nick, Lola, Willow und M&M durch die großen Glastüren davon. Lizzie wandte sich an Bea. Die Wimperntusche lief ihr über die Wangen.

»Die Zeit wird ganz rasch vorbeigehen, Liz. Es ist doch bloß eine Woche«, sagte Bea ermutigend. Sie wusste, dass die Situation für ihre Schwester ganz schön schwierig war, denn sie war bisher noch nie länger als ein paar Nächte von ihren Kindern getrennt gewesen.

Lizzie nickte und gewann ihre Fassung wieder. »Wir werden jede Menge Spaß haben! Hashtag girls' week!«

16

Zach: Hey! Sorry, dass ich mich nicht eher gemeldet habe. Musste last minute auf eine Geschäftsreise und hatte kaum Zeit zum Durchschnaufen!

Bea: Kein Ding. Meine Schwester wohnt im Moment bei mir, und ich hatte auch kaum eine Sekunde Zeit.

Zach: Kann ich dich heute Abend rauslocken? Es gibt eine literarische Kneipentour, ich glaube, das würde dir gefallen.

Bea: Eine literarische Kneipentour? Bin dabei!

Zach: Super. Ich hol dich um acht ab. x

*

Bea saß auf dem heruntergeklappten Toilettendeckel, während Lizzie ihr einen perfekt geschwungenen Lidstrich zog. Bea spielte an den Knöpfen ihres Oberteils herum. Als sie heute Zachs Nachricht bekommen hatte, hatte sie einen riesigen Seufzer der Erleichterung ausgestoßen. Irgendwie hatte sie die ganze Zeit erwartet, dass für Zach die Sache schon zu Ende war, bevor die ganze Geschichte überhaupt richtig angefangen hatte. Jetzt bekam sie eine zweite Chance, und ihr Magen war entsprechend in Aufruhr. Sofort hatte sie das Event gegoogelt, die Facebook-Seite gefunden und festgestellt, dass man sich in Schale werfen musste. Das Thema des Abends lautete: »Eine Romanfigur, die dein Leben verändert hat«. *Kann es sein, dass dieser Typ mein Seelenverwandter ist?*

Bea hatte beschlossen, als Atticus Finch aus *Wer die Nachtigall stört …* zu gehen, zumindest soweit das möglich war. Lizzie war nicht sicher, ob es eine gute Idee war, als Mann verkleidet auf ein Date zu gehen, aber Bea duldete keine Lüge über das literarische Vorbild, das ihr Leben am stärksten verändert hatte. Schließlich hatten sie sich auf einen »sexy Atticus« geeinigt. Bea trug also eine ziemlich knappe Bluse und hatte Lizzie feierlich gelobt, mindestens die obersten vier Knöpfe immer offen zu lassen. Dass sie sich keine falschen Bartstoppeln aufmalen und reichlich Make-up einsetzen würde, war auch ganz klar.

Bea hatte angesichts des Geplappers ihrer Schwester auf

Durchzug geschaltet. Als verheiratete Frau und Reality-TV-Star hielt Lizzie es für ihr gutes Recht – nein, sie hielt es geradezu für eine Verpflichtung –, ihre Datingweisheiten an die jüngere Schwester weiterzugeben. Das tat sie nun und ließ dabei so viele B-Promi-Namen fallen, wie ihr nur möglich war.

»Osher hat vor der Nacht der Rosen immer gesagt: ›Ganz tief durchatmen und einfach du selbst sein‹«, sagte sie gerade, als Bea den Fehler machte, doch kurz zuzuhören, »aber das ist wirklich absolute Scheiße! Entschuldige bitte meine Ausdrucksweise. Einfach du selbst sein? Ja sicher, du purzelst morgens aus dem Bett, machst dir einen Pferdeschwanz und laberst stundenlang über deine einzige Leistung der Woche – dass du vor dem neuen, hippen Café keine Dreiviertelstunde warten musstest, sondern sofort reingekommen bist. Also ehrlich, Osher! Was für ein Schwachsinn!«

Bea gab in angemessenen Abständen zustimmende Geräusche von sich und ließ sich vom leichten Kitzeln des Make-up-Pinsels trösten, den Liz nun rhythmisch über ihre Wangen gleiten ließ. Bea liebte ihre Schwester, aber Lizzie war immer schon überlebensgroß gewesen. Und jetzt war sie in Beas winziger Wohnung überlebensgroß. Aber nachdem Bea jahrelang zu irgendwelchen Premierenveranstaltungen mitgeschleppt worden war, damit sie Lizzies Handtasche halten konnte, oder nachdem sie als Lizzies Alibi hergehalten hatte, während die sich davongeschlichen hatte, um im Geländewagen ihres Highschool-Freundes mit jemand anders rumzumachen, war Bea klar geworden, dass es einfacher war, bei Lizzies behämmerten Plänen einfach mitzumachen, als sich dagegen aufzulehnen.

Ist ja bloß für eine Woche, tröstete Bea sich, und ihre Gedanken wandten sich wieder Zach zu – Zach mit dem goldenen

Herzen und den goldenen Augen. Bea versuchte mit aller Willenskraft, ihre Türklingel zum Läuten zu bewegen. Sie wollte ihn unbedingt wiedersehen, über seine Notizen im Buch sprechen und diesen Mann mit all seinen noch verborgenen Facetten kennenlernen. Normalerweise war Bea keine, die sich vor einem Date besonders viel Hoffnung machte, aber jetzt hatte sie beschlossen, alle Vorsicht in den Wind zu schlagen und einfach mal alles aufs Spiel zu setzen. *Was ist denn schon das Schlimmste, was passieren kann?* Liebeskummer war sie schließlich gewohnt.

Mit perfektem Make-up, das Haar zu einem tief sitzenden Knoten gebunden, quetschte sich Bea in Lizzies zu kurze und zu enge schwarze Shorts und vollendete ihr Outfit mit einem Blazer und einem Schlips, der ihr, darauf hatte Lizzie bestanden, nur lose um den Hals hing, damit er ihren Ausschnitt nur ja nicht verdeckte. (»Den Ausschnitt nennt man auch ›den Geldbringer‹«, hatte Lizzie gesagt. Der *Bachelor* hatte sie wirklich verändert!) Glücklicherweise klingelte es, ehe Lizzie darauf bestehen konnte, dass Bea ihren diskreten cremefarbenen BH gegen einen seidenen schwarzen austauschte, der sich verführerisch unter ihrer weißen Bluse abzeichnete.

Bea schnappte sich ihre angesagte orangefarbene Clutch (denn nach allem, was wir wissen, war Atticus Finch ein Mann mit gutem Geschmack) und verließ die Wohnung. »Und stell ja nicht wieder meine ganzen Möbel um!«, rief sie Lizzie noch zu. Sie lief ins Erdgeschoss hinunter und flog regelrecht durchs Sicherheitstor in seine Arme.

»Hey, du«, flüsterte er ihr mit seiner tiefen, rauen Stimme ins Ohr. Bea wären beinahe die Knie weggeknickt.

Widerstrebend machte sie sich von ihm los und schaute sich seine Kostümierung an. Zach trug beige Chinohosen und hatte seine Bomberjacke verkehrt herum angezogen, sodass das schokoladenbraune Fellfutter außen war. Er hatte sich eine dunkle ovale Markierung auf die Nase gemalt und trug ein Paar labberige Ohren, die an einem Haarreif befestigt waren.

»Wer bist du denn?«

»Enzo.« Zach legte eine erwartungsvolle Pause ein. »Der Labrador-Mischling aus *Enzo. Die Kunst, ein Mensch zu sein*«, schob er nach, als Bea nicht sofort reagierte.

Bea schaute Zach zweifelnd an. »Du hast dich als Hund verkleidet?«

»Ähm – ich hab mich verkleidet als sehr freche, ungeheuer einfühlsame, Krebs erschnüffelnde, loyale und, nicht zu vergessen, einzigartige Erzählstimme.«

Bea musste einfach lächeln.

»Und wen stellst du dar?«

»Rate mal.«

»Vielleicht Wonder Woman?«

»Ich fühle mich geschmeichelt«, sagte Bea und richtete sich gleich ein bisschen höher auf. »Aber nein.«

»Gib mir einen Tipp.«

»Nachtigall.«

»Sieht aber nach einem ziemlich leicht bekleideten Vogel aus«, schmunzelte Zach und zeigte dabei seine herrlichen Grübchen.

»Oh Mann! Ich bin Atticus Finch, wer denn sonst«, protestierte Bea entsprechend beschämt, gestikulierte heftig und zeigte auf ihr kaum vorhandenes Kostüm.

Bea beobachtete, wie sich Zachs Grübchen noch mehr vertieften. »Jemand wie du ist mir noch nie begegnet, Beatrix Babbage«, sagte er, öffnete die Tür des Uber und schob sie ins Auto.

»Wie war denn die restliche Woche mit deiner Familie?«, fragte er und legte ihr wie nebenbei die Hand aufs nackte Knie.

»Es ist noch nicht vorbei. Meine Schwester Lizzie wohnt jetzt bei mir, während ihr Mann und die Kinder bei seinen Eltern in Perth sind«, knurrte Bea.

»Und, wie läuft's«, fragte Zach mit erhobenen Augenbrauen.

Bea informierte ihn über Lizzies gut gemeinten, aber vollkommen respektlosen Umgang mit der Privatsphäre anderer Menschen. Sie konnte sich aber nur schlecht konzentrieren, weil Zachs Hand unauffällig an ihrem Bein hinaufwanderte, bis sie den Saum ihrer Shorts erreichte. Plötzlich war Bea Lizzie dankbar für die Unterstützung bei der Outfitwahl.

Schließlich hielten sie vor der Kultbuchhandlung der Stadt, Novel Place in der Bourke Street. In den großen Schaufenstern waren bunte Arrangements von Bilderbüchern ausgestellt wie *Was du nicht alles kannst!*. Druckfrische Romane von Tim Winton, Lisa Genova, Celeste Ng und Jane Harper schienen sie willkommen zu heißen. *Hallo, ihr guten alten Freunde!* Draußen standen lauter kleine Grüppchen zusammen, ein Gewirr von Menschen mit Cocktails und Bier in der Hand. Bea sah Zauberer, Detektive, Frauen in langen schwarzen Kleidern à la Holly Golightly und sogar einen Mann, der ganz weiß geschminkt war und sich eine riesige Rückenflosse aufgeschnallt hatte. *Moby Dick?* Bea war begeistert von dem Anblick, der sich ihr bot.

»Ich glaube, das wird die stilvollste Kneipentour, auf der ich je gewesen bin!«, rief sie aus.

Zach grinste und führte sie durch die riesigen Eingangstüren der Buchhandlung. Sie schoben sich an Bücherregalen entlang und kamen an zwei Frauen vorbei. Die eine schien als Lisbeth Salander verkleidet zu sein, die andere als

Daenerys Targaryen. Die beiden knutschten in der Abteilung mit den Reiseführern. Zach und Bea gingen an ihnen vorbei zur provisorisch aufgebauten Bar.

Mit ihren Getränken drängten sie sich zwischen die Brontës und die Austens im Gang mit den Klassikern. Bea lehnte sich gegen die übervollen Bücherregale, um sich von den starken weiblichen Figuren auf den Buchseiten hinter ihr den Rücken stärken zu lassen. Zach stützte sich lässig an ein Regal, das im rechten Winkel zu ihrem stand, und schlürfte seinen Cocktail. »Warum Melbourne?«, fragte er unvermittelt. Bea war leicht irritiert.

»Wo soll ich da bloß anfangen?«

Also fing sie vorne an – na ja, fast jedenfalls. Höflich umging sie, wie sie die Hochzeit ihrer besten Freundin gecrasht hatte, polierte (*ironisch, was?*) ihre Arbeit im Bereich Mundhygiene auf und redete sich dann fest bei der Kaffeekultur dieser Stadt, den Festivals, die jede zweite Woche stattfanden (sie verriet nicht, dass sie sie nur online besuchte), und den Buchhandlungen.

»Ich fange gerade erst an, meinen Horizont in puncto Buchhandlungen zu erweitern, aber nach allem, was ich bisher gesehen habe, liebe ich hier einfach alle Buchhandlungen. Die engen Secondhandbuchläden und die geheimen Schatztruhen mit gebrauchten Paperbacks, die in den Secondhandshops versteckt sind, und natürlich die Läden, in denen es ganze Labyrinthe von Regalen gibt, deren Bestände die Verkäuferinnen so kennen wie ihre Westentasche. Und dann gibt es da noch diese umwerfende Buchhandlung nicht weit von meiner Arbeit, die immer Windmühlen in allen Farben des Regenbogens draußen stehen hat«, sagte Bea alles in einem einzigen Atemzug und in dem Gefühl, ihn vollzuquatschen. Außerdem war ihre Liebeserklärung an Melbournes Literaturszene ihr auch ein bisschen peinlich. Zach hatte voller Staunen zugehört.

Gerade als Bea dabei war, den Spieß umzudrehen und die erste von vielen Fragen zu stellen, die sie an ihr Date hatte, stupste Zach sie leicht an. »Bea, ist das da drüben nicht dein Freund?« Er deutete mit dem Kinn hinter sie, und Bea drehte sich um und sah niemand anders als Dino, der Sunday locker den Arm um die Schultern gelegt hatte und gerade seinen Kopf zu einem Lachen zurückwarf.

»Dino? Sunday?«, rief sie und winkte die beiden heran.

»Bea?« Dino schaute überrascht auf. Sunday winkte, ebenfalls lachend, zurück, kam herüber und umarmte Bea liebevoll.

»Was macht ihr denn hier?«, fragte Bea.

Dino zuckte mit den Achseln. »Offenbar das Gleiche wie du.«

Sunday zwinkerte und trank einen Schluck von Dinos Bier.

Natürlich sind sie zusammen. Ein süßes Pärchen, die beiden, dachte Bea und stellte ihnen Zach vor. Die drei schüttelten sich die Hände.

Dino zögerte einen Moment. »Weißt du, wenn du nicht gerufen hättest, dann hätte ich dich wahrscheinlich gar nicht erkannt. Du siehst ganz anders aus, wenn du dich nicht auf Leben und Tod an einen Latte klammerst«, scherzte er.

»Du musst gerade reden. Wen stellst du denn eigentlich dar?«, sagte Bea, die erst jetzt merkte, dass Dino in einen dicken braunen Mantel gehüllt war und braunes Klebeband um Taille und Brust gewickelt hatte.

»Er ist ein Bücherwurm«, mischte sich Sunday ein. »Echt der süßeste Bücherwurm, der mir je über den Weg gelaufen ist.«, Sie stieß ihn spielerisch an.

»Du weißt aber schon, wie das Motto des heutigen Abends lautet, oder?«, fragte Zach.

Dino verdrehte die Augen und trank noch einen Schluck Bier. »Ich weiß, ich weiß. Es war alles auf den letzten Drücker. Sunday hat mich zum Mitkommen überredet.«

Sunday hob die linke Hand. »Schuldig!«, lächelte sie spitzbübisch.

Dann erklang ein Glockenton: das Zeichen, dass alle zu ihrem nächsten literarischen Ziel aufbrechen sollten. Das war Basement Books, das Mekka für seltene und alte Romane. Bea stellte ihr leeres Glas neben eine in Leinen gebundene Ausgabe von *Doktor Schiwago* und fasste Zach bei der Hand.

*

Bea hatte das Gefühl, seit Monaten nicht mehr so viel gelacht zu haben. Vielleicht waren die Drinks daran schuld, die reichlich und kostenlos flossen, vielleicht lag es auch daran, dass sie gut geschützt in einem Labyrinth aus Bücherregalen stand, aber sie war vollkommen gelöst und hatte das deutliche Gefühl, dass es eine ganze Menge mit dem unheimlich charmanten Zach zu tun hatte. Die Unterhaltung glitt leicht und fröhlich dahin. Bea hatte es sogar geschafft, weitere Informationen über seine Notizen aus ihm herauszulocken, die Zachs Tiefgang nur noch weiter bewiesen. Zum Beispiel, wie er sich entschlossen hatte, seine Gedanken eher in einem Buch zu notieren als auf einem Notizblock. Er hatte nämlich befunden, dass er nie in der Lage sein würde, alles niederzuschreiben, was er eigentlich sagen wollte. Also hatte er gehofft, dass die Geschichte, die das Buch erzählte, auch einen guten Teil davon übernehmen würde.

Aus irgendeinem Grund schienen Dino und Sunday den beiden aus dem Weg zu gehen, abgesehen von Dinos nicht besonders subtilen Blicken in ihre Richtung. Was er sah, war Zachs Hand, die auf Beas Rücken lag; Bea, die sich kichernd an Zachs Brust schmiegte; Zach, wie er grinste und gespielt beiläufig den Tropfen Alkohol abwischte, der Bea über die Wange lief.

Weil Zach darauf bestanden hatte, Bea zuerst abzusetzen, standen sie jetzt vor ihrem Haus und nahe genug beieinander, dass Beas Knie an Zachs Schienbeine stießen.

»Und, wie hat's dir gefallen?«, fragte Zach.

»Die Kneipentour? Ich glaube, cooler geht's nicht.« Bea seufzte. »Besser kann es für mich echt nicht mehr werden.«

»Ich finde dich rein zufällig extrem cool.«

Bea winkte ab und wurde rot. »Also ehrlich.«

»Du bist so cool, Bea Babbage«, sagte Zach, »weil du ganz und gar du selbst bist.«

»Ich glaube, da sprechen die Cocktails aus dir«, sagte Bea, die peinlich berührt und gleichzeitig entzückt war.

»Ganz sicher nicht«, sagte Zach. »Ich sehe dich, wie du bist, ehrlich.«

»Du kennst mich doch gar nicht!«, lachte Bea.

»Ich weiß. Aber ich hoffe sehr, dass ich dich kennenlernen werde.« Er rückte noch näher an sie heran und legte ihr die Hände auf die Hüften.

Beas Atem ging schneller. Und dann lagen Zachs Lippen plötzlich auf ihren. Er schlang ihr den Arm fest um die Taille und zog sie noch enger an sich. Sein Körper fühlte sich fest und warm an ihrem an, und einen Augenblick vergaß sie vollkommen, wo und wer sie war. Sie vergaß das niederschmetternde Gefühl der Verzweiflung, an das sie sich inzwischen so sehr gewöhnt hatte wie an ihren eigenen Schatten. Sie ließ zu, dass Zach ihren Hals küsste und dann quer über ihr Schlüsselbein. Sein Mund glitt über ihre Haut – genauso wie in ihrer Vorstellung sein Stift über die Seiten von *Meeting Oliver Bennett* geglitten war.

»Willst du noch mit raufkommen?«, flüsterte Bea und kramte nach ihrem Schlüssel.

»Du kannst dir gar nicht vorstellen, wie gern«, sagte Zach und verkündete dem geduldig wartenden Uber-Fahrer, dass es nun doch bei diesem einen Halt bleiben würde. Dann folgte er Bea zu ihrer Wohnungstür, durch die sie beide schon fast hindurchstürzten.

Bea winkte Zach, ganz leise zu sein, während sie an Lizzie vorbeischlichen, die tief und fest auf der Couch schlief. Dann zog sie ihn in ihr Schlafzimmer und aufs Bett. Ihre Hände erkundeten gierig ihre Körper. Mit jedem neuen Kuss und jeder neuen Berührung wuchsen Beas Begierde und ihre feste Überzeugung, dass ein gutes Buch die Macht besaß, zwei verlorene Seelen zueinander zu führen. Beas Hand glitt über Zachs Brust nach unten, bis sie seine Gürtelschnalle fand. Aber ehe sie sie öffnen konnte, lag Zachs Hand schon auf ihrer. Sie nahm die Hand weg.

»Alles in Ordnung?«, fragte sie.

»Vollkommen in Ordnung. Viel mehr als nur in Ordnung«, sagte Zach, rückte wieder näher an Bea heran und küsste sie leicht auf die Nase. »Ich will's nur einfach langsam angehen lassen.«

Bea versuchte, ihre Enttäuschung und Verwirrung zurückzudrängen, ließ sich in die Kissen fallen und holte tief Luft. »Ja, natürlich. Das ist wahrscheinlich klug.«

»Ich mach mich jetzt besser mal auf.« Zachs Gesicht hatte sich verändert. Er war nicht mehr außer Atem, zerzaust und voller Sehnsucht – er wirkte auf einmal ganz … *geschäftsmäßig?*

»Ja, natürlich.« Bea blieb still und verwirrt liegen.

»Cool. Ich find allein raus.« Zach beugte sich zu ihr hinunter und küsste sie auf die Wange.

Bea schlang die Arme um sich und horchte, wie die Tür ins Schloss fiel. *Was zum Teufel hab ich falsch gemacht?*

17

Gewinne einmal Haarschnitt und Tönung, indem du in höchstens fünfundzwanzig Worten begründest, wer dein Kultvorbild in Sachen Frisur ist.

Ganz klar: Krusty von den *Simpsons*. Sein Haar ist von Natur aus grün (er hat nie einen Ansatz), und seine drei Haarbüschel sitzen immer perfekt.

18

Bea ließ sich auf einen Stuhl im Besprechungsraum plumpsen und war in Gedanken ganz bei der letzten Nacht. Der Spaß, die Leidenschaft – und wie Zach sie dann plötzlich hatte sitzen lassen. Erst heißgemacht und dann kaltgestellt. Sie schob sich eine Haarsträhne hinters Ohr und versuchte, so unverdächtig wie möglich hinter ihrem geöffneten Laptop zu sitzen. Sie öffnete ein neues Word-Dokument, schrieb das Datum und blickte sich unter ihren Kollegen um, die alle in Habachtstellung hinter ihren Laptops und Vision Boards im A3-Format saßen, bereit, sich kopfüber in die heutige Brainstorming-Session zu stürzen. *Genauso war ich auch mal,* dachte sie seufzend und erinnerte sich an die guten alten Zeiten, als Brainstorming-Runden sie noch in Schwung gebracht hatten. Inzwischen war das für sie so was von gelaufen.

Gerade als das Meeting anfangen sollte, ploppte eine Nachricht auf Beas Bildschirm auf. Sie stammte von Martha mit den hochhackigen Riemchensandalen. Vor Kurzem hatte ihre Beziehung ein Upgrade erhalten und war von reinen Klo-Unterhaltungen zu Instant Messaging übergegangen.

Martha: Wie steht's mit einer Toilettenpause?
Muss dringend über die neueste Folge

von *Betty und ihre Schwestern* sprechen. Jo ist dermaßen dreist, ich muss unbedingt genauso werden!

Bea: Sitze in einem Meeting fest. Scheißleben. Hätte ich bloß Jos Einstellung ›Ich bin zu unabhängig und zu sehr beschäftigt mit meiner Kunst‹, dann könnte ich aus diesem gottverdammten Meeting raus. Der Kunde will, dass wir eine neue Zahncreme namens ›Cookiedent‹ promoten. Finde nur ich, dass das bei Zahncreme ein Widerspruch in sich ist?!

Bea schloss das Dialogfenster, seufzte deutlich hörbar und zwang sich, sich wieder auf das Meeting zu konzentrieren. Joel sprach darüber, wie man die »Ladys« auf dem Markt erreichen könnte. Es war nicht ganz klar, warum er Anführungszeichen in die Luft zeichnete, sobald er sich auf den weiblichen Käuferkreis bezog, aber offenbar hatte hier keiner was dagegen einzuwenden. *Frauenhasser*, dachte Bea verächtlich, aber dann schalt sie sich sofort dafür, dass sie so abwertend dachte. Cassandra hatte ihr das oft vorgeworfen: »Kannst du dir wirklich den Luxus leisten, so wählerisch zu sein?« oder »Natürlich glotzt er dir auf den Busen, aber das machen die Kerle nun mal!«, hatte sie immer gesagt.

»Wieso hast du mich nie einfach nur mal unterstützt?«, murmelte Bea leise vor sich hin.

»Wie bitte?« Joel wandte sich zu ihr um. »Hast du was dazu beizutragen, Bea?« Er grinste und schaute Scott an, der hinter seinem Kaffeebecher ein Lachen unterdrückte.

Bea erstarrte, ihre Hände hingen bewegungslos über der Tastatur. *Denk dir was aus, Bea, aber schnell!* »Na ja, ich finde …«, begann sie zögernd. »Ich finde, Zahnpasta auf die gleiche Art zu vermarkten wie Süßigkeiten könnte die Käufer verwirren.«

»Und?«

»Haben wir nicht die Verantwortung, die Käufer zu gesunder Zahnpflege zu erziehen?« Bea sog auf einmal Mut aus ihren eigenen Moralvorstellungen. »Ich finde, diese Kampagne steht für die falschen Ideale.«

»Das mag sein, aber es ist das, was der Kunde will, also wird er es auch bekommen.«

»Das reicht mir aber nicht.« Bevor sie es noch selbst begriffen hatte, war sie aufgestanden und hatte ihren Stuhl zurückgestoßen.

»Vorsicht, du begibst dich auf dünnes Eis, Bea«, warnte Scott und verschränkte die Arme vor der Brust.

Bea blickte sich unter ihren verblüfften Kollegen um und holte tief Luft. *Denk an die Miete, die du ohne deinen Job nicht bezahlen kannst, und komm wieder runter, verdammt.* Sie setzte sich wieder hin. »Okay, tut mir leid, du hast recht. Bitte mach weiter.«

»Verbindlichen Dank auch«, sagte Joel sarkastisch und ging wieder dazu über, seine Idee zu erläutern, die eine Zahnfee in knapper Backschürze als Werbeträger vorsah.

Bea schluckte ihren Groll hinunter und starrte den Rest des Meetings einfach nur auf den Bildschirm, bis sie wieder in The Nook flüchten und sich einen neuen Kaffee holen konnte.

*

»So schnell schon wieder da?«, lachte Dino hinter seiner Kaffeemaschine.

»Du hast ja keine Ahnung, was ich da oben durchmachen muss«, murrte Bea und setzte sich auf ihren Platz an der Theke, in gefährlicher Nähe zu einem Teller mit frischem Gebäck. Im Versuch, ihre Hände davon abzuhalten, danach zu greifen, zog sie Agatha Christie auf den Schoß und drückte den dicken warmen Hundekörper an sich.

»Bea?«, sagte Dino, offenbar nicht zum ersten Mal.

»Was? Sorry, ich war gerade im Hundekoma. Was hast du gesagt?«

»Wie steht's mit dir und Zach? Das sah ja gestern Abend so aus, als wärt ihr ganz schön vertraut miteinander.«

»Mmm, er scheint fast zu gut, um wahr zu sein. Ganz anders als die Männer, mit denen ich zusammenarbeite«, sagte Bea. »Ich meine, wir leben schließlich im 21. Jahrhundert. Frauen als Sexualobjekt, um die Verkaufszahlen in die Höhe zu treiben – das geht doch nun wirklich nicht mehr!«

»Warum kündigst du nicht einfach?«

»Kündigen? Du bist vielleicht witzig. Und wer bezahlt meinen Kaffee, wenn ich keinen Pfennig mehr in der Tasche habe?«

»Ich mein's ernst, Bea. Du bist doch total unglücklich mit deiner Arbeit für die Idioten da oben. Du kannst deinen Job nicht ausstehen, das erzählst du mir ungefähr jeden zweiten Tag.« Dino unterbrach seinen Vortrag und bediente einen älteren Herrn mit Gehstock und herzhaftem Lachen. Bea dachte einen Augenblick darüber nach, wie anders ihr Leben hätte verlaufen können. Vielleicht hätte sie einfach in Perth bleiben sollen, ohne beste Freundin und ganz im Schatten ihrer berühmten Instagram-Schwester? Zumindest hatte ihr dort die Arbeit Spaß gemacht. Der einzige Unterschied zu ihrem jetzigen Leben in Melbourne bestand darin, dass ihre Mutter ihr nicht mehr jeden Donnerstagabend nach dem Familienabendessen eine Tasche mit frischem Obst und Gemüse aufdrängte. Und obwohl Bea vorsichtig-optimistisch war, was die neue romantische Beziehung in ihrem Leben betraf, wollte sie ihr Glück nicht davon abhängig machen, dass sie in einer Beziehung lebte. Sie neigte ohnehin dazu, den falschen Kerlen nachzulaufen. Oder vielmehr war es so, dass die falschen Kerle Bea nachliefen.

»Was würdest du machen, wenn du jeden Job der Welt haben könntest?« Dino hob rasch die Hand, um ihre Proteste abzublocken. »Es geht nicht darum, ob es machbar ist. Denk auch nicht an deine Lebenshaltungskosten. Stell dir einfach eine andere Realität vor.«

Bea trommelte mit den Fingern auf der Theke. *Alles wäre möglich?* »Ich hab keine Ahnung«, sagte sie, während ihr das Bild einer einsamen tropischen Insel durch den Kopf ging, mit einer kleinen Buchhandlung aus Kokosnussschalen und Palmblättern.

»Jetzt komm schon, Babbage, da wirst du doch sicher irgendwann mal drüber nachgedacht haben, während du auf dem Klo dein Mittagessen gefuttert und dir auf der Suche nach der nächsten großartigen Idee im Bereich Mundhygiene das Hirn zermartert hast?«

Bea seufzte und kämmte mit den Fingern durch Agatha Christies dichtes, gelocktes Fell. Wovon träumte sie? Was erhoffte sie für sich? Sie hatte immer alles ganz regelkonform gemacht: hatte in der Schule fleißig gelernt, war dem Vorbild ihrer Schwester gefolgt und gleich nach der Schule auf die Uni gegangen, sie hatte Marketing studiert, war mit Cassandra herumgezogen und hatte eine paar fantastische, aber zeitraubende Liebeleien mit Europa gehabt, sie hatte ehrenamtlich gearbeitet, wann immer sie konnte, ihren Abschluss gemacht, LinkedIn entdeckt und schon bald eine

Stelle in dem Bereich bekommen, in dem sie studiert hatte. Das Radikalste, was sie in den acht Jahren zwischen ihrem Schulabschluss und ihrem ersten Vollzeitjob getan hatte, bestand allen Ernstes darin, dass sie versehentlich in einem Pariser Café Schnecken bestellt hatte, weil sie der Meinung gewesen war, hinter dem Wort verberge sich eine Art Rosinengebäck.

»Ach, ich weiß auch nicht. Es ist eigentlich albern«, sagte Bea und trank einen Schluck Kaffee. »Aber vielleicht brauche ich gar keine neue tolle Karrierechance auf der Überholspur. Vielleicht bin ich es einfach nur leid, das zu machen, von dem andere denken, dass ich es tun sollte. Oder das, von dem ich denke, dass andere denken, dass ich es tun sollte. Ich wäre einfach gern in der Lage, das Heft ein bisschen mehr selbst in die Hand zu nehmen. Und ich glaube, ich würde auch gern nach einem besseren Moralkodex arbeiten. Ich wünsche mir mehr Bedeutung für mein Leben, mehr Ziel und Zweck. Eine Aufgabe. Dass ich nach Melbourne gezogen bin und mein Leben komplett auf den Kopf gestellt habe, sollte eigentlich der Anfang von alldem sein. Der Anfang einer neuen Bea, die mutiger ist als die alte.«

Dino nickte zu ihren Worten. »Okay, super. Das ist doch schon mal ein guter Anfang!«

»Mach dich nicht lustig über mich, Dino.«

»Wer – ich? Ich bin so ernst, wie es nur möglich ist«, sagte er und legte die rechte Hand aufs Herz. »Red bitte weiter.«

»Ein winziger Teil von mir hat sich immer gefragt, wie es wohl wäre, wenn ich allein arbeiten würde. Wie es wäre, wenn ich mehr Kontrolle über die Unternehmen hätte, für die ich arbeite. Wenn ich mir die Aufträge aussuchen und wählen könnte zwischen den langweiligen, den unethischen und den richtig spannenden Aufträgen!«

»Dann mach das doch einfach! Was hast du denn zu verlieren?«

»Stabilität – ein Dach überm Kopf – Geld für Bücher.«

»Babbage, du denkst so praktisch. Na gut, dann fang eine Nummer kleiner an. Experimentier ein bisschen herum und schau mal, wie es dir gefällt.«

Bea lachte. »Bei dir klingt das alles so einfach.«

Dino stützte die Ellenbogen auf die Theke und beugte sich vor. Er kam ihr so nahe, dass sie den Geruch von Kaffeebohnen wahrnehmen konnte. »Vielleicht könnte ja wirklich alles so einfach sein – auf jeden Fall zu Anfang.«

»Ja und dann? Ich soll also einfach kündigen und meine eigene Marketingagentur gründen? Einfach so?« Bea schnippte mit den Fingern.

»Tja – ja.« Dino zuckte mit den Achseln. »Das solltest du tun. Sogar ich kann erkennen, dass du bei deinem jetzigen Job vor die Hunde gehst.« Er beugte sich noch weiter zu ihr hinüber. »Aber wenn dich dieser Gedanke zu sehr abschreckt, könntest du vielleicht mit einer kleinen Geschichte anfangen. Mit einem Event, mit irgendwas, bei dem du mit Leidenschaft bei der Sache bist. So habe ich das gemacht, als ich damals erwogen habe, die Finanzwelt hinter mir zu lassen und The Nook zu eröffnen.«

»Du hast mal im Finanzwesen gearbeitet? Irgendwie kann ich mir das gar nicht vorstellen«, lachte Bea.

»Vor ein paar Jahren saß ich noch in der Firma meines Onkels. Er hat ein Wirtschaftsprüfungsunternehmen – du kannst dir also ungefähr vorstellen, wie spannend der Job war. Ich musste unbedingt da raus. Aber bevor ich mein Leben grundlegend umgekrempelt habe, hab ich auch klein angefangen. An den Wochenenden hab ich ehrenamtlich in einer Suppenküche gearbeitet, Kaffee gekocht und bei der

Buchführung geholfen. Und das hat mir unglaublich viel Spaß gemacht. Da ist mir klar geworden, dass ich kündigen und The Nook eröffnen muss, etwas tun, wo ich kreativer sein und mitten im Leben stehen kann. Ein paar Monate später bin ich an Sunday herangetreten und hab sie gefragt, ob wir nicht zusammen diesen Laden aufmachen wollen. Und der Rest ist Geschichte.«

»Dino, das ist ja der Hammer! Aber ich wüsste noch nicht mal, wo ich da anfangen soll. Und außerdem hattest du Sunday, und ihr konntet den Sprung gemeinsam wagen. Ich hab hier eigentlich überhaupt niemanden außer Zach, und ich glaube, es ist ein bisschen zu früh, als dass wir darüber reden könnten, gemeinsam ein Unternehmen auf die Beine zu stellen.«

»Machen wir doch einfach mal ein bisschen Brainstorming.«

Als Bea zwei Mandelcroissants verschlungen hatte, hatten sie einen Plan entwickelt. Mit einem neuen Gefühl von Ziel und Zweck und Bedeutung winkte Bea Agatha Christie und Dino zum Abschied zu und hüpfte fast schon ausgelassen durch die Tür hinaus. Als sie zu ihrem Schreibtisch oben im Büro zurückkehrte, warf sie einen Blick auf den Kaffeebecher in ihrer Hand, auf dem geschrieben stand: *Versuch es jetzt, versuch es jetzt, es ist noch nicht zu spät.*

19

An: tracey@broadsheet.com
Von: beababbage@gmail.com
Betreff: Bücher und Speeddating – muss ich noch mehr sagen?

Liebe Tracey,
in zwei Wochen startet in The Nook in South Yarra, Melbourne, **Next Chapter: Speeddating für Bücher**. Es wird an diesem Abend darum gehen, Bücherfans zusammenzubringen, die auf der Suche nach dem nächsten richtig guten Lesekick sind. Alle sind eingeladen, ein Buch mitzubringen, das ihnen besonders gut gefallen hat, und an diesem Abend wie beim Speeddating die Gesprächspartner zu wechseln in der Hoffnung, ihr nächstes Lieblingsbuch zu entdecken. Es ist eine perfekte Gelegenheit, mit neuen Bücherfreunden in Kontakt zu kommen (denn es geht im Leben schließlich nicht immer nur darum, die Eine oder den Einen zu finden), sich tolle neue Lesetipps zu verschaffen und gemeinsam von den vielen literarischen Lieben im Leben eines Lesers zu schwärmen.
Für weitere Informationen per Anruf oder E-Mail stehe ich gern zur Verfügung.
Mit freundlichen Grüßen
Bea Babbage

20

Bea saß an ihrem kleinen Küchentisch. Sie versuchte gerade, eine Mail zum ersten »Next Chapter«-Event zu beantworten, aber ihre Gedanken wanderten immer wieder zu Zach. *Mag er mich überhaupt? Die Sache langsam angehen lassen – ist das wirklich wahr? Warum ist er neulich nachts so schnell verschwunden? Und warum hat er seitdem nicht mehr angerufen?* In Augenblicken wie diesen wünschte sie sich, sie wäre noch in Perth. Dann wäre sie jetzt zum Scarborough Beach gegangen, ihrem Lieblingsort zum Nachdenken, hätte auf den Ozean hinausgestarrt und in aller Ausführlichkeit analysiert, was Zach getan und gesagt hatte. Bea schob ihren Laptop zur Seite und holte ihr Telefon heraus. Sie scrollte zu Zachs Namen hinunter, und ihr Daumen schwebte über dem Icon mit dem grünen Hörer. *Was willst du ihm denn eigentlich sagen?* Aber noch bevor sie wusste, was sie tat, hatte sie schon das kleine Bild neben seinem Namen gedrückt.

»Scheiße, scheiße! Ich bin doch innerlich gar nicht drauf vorbereitet!« Bea blickte sich hektisch in der Küche um, als läge die Antwort zwischen den Stapeln schmutziger Teller verborgen, die in der Spüle auf sie warteten. Sie sprang auf, tänzelte nervös herum und schwenkte das Telefon. Kurzzeitig erwog sie, einfach wieder aufzulegen, aber dann überlegte sie es sich anders – er würde ohnehin merken, dass sie angerufen hatte. Beim vierten Klingeln stopfte sie das

Telefon in die Hosentasche, sodass nur noch der Lautsprecher herausschaute.

»Hallo?«, hörte sie Zach rangehen.

»Du bist echt so witzig, Bea«, improvisierte sie mit nachgemachtem englischem Akzent.

»Jetzt hör schon auf, wenn hier einer witzig ist, dann du«, antwortete sie sich selbst. Sie redete extra laut, sodass Zach die »Unterhaltung« mitbekam.

»Bea?«, rief Zach, aber es war nicht lauter als ein gedämpftes Murmeln.

»Hörst du das? Ich glaube, das kommt aus deiner Tasche«, sagte Bea mit dem falschen englischen Akzent.

»Oh, du hast recht.« Sie holte ihr Telefon heraus und hielt es sich ans Ohr. »Hallo?«

»Bea?«

»Zach? Bist du das?«

»Hör mal, du hast mich doch angerufen«, sagte er verwirrt.

»Oh, wirklich? Das war keine Absicht. Das passiert mir schon den ganzen Tag. Dieses bescheuerte Telefon! Ich hänge gerade mit meiner Freundin Martha ab«, sagte Bea mit fürchterlich blasierter Stimme.

»Ach, cool. Wo ich dich schon dranhabe, wollte ich gerade vorschlagen, ob wir nicht ein bisschen zusammen abhängen wollen, aber wenn du schon was vorhast …«

Bea unterbrach ihn schnell.

»Nein, nein, Martha wollte sowieso gerade gehen. Komm doch einfach in einer halben Stunde oder so zu mir, wenn du mit mir abhängen willst. Oder sonst was.« Bea rannte zum Spiegel im Badezimmer und fing an, sich Concealer unter die Augen zu schmieren.

»Okay, cool, das passt. Ich komm dann vorbei.«

»Super. Toll. Ja, dann beeil ich mich mal«, sagte Bea und puderte jetzt ihre Wangen mit ein bisschen Rouge.

»Bis gleich also.«

»Bis dann.«

Bea legte auf und atmete tief durch. »Du Loser, Bea«, sagte sie mit ihrem fürchterlichen britischen Akzent.

*

»Speeddating? Mit Büchern?«

»Klingt das nicht nach richtig viel Spaß?«

Bea saß in ihrem Wohnzimmer auf der Couch, ein Bein unter sich gezogen, der andere Fuß berührte den hellen Juteteppich. Zach saß neben ihr. Er war wie versprochen bei ihr zu Hause aufgetaucht, und sie hatten die letzte Stunde damit verbracht, Wiederholungen von *The Office* anzuschauen und Karamellpopcorn zu verschlingen. Alles schien in schönster Ordnung. Vielleicht hatte sie sich einfach nur eingebildet, dass er sie zurückgewiesen hatte? Vielleicht wollte er die ganze Sache wirklich einfach nur langsam angehen lassen? Zach blickte sie jetzt neugierig an, während er versuchte, ihr neues, überraschendes Projekt zu begreifen.

»Was kann man daran nicht mögen? Nimm doch mal uns beide. Wir sind das perfekte Beispiel, wie man im Leben mithilfe von Büchern großartige literarische und tatsächliche Kontakte knüpfen kann.« Sie bremste sich. *War das zu übertrieben?*

Sie wünschte sich unwillkürlich, Cassandra wäre hier und würde sich gemeinsam mit ihr für diese neue Idee begeistern. Das würde sich vermutlich so anhören: »Sind sechs Bücher zu viel für den Abend? Es ist, als würde man mich zwingen zu entscheiden, welches meiner Kinder ich am meisten liebe!« und »Können wir nicht auch einen Themenabend zu *Der große Gatsby* machen?« Bea hatte Cassandra sofort nach ihrem und Dinos genialem Einfall eine Nachricht geschrieben, aber war natürlich nur auf eisernes Schweigen gestoßen.

Trotz all seiner Bücherweisheit schien Zach es einfach nicht zu kapieren. »Und das Ganze machst du zusammen mit Dino? Ihr beiden scheint euch ja ganz schön nahezustehen«, sagte er und lehnte sich gegen ein waldgrünes Dekokissen.

»Er ist ein guter Freund von mir. Na ja, einer meiner einzigen Freunde hier in Melbourne, um genau zu sein.«

»Und was ist mit mir?« Zach schenkte ihr ein prächtiges, strahlendes Lächeln, das an einen Sonnenstrahl erinnerte, und legte Bea die Hand aufs Bein.

»Ich hatte gehofft, wir wären ein bisschen mehr als nur Freunde.« Bea rückte ein winziges Stück näher. Zach kam ihr entgegen, beugte sich zu ihr hinüber und ließ die Hand über ihren Oberschenkel wandern.

»Hallo! Jemand zu Hause?«

Lizzie.

Lizzie, über deren unaufhörlichen Enthusiasmus für das Leben in Melbourne und wie man es richtig leben sollte, Bea sowohl erfreut als auch erschöpft war. Lizzie, die die ganze Woche über Bea gepredigt hatte, was sie anziehen, was sie kochen und was sie sagen sollte. Bea wusste, dass Lizzie es gut meinte, aber sie war es allmählich satt, die ganze Zeit zu hören, was sie tun sollte.

»Du bist aber heute früh dran«, murmelte Bea ihrer Schwester zu, die sich mit einem wogenden roten Chiffonkleid ordentlich in Schale geworfen hatte. Dann rückte sie ein Stückchen von Zach ab, denn sie war niemand, der

Zuneigung öffentlich zur Schau stellte. Besonders nicht, wenn ihre Familie dabei war.

»Du hast Besuch«, sagte Lizzie und legte die Hand aufs Herz. »Ganz entzückenden Besuch, wie ich sehe.« Sie streckte Zach die Hand hin, die er zunächst halb schüttelte und dann verblüfft einen Handkuss daraufdrückte.

»Ich bin Lizzie Babbage, du kennst mich vielleicht vom …«

»Vom *Bachelor*, zweite Staffel? Oh ja, ich kenne dich. Ich fass es heute noch nicht, dass Jake diese Teufelin Courtney dir vorziehen konnte!« Zach lachte laut.

»Da sagst du was. Aber es hatte alles seinen höheren Zweck. Ich habe heute einen wunderbaren Ehemann und Zwillingstöchter – und Jake hat eine Scheidung am Hals, schlechte Publicity und eine einstweilige Verfügung.« Lizzie zuckte mit den Achseln und schaffte es beinahe, die Verachtung in ihrer Stimme erfolgreich zu überspielen.

»Du schaust den *Bachelor*? Du steckst echt voller Überraschungen, Zach«, flüsterte Bea ihm zu.

»Du kennst noch nicht mal die Hälfte davon.« Er zwinkerte.

»Tja, dann will ich euch Turteltäubchen nicht weiter stören«, flötete Lizzie. »Ich wollte dir nur noch sagen, dass die Facebook-Veranstaltung für Next Chapter jetzt online ist und dass ich mit meinen Bachelor-Mädels Kontakt aufgenommen habe.« Sie wandte sich verschwörerisch an Zach. »Ich hoffe, die bringen ein bisschen Schwung in den Abend!«

»Verdammt, bist du schnell, Liz. Ich hätte gern vorher noch einen Blick draufgeworfen, wie du die Ankündigung formuliert hast«, sagte Bea und umfasste ihre Knie.

»Vertrau mir, Bea, es sieht alles *fantastisch* aus. Und wie man so sagt: Wer gewinnen will, muss auch dabei sein. Da bleibt keine Zeit, bei allem zögerlich zu sein.« Unbewusst berührte sie den riesigen Stein an ihrem Ringfinger. »Zum Glück bin ich gerade in Melbourne. Es gibt so dermaßen viel zu organisieren, das würde ich von Mount Eliza aus gar nicht schaffen.«

»Weißt du, ich hab das meiste wirklich gut im Griff, Liz.«

»Aber sicher doch, Schatz«, gurrte Lizzie und zuckelte in Richtung von Beas Schlafzimmer davon.

Sieht ganz so aus, als würde ich diese Nacht auf der Couch schlafen. Bea versuchte, dankbar für die Energie und die Hilfe ihrer Schwester zu sein.

»Die Sache findet übrigens nächsten Donnerstag statt«, sagte sie dann schüchtern, als sie wieder allein waren.

Zach griff nach seinem Glas und kippte den restlichen Rotwein hinunter. »Was findet da statt?«

»Das Buch-Event. Wenn du Zeit und Lust hast, bist du herzlich eingeladen«, sagte Bea und schaute weg. »Vielleicht könntest du was von Margret Atwood mitbringen? Du hast in einer deiner Bemerkungen was über sie geschrieben.«

»Es geht doch nichts über ein totalitäres Regime und sexuelle Knechtschaft, wenn man so richtig in Stimmung kommen will«, lachte Zach.

»Ich will dich aber nicht unter Druck setzen, also komm nur, wenn du nicht schon was anderes vorhast.«

Zach ließ sich in die Kissen auf der Couch zurücksinken und verschränkte die Hände hinter dem Kopf, ein schwaches Lächeln auf den Lippen. »Ich würde es um nichts in der Welt versäumen. Vielleicht kann ich sogar mit meinem Chef irgendeinen Promotion Deal aushandeln«, sagte er. Und dann küsste er Bea, und es war, als wäre sie süchtig nach einer neuen Buchreihe und würde sich regelrecht danach verzehren, dass der nächste Teil in den Handel kam.

Noch während sie Zach küsste, fieberte Bea dem nächsten Kuss entgegen. Aber ehe sie wusste, wie ihr geschah, stand er schon an der Wohnungstür, strich ihr noch einmal zärtlich übers Gesicht und verabschiedete sich.

*

»Ich mache mir Sorgen, dass er sich von mir einfach nicht angezogen fühlt«, jammerte Bea und griff nach dem Toilettenpapier. »Im einen Augenblick küssen wir uns und im nächsten ist er schon fast aus der Tür. Welcher Kerl will denn die Dinge langsam angehen lassen, wenn du verstehst, was ich meine?« Sie spähte unter der Trennwand durch und starrte sehnsüchtig auf Marthas Schnürschuhe mit Leopardenmuster. Ihre Kollegin schaffte es, dass an ihr sogar Sneakers megaschick aussahen.

»Honey, das ist doch ein total veraltetes Gender-Stereotyp«, antwortete Martha. »Ist dir schon mal der Gedanke gekommen, dass er es ernst meint, wenn er sagt, er will die Sache langsam angehen? Und macht ihn das etwa als Mann weniger attraktiv oder dich als Frau weniger attraktiv? Oh, Mist. Du hast nicht zufällig einen Tampon griffbereit, Süße?«

Bea kramte in ihrer Handtasche, fand einen und reichte ihn unter der Trennwand zu Martha durch. Martha hatte natürlich recht. Bea war engstirnig und beurteilte Zach nach gesellschaftlichen Erwartungen. Warum nahm sie eigentlich immer das Schlimmste an?

»Ich hasse Dates! So viele Unbekannte, so viele Unsicherheiten. Ich halte mich für eine geistig vollkommen gesunde Person, bis irgend so ein Typ daherkommt – und schon fühle ich mich, als wäre ich total verrückt. Vielleicht sollte ich einfach die Notbremse ziehen, solange ich noch nicht völlig durchgedreht bin?«

»Mach dich nicht lächerlich.« Die Toilettenspülung rauschte. »War es nicht Jane Austen, die etwas in der Richtung geschrieben hat wie ›Meine Gefühle lassen sich nicht zurückdrängen‹? Hab nicht so viel Angst, dass du verletzt wirst. Nur so weiß man, dass man wirklich lebt.«

»Ich glaube, er freut sich jetzt schon ein bisschen auf mein Bücher-Speeddating, nachdem er am Anfang so zögerlich war.«

»Na, siehst du! Er klingt doch super. Und scharf. Lass dir diesen großen, dunklen, gut aussendenden, bücherliebenden Kerl nicht durch die Lappen gehen«, sagte Martha und ließ die Toilettentür mit einem dumpfen Schlag hinter sich zufallen.

Lange nachdem sie gegangen war, blieb Bea noch in ihrer Toilettenkabine. Sie holte *Meeting Oliver Bennett* heraus und saugte ein paar Abschnitte regelrecht auf. Dann fuhr sie mit dem Finger über die Umrisse von Zachs Anmerkungen. Worte wie »Elixier«, »Freiheit« und »Ekstase« schienen von der Seite zu ihr hinaufzuschweben. In einem Anfall von Frustration ergriff sie den Stift, den sie sich in ihren unordentlichen Haarknoten geschoben hatte, und kritzelte ihren eigenen Gedanken auf den bereits vollgeschriebenen Rand des Buches: Was *zum Teufel willst du eigentlich von mir?!* Dann schlug sie das Buch heftig zu, zog die Toilettenspülung, wusch sich die Hände und machte sich widerwillig auf den Weg zurück zu ihrem Schreibtisch.

21

Bea drehte eine letzte Haarsträhne um den Lockenstab und bewunderte, den Kopf unbequem verdreht, ihr Spiegelbild. Sie sah jugendlich frisch aus und war kaum geschminkt bis auf den roten Lipgloss und den diskret geschwungenen Eyeliner. Sie schüttelte noch einmal ihr Haar aus und zog ein Paar silbern glitzernde Turnschuhe an – ein Vorschlag von Martha. Heute Abend kam es drauf an! Sie würde aus dem Schatten treten! Es war ihre Feuerprobe, ob sie mehr konnte, als nur die Besprechungen der allerneuesten kabellosen elektrischen Zahnbürste in den sozialen Medien zu koordinieren. Sie würde austesten, ob sie tapfer genug war, die weibliche Hauptrolle in ihrer eigenen Geschichte zu übernehmen.

Für dieses Event hatte Bea die schweren Geschütze aufgefahren. Sie hatte den Preis für den Champagner heruntergehandelt und sehr geschmackvolle und, wichtiger noch, sehr preiswerte Blumen bestellt. Sie hatte es sogar geschafft und Die Kleine Buchhandlung in der Brunswick Street dazu gebracht, Rabattgutscheine für Gäste auszugeben, die sie dann beim nächsten Einkauf dort einlösen konnten. Lizzie war nur in Maßen bestimmend – *ähm* –, Lizzie war auch hilfreich gewesen. Es gab nur ein einziges Problem: Ihre Schwester weigerte sich schlicht zu glauben, dass diese Datingveranstaltung rein platonischer Natur war. Also hatte sie vier große Luftballonarrangements in Herzform bestellt (aber zumindest hatte sie angeboten, sie selbst zu bezahlen) und Hello Cupid Dating als Sponsor gewonnen. Bea hatte verzweifelt versucht, ihr das auszureden, aber sie drang einfach nicht zu ihr durch. Lizzie betonte, dass sie so etwas schließlich nicht zum ersten Mal mache und dass ihre Intuition sie nie trüge, wenn es um Herzensangelegenheiten gehe. Sie hatte eine Mission, und egal wie oft Bea ihre Schwester aus dem cc ihrer Mails löschte, Lizzie schaffte es irgendwie immer wieder dorthin zurück. Schließlich hatte Bea nachgegeben und hoffte sehnlichst, dass ihre Schwester sich wenigstens am Abend selbst am Riemen reißen würde.

Zum Glück hatte Dino sie die ganze Zeit sehr unterstützt und, wichtiger noch, mitgearbeitet. Er hatte die ganze Woche schon fieberhaft Kaffeebecher mit einer Auswahl an Sprüchen von Beas Lieblingsautoren verziert. Und weil Bea darauf bestand, hatte er geduldig die Tische im Café umgestellt, nur um sie zum Schluss wieder dorthin zu schieben, wo sie von Anfang an gestanden hatten. Es war alles eine Frage des Platzes – schließlich hieß das Café nicht umsonst The Nook – Der Schlupfwinkel. Ganz zu schweigen von Dinos Glanzstück – dem maßgeschneiderten Gedicht, das er für die feierliche Eröffnung des Abends vorbereitet hatte und das selbst Bea erst bei dieser Gelegenheit hören würde. Sie musste sich jetzt nur noch darum kümmern, dass sie psychisch durchhielt und dass ihre tief sitzende Angst vor dem Versagen, die sie seit Tagen hartnäckig verfolgte, nicht die Oberhand gewann.

Es klingelte. *Zach.*

Seit er vor einer Woche bei ihr gewesen war, hatte er offenbar versucht, seine ursprüngliche Skepsis gegenüber ihrer Veranstaltung zu überkompensieren. Er schickte aufmunternde Nachrichten, und gestern Nachmittag war bei Bea im Büro ein riesiges, total peinliches Blumenbouquet mit Tulpen angeliefert worden. Es war wirklich süß von ihm. Bea spürte eine tief sitzende Aufregung, als sie sich nun ihre Handtasche schnappte und regelrecht die Treppe hinunterflog, um Zach zu begrüßen.

»Hallo, kleiner Bücherwurm«, sagte er und strahlte sie mit dem Lächeln an, das sein ganzes Gesicht zum Leuchten zu bringen schien und das man unmöglich nicht erwidern konnte.

Bea warf sich in seine Arme und küsste ihn leidenschaftlich.

»Bist du bereit?«

Sie nickte und zupfte ihn am Zipfel seines blaugrünen Hemds, damit er sie ein letztes Mal küsste, ehe sie ins Auto stiegen.

*

Kaum hatten sie The Nook betreten, da kam Lizzie schon auf sie zugerast, die bereits seit dem frühen Morgen unterwegs gewesen war, um ihre *Bachelor*-Mitbewerberinnen willkommen zu heißen. Sie trug ein pinkfarbenes, figurbetontes Kleid und irre hohe Stilettos. Ein kleines, mit funkelnden Steinen besetztes Headset mit Minimikrofon ragte aus ihren üppigen Locken.

»Da seid ihr ja endlich!«, rief sie aus und packte Bea bei den Schultern. »Der Florist ist eine halbe Stunde zu spät dran, und meine Bachie-Mädels haben alle drei in letzter Minute abgesagt – offenbar macht Channel Ten im Crown eine große Veranstaltung, zu der sie unbedingt hinmüssen. Ich muss diese Nacht schon wieder auf deiner Couch schlafen, und die Cupcakes sind ein Desaster! Eine einzige Katastrophe! Es muss eine riesige Katastrophe bei der Kommunikation gegeben haben. Guck dir das bloß mal an!«, kreischte sie und zerrte Bea zur Theke hinüber, wo Dino stand und Gläser polierte, ein schlecht verhohlenes Grinsen im Gesicht. Lizzie riss den Deckel vom ersten der vier großen Pappschachteln, und Bea warf einen Blick hinein.

»Sie müssen den Auftrag falsch verstanden haben. Ich hab dir doch gesagt, wir würden keinen anständigen Service bekommen, wenn du das Ganze bei einem blöden Preisausschreiben gewonnen hast! Was sollen wir jetzt bloß machen?«, schrie Lizzie und klammerte sich verzweifelt an Bea.

»Den Auftrag falsch verstanden« war noch untertrieben. Auf jedem Cupcake waren zwei pralle pinkfarbene Brüste mit Nippeln aus Lakritz, und darunter stand in schwarzem Zuckerguss das Wort »TITTEN«.

Zach warf einen Blick auf die Cupcakes und brach in Gelächter aus.

Lizzie und Bea fanden es alles andere als komisch.

»Warum versuchen wir nicht einfach, das Beste aus der Situation zu machen?«, sagte Dino ruhig.

»Und was?«, blafften Bea und Lizzie ihn an.

»Fundraising. Stellt einfach eine Sammelbüchse auf und sammelt Spenden für …« Er hielt einen Augenblick inne und dachte nach. »Krebsforschung. Brustkrebs.«

Bea seufzte erleichtert, ließ die Schultern sinken und entspannte sich sichtlich.

Lizzie war nur halbwegs beschwichtigt, fummelte an ihrem Headset und gab telefonisch einen Haufen neuer Anweisungen an weiß Gott wen durch. »Habt ihr das?«, rief sie und stürmte davon.

»Gut tittgedacht, Kumpel«, sagte Zach und hielt Dino die geballte Hand zum Faustcheck hin.

»Ich steh nicht auf Wortspiele«, ließ Dino ihn in der Luft hängen.

Bea verdrehte die Augen, schob die Hand in ihre Tasche und blätterte mit dem Daumen durch die Seiten ihres Buches. *Ein einfaches Leben* war ihr anderes heißes Date für heute Abend. Sie schaute erst Dino und dann Zach an, die einander herausfordernd anblickten, und plötzlich wurde ihr unbehaglich zumute.

»Wie sieht's denn mit deinem Gedicht aus?«, fragte sie Dino.

Er stellte das letzte Champagnerglas zu den anderen auf die Theke. »Ich möchte mal so sagen: An Emily Dickinson reicht es nicht heran.«

Würde denn heute Abend irgendwas glattgehen?

Bea überließ Dino und Zach ihrem halbherzigen Smalltalk über Fußball – sie war fast sicher, dass Dino gar kein Fußball schaute – und wandte sich dem Raum zu. Die Blumen waren endlich gekommen, und Lizzie machte ordentlich Wirbel darum. Auf den Tischen, die in zwei Reihen angeordnet waren, standen jetzt Sträuße mit langstieligen weißen Rosen. Bea hatte eigentlich Sonnenblumen bestellt, ihre Lieblingsblumen, die so viel Wärme und Glück ausstrahlten. Ohne den Hauch eines Klischees, das so typisch für die Rosen war, die nun das Café verstopften. Es hatte ganz den Anschein, als hätte da *irgendjemand* bei der Bestellung dazwischengefunkt.

»Liz, hast du den Floristen angerufen, ohne das vorher mit mir abzusprechen?«, flüsterte sie Lizzie ins Ohr und fummelte an ihren Nägeln herum.

»Ja, ich dachte, das hätte ich dir erzählt? Sonnenblumen

sind doch viel zu rustikal. Sie hätten der romantischen Thematik des Abends widersprochen.« Lizzie schaute sich zerstreut um.

»Es geht heute Abend nicht um Romantik, Lizzie!«, fuhr Bea sie an.

»Du liebe Zeit, Bea. Eine tolle Art, sich dafür zu bedanken, dass ich dir einen Gefallen getan habe«, motzte Lizzie zurück.

Komisch, dass deine »Gefallen« offenbar immer genau das Gegenteil von dem sind, was ich möchte, ging es Bea durch den Kopf. Dann verdrängte sie ihre giftigen Gedanken.

*

Bea war nervös. Es wurde ihr eng im Hals, und am liebsten hätte sie ihr eigenes Gewicht an Schokolade in sich hineingestopft. Nicht mal ein Roman von Liane Moriarty hätte sie jetzt zum Lächeln gebracht, so nervös war sie. Vor dreiundzwanzig Minuten hatte das Event offiziell begonnen, und noch immer war niemand aufgetaucht. Bea hatte die Blumen nochmals arrangiert, die Stühle hin und her gerückt, damit es ordentlicher aussah, und ein – na gut, zwei – Glas Wein getrunken im Versuch, ihre aufsteigende Panik in den Griff zu kriegen, aber sie war jetzt fast am Rand eines Nervenzusammenbruchs. Auch Lizzie war völlig neben der Spur. Sie hatte in der letzten halben Stunde wie verrückt in ihr glitzerndes Headset gebrüllt, jeden Gefallen eingefordert und jeden Influencer angerufen, den sie in ihre zierlichen Finger bekam. Zach war keine Hilfe, er stand in einer Ecke und stopfte mit einem Hauch von zu viel Begeisterung die gebackenen Busen-Köstlichkeiten in sich hinein.

Und Dino erst! Er hatte die Füße auf einen Tisch gelegt

und hielt sein Notizbuch in der Hand. Agatha Christie stand in Habtachtstellung neben seinem Stuhl, nachdem sie einen halben Cupcake verschlungen hatte, ehe Dino sie daran hindern konnte. Statt zu helfen, saß er nur da, blätterte in seinem Moleskin-Büchlein herum, kaute abwechselnd auf seinem Stift herum und schrieb etwas auf, als hätte er keinerlei Sorgen auf der Welt. *Tja, wahrscheinlich hat er das auch nicht,* dachte Bea und war plötzlich erfüllt von jedem negativen Gefühl, das die Menschheit kannte. *Es ist ja schließlich nicht so, als würde sein gesamtes Selbstwertgefühl davon abhängen, sich heute Abend nicht zum Affen zu machen.*

Jetzt reichte es ihr. Bea zündete die letzten Teelichter an und stürmte zu dem Barista hinüber, der so fürchterlich selbstzufrieden war.

»Und, hast du's auch schön bequem?«, fragte sie, baute sich mit verschränkten Armen vor ihm auf und tappte aggressiv mit dem Fuß auf den Boden.

»Was?« Dino schob sich den Stift hinters Ohr und blickte zu Bea auf. »Alles klar bei dir?«

»Nein, es ist überhaupt nichts klar bei mir! Das ganze Event ist ein totaler Reinfall. Es ist kein Mensch gekommen. Lizzie steht kurz vor dem Nervenzusammenbruch. Und auf dem Obstteller, den ich bestellt hab, sind keine Weintrauben. Das ist eine schlimmere Katastrophe als das Fyre-Festival. Warum hast du mich bloß zu so was überredet?«

»Bea, jetzt komm aber mal wieder runter.« Dino stellte die Füße auf den Boden und zog Bea auf den Stuhl neben sich. Er drückte ihr ein Glas Wasser in die Hand und befahl ihr, dreimal tief durchzuatmen. »Das hier ist das erste Event. Es wird ein Weilchen dauern, bis ein richtiger Hype entsteht. Und hast du noch nie was vom ›modischen Zuspätkommen‹ gehört? Es ist doch noch nicht mal halb acht.«

Bea trank ihr Wasser und stellte das leere Glas mit einem dumpfen Geräusch auf den Holztisch. »Du hast recht, tut mir leid. Ich sollte es nicht an dir auslassen.« Sie seufzte. »Ich hab mir eben so sehr gewünscht, dass das hier funktioniert. Ich brauche das, dass das hier funktioniert.« Sie zwang sich zu einem schwachen Lächeln, hob Agatha Christie hoch und drückte sie an die Brust.

»Gib der Sache noch ein bisschen Zeit.«

»Weißt du was, ich bin dir echt dankbar.« Bea drückte ihr Gesicht ins Hundefell. »Du bist immer so nett zu mir gewesen, seit ich nach Melbourne gekommen bin.«

»Nein, bin ich nicht.«

»Okay, vielleicht bist du nicht *immer* nett gewesen. Aber du warst immer da und immer verlässlich. Ich darf mein Event einfach so in deinem Café abhalten. Und ich glaube, ich bin ganz nah dran, dich zu überreden, dass du mir Agatha gibst.«

»Davon träumst du nur, Babbage.« Dino verwuschelte das gelockte Fell auf Agatha Christies Kopf.

Sie saßen eine Weile da, und der Pudel bildete einen warmen Keil zwischen ihnen.

»Hey, ich dachte, Sunday wäre auch da? Kommt sie denn heute Abend nicht?«

Dino zuckte mit den Achseln. »Nee, ein Freund von ihr hat einen Gig, da musste sie hin.«

Einen Augenblick wirkte es so, als wollte Dino noch etwas sagen, aber auf einmal kam vorne im Café Bewegung auf. Zach kam schwungvoll auf die beiden zu und wackelte mit den Augenbrauen. Bea hob die ihren fragend.

»Da ist jemand!«, zischte Zach und stellte sich neben Bea, wobei er sich nicht gerade subtil zwischen sie und Dino schob. »Es ist jemand gekommen!«

22

Bea, Zach und Dino wandten sich mit neuer Aufmerksamkeit um und sahen eine Frau mittleren Alters hereinkommen. Sie trug einen langen Bleistiftrock aus Jeansstoff und ein Seidenhemd in grellen Farben, das voller Rüschen und bis zum Hals hinauf zugeknöpft war. In der einen Hand hielt sie *Harry – ein Leben zwischen Liebe und Verlust,* in der anderen einen Teller mit Keksen. Sie bewegte sich langsam und besonnen auf Bea zu, die dasaß, als wäre sie gelähmt oder an ihrem Stuhl festgeklebt. Sie hatte kurzzeitig vollkommen vergessen, dass sie hier doch die Gastgeberin war. Die Dame blieb etwa einen Meter vor Bea stehen und lächelte ein wenig gekünstelt. Bea starrte fasziniert auf einen Fleck hellrosa Lippenstift an ihrem Schneidezahn.

»Ich bin Ruth! Ich bin Royalistin, lese gern historische Liebesromane und Familiensagas und höre seit Neuestem den Podcast *By George: A Royal Family Appreciation.* Es ist mir ein Vergnügen, hier zu sein«, sagte sie und rollte die Rs ein bisschen.

Nach einer Pause, die einen Tick zu lang dauerte, sprang Bea auf, schüttelte Ruth heftig die Hand und nahm ihr den Teller mit Keksen ab, den sie ihr auffordernd hingehalten hatte. »Herzlich willkommen, Ruth«, quiekte sie und dann umarmte sie die nichts ahnende Frau impulsiv-liebevoll.

»Du hättest doch nichts zu essen mitbringen müssen. Das ist aber lieb von dir!«

Ruth löste sich ein bisschen verlegen aus der Umarmung und zog ihren Rock zurecht, der ein wenig verrutscht war. »Ach, ich backe doch so gerne. Das hier sind Müslikekse, Diana's Muesli. Die Firma, die ich damals in den Achtzigern in meiner Küche gegründet habe. Natürlich nach der Prinzessin benannt.« Ruth legte die Hand aufs Herz und schaute ernst drein.

»Diana's Muesli?«, fragte Bea leicht schockiert. »Meinst du etwa das riesige Unternehmen, bei dem halb Melbourne arbeitet? Die bekannteste Müslimarke von ganz Australien? *Dieses* Diana's Muesli?« Bea starrte verblüfft die ein wenig nachlässig gekleidete Frau an, die da vor ihr stand.

»Ja, genau das meine ich. Zwei verschiedene Diana's Mueslis wird es ja wohl nicht geben, oder?«, sagte Ruth ein wenig steif, dann lachte sie. »Ich hab die Firma vor zwei Jahren an den Lebensmittelkonzern Heinz verkauft. Also habe ich jetzt ziemlich viel Zeit, um Veranstaltungen wie diese hier zu besuchen.« Sie machte eine Geste, die das ganze Café umfasste.

»Wie hast du von Next Chapter erfahren?«, fragte Bea.

»Ich hab die Facebook-Seite von Next Chapter als Empfehlung bekommen«, antwortete Ruth. »Normalerweise ist Facebook nicht mein Fall. Ich finde, da gibt es zu viele Baby- und Essensfotos. Die Hundefotos gefallen mir aber, besonders wenn es Bilder von Corgis sind, wie die Queen sie hat. Ansonsten kann ich Facebook nicht ausstehen. Das ganze Bedürfnis, jeden geschmacklosen Gedanken und jede winzige Errungenschaft der ganzen Welt mitzuteilen. Da hat nun jemand portugiesische Törtchen gemacht – eine Wahnsinnssache!«

Bea hing Ruth an den Lippen und nickte krampfhaft. Ein Gast! Sie hatte einen Gast! Einen unglaublich erfolgreichen Gast mit wirtschaftlichem Durchblick (und irgendwo auch ein bisschen merkwürdig), den sie zuvor nicht gekannt hatte, mit dem sie nicht verwandt war und den sie auch nicht datete. Sie war entzückt, fast schon berauscht! *Vielleicht schaffe ich's ja doch noch, die Sache zum Laufen zu kriegen?*

»Normalerweise würde ich mein Frettchen zu so einem Event mitbringen, aber Socialising wochentags nach acht würde seinen Schlafrhythmus durcheinanderbringen, falls du verstehst, was ich meine.« Sie stupste Bea mit überraschend viel Kraft an. »Aber die Gelegenheit, über Bücher zu sprechen, schien mir ein angemessener Vorwand zu sein, um zumindest für mich eine Ausnahme zu machen.«

»Ach, ich freu mich ja so, dass du da bist, ich freu mich riesig«, sprudelte Bea hervor und biss in einen Keks von Diana's Muesli. *Einfach köstlich!*

Zach kam zu ihnen herübergeschlendert und legte Bea den Arm um die Taille. Ruth schien diese Geste mit leichtem Misstrauen zu betrachten. Er schaute sie mit dem für ihn typischen Lächeln an und stellte sich vor.

»Bist du Anhänger der Republik?«, fragte Ruth und schaute Zach misstrauisch von oben bis unten an.

»Ich kann nicht behaupten, dass ich da viele Gedanken dran verschwendet habe«, antwortete Zach. »Bea, es könnte jetzt an der Zeit sein, die Veranstaltung zu eröffnen.«

Bea nickte entschieden, hakte Ruth unter und führte sie zu einem Tisch. Sie setzte sich ihr gegenüber, holte tief Luft und schaute zu, wie Dino auf einen Stuhl stieg.

Er ließ die Knöchel krachen und sah plötzlich fast nervös aus. Seine Augen sprühten noch mehr als sonst. Lizzie fotografierte mit irrsinniger Geschwindigkeit für Instagram.

»Also … Vielen Dank, dass ihr gekommen seid«, murmelte Dino.

Der zusammengewürfelte Haufen vor ihm applaudierte. Lizzie bedeutete ihm, stärker zu lächeln.

Dino fuhr sich mit den Fingern durchs Haar. »Das hier ist etwas ganz besonders Aufregendes für Bea«, sagte er und deutete auf sie. Bea wurde knallrot, als alle sie anschauten. »Sie will jetzt schon eine ganze Weile mal ein bisschen was anderes machen – und, na ja, das hier scheint einfach perfekt zu sein. Ich meine, Bücher und Kaffee – es gibt im Leben doch kaum ein größeres Vergnügen.«

Ein unterdrücktes Lachen von Zach, und ein leiser Zustimmungsruf von Ruth.

»Nun ja, ich bin kein großer Redner, ich bin eher ein Dichter. Also, ähm, dann stürze ich mich mal in das, was ich für heute Abend verfasst habe.«

Er zog ein zerknittertes Blatt aus der Tasche und schaute einen Augenblick zu lang darauf. *Merkwürdig, wie nervös er wirkt,* dachte Bea. Dino war doch sonst nie nervös.

Zwischen Seiten und Regalen
steht ein Abbild, das wir waren,
das wir sind.
Ruht nicht, harrt nicht, steht nicht still,
bewegt sich, findet, was es will,
ganz geschwind.
Doch wird sich endlich alles wandeln?
Nein, versprochen ist das nicht.
Doch sind wir nur bereit zu handeln,
ein Neuanfang sich wohl verspricht …

Er machte eine Pause, räusperte sich und fuhr dann fort. »Und nun möchte ich gern die Frau auf die Bühne bitten, die das Ganze möglich gemacht hat. Sie wird uns die Spielregeln für den heutigen Abend erklären. Die Frau, deren drei große Leidenschaften im Leben folgende sind: Donna Tartt, Preisausschreiben für Einsendungen mit fünfundzwanzig Worten und Strong Skinny Latte. Bühne frei für Bea Babbage!«

Bea biss sich auf die Lippe und winkte verlegen, während sie zu Dino hinüberging. »Du liebe Güte, danke, Dino, das war wunderbar.« Sie drückte ihm dankbar die Schulter. »Also – seid ihr je auf der Suche nach dem perfekten Buch gewesen? Seid ihr es leid, euch durch Bücher zu kämpfen, die sich in der Theorie wie für euch geschaffen anhören, die aber, wenn ihr sie in der Hand haltet, nicht das Richtige für euch sind?« Bea warf einen Blick auf Ruth. Sie hielt die Hände vor der Brust umklammert und nickte zu Beas Worten. »Also ich bin es jedenfalls leid. Und deshalb haben wir Next Chapter ins Leben gerufen! Ihr bringt einfach euer derzeitiges Lieblingsbuch mit und stellt es fünf Minuten lang derjenigen Person vor, die an eurem Tisch auftaucht. Wenn es ihr gefällt, leiht sie es sich von euch aus. Wenn nicht, geht es weiter zum nächsten Tisch. Seid ihr bereit?«

Ruth jubelte.

»Und vergesst nicht, wenn ihr geht, für die Brustkrebsforschung zu spenden!«, quiekte Lizzie aus einer Ecke des Cafés, ehe sie ihr Telefon herumriss und ein Selfie machte.

»Auf die Plätze, fertig, empfehlt!«, rief Bea und stellte die Weckfunktion auf ihrem Handy auf fünf Minuten ein. Dann kehrte sie an Ruths Tisch zurück. Sie sah gerade noch, wie Zach einen Stuhl zu Lizzie hinüberzog, die das einzige Buch mitgebracht hatte, das sie in ihrem ganzen Leben gelesen hatte: *Dating für Einsteiger* von Zoë Foster und Hamish Blake.

»Hochzeiten mit Bürgerlichen kann ich ja gar nicht ausstehen«, begann Ruth ihren Vortrag. »Die jungen Prinzen heutzutage haben einfach keinen Respekt mehr vor der Tradition. Es ist wirklich erstaunlich, findest du nicht auch?«

Bea runzelte die Stirn und schaute hinunter auf das Buch, das Ruth mitgebracht hatte. Prinz Harry und Meghan Markle, die Köpfe leicht zueinander geneigt, lächelten sie an. Sie hörte aufmerksam zu, während Ruth sich über die erbärmlichen dramaturgischen Fähigkeiten der Drehbuchautoren von *The Crown* ausließ und darüber, wie Harry, einst der missratene Prinz, es geschafft hatte, eine ganze Nation um den Finger zu wickeln, was Ruth ungläubig und mit großer Missbilligung zur Kenntnis genommen hatte. Und dann waren ihre fünf Minuten um. Ruth atmete tief aus. Sie lächelte kurz und nickte Bea zu als Zeichen, dass sie jetzt dran war.

Keine halbe Minute nachdem Bea begeistert über das Meisterwerk *Ein einfaches Leben* von Min Jin Lee losgelegt hatte, tippte ihr jemand auf die Schulter. Bea drehte sich um. Ruth gab ein lautstarkes Schnaufen von sich, das ahnen ließ, wie verärgert sie über die Störung war. Ein kleiner, unvorteilhaft gekleideter Mann stand vor Bea, eine rote Rose in der Hand. Ihr Herz machte einen Satz. Noch ein Gast! *Das ist wirklich wahr!*

»Ich suche Lizzie Babbage.«

»Wie bitte?«, fragte Bea und stand langsam auf.

»Lizzie aus dem *Bachelor.* Ich bin gekommen, weil ich sie sehen möchte.«

Bea starrte den Mann an, der vor ihr stand und leicht schwitzte. *Das ist ja mal wieder typisch.*

Er beugte sich näher zu ihr, sodass sie sein Aftershave riechen musste, das er viel zu großzügig aufgetragen hatte. »Sie wissen nicht zufällig, ob sie Single ist, oder?«, fragte er und drückte seine Rose erwartungsvoll an die Brust.

Bea verdrehte die Augen, informierte ihn darüber, dass Lizzie verheiratet war und Zwillinge hatte, und sah zu, wie er genauso schnell wieder zur Tür hinaushuschte, wie er hereingekommen war. Sie entschuldigte sich von ganzem Herzen bei Ruth und beendete ihre Liebeserklärung an *Ein einfaches Leben*, bis der Wecker verkündete, dass die Zeit abgelaufen war. Ruth stand auf, setzte sich an Lizzies Tisch und begann erneut mit ihrem Monolog, während Bea sitzen blieb.

»Na, wenn das nicht Bea Babbage höchstpersönlich ist.« Dino setzte sich ihr gegenüber, eine Ausgabe des Gedichtbands *Die Dunkelheit zwischen den Sternen* unter dem Arm. Sein Haar war zerzaust und hing ihm locker in die Augen.

»Ich weiß, dass du *Ein einfaches Leben* schon gelesen hast«, antwortete Bea.

»Die Geschichte hat uns verraten … und so weiter und so fort.« Bei seinem Versuch, aus dem Roman zu zitieren, wurde es Bea warm ums Herz.

»Alter Angeber.« Sie sah, dass Ruth am anderen Tisch wild gestikulierte, Lizzie das Buch vor die Nase hielt und es heftig schwenkte. Bea war sicher, gerade ein »Lang lebe die Königin!« gehört zu haben.

»Da hast du recht, das da hab ich schon gelesen.« Dino wies auf das Buch und lenkte Beas Aufmerksamkeit wieder an ihren Tisch zurück. »Verkauf mir deine Geschichte.«

»Was?«

»Verkauf mir die Geschichte von Bea Babbage«, sagte Dino, lehnte sich auf seinem Stuhl zurück und verschränkte die Arme hinter dem Kopf.

»Da gibt es nichts zu erzählen.« Sie zuckte mit den Achseln und spielte mit den Seiten ihres Buches herum.

»Da gibt es ganz viel zu erzählen.«

»Ich bin langweilig, ungeschickt und lächerlich.«

»Du bist ziemlich großartig, leidenschaftlich und verdammt mutig.«

»Ja, schon klar«, tat Bea seine Worte ab.

Dino warf ihr einen Blick zu, der zu sagen schien: *Mich kannst du nicht an der Nase rumführen, Babbage.*

Bea schaute verlegen auf ihr Buch.

»Deine Augen leuchten dabei immer auf, weißt du das?«

»Wann?«, fragte Bea.

»Wenn du ein Buch anschaust, das du liebst. Sie werden dann noch größer, als sie schon sind, was man eigentlich gar nicht für möglich halten sollte. Und dann ist es, als würden sie anfangen zu tanzen. Ich hab noch nie jemanden getroffen, der so glücklich aussieht. Es ist ansteckend.«

»Ich hab gar nicht gemerkt, dass du mich so genau beobachtet hast. Das ist ja unheimlich.« Bea versuchte, Dinos plötzliche Offenheit lachend abzutun, aber er lachte nicht mit. Im Gegenteil, er sah ernster aus als je zuvor, öffnete den Mund und wollte etwas sagen, als Lizzie plötzlich auftauchte.

»Bea«, zischte sie.

»Ja, Lizzie?«

»Es geht um Zach«, murmelte sie.

Bea schaute sich um, aber er war nirgends in Sicht.

»Er hat gerade – na ja, er hat mich angegrabscht«, sagte Lizzie sehr ernst.

»Was?« Bea spürte, wie sie fröstelte. Sie verspürte plötzlich das dringende Bedürfnis, sich unter ihre Bettdecke zu verkriechen und *Deine Juliet* zu lesen.

Der Handywecker ertönte von Neuem. Hektisch tippte sie auf das Display, um ihn zum Schweigen zu bringen. Endlich hatte sie ihn ausgestellt, aber sowohl Dino als auch sie blieben sitzen. Bea fiel auf, dass Dinos Hände zu Fäusten geballt waren, so fest, dass sie ganz weiß waren. Bea schüttelte den Kopf. *Das ist typisch Lizzie. Sie meint immer, alle würden sie anmachen.*

»Wenn ich's dir doch sage, Bea. Er hat schon den ganzen Abend mit mir geflirtet, und gerade eben hat er versucht, mir in den Hintern zu kneifen!« Lizzies Stimme rutschte eine Oktave höher.

Bea warf einen kurzen Blick auf Dino, der die Zähne zusammenbiss, und seufzte. Sie wollte hier keine Szene machen. Lizzie starrte sie an und wartete auf eine Antwort.

Bea seufzte. »Lizzie, ich bin sicher, du hast die Situation missverstanden. Er ist ein sehr offener Mensch und wollte wahrscheinlich einen guten Eindruck auf dich machen, weil du meine Schwester bist.«

»Bea, ich sag dir doch, das konnte ich gar nicht missverstehen. So was passiert mir die ganze Zeit, weil ich berühmt bin. Aber ich hätte nie gedacht, dass das bei einem …«

»Bei einem … was, Lizzie? Du hättest nie gedacht, dass das bei einem Typen passieren würde, mit dem ich ausgehe? Genauso wie du in meinem ersten Jahr an der Uni gedacht hast, mein Freund Luke würde dich anmachen, und genauso wie du dir *todsicher* warst, dass Jake dir die letzte Rose geben würde? Es ist nun mal nicht jeder in dich verliebt, Lizzie! Ich hab es wirklich gründlich satt, dass du so tust, als würde es immer nur um dich gehen. Das sollte eigentlich mein Abend werden!« Bea war jetzt ein bisschen zu laut geworden. Das hier war jetzt wirklich der letzte Tropfen, der das Fass zum Überlaufen brachte. Bea konnte ihre Frustration nicht länger unterdrücken, dass Lizzie alles und jeden so hindrehte und manipulierte, damit es zu ihren Plänen passte. »Tut mir leid, Lizzie, ich habe heute Abend keine Rose für dich.«

23

Morgen Ramona!
Das ganze Bettzeug ist frisch gewaschen und liegt fix und fertig bereit zum Bügeln. Du musst die Ausziehcouch für Lizzie aber nicht wieder neu beziehen. Lizzie müsste ungefähr jetzt wieder in Mount Eliza eintreffen – Gott sei Dank!
Friede!
B xx

24

Bea,
zweimal habe ich die Bettzeug noch gewaschen, weil darauf sind große Flecken von Selbstbräuner. Ist nicht rausgegangen. Tut mir leid.
Außerdem ist deine Freundin Sunday gekommen hat das Buch zurückgebracht. Ich habe ihr reingelassen. Sie hat mir geschenkt Salat sehr lecker. Ich hoffe ist okay.
Ramona

25

Am Morgen nach der Veranstaltung war Lizzie bereits bei Sonnenaufgang aus Beas Haus gestürmt. Forrest Gump wäre nicht schneller gewesen. Zach hatte Lizzies Anschuldigungen rundweg abgestritten, als Bea ihn damit konfrontiert hatte. Er behauptete, er hätte sich zu ihr hinübergelehnt, um ihr seinen Lieblingsabschnitt aus *Catch-22* zu zeigen, und sie dabei möglicherweise berührt – mehr aber ganz sicher nicht. Die ganze Geschichte war mal wieder typisch Lizzie. Sie bildete sich ein, dass einfach jeder von ihr besessen, in sie vernarrt und Hals über Kopf in sie verliebt war.

Außerdem brachte es Bea nicht über sich zu glauben, dass Zach je eine andere Frau betatschen würde – und schon gar nicht ihre Schwester. Er blickte Bea jetzt immer mit einer derartigen Leidenschaft an, dass sie sich fühlte, als wäre sie eine Romanfigur, über die er viele herrliche Bemerkungen schrieb. Sie fragte sich oft, was genau er über sie zu Papier bringen würde. In ihrer Vorstellung waren es Dinge wie*: ein bisschen seltsam, verrückt, hat Mohn zwischen den Zähnen kleben, warum hat sie das gerade gesagt?* Und was würde sie über ihn schreiben? *Nachdenklich, geistreich. Ich frage mich, wie er wohl als Baby ausgesehen hat. Ob er mich lieber hat als ich ihn? Warum zwinkert er eigentlich so selten? Sieht hinreißend aus, einfühlsam, so ein unglaublich schönes Gesicht.*

Bea musste schon lächeln, wenn sie nur an Zach dachte. Sie wäre am liebsten herumgerannt und hätte überall mit dem neuen Mann in ihrem Leben angegeben, auf ihn gezeigt und gerufen: »Leute, mit diesem Typen bin ich zusammen! Mit diesem Mann mit dem perfekten Schopf brauner Locken, mit einem Strahlen im Gesicht, so leuchtend wie die Milchstraße, und einem Geist, der so komplex und faszinierend ist wie der von Zadie Smith.«

Es war ein völlig neues Gefühl für Bea. Ihre früheren Beziehungen waren eher flüchtige Spielereien gewesen und in der Regel genauso schnell zu Ende gegangen, wie sie angefangen hatten. »Das Einzige, was du wirklich richtig gut auswählen kannst, ist ein gutes Buch«, hatte Cassandra immer gelacht. Lachy zum Beispiel: Er war letztes Jahr in einem Café auf Bea zugekommen, als sie anlässlich Lizzies Geburtstag gebruncht hatten, und hatte Bea um ihre Telefonnummer gebeten. Liz hatte sie ermutigt, sie ihm *unbedingt* zu geben. Und zwei Monate später hatte sich Bea in einer Beziehung wiedergefunden, von der sie gar nicht sicher war, ob sie sie überhaupt wollte. Lachy war ja wirklich nett, aber er hatte nur ein einziges Gesprächsthema: Kricket. Doch weil er unter allen jungen Frauen ausgerechnet Bea ausgewählt hatte, machte sie einfach mit, bereit, das Elend so lange durchzuhalten, bis sich die Beziehung endlich in einen Roman von Nicholas Sparks verwandeln würde. Das hätte sie sich sparen können: Kurz darauf machte er nach einem Testspiel Schluss mit ihr – mit der Begründung, *sie* sei zu langweilig! Und gerade als sie angefangen hatte, an dem ewigen Kricket Gefallen zu finden …

Bea kuschelte sich unter die Decke und wünschte sich, Zach würde eines Tages auf dem leeren Platz neben ihr liegen. Seufzend stellte sie den Wecker noch einmal weiter, blätterte die nächste Seite in *Meeting Oliver Bennett* um und saugte Zachs Worte in sich auf.

*

»Es lief nicht unbedingt alles wie geplant, Martha.« Bea hatte auf der Toilette mal wieder *Meeting Oliver Bennett* gelesen, als ein Paar dunkelblaue Stiefeletten, nicht ganz so knallig, aber noch immer von müheloser Eleganz, in die Nachbarkabine geschritten kamen. Bea ließ Martha gar nicht erst zu Wort kommen, sondern tischte ihr sofort sämtliche Einzelheiten von Next Chapter auf. Sie ließ nur aus, dass ihre Schwester gedacht hatte, ihr Freund hätte sie angegrabscht.

»Ich sag dir, Martha, ich muss diese Sache noch viel stärker bekannt machen und die Events irgendwie so weit kriegen, dass sie Geld einbringen. Und sobald es so weit ist, werde ich aus diesem gottverlassenen Höllenloch verschwinden und meinen eigenen Laden aufmachen. Das mein ich ganz ernst. Ich halte es hier keine Sekunde länger aus. Wer will denn schon mit einem Haufen Idioten und Sexistenschweinen neue Zahnpasta vermarkten? Ich habe angefangen, mir die allerbescheuertsten Namen und Slogans für Zahnpasta auszudenken – und meine Chefs stürzen sich geradezu drauf. Gestern sind sie voll ins Schwärmen geraten über meine ›Minz and Body‹-Idee. Also, da hört doch wirklich alles auf!«

Spülung.

Spülung.

Die Toilettenspülungen rauschten gleichzeitig. Das war noch nie vorgekommen. In all den Monaten zuvor hatte Bea stets gewartet, bis Martha die Toilette verlassen hatte.

Sie waren sich noch nie von Angesicht zu Angesicht begegnet. Bea gefiel die Anonymität ihrer Beziehung. Auf diese Weise konnte sie sein, wer immer sie wollte. Sie erwog, noch in ihrer Kabine zu bleiben, aber dann überlegte sie es sich anders. *Nun komm schon, Bea!* Sie hörte, wie Martha die Kabinentür öffnete.

Bea holte tief Luft, ihre Hand schwebte über dem Riegel. Diesen Moment hatte sie sich seit Monaten ausgemalt. Wie würde Martha mit den wunderbaren Schuhen aussehen? Hatte sie schwarzes, zu einem strengen Knoten hochgestecktes Haar? Trug sie umwerfende Ohrringe und knallroten Lippenstift, wie Bea sich immer vorgestellt hatte? Oder würde sie oberhalb ihrer tollen Schuhe viel schlichter und einfacher aussehen und Beas Erwartungen komplett über den Haufen werfen? Sie öffnete die Kabine und blieb in der Türe stehen. Martha stand schon am Waschbecken und wusch sich die Hände.

Bea stockte der Atem. Martha war absolut außergewöhnlich.

Sie war älter, als Bea sie sich vorgestellt hatte, mit einigen eleganten grauen Strähnen im honigblonden Haar. Anmutige Fältchen zierten federleicht ihre Stirn, und sie hatte die Lippen leicht geschürzt. Ihre Nägel waren makellos manikürt und blassrosa lackiert, und sie trug ein Kleid, das mit West Highland Terriern bedruckt war und dem man auf den ersten Blick ansah, wie unglaublich teuer es gewesen war.

»Martha? Ich kann nicht glauben, dass du das bist.« Bea trat ans Becken neben ihr und machte den Wasserhahn an. Sie bedauerte, dass sie heute nur ihr schäbiges gelbes Spitzentop anhatte. »Von diesem Moment träume ich schon seit …«

»Ich möchte Sie gleich mal unterbrechen, Beatrix Babbage«, fuhr die Frau sie in einem Ton an, der das genaue Gegenteil eines britischen Akzents war. Sie spuckte Beas Namen aus, als wäre er giftig.

Entgeistert trat Bea einen Schritt zurück.

»Wissen Sie, wer ich bin?«, fragte die Frau.

Bea sank leicht in sich zusammen. »Ähm, Martha aus der Buchhaltung?«

Die Frau grinste höhnisch und regelrecht boshaft.

»Ach, Kindchen. Ich bin nicht Martha. Da haben sie mich offenbar mit jemandem verwechselt. Mein Name ist Catherine Bradley, und ich bin Chief Executive Officer in diesem ›gottverlassenen Höllenloch‹.«

Bea blieb das Herz stehen.

»Und Sie, meine Beste, sind gefeuert.«

Scheiße. Verdammt. Scheiße. Verdammt. Scheiße!

*

Bea wischte sich die Muffinkrümel vom Kinn, während sie bereits nach einem Schokocroissant schielte. Ihre Augen waren verheult, und ihr brannte schon fast der Mund von all den Obszönitäten, die sie pausenlos vor sich hin murmelte.

»Verdammte Scheiße, ich bin ja so beschissen scheißdumm!«, murmelte sie undeutlich vor sich hin.

»Bea, wenn du noch ein einziges Mal das Wort mit SCH sagst, muss ich dich leider auffordern, mein Café zu verlassen«, flüsterte Dino und warf einen Blick auf die Kinder im Grundschulalter, die in einer Ecke saßen und mit ihrem Vater Kakao tranken. Dino trug wie gewöhnlich seine dunkelgrüne Schürze, aber heute darunter ein für ihn ganz untypisches, enges weißes T-Shirt, das seine Tattoos sehen ließ. Er war gerade erst beim Friseur gewesen, sein Haar war weniger struppig und ein bisschen geschniegelt, und trotzdem hing es ihm noch lässig in die Stirn.

Gleich nachdem Catherine Bradley sie gefeuert hatte, war Bea in The Nook gerannt und hatte Dino um so viel Schokolade gebeten, wie er nur dahatte. Zum Glück war Sunday am Morgen da gewesen und hatte sich so richtig ins Zeug gelegt. Bea war es viel zu peinlich, Zach gegenüberzutreten, und sie wollte auch nicht allein sein, also bestand die Rettung vor der Demütigung in ihrem Herzen aus Muffins mit extragroßen Schokostückchen. Bea hing jetzt seit fast zwei Stunden auf ihrem Barhocker und war inzwischen bei ihrem siebten Teilchen und ihrem vierten Kaffee, aber sie fühlte sich immer noch nicht besser. Obwohl sie vor lauter Zucker und Koffein allmählich total überdreht war. *Cass wüsste genau, was man jetzt tun muss*, dachte sie immer wieder. Sie würde wahrscheinlich sagen: »Die haben dich sowieso nicht verdient. Du findest was Besseres.«

»Du hast da noch was.« Dino tippte sich mit dem Finger auf die Wange und bedeutete Bea, das Gleiche zu tun.

Bea fuhr sich mit den Händen ins Gesicht und wischte sich die verbliebenen Krümel ab.

»Bea, ich sag dir, das ist ein Geschenk des Himmels. Du hast deinen Job gehasst wie die Pest. Jetzt hast du Zeit, das zu tun, was dir wirklich wichtig ist.«

»Ja, und mit welchem Geld soll ich das machen?«, schnaufte Bea voller Verachtung.

Dino schwieg und machte einen extrastarken Cappuccino für eine Frau in Sportkleidung, dann legte er das Schokocroissant für Bea in die Mikrowelle. Sie nutzte diesen Augenblick, um Zach endlich eine Nachricht zu schreiben. Wenn sie ihre Beziehung auf das nächste Level heben wollte, war doch diese Situation, wo sie Ehrlichkeit und Verlässlichkeit brauchen konnte, eine großartige Gelegenheit.

> Bea: Bin gerade gefeuert worden. Ertränke meine Sorgen in Kaffee und Zucker, brauche aber vielleicht später was Härteres. Wärst du bereit, mein Saufkumpan/geduldiger Begleiter zu sein, wenn ich mich später beim Arbeitsamt in die Schlange stelle? x

»Denk doch mal an J. K. Rowling«, sagte Dino und stellte ihr das warme Croissant hin. Das lenkte Bea von ihrem Telefon ab.

»Was?«, fragte sie und biss in die schokoladige Köstlichkeit.

»Sie ist auch gefeuert worden. Sie hat als Sekretärin gearbeitet, und da hat man sie rausgeschmissen, weil sie heimlich auf ihrem Computer Geschichten geschrieben hat. Und heute ist sie eine der reichsten und berühmtesten Schriftstellerinnen aller Zeiten.«

Bea zuckte mit den Achseln. »Ich bin aber keine J. K. Rowling, Dino.« Sie trank einen Schluck Kaffee.

Agatha Christie schob sich unter Beas Arm, um gestreichelt zu werden – auch eine Art von Trosttherapie. Der Pudel reagierte darauf, indem er an Beas Croissant schnüffelte.

»Wehe«, sagte Dino streng und warf einen Blick auf das Stückchen Croissant, das Bea gerade für den Hund abriss.

Bea runzelte die Stirn und aß das Stück selbst. Die Erinnerung an den heutigen Nachmittag überfiel sie erneut und ließ sie schaudern. Was machte sie bloß mit ihrem Leben? Es war, als würde sie Katastrophen magisch anziehen, egal wohin sie ging. Beas Blick fiel auf das Tattoo eines Tornados gleich neben Dinos Ellenbogen. *Absolut passend!* Sie wanderte mit ihren Blicken weiter an seinen Armen entlang, verzweifelt auf der Suche nach etwas, das ihre Gedanken von den heutigen Ereignissen ablenken würde. Dinos Tattoos waren regelrechte Kunstwerke, und sie konzentrierte sich jetzt ganz auf die detailreichen Bilder: Pfotenabdrücke, steil aufragende Berggipfel, Croissants und Kaffeetassen, dahinschmelzende Uhren und Worte, die sie nicht richtig entziffern konnte. Es war, als würde sie ein Buch in einer fremden Sprache lesen. Jedes Bild auf Dinos Arm erzählte eine Geschichte, die sie nicht richtig verstand.

»Wer ist Delilah?«, fragte sie und deutete auf den Namen, dessen kleine kursive Lettern über sein Handgelenk liefen. Ihr war jedes Mittel recht, um das Gespräch von der Katastrophe namens »Beas Berufslaufbahn« abzulenken.

Dino erstarrte und schüttelte den Kopf. »Ein andermal vielleicht«, sagte er mit rauer Stimme. »Ich arbeite schließlich.« Er reichte einem wartenden Kunden seinen Chai-Tee. Als er Beas enttäuschtes Gesicht sah, ließ er sich erweichen. »Na gut – such dir ein anderes Tattoo aus.«

Bea nickte. »Was ist mit den Murmeln?« Sie zeigte auf die farbige Abbildung eines umgekippten Beutels, aus dem Murmeln kullerten. Dieses Tattoo fiel auf, weil es offensichtlich neuer als die anderen war und deutlicher hervorstach.

Er berührte die Stelle an seinem Arm, wo die Zeichnung eintätowiert war. »Miss Marbles«, sagte er.

»Wie bitte?«

»Miss Murmeln – Miss Marbles. So habe ich Miss Marple

genannt, als ich noch klein war. Meine Großmutter war regelrecht besessen von Agatha Christie.«

»Da wär ich nie draufgekommen«, sagte Bea und hob Agatha Christie, den Zwergpudel, hoch.

»Tja, vielleicht sogar ein bisschen mehr als nur besessen. Sie war total auf die Romane und Geschichten fixiert. Es war, als würde sich für sie das echte Leben innerhalb der Bücher abspielen und als wäre die echte Welt nur ausgedacht.«

»Ich weiß genau, wie sich das anfühlt«, murmelte Bea so leise, als spräche sie mit sich selbst.

»Sie hatte alle Bücher von Agatha Christie: *Mord im Pfarrhaus, Die Schattenhand, Karibische Affäre, Fata Morgana* … Sie waren im Haushalt so präsent wie ihre Kinder. Vielleicht hatte es damit zu tun, dass ihr echtes Kind, meine Mutter, in ihrem Leben irgendwie nicht so richtig präsent war. In meinem Leben übrigens auch nicht.« Dino beugte sich vor und verwuschelte Agatha Christies Fell, dann legte er seine Hände auf die Theke.

»Wo ist denn deine Mum?«

»Ach, mal hier, mal da. Sie ist schon da – wenn sie will. Aber wenn in Byron Bay ein Festival stattfindet, wenn sie einen neuen Kerl in Daylesford hat oder in Mornington oder in Sydney, dann ist sie lieber dort. Ihr Motto lautet: ›Jeder ist sich selbst der Nächste‹.« Dino zuckte mit den Achseln

»Das muss ganz schön schwer sein«, sagte Bea. Dinos Unwillen, andere Menschen an sich heranzulassen, wurde auf einmal viel verständlicher für sie.

»Tja, und meinen Dad hab ich nie kennengelernt, jedenfalls kann ich mich nicht dran erinnern, und meine Mutter war immer mit anderen Dingen beschäftigt. Ich bin hauptsächlich bei meiner Grandma aufgewachsen. Sie hat mir jeden Abend und jeden Morgen, eigentlich immer, aus den Büchern von Agatha Christie vorgelesen. Ich hab immer um mehr ›Miss Marbles‹-Geschichten gebettelt, und Grandma hat sich jedes Mal kaputtgelacht, wenn ich sie so genannt habe.« Er lächelte. »Als sie letztes Jahr gestorben ist, hat mich das ganz schön getroffen. Ich hab ihren Hund geerbt und jedes einzelne Werk aus ihrer zerlesenen Kriminalbibliothek. Und ihr zu Ehren hab ich mir dann dieses Tattoo stechen lassen.« Dino schaute weg.

Bea legte ihre Hand auf seine. Sie wünschte, sie hätte gewusst, was sie jetzt sagen sollte. Cass wüsste es. Sie sagte in jeder Lebenslage das Richtige. »Es tut mir sehr leid mit deinen Eltern und mit deiner Oma.« Sie lächelte ihn an. »Und ich sitze hier, mache mich total lächerlich und heule rum, nur wegen eines beschissenen Jobs.«

Dino runzelte die Stirn und wandte sich eilig ab. Er fing an, einen Kaffee zu machen, für den gar keine Bestellung vorlag, nahm einen Stift aus der Schürzentasche und krakelte rasch etwas quer über den Becher, die Stirn immer noch in Falten. Dann schob er Bea den Kaffee hin, und sie hob den Becher hoch und las: *Das Traurigste im Leben ist das, woran man sich erinnert.*

»Das ist von Agatha Christie«, bemerkte er und fing an, im Schrank hinter sich herumzukramen.

Jemand schlang von hinten die Arme um Bea.

»Ich bin gleich los, als du geschrieben hast«, sagte Zach.

Bea schmiegte sich in seine Arme.

»Mach dir keine Sorgen. Die können dich nicht einfach aus einer Laune heraus rauswerfen, das ist einfach kompletter Blödsinn! Erzähl mir mal ganz genau, was vorgefallen ist, jedes Wort! Die verklagen wir. Die müssen sich ganz warm anziehen.« Zachs Gesicht war knallrot, als wäre er den ganzen Weg gerannt. Bea sah, wie ein Schweißtropfen von seiner perfekt glatten Stirn seine Wange hinunterlief.

»Erzähl schon!«, forderte er sie erneut auf. »Bea, es ist wichtig, dass du mir jetzt sofort alles erzählst, damit du auch nichts vergisst. Ich schreibe mit.« Er holte sein Telefon heraus, öffnete eine App für Notizen und hielt die Daumen tippbereit über dem Display.

»Tja, ich … ähm«, stammelte Bea, und wieder traten ihr Tränen in die Augen. *Stell dich nicht an wie ein Baby!*

»Herrgott, Mann, ich glaube nicht, dass sie jetzt darüber sprechen will«, ging Dino ein bisschen zu unwirsch dazwischen. Sein Gesicht war auf einmal viel härter, als wäre er plötzlich ein kühles, ganz neues Buch anstelle eines abgegriffenen, geliebten Buchs mit lauter Eselsohren drin.

»Ach ja? Ich werde ja wohl wissen, was das Beste für meine Freundin ist«, fuhr Zach ihn an.

Bea lief ein Schauer über den Rücken. Zachs forsches Auftreten überraschte sie vollkommen. Sie war es nicht gewohnt, dass er so mit jemandem sprach. Und: »meine Freundin«? Es war das erste Mal, dass er sie so nannte. Bea hatte sich vorgestellt, dass sie in einem wesentlich romantischeren Rahmen offiziell zu Freund und Freundin werden würden. *Na ja, es ist eben, wie es ist.*

»Kann schon sein. Aber du musst nicht grausam sein«, sagte Dino.

»Die Welt ließ mich grausam werden«, sagte Zach und schaute Bea an, als erwarte er eine Bestätigung von ihr.

»Falls du gerade versuchst, Emily Brontë zu zitieren, dann muss es heißen: ›Das Herz ließ mich grausam werden‹«, erwiderte Dino.

»Nein, so heißt es nicht.«

»Doch. Ich sollte es wissen, ich lese nämlich mehr als nur Comics«, sagte Dino mit steinernem Gesicht.

»Und ich arbeite in einem Verlag, Blödmann.« Zach schlug ein bisschen zu heftig auf die Theke.

Bea schaute zwischen den beiden Männern hin und her – eher zwischen den beiden großen Jungs –, die vor ihren Augen diesen kindischen Streit vom Zaun gebrochen hatten.

»›Entsetzen‹«, sagte Bea.

»Was?«, sagten die beiden gleichzeitig.

»Entsetzen«, sagte Bea. »›Das Entsetzen ließ mich grausam werden.‹ So lautet das Zitat aus *Sturmhöhe*. Ihr Deppen habt alle beide unrecht.« Sie lachte, und die Spannung löste sich ein klein wenig.

»Oh.«

»Oh.«

Bea warf Dino einen leicht entschuldigenden Blick zu und wandte sich an Zach. Sie fasste ihn bei der Hand und stand zittrig auf. So abgefüllt, wie sie mit Koffein und Gebäck war, fürchtete sie, nicht mehr allein laufen zu können.

»Zach, kannst du mich nach Hause bringen?«

»Natürlich«, sagte er und nahm sie nicht einfach an die Hand, sondern hob sie hoch und warf sie sich über die Schulter. Sie kreischte, als Zach sie aus dem Café trug. Hinter ihnen knurrte Dino zum Abschied.

*

Nachdem sie auf diese Weise einen Block hinter sich gebracht hatten und Bea die ganze Zeit gelacht und spielerisch nach Zach getreten hatte, stellte er sie vorsichtig wieder auf den Boden. Sie griff nach seiner Hand, und zusammen gingen sie vorbei an betriebsamen Bars, in denen lauter

Leute saßen, die ihre Jobs noch hatten und auf einen kleinen After-Work-Drink eingekehrt waren. Der Himmel leuchtete geheimnisvoll pink. Es war die besondere Zeit des Tages, wenn die Sonne noch nicht ganz untergegangen war und der Mond schon am Himmel schien.

»Danke, dass du gekommen bist«, sagte Bea ein bisschen schüchtern. »Und danke, dass du es geschafft hast, mich zum Lachen zu bringen.«

»Geht's dir jetzt besser?«

»Ach, heute war ein echt beschissener Tag«, seufzte sie.

Sie gingen eine Weile nebeneinander her. Bea war erleichtert, dass Zach ihr nicht haufenweise Plattitüden oder Lösungsvorschläge an den Kopf warf, sondern schwieg und ihr diese Zeit ließ, in der sie sich schlecht fühlen konnte. Vielleicht hatte er begriffen, dass Dino recht hatte und sie etwas Abstand brauchte, um den Tag zu verarbeiten.

Zach blieb stehen und wandte sich zu Bea. »Weißt du, ich hab dich wirklich sehr gern, Bea.« Sie standen mitten auf dem Bürgersteig, Hand in Hand. So etwas machte Bea normalerweise nervös. Sie wollte niemandem im Weg stehen oder zu viel Aufmerksamkeit auf sich ziehen. Aber Zach blickte sie so ernsthaft an, dass sie nicht anders konnte, als sich ganz auf diesen Augenblick zu konzentrieren. Doch als Antwort brachte sie nur ein dezentes Nicken zustande. Sie fühlte sich plötzlich ein bisschen überfordert.

»Wir kennen uns doch noch gar nicht so lange. Ich weiß auch nicht, woran es liegt, aber ich habe das Gefühl, als hätte ich dich immer schon gekannt.« Zach lachte, offenbar verlegen wegen seiner eigenen Offenheit. »Toller Spruch, was?«

»Ich mag dich auch, Zach. Ich bin so unglaublich froh, dass wir uns kennengelernt haben.«

»Ich glaube, es ist mehr als das.« Er ließ den Kopf leicht

hängen und schaute sie mit einem Blick an, den sie nicht so richtig deuten konnte. Eine Frau, die eine zum Bersten gefüllte grüne Supermarkttüte an sich drückte, machte einen kleinen Bogen um sie.

»Diese Hände.« Zach zog Beas Hände zu sich heran und fuhr ihr mit dem Daumen über die Fingerknöchel. »Es sind die schönsten Hände, die ich je gesehen habe.« Er drückte auf jede Hand einen Kuss. Dann blickte er Bea wieder an und drückte ihr dreimal sanft die Hände.

Bea lächelte ratlos und wusste nicht, was sie sagen sollte. Noch nie in ihren dreißig Lebensjahren hatte jemand sie so angeschaut, und noch nie hatte sie dermaßen viele Schmetterlinge im Bauch gespürt.

Wieder drückte Zach Bea dreimal die Hände, diesmal mit erneutem Eifer. »Bea, du hast mich ganz schön zugerichtet.«

»Was ist denn heute in dich gefahren, Zach?«

»Du – du bist in mich gefahren! Du gehst mir in einer Art und Weise unter die Haut, wie ich es noch nie erlebt habe. Als ich dich getroffen habe, hätte ich nie erwartet, dass du so … du selbst sein würdest.« Er drückte ihr wieder dreimal die Hände und küsste sie sanft.

Bea erwiderte den Kuss und seufzte leicht. Sie hatte Gänsehaut bekommen und drückte Zachs Hände einmal lang zurück.

»Das ist nicht richtig so«, sagte Zach und trat einen winzigen Schritt zurück. »Pass auf, ich zeig dir, wie das geht. Ich«, sagte er und drückte leicht zu. »Liebe.« Er drückte wieder. »Dich.« Und erneut drückte er zu.

Bea wurde von etwas überwältigt, das sie nicht kannte. Die drei kleinen Worte berührten etwas ganz tief in ihrem Innersten. Sie konnte nicht glauben, was sie da gerade gehört hatte, und stand da, mit offenem Mund und vollkommen überwältigt. *Ich bin es wert, dass man mich liebt?*

»Ich weiß ja, ich weiß, es ist verrückt. Wir sind gerade mal ein paar Wochen zusammen«, sagte Zach leicht verlegen. »Es sieht mir überhaupt nicht ähnlich, dass das bei mir so schnell geht. Ehrlich, wenn du wüsstest! Aber ich konnte es einfach nicht für mich behalten.«

Bea hatte jetzt begriffen, dass es sich wirklich nicht um einen Tagtraum handelte, zog Zach an sich, blickte ihm in die Augen und zwang sich, sich ganz diesem Augenblick hinzugeben. *Du schaffst das. Nur Mut!* »Es ist nicht zu früh«, sagte sie und drückte seine Hände dreimal.

Zachs Gesicht leuchtete auf, und seine Augen strahlten so, dass Beas Magen einen kleinen Sprung machte. »Ehrlich?«

»Ehrlich.«

Ein kleiner rotbrauner Hund kam zu ihnen gerannt und sprang an ihnen hoch, während er seinen Besitzer hinter sich herzerrte. Lachend ließen sie sich los und streichelten den übermütigen Welpen. Er genoss die Aufmerksamkeit, die er von ihnen bekam, und ließ sich dann zufrieden weiterführen.

»Weißt du, ich denke die ganze Zeit nur an dich und an nichts anderes mehr, Bea Babbage«, sagte Zach, als sie, die Hände wieder ineinandergeschlungen, weitergingen. »Und ich dachte, das solltest du gleich hier und jetzt erfahren.« Er lächelte sie an, und Bea lächelte zurück. »Ich möchte nirgendwo anders sein, denn ehrlich, ich bin ganz schön verrückt nach dir.«

Bea stellte sich auf die Zehenspitzen. Sie griff nach seinem Nacken und zog sein Gesicht zu sich herunter, sodass sie ihn mit aller Macht küssen konnte.

26

An: cassandralucas@live.com.au
Von: beababbage@gmail.com
Betreff: Ich vermiss dich mehr als *Love Songs and Dedications* von Richard Mercer im Radio.

Hey Cass,
ich hab gerade meinen Job verloren, weil ich so eine dermaßene Idiotin bin – typisch Bea, was? Im Augenblick bekämpfe ich meine Sorgen mit unserem Lieblingseis und heule hysterisch über den Schluss von *Ein ganzes halbes Jahr.* Warum musste es so enden, Cass, warum nur? Sie war so glücklich darüber, wie alles war – konnte er nicht auch einfach glücklich sein? WIESO NICHT?
Ich weiß, du hast wahrscheinlich die Schnauze voll, dass ich mich immer wieder melde, aber ich wünsche mir wirklich, du würdest mir nur ein einziges Mal antworten.
Ich brauche dich.
Deine betrübte Bea xo

PS: Ich weiß, nach allem, was passiert ist, hab ich es nicht verdient, der Liebe zu begegnen, aber ich hab jemanden getroffen. Er scheint echt fantastisch zu sein, und es fühlt sich total merkwürdig an, dir nichts davon zu erzählen. Drück mir die Daumen, dass ich es diesmal nicht vermassle.

27

In dieser Nacht fand Bea keinen Schlaf. Erst weil ihr Herz ganz von Zach erfüllt gewesen war. Dann war das schöne und reine Gefühl, auf Wolken zu schweben, in den frühen Morgenstunden verflogen und Schuldgefühlen und Bedauern darüber gewichen, was alles in der letzten Zeit schiefgelaufen war, die sie ebenfalls nicht schlafen ließen. Einsam starrte Bea in die Dunkelheit ihres Schlafzimmers und verbiss sich in jeden schrecklichen Fehler und jede Mikrotragödie (so nannten sie und Cassandra gern ihre Erste-Welt-Probleme), die sie in den letzten paar Monaten ausgelöst hatte. Sie lag wach, in kalten Schweiß gebadet, und ging ihre Fehler immer wieder durch.

Die beste Freundin vor den Menschen gedemütigt, die ihr am liebsten sind und am nächsten stehen, und ihr zukünftiges Glück mit dem Mann ihrer Träume zerstört. Nutzlosen Job mit geringem Entwicklungspotenzial bei nutzloser Agentur in einer neuen (zum Glück weniger nutzlosen) Stadt an Land gezogen. Voll ins Fettnäpfchen getreten und von der auf einmal gar nicht mehr so nutzlos scheinenden Agentur gefeuert worden. Vor drei Tagen frisch zubereiteten Latte auf einen Unschuldigen verschüttet. Tat mir mehr um den Kaffee leid als um den Mann. Nie Geld, um die Obdachlosenzeitung The Big Issue *zu kaufen. Null Geduld Schwester gegenüber, zum Abschied nur lustlos umarmt. Rufe Mutter nicht oft genug an. Ziehe mir am laufenden Band*

Sendungen über Verbrechen rein, als wäre es Unterhaltung, wo es doch um echte Menschen geht, die ermordet worden sind! Nur vier Gäste beim blöden Buchklub-Event. Ganz klar keine große Vordenkerin. Alles in allem sehr wahrscheinlich ein nicht gerade liebenswerter Mensch.

Um zehn nach vier in der Früh hatte sie es satt zu grübeln, kämpfte sich aus dem Bett, zog Turnschuhe und Kapuzenpulli an und setzte sich raus auf den kleinen Balkon, der vom Wohnzimmer abging. Im Schneidersitz auf ihrer wackeligen blauen Bank versuchte sie, sich im Hier und Jetzt zu erden. Die kühle Luft des frühen Morgens umgab sie und schien sie von ihren Schuldgefühlen und den Sorgen über ihre Ziellosigkeit zu reinigen. Sie versuchte, an die positiven Dinge zu denken: die Frau, die neulich die Aufzugtüren für sie offen gehalten hatte, und die neuesten Luftaufnahmen vom Haus ihrer Eltern, die ihr Vater aufgenommen und ihr geschickt hatte. Und sie dachte an Zach. Immer wieder Zach. Aber dann drückte das Gewicht ihrer Sorgen und Ängste sie erneut zu Boden. Irgendwie schien das Leben leichter zu sein, wenn sie auf Nummer sicher ging und einfach immer in die Fußstapfen der charismatischen, aber leicht kontrollwütigen Frauen in ihrem Leben trat.

Sie lehnte den Kopf an die Ziegelmauer, starrte in den Himmel hinauf und hielt Ausschau nach außerirdischem Leben und nach Sternschnuppen, wie sie und Cassandra es als Kinder getan hatten, wenn sie die Köpfe aus ihrem Zelt im Garten gesteckt hatten. Wenn sie eine Sternschnuppe entdeckten, musste Bea Cassandra schwören, sich Folgendes zu wünschen: Sie würden beide jemanden kennenlernen, der so charmant war wie Laurie Laurence aus *Betty und ihre Schwestern*, sie würden heiraten und Häuser nebeneinander kaufen, jedes mit einem violetten Lattenzaun drum herum.

Bea blickte zum Himmel hinauf und seufzte, als gäbe es ein Geheimnis, das nur sie und die Sterne kannten.

*

»Ein bisschen nach links. Yep, okay, noch einen Tick runter. Und jetzt ein klitzekleines bisschen hoch«, kommandierte Bea. Sie saß in The Nook auf der Theke, spähte durch ein Rechteck, das sie aus Daumen und Zeigefingern bildete, und versuchte, die gegenüberliegende Wand abzuschätzen.

»Ich halte ›ein klitzekleines bisschen‹ nicht für eine offizielle Maßeinheit.« Dino schnaufte frustriert und hielt noch immer das erst halb befestigte Brett fest.

Nachdem sie halb erfroren auf dem Balkon aufgewacht war, hatte Bea sich mit einer heißen Dusche aufgewärmt, sich angezogen und in The Nook geschleppt. Um Viertel nach neun hatte sie an einem Tisch gesessen, vor sich ihren aufgeklappten Laptop und einen Doubleshot Latte sowie einen von Sundays typischen Frühstücksmuffins, in dem sich ein ganzes gekochtes Ei verbarg. Es war beinahe so gewesen, als wäre sie nicht gerade erst gefeuert worden! *Na, was sagen Sie zu dieser Professionalität und dieser Arbeitsethik, Catherine Bradley?*

Doch nachdem sie sich anderthalb Stunden lang hektisch auf jede Stellenanzeige beworben hatte, die auch nur ansatzweise in ihren Arbeitsbereich fiel, und auch auf ein paar, die nichts damit zu tun hatten, aber so klangen, als könnte man ordentlich Spaß bei der Arbeit haben (*Hallo, Bingo-Manager oder Emoji-Erfinder!*), war sie es leid gewesen. Sie hatte sich über Facebook sogar an Ruth gewandt, die sie bei Next Chapter kennengelernt hatte, und sie gefragt, ob sie noch Kontakte zu Diana's Muesli habe und zufällig wisse, ob man dort Mitarbeiter suche. (Zuerst hatten sie und Dino allerdings Ruth gegoogelt und herausgefunden, dass alles stimmte, was sie erzählt hatte, und dass sie die Firma tatsächlich gegründet hatte.) Allerdings hatte Ruth offenbar versucht, Einfluss auf die Änderung an den Zutaten zu nehmen – »Die Antioxidanzien sind mir egal, eine Açaifrucht ist nun mal keine königliche Frucht!« –, und sich deshalb offenbar mit dem Management zerstritten.

Danach war Bea zu Ikea gegangen und hatte drei Regalbretter aus Holz gekauft, eine Bücherstütze in Form einer Ananas und einen kleinen gerahmten Druck »Lass dich nicht von den Muggels fertigmachen«. Auf dem Weg zurück zum Café hatte sie einen Umweg zu ihrem neuen Lieblings-Secondhand-Buchladen gemacht, Another's Treasure. Dort hatte sie dreizehn der Bücher gekauft, die sie am liebsten weiterempfahl, darunter *Die Liebenden von Leningrad, Küsschen, Küsschen!, Ab heute wird alles anders, Ich bin ein Schicksal, Liebesbriefe aus dem Ersten Weltkrieg, Sag Hallo, Die Jadelilie, Das Hass-Rennen* und ein paar weitere, auf die sie scharf gewesen war und die sie schon seit Langem hatte lesen wollen, seit sie in einigen der vielen Bookstagrammer-Accounts, denen sie folgte, darauf gestoßen war. Darunter *Ich bin Sasha* und *Der letzte Mensch.*

Eine perfekte Auswahl, hatte sie sich gratuliert und darüber gefreut, dass sie den Preis um 5,65 Dollar runtergehandelt hatte. Die Unmengen an Büchern unter beide Arme geklemmt, war sie triumphierend in The Nook zurückgekehrt. Sie war eine Frau mit einer Mission und würde ein Nein als Antwort nicht akzeptieren.

Und nun waren sie mit zwei kleinen Bücherbrettern fertig, und eins musste noch zu Ende angebracht werden an der Wand in der Nähe des Eingangs von The Nook. Dino war überraschend entgegenkommend gewesen. Vielleicht hatte er Mitleid mit Bea, vielleicht spürte er auch, dass er, falls er Nein sagte, einen Kopf kürzer gemacht werden würde. Er schwärmte sogar von der Buchauswahl. »*Küsschen Küsschen!* Das war immer schon mein Lieblingsbuch von Roald Dahl!« Bea hatte ihn ausgelacht. Klar, dass er so ein obskures Lieblingsbuch hatte. Ihrer Meinung nach reichte nichts an *Matilda* heran.

»Was hältst du von Stellenanzeigen, bei denen man ein Bewerbungsfoto mitschicken soll?«, fragte Bea, als sie an ihren Laptop und zu den gefürchteten Stellenanzeigen zurückkehrte, während Dino die letzte Schraube in die Wand bohrte.

»Das sind Schweine!«, rief Sunday von hinten aus der kleinen Küche. Die Frau hatte ein übermenschliches Gehör. »Denen würde ich auf keinen Fall über den Weg trauen.«

»Mmm, Patriarchat und so«, stimmte Bea zu. »Da solltest du mal ein Gedicht drüber schreiben, Dino.«

»Da hab ich genau das richtige.« Dino räusperte sich und wandte sich zu Bea um. »Spieglein, Spieglein an der Wand, wer sind die Schönsten im ganzen Land? Niemand mit Narben, unreiner Haut, Missbildungen oder Pausbacken – ganz zu schweigen vom falschen pinken Hautton«, rezitierte er mit der Hand auf dem Herzen.

Bea warf den Kopf zurück und lachte laut, klatschte und verlangte eine Zugabe. Und dann lachte sie weiter, und zwar hysterisch, sie konnte gar nicht mehr aufhören. Die Tränen liefen ihr übers Gesicht, sie schnappte nach Luft und spürte, wie ihre Brust einsank und ihr die Hitze prickelnd den Hals hinaufstieg. Und dann stieß sie ein Schluchzen aus, das aus ihrem tiefsten Inneren kam.

»Bea, alles klar da drüben?«, fragte Dino nervös und stieg von seinem Stuhl herunter.

Bea nickte zuerst, dann schüttelte sie den Kopf, und dann zuckte sie mit den Achseln.

»Sunday, wir brauchen dich hier vorne!«, brüllte Dino.

Sunday kam aus der Küche und trocknete sich die Hände an einem Küchentuch ab, das sie durch eine Gürtelschlaufe ihrer Jeans gezogen hatte. Sie warf nur einen kurzen Blick auf Bea, dann nahm sie sie in die Arme und streichelte ihr über den Rücken. »Es wird alles wieder gut. Das ist Teil deiner Lebensreise. Es macht dich zu einer stärkeren und klügeren Frau.«

Bea machte sich los, schnappte sich eine Serviette vom Stapel hinter sich und putzte sich die Nase. »Ist das auch wirklich wahr? Ich stecke seit Monaten in einer Abwärtsspirale. Seit Monaten schon!«, rief sie verzweifelt. »Ich hatte eine vollkommen andere Vorstellung davon, wie mein Leben mal aussehen würde. Ich stehe überhaupt nicht da, wo ich eigentlich mit dreißig sein wollte. Ich hab nichts vorzuweisen, trotz der vielen Jahre, die ich an meinem Schreibtisch Sklavenarbeit geleistet hab. Bis spätnachts bin ich im Büro geblieben, um die Chefs zu beeindrucken, vor den Kunden bin ich gekrochen, um einen neuen Auftrag zu kriegen. Und wozu das alles?« Sie holte tief Luft. »Seht euch all die Leute an, die es besser hinkriegen als ich. Zum Beispiel meine Schwester! Sie schmeißt ihren tollen Job im Marketing hin, um beim *Bachelor* mitzumachen – ausgerechnet beim *Bachelor*! –, und schafft es tatsächlich, eine landesweite Demütigung in eine blühende Karriere im Bereich Social Media zu verwandeln. Und dafür muss sie einfach nur ein paar Fotos schießen!«

»Süße, entspann dich erst einmal! Dreißig ist das neue Fünfundzwanzig«, sagte Sunday, setzte sich auf einen Barhocker und zog Bea auf den Hocker neben sich. »Sei ein bisschen nachsichtig mit dir! Du musst dich nicht hassen, nur weil du von Großem träumst. Du solltest nach den Sternen greifen! Und wenn du auf deinem Weg von einem vorbeirauschenden Kometen, den du nicht auf dem Radarschirm deiner schicken Rakete hattest, in eine Million Teile zerschmettert wirst – was soll's! Zumindest hast du's versucht!«

Bea schaute Sunday fassungslos an.

Sunday runzelte die Stirn und tätschelte Bea das Knie. »Okay, vergiss mal die Metapher. Aber es stimmt, Bea. Du hast einfach noch nicht das Richtige für dich gefunden.«

»Dafür bin ich unübertroffen darin, immer genau das zu finden, was mich fertigmacht!«, rief Bea aus und griff nach ihrem halb gegessenen Muffin. Sie pflückte die an der Sonne getrocknete Tomate ab, steckte sie sich in den Mund und seufzte dann so tief auf, als käme der Seufzer ganz tief aus den Zehen herauf. »Danke, Sunday, ehrlich«, sagte sie und versuchte, sich ein bisschen aufrechter hinzusetzen. »Ich sollte mich wieder an meine Bewerbungen machen, die schreiben sich schließlich nicht von allein.«

»Das ist eine super Einstellung«, rief Dino.

Bea machte ein finsteres Gesicht und wanderte mit ihrem Muffin zurück zum Laptop. Sie klickte sich ziellos durch eine Stellenausschreibung nach der anderen und seufzte bei jeder einzelnen dramatisch. Dann griff sie nach dem Telefon und rief ihre Textnachrichten auf. Vielleicht musste sie andere Wege ausprobieren?

Bea: Es ist eine verrückte Idee, aber hör sie dir erst mal an. Deine Chefs bei Thelma & Clarke sind nicht zufällig auf der Suche nach einer total bücherversessenen Marketinglady? Ich würde mich wirklich überschlagen (die ganze Weihnachtszeit durcharbeiten) und in Erwägung ziehen, Kinder zu kriegen, damit ich eines Thelma und das andere (unabhängig vom Geschlecht) Clarke nennen könnte, und das alles nur, damit ich mit Büchern arbeiten darf. Mit freundlichen Grüßen, eine echt durchgeknallte, am Rande des Nervenzusammenbruchs taumelnde Bea

Zach: Ich werde sehen, was ich tun kann. Und können wir uns in einer Stunde treffen? Ich hab möglicherweise genau das richtige Heilmittel gegen einen Nervenzusammenbruch xx

Bea: »Das Leben ist spannender, wenn du einfach nur Ja sagst.«

Zach: Du bist ja ein echtes Fangirl! Schön zu wissen, dass ich zitierfähig bin. Treffpunkt Weinbar Toorak Cellars. Bring deine Happy Pants mit xx

Happy Pants? Was soll das denn bedeuten? Bea klappte ihren Laptop zu, zog diskret *Meeting Oliver Bennett* heraus und ließ die Finger über den Buchrücken gleiten. Sie lehnte sich gegen die Wand aus nackten Ziegelsteinen und blickte hinüber zu Dino, der, das Kehrblech in der Hand, auf dem Boden hockte und dort den Dreck zusammenfegte, wo er eben die Schrauben in die Wand gebohrt hatte. Sie versuchte, sich an das Zitat zu erinnern, das Zach im Buch unterstrichen hatte, irgendetwas darüber, wie die Zeit die Ängstlichen verfolgt.

28

Bea taxierte ihr Spiegelbild im Fenster der Weinbar. Sie zupfte an ihrem Kaschmirschal herum, der den kalten Wind abhielt (wie sie die endlosen Sommer von Perth vermisste!), als eine hohe Stimme ihren Namen rief.

»Hallo, Bea! Ich bin's, Ruth von deinem Next-Chapter-Treffen.« Ruth kam auf Bea zugeschlurft, in der einen Hand eine prall gefüllte grüne Einkaufstasche, in der anderen eine Leine, an dessen Ende etwas hing, bei dem es sich entweder um einen sehr kleinen Hund oder eine sehr große Ratte handelte.

»Ruth, natürlich! Vielen Dank, dass du mir heute so schnell auf meine Nachricht wegen eines Jobs geantwortet hast. Wie geht's dir? Und wer ist dieser kleine Kerl?« Bea ging in die Hocke, um einen genaueren Blick auf das braunweiße Fellknäuel zu werfen, das sich schleunigst hinter Ruths Füße verzog.

»Das ist Philip. Er ist ein Frettchen«, sagte Ruth. »Ich würde an deiner Stelle lieber nicht zu nahe rangehen, er hasst es, wenn man ihn anfasst. Er hat eine ziemlich große Distanzzone, da ist er ein bisschen wie sein Namensvetter Prinz Philip, Duke of Edinburgh. Diese Briten und ihre Abneigung gegen zu große Nähe! Immer wieder bestechend.« Ruth gluckste leise, aber Bea konnte den Witz nicht richtig nachvollziehen.

Sie stand auf. »Ich hab noch nie ein Frettchen an der Leine gesehen. Kommt er oft raus?«

»Oh ja, er hält mich fit. Begleitet mich meistens, wenn ich unterwegs bin.« Ruth nickte ohne jede Gefühlsregung, nahm ein kleines Stück Möhre aus der Tasche und warf es dem Tier hin, das plötzlich ganz begeistert reagierte.

Bea spürte eine warme Hand auf ihrem Arm, drehte sich um und sah Zach neben sich stehen. Er legte ihr den Arm um die Schultern und küsste sie auf die Wange.

»Ruth, stimmt's?«

»Hallo«, sagte Ruth und schüttelte die Hand, die Zach ihr hinhielt.

»Was machst du denn heute Nachmittag? Sieht aus, als hättest du noch ganz schön was vor.« Er zeigte auf ihre Einkaufstasche, aus der Mehl, Zucker, Eier und ein großes Glas Marmelade herausragten.

»Das sind Zutaten für einen Victoria-Sponge-Kuchen …«

»Schaust du dir die Wiederholung der Hochzeit von Harry und Meghan an? Es ist der erste Jahrestag, hab ich heute Morgen im Radio gehört«, unterbrach Zach sie.

»Nein.« Ruth starrte Zach so fassungslos an, als hätte er sie gerade gefragt, welche Farbe ihre Unterwäsche hatte. »Ich protestiere gegen diese Hochzeit. Ich kann Harrys und Meghans eklatante Respektlosigkeit gegenüber Sitte und Tradition nicht ausstehen. Sie trägt noch nicht mal Strumpfhosen, um Himmels willen!«, schnaubte Ruth. »Philip und ich werden uns die Krönungszeremonie von Queen Elizabeth anschauen, nicht wahr, mein Hübscher?«

»Da sollten wir auch dabei sein!«

»Wie bitte?«, sagten Ruth und Bea wie aus einem Mund. Sogar Philip schien innezuhalten und Zach überrascht anzuschauen.

»Ich habe noch nie eine Krönungszeremonie gesehen, und Victoria-Sponge-Kuchen ist eines meiner Lieblingsdesserts«, sagte Zach und ergriff Beas Hand. Sein Gesichtsausdruck war offen und ehrlich, und Bea hatte das Gefühl, dass sie in der Datinglotterie den Hauptpreis gewonnen hatte.

Ruth betrachtete den großen, enthusiastischen Mann, der vor ihr stand. »Nun ja. Normalerweise schaue ich das alleine und mache mir Notizen. Ich schreibe gern meine Gedanken nieder.« Sie schwieg einen Augenblick. »Ja, ihr dürft mich zu Hause besuchen kommen, Victoria-Sponge-Kuchen essen und die Krönung von Queen Elizabeth gucken.«

*

Ruth stellte zwei pastellfarbene Teetassen und Untertassen auf die Zierdeckchen vor Bea und Zach. Sie saßen in Ruths Penthouse in Toorak auf dem Boden neben einem großen, niedrigen Wohnzimmertisch aus Eiche vor einem QLED-Fernseher mit einer Bildschirmdiagonale von mindestens 1,65 Metern. Bea wusste, dass Ruth eine erfolgreiche Geschäftsfrau war, aber trotzdem war sie schockiert von dem unglaublichen Reichtum, den ihre Wohnung ausstrahlte. In jedem Raum hing ein Kronleuchter, alles war großzügig möbliert, hatte glänzende Holzoberflächen und war vom Boden bis zur Decke vollgestellt mit Memorabilien an die britische Königsfamilie: »It's a boy!«-Becher standen in Vitrinenschränken; »I heart the Royal Family«-Wandteppiche hingen an den Wänden; Wackelcorgis nickten auf dem Kaminsims. Und als krönenden Abschluss gab es in jedem Schlafzimmer ein eindrucksvolles Wandgemälde mit den wichtigsten Mitgliedern der königlichen Familie.

Aber das Beste an Ruths Wohnung waren die bis zum

Boden reichenden Fenster, die eine fantastische Aussicht auf die Innenstadt von Melbourne, die schmalen Wolkenkratzer und die immergrünen Bäume am Horizont boten. Bea kam es vor wie der zweitschönste Ort der Welt, nach dem Buckingham Palace, versteht sich.

Sie blickte wieder auf das verkratzte Schwarz-Weiß-Filmmaterial von der Krönung Elizabeths. Der Fernseher brüllte so laut, dass sie schreien mussten, wenn sie sich unterhalten wollten. Zach hatte Bea auf dem Weg hierher zugeflüstert, dass es sicher lustig würde, dass Ruth so wirke, als könnte sie ein bisschen Gesellschaft gebrauchen, und dass sie schließlich jederzeit wieder verschwinden und irgendwo was trinken gehen könnten. Dieser kleine Akt der Freundlichkeit nahm Bea noch mehr für Zach ein. *Oder will er wieder Nähe und Intimität vermeiden?* Diesen Gedanken schob sie ganz schnell wieder von sich.

So saßen sie nun hier, im Haus einer Fremden, und schauten sich eine Aufnahme von 1953 an, die von VHS auf DVD überspielt worden war. Und nachdem Bea Ruth versichert hatte, dass sie großartig mit Tieren umgehen könne, hatte Ruth Philip, dem Frettchen, erlaubt, es sich auf Beas Schoß gemütlich zu machen, wo er jetzt an ihrer Jeans knabberte.

»DAS IST ECHTES KÖNIGTUM! NICHT DIESE FRIVOLE FERNSEHSCHAUSPIELERIN, DIE BEHAUPTET, MAJESTÄTISCH ZU SEIN!«, rief Ruth und zeigte auf die junge Queen Elizabeth, die hoheitsvoll im Seidenmantel mit der juwelenbesetzten Krone niederkniete.

Bea schaute zu, wie Zach ein Scone mit Marmelade bestrich und einen Schlag Sahne hinzufügte, dann biss er hinein. Es war ein Appetithäppchen, während sie darauf warteten, dass der Victoria-Sponge-Kuchen fertig war. Zach hatte die Beine von sich gestreckt – er sah süß und leicht verlegen aus, wie alle großen Männer, wenn sie auf dem Boden sitzen.

»UND, RUTH, SCHAUST DU – ÄH – DAS HIER OFT?«, rief Zach über den ohrenbetäubenden Gesang von *God Save the Queen* hinweg.

»NATÜRLICH! JEDES JAHR AM ZWEITEN JUNI. ABER MANCHMAL AUCH ZWISCHENDURCH, SO WIE HEUTE. SO UNGEFÄHR ZWEIMAL PRO JAHR.« Ruth saß aufrecht in einem Lehnsessel und hielt ein Kissen im Arm, das die Form von Queen Elizabeth hatte.

»RUTH, KÖNNEN WIR DAS EIN BISSCHEN LEISER STELLEN? NUR EIN GANZ KLEIN BISSCHEN?«, brüllte Bea.

»WAS?«

»LEISER! KÖNNEN WIR DAS EIN BISSCHEN LEISER STELLEN?«

»OH, NA GUT.« Ruth griff nach der Fernbedienung und stellte den Fernseher so leise, dass er fast nicht mehr zu hören war.

»Vielen Dank«, flüsterte Bea. Ihr dröhnten schon die Ohren.

»Welches Mitglied der königlichen Familie magst du am liebsten?« Ruth beugte sich zu Zach hinüber.

»Was?«

»Ich mache Konversation. Smalltalk, verstehst du?«

»Oh ja, natürlich. Das wäre wohl Harry. Er wirkt so, als könnte man mit ihm wirklich Spaß haben.«

Bea zuckte zusammen. Sie war ziemlich sicher, was jetzt folgen würde.

»Harry? Den konnte ich noch nie leiden. Ein vollkommen missratenes Kind. Er bringt die ganze Familie Mountbatten-Windsor in Verruf. Und du weißt ja, was ich von seiner

Gattin halte«, schnaufte Ruth. Sie verschränkte ablehnend die Arme.

Zach nickte langsam und beugte sich zu Bea hinüber. »Darf ich Philip auch mal halten?« Er hob das Frettchen am Nackenfell hoch und setzte es sich auf den Schoß. »Komm her, kleiner Bursche.« Er hielt das sich windende Frettchen fest.

»Ich glaube, er will nicht«, murmelte Bea.

Zach lächelte und hielt das braunweiße Frettchen weiterhin fest. »Das wird schon. Alle Tiere lieben mich.«

Ruth blickte jetzt nicht mehr auf die Krönungszeremonie, sondern auf Zach, der ihr geliebtes und offensichtlich verzweifeltes Frettchen fest umklammert hielt.

»TU PHILIP NICHT WEH!« Sie schoss aus ihrem Sessel hoch und versuchte, ihm das Tier aus den Händen zu reißen.

Philip quiekte auf und schlug Zach die rasiermesserscharfen Zähne in die Hand.

Er stieß einen Schrei aus und sprang auf. »Du Drecksvieh!«, jaulte er auf und ließ das Frettchen zu Boden fallen.

»Zach, alles klar?« Bea stand auf und ergriff Zachs Hand. Ruth beugte sich hinunter und kümmerte sich um ihr Frettchen, während Bea Zachs Hand untersuchte. *Mensch, Frettchen haben ganz schön scharfe Zähne,* dachte sie, während sie versuchte, die Blutung mit ihrem Zierdeckchen zu stoppen.

»RAUS!«, rief Ruth. »RAUS AUS MEINEM HAUS! ICH WILL DICH NICHT MEHR IN DER NÄHE VON MEINEM PRINZ PHILIP HABEN!«

Zach starrte Ruth an und bedeckte die Wunde mit seinem Mund. Bea zerrte ihn am Arm aus der Wohnung und entschuldigte sich unterwegs vielmals.

*

»Jetzt halt schon still.« Bea desinfizierte die tiefe Wunde in Zachs Handfläche mit Alkohol, und er bemühte sich, nicht zusammenzuzucken. Nachdem sie bei Ruth rausgeflogen waren, waren sie direkt zu Bea gegangen, damit sie sich um Zachs Wunde kümmern konnte, die, seinem deprimierten Gesichtsausdruck nach zu schließen, auch emotional sehr tief ging. Sanft klebte sie ein Pflaster auf die Wunde, führte dann seine Hand an die Lippen und küsste sie.

»Du bist echt erstaunlich, das weißt du doch, oder?« Zach lächelte sein sexy Lächeln. »Verrätst du mir auch, wie es kommt, dass du das größte Erste-Hilfe-Set aller Zeiten besitzt?« Er zeigte auf den riesigen Behälter mit einem großen roten Kreuz, aus dem der Inhalt fast herausquoll.

»Du bist nicht der Einzige, der voller Überraschungen steckt, Mr. Harris«, sagte Bea so verführerisch wie möglich und verschwieg die Tatsache, dass ihre Mutter das Erste-Hilfe-Set gekauft hatte, als sie hier gewesen war – falls Bea sich versehentlich noch mal in den Daumen tackerte.

»Ich weiß, dass ich das nicht bin, Miss Babbage«, sagte Zach und küsste sie.

Bea erwiderte den Kuss begierig und schwang das Bein über seinen Schoß, sodass sie rittlings auf ihm saß. Könnte der ersehnte Augenblick endlich gekommen sein? Bisher hatte Zach jedes Mal einen Rückzieher gemacht, wenn sich die Dinge so entwickelt hatten, dass sie miteinander hätten schlafen können, und hatte darauf bestanden, nichts zu überstürzen. Aber Bea war es leid zu warten. Wenn es eine Sache im Leben gab, bei der sie sich sicher war, dann war es Zach. Keine Warterei mehr, keine Knutscherei mit abruptem Ende. Ihr Körper verlangte nach ihm.

Aber mit unschlagbarem Timing klingelte ihr Telefon.

Bea zuckte zusammen. »Das ignorieren wir einfach«, flüsterte sie dann.

Zach küsste sie voller Verlangen und ließ seine Hand an ihrem Bein entlangwandern. Bea zog ihn an sich und konnte ihm gar nicht nahe genug kommen. Wieder klingelte es.

»Du solltest besser rangehen«, sagte Zach atemlos. »Vielleicht ist es ja wichtig?«

Bea stöhnte, aber sie ging dran. »Hallo?«

»Bea! Hier ist Dino. Rate mal, wen ich gerade für unser Next-Chapter-Treffen nächste Woche organisiert hab?«

»Dino, hat das vielleicht noch Zeit bis …«

»Sophie Pearson!«

»Was!« Bea setzte sich kerzengerade auf. Sophie Pearson war ihr Idol – Autorin, Instagram-Influencerin, Bloggerin, Unternehmerin, verheiratet mit dem berühmten Radiomoderator Luke Bold – sie war der Inbegriff einer Frau, die einfach alles hatte.

»Tja, ich weiß! Super, oder? Sie war auf einen Kaffee in The Nook, und wir sind ins Gespräch gekommen. Sie fand die Idee *großartig*, Bea! Ich weiß einfach, dass das nächste Mal ein Erfolg wird.« Dino sprach schnell, er war eindeutig aufgeregt.

»Mein Gott, Dino, ich liebe dich!«, rief Bea aus, ehe sie sich zurückhalten konnte.

Zach hüstelte unbehaglich. Am anderen Ende der Leitung herrschte Schweigen.

Bea versuchte, Zach am Hemd zu packen, aber er hatte sich bereits unter ihr hervorgewunden. »Ich muss Schluss machen, Zach ist bei mir«, murmelte Bea und fasste ihn an der Hand. »Lass uns morgen weiterreden. Ich bin ganz schön aufgeregt!«

»Okay. Tschüs, Bea«, sagte Dino und legte auf.

Bea wandte sich Zach zu, der ganz steif dasaß.

»Du liebst also Dino?«, sagte er beleidigt und blickte sie dabei nicht an.

»Sei nicht dumm, Zach, so ist das nicht. Dino ist mit Sunday zusammen. Ich liebe Dino nur als Freund, das ist alles.« Bea drückte Zach dreimal die Hand. Nach einer kleinen Weile flüsterte er fast verlegen: »Ich liebe dich, Bea.« Mit dem Finger fuhr er ihr Kinn entlang.

Und auf einmal verschwand der Rest der Welt. Beas ganzer Körper kribbelte. Sie konnte noch immer nicht glauben, dass er sie liebte. Dass Bea, deren Männergeschmack bis vor Kurzem ziemlich fragwürdig gewesen war, die ein paar Pfund zu viel auf den Rippen hatte, die es immer wieder schaffte, die linksgerichteten mit den rechtsgerichteten Parteien zu verwechseln, und deren bisherige Liebschaften zum Großteil rein fiktional gewesen waren – dass diese Bea es wert war, wirklich geliebt zu werden. Besser noch, war sie selbst nicht ein bisschen verliebt? Sie blickte Zach tief in die Augen. Der fürsorgliche, geistreiche, verspielte Zach. Sie ermunterte sich, mutig zu sein, ihren Schutzwall zu durchbrechen. Endlich die Worte zu sagen, statt sie nur durch Händedruck zu übermitteln.

»Ich liebe dich auch, Zach Harris«, verkündete sie, und sie stand mit ganzem Herzen dahinter.

Zachs Gesicht veränderte sich. Seine Augen leuchteten mit einem neuen Funkeln auf, und er küsste Bea mit einer Lust, die sie bei ihm nie zuvor verspürt hatte. Ein Kuss voll Verzweiflung und Begierde – diesmal gab es kein Zögern und kein »Lass uns die Sache langsam angehen«. In einer einzigen Bewegung hob er sie hoch, trug sie ins Schlafzimmer hinüber und warf sie aufs Bett. Es war, als hätte sie gerade ein gutes Buch aufgeschlagen, einen neuen Sinn im

Leben gefunden. Er küsste sie erneut voller Leidenschaft und zog dann sein Shirt aus. Es war, als hätte ihr »Ich liebe dich« etwas in ihm ausgelöst. Er wollte nicht mehr warten. Bea tat es ihm nach und zog ihre Seidenbluse aus.

Aber dann hielt Zach plötzlich inne und blickte ihr voller Verlangen in die Augen. Sein Atem ging stoßweise, als ob er nicht ganz sicher wäre, was er als Nächstes tun sollte. Also küsste Bea ihn von Neuem, zuerst langsam, dann drängender. Und als sie beim Ausatmen einen heiseren Laut von sich gab, entspannte sich sein ganzer Körper. Er ließ seine Hände unkoordiniert an ihrem Körper entlanggleiten und blickte sie voller Begierde an. Sie drückte sich an ihn und wollte nur noch seine Berührungen spüren. Er küsste ihren Hals, und ein tiefes Stöhnen kam aus seinem Mund. Er zog sie auf sich, und sie schlang die Beine um ihn und fuhr ihm mit den Fingern durchs Haar. Sie konnten einander gar nicht nahe genug kommen. Er öffnete ihren BH, während sie sich an seiner Gürtelschnalle zu schaffen machte, sie bewegten sich zu schnell, als dass ihre Gedanken hätten Schritt halten können.

»Ich will dich ganz und gar«, flüsterte er zwischen seinen Küssen, und sie atmete lauter aus, als sie gewollt hatte.

»Ich will dich auch.«

29

Halloistdasdeinbuch

📍 Im The Nook in meinen schicken neuen Schuhen

Notiz des Tages: *Vertrau mir. Ich verspreche, dass ich dich nicht verlasse.*

Ich hab ihn danach gefragt. Er sagte, es gehe darum, dass er sich der Welt gegenüber öffne, dass er sich und seinen wahren Bedürfnissen vertraue. Wie sehr ich ihn und seinen klugen Kopf liebe. (Ja, so weit bin ich schon. ICH LIEBE IHN!)

---

95 Likes
Kommentare (11):
NoOffenceBut: Nach ein paar Wochen schon? Also ehrlich.
elephantintheroom: Folgst du mir, folg ich dir, abgemacht? 🙏
butfirstletmetakeashelfie: *herzergreifend* ♡♡♡
StephenPrince: @NoOffenceBut, kann ich wieder einziehen?
NoOffenceBut: @StephenPrince, klares Nein! Wir haben Beziehungspause.
Fitnesstrainer111: Willst du abnehmen? Dann like meine Homepage.

30

Dino: Schau mal, was ich gerade in meiner Twitter-Mailbox gefunden habe: *@Soph-Pearson: Hey @CuppaDino. Tut mir echt leid, aber ich kann heute Abend doch nicht zu eurem Bücher-Speeddating kommen. Es kam last minute eine Deadline rein, du weißt ja, wie das ist! Aber viel Spaß, und hoffentlich schaff ich's nächstes Mal.*

Bea: Das ist ja echt beschissen.
PS: Du bist auf Twitter?!

Dino: Nur wegen der saukomischen Tweets von Trump. Keine Sorge, Bea, wir haben die Sache im Griff.

Bea warf ihr Handy etwas heftiger aufs Bett, als sie eigentlich vorgehabt hatte. Das war so klar gewesen! Warum sollte Sophie Pearson auch ausgerechnet ihr kleines Buch-Event pushen? Das war einfach zu schön gewesen, um wahr zu sein. *Na gut, heute Abend wird's trotzdem toll,* sagte sie sich, obwohl sie nicht ganz davon überzeugt war. Es war erst sechs Uhr morgens, und Bea hatte eigentlich nicht vor neun aufstehen wollen. Aber die Enttäuschung über Dinos Nachricht hatte sie aufgescheucht, und plötzlich fühlte sie sich nervös und ruhelos.

Sie drehte sich um und betrachtete den schlafenden Zach. Er trug nur locker sitzende Boxershorts, und seine nackte Brust hob sich sanft bei jedem Atemzug. Bea glitt mit dem Finger vorsichtig seinen Kiefer entlang und achtete darauf, ihn nicht zu wecken. In der letzten Zeit schien sich bei Zach etwas verändert zu haben. Er war wie verwandelt, ganz präsent. Seit sie vor zwei Wochen das erste Mal miteinander geschlafen hatten, war er fast jede Nacht bei ihr geblieben. Wahrscheinlich nur, weil er wusste, wie sehr sie den menschlichen Kontakt brauchte, jetzt, wo sie ihre langen, arbeitslosen Tage meistens alleine zu Hause verbrachte, Next Chapter vorbereitete und nach Freelance-Aufträgen suchte. Aber trotzdem machte es Bea unbeschreiblich glücklich, Zach in ihrer Nähe zu haben. Er stellte ihr sogar Pfefferminztee ans Bett, ehe er sich morgens auf den Weg zur Arbeit machte, massierte sie vor dem Zubettgehen, und einmal hatte er sogar von der Bäckerei die Straße runter, die 24/7 geöffnet war, ein Schokoladenbaiser mitgebracht, als er wusste, dass sie so richtig Lust drauf hatte.

Und dann war da noch der Sex – oh ja, der beste, der allerbeste, den sie je gehabt hatte. Die Art, wie Zach sie berührte, wie er ihre Haut zum Prickeln und ihre Hüften zum Aufbäumen brachte, war einfach phänomenal. Bea war es fast ein bisschen peinlich, aber jedes Mal, wenn sie allein waren, fand sie einen Weg, es so hinzudrehen, dass sie schon wieder im Bett landeten. Sie kuschelte sich in Zachs Armbeuge und schob ihr Bein über seines.

»Guten Morgen«, flüsterte sie und konnte nicht widerstehen, sie küsste seine Brust.

Zachs Kopf kippte zur Seite, die Augen fest geschlossen. »Ist es wirklich schon Morgen?«, sagte er mit leicht belegter Aufwachstimme.

Sie rollte sich auf ihn hinauf und sie umarmten einander. Er kraulte ihr mit den Fingerspitzen den Rücken.

»Also, Babe, was machen wir heute?«, fragte Zach, die Augen noch immer geschlossen.

»Musst du dich nicht allmählich fertig machen für die Arbeit?« Bei dem Wort »Babe« wand sich Bea innerlich, ignorierte es aber (*Nobody's perfect*), schlang dann die Beine fester um seine und bereitete sich innerlich auf ihren einsamen Vormittag im Bett vor.

»Heute nicht. Ich hab mich gestern Abend noch krank gemeldet.« Er täuschte ein Husten vor. Viel wacher klang er allerdings jetzt immer noch nicht.

Bea schaute ihn fragend an, obwohl sie wusste, dass er sie nicht sehen konnte.

»Heute ist ein wichtiger Tag für dich.« Zach umfasste ihr Gesicht mit den Händen und bekam jetzt endlich die Augen auf. »Heute Abend ist das große Next-Chapter-Event. Ich kann doch nicht zulassen, dass du den ganzen Tag allein bist und dir Sorgen machst.« Er küsste sie sanft auf die Stirn.

Bea lächelte. »Wieso habe ich bloß so viel Glück?«, sagte sie und erstickte ihn fast mit Küssen.

*

Bea versuchte, sich auf die Worte des schlaksigen, mittelalten Mannes, der ihr gegenübersaß, zu konzentrieren. Er hielt ein Hardcoverbüchlein von der Größe eines Hamsters in der Hand und hatte in den letzten viereinhalb Minuten pausenlos über Sir John Monash geschwafelt. Trotz aller Anstrengung waren bei Bea nur einzelne Satzfetzen hängen geblieben, so was wie »Bauingenieur«, »sich selbst das Rüstzeug fürs Leben geben« und »ein bedeutendes und herausragendes militärisches Vermächtnis«. Sie rutschte auf ihrem Stuhl herum, nickte und lächelte höflich und dachte die ganze Zeit: *Ich bin ein Versager, ein kompletter, totaler, nutzloser Versager.*

Sie blickte sich im Café um. Außer den üblichen Verdächtigen Zach, Ruth und Dino waren nur fünfeinhalb weitere Teilnehmer gekommen. Der biografieversessene Herr, der ihr gegenübersaß, und die beiden Frauen aus der Kleinen Buchhandlung in der Brunswick Street, von denen eine zwischen den einzelnen Bücherrunden Kniebeugen vollführte. Beide hielten Ausgaben von Jane-Austen-Klassikern in der Hand (*Emma* und *Sinn und Sinnlichkeit*). Dann war da noch ein junges Mädchen, das nicht viel älter als sechzehn sein konnte und einen dicken Stapel Virginia-Woolf-Romane dabeihatte, und schließlich Sunday. Der »Halbe« war ein Typ in den Zwanzigern, der am Café vorbeigegangen war, im Schaufenster einen Stapel Cupcakes und daneben das Schild »Next Chapter: Essen und Bücher umsonst« gesehen und auf dem Absatz kehrtgemacht hatte und zu ihnen gestoßen war. Nicht gerade feinsinnig verschlang er zwei Stücke Red Velvet Cake und zog sich dann langsam zurück. Lizzie konnte diesmal auch nicht, sie war wegen irgendeiner Veranstaltung der West Coast Eagles, bei der Nick eine Rede hielt, mit in Perth. Aber zum Ausgleich und vielleicht auch im Versuch, das ganze »Dein Freund hat mich angetatscht«-Debakel hinter sich zu lassen, hatte sie wie verrückt über das Event getwittert.

Qualität ist wichtiger als Quantität, sagte Bea sich wieder mal, als sie aufstand, Mr. Biografie die Hand schüttelte und zu den kleinen Keksen in Taco-Form hinüberspazierte, die sie in der Hoffnung bestellt hatte, das Event kulinarisch auf das nächste Level zu heben. Sie biss in einen hinein, nahm sich eine Serviette und schluckte die schlechten Gefühle zusammen mit der zuckrigen Köstlichkeit hinunter. Für die heutige Veranstaltung hatte sie sich so viel erwartet! Diesmal würde es sicher anders zugehen, geschäftiger, lebendiger, einfach weniger … armselig. Nach dem Sophie-Pearson-Coup und angesichts der unaufhörlichen Tweets ihrer Schwester hatte Bea sich von dem heutigen Abend so großartige Vorstellungen gemacht, dass sie sich nicht erlaubt hatte, auch nur in Erwägung zu ziehen, es könnte irgendetwas anderes werden als ein voller Erfolg.

Sie aß den Keks auf und blickte Dino an. Er lächelte ermutigend, hob den Daumen und wandte sich wieder seiner Unterhaltung mit Sunday zu. In diesem Moment tauchte jemand neben ihr auf, und ehe Bea noch »Wer die Nachtigall stört« sagen konnte, schlang die Gestalt ihr die Arme um ihren Körper.

»Zach?«, sagte Bea, und ein Teil ihrer Anspannung fiel von ihr ab, während sie sich aus der Umarmung befreite und sich umdrehte.

Und dann erstarrte sie. Sie zwinkerte ein paarmal, kniff die Augen fest zusammen und war sicher, dass sie ein Gespenst sah.

»Bea, hab ich dich erwischt!«, sagte Cassandra nur, von Kopf bis Fuß in Schwarz gekleidet, mit einem leichten Lächeln.

Cassandra, Beas untergetauchte beste Freundin. Die beste Freundin, deren Hochzeit sie ruiniert hatte. Die beste

Freundin, die Bea in den letzten Monaten immer wieder vergeblich zu erreichen versucht hatte. Cassandra stand einfach so vor ihr und sah umwerfend aus wie immer. Die Zeit schien von ihnen abzufallen. Obwohl es so lange her war, schien es erst wie gestern, dass die beiden so eng miteinander gewesen waren. Als hätte sich seitdem nichts geändert. *Ob sie mir jetzt endlich verzeiht?*, dachte Bea hoffnungsvoll.

»Cass? Du bist hier?«, stotterte Bea. »Wie kommt das denn?« Sie war knallrot geworden und trat unbewusst ein Stück näher auf Cassandra zu.

»Ich folge Lizzie auf Twitter. Und nach fünfzig Tweets konnte ich dich einfach nicht mehr ignorieren – und auch nicht diese, ähm, *Veranstaltung* hier«, sagte Cassandra gleichgültig und schaute sich abschätzend im Café um. »Ich bin beruflich in Melbourne, und da dachte ich mir, warum geh ich da nicht einfach mal vorbei?«

»Bedeutet das, du verzeihst mir? Dass wir neu anfangen können?«, fragte Bea und konnte die Freude, die in ihrer Stimme lag, nicht verbergen. Plötzlich schien alles Sinn zu machen – ihr Schmerz, ihre ganze Enttäuschung, die Tatsache, dass sie sich für die Chance auf einen Neubeginn den Arsch aufgerissen hatte. Mit einem Mal fühlte es sich so an, als wäre es das alles wert gewesen, weil es Cassandra in ihr Leben zurückgebracht hatte.

»Wie wär's, wenn ich das Buch für mich sprechen lasse? Darum geht es doch bei diesem *kleinen* Event hier schließlich, oder?«, sagte Cassandra und kniff die Augen ein klein bisschen zusammen. Ihre Stimme klang sehr verurteilend.

Bea wich ein bisschen zurück und erinnerte sich daran, wie es Cassandra – nicht sehr oft, aber immer wieder – durch ihre gedankenlose Art geschafft hatte, dass Bea sich unerträglich klein fühlte. »Ja, natürlich.« Sie spürte, wie ihr heiß und kalt wurde, warf einen vorsichtigen Blick auf Cassandras ausgestreckte Hände und griff nach ihrer literarischen Gabe. Sie drehte das Buch um und las den Titel laut vor: »*Große Erwartungen?*« Die Worte »Du steckst in jeder Zeile, die ich je gelesen habe« schossen ihr durch den Kopf.

»Vielen Dank, dass du ein Buch mitgebracht hast. Das wäre wirklich nicht nötig gewesen! Es reicht doch schon, dass du gekommen bist.« Bea wollte nach ihrer Hand greifen, aber Cassandra zog sie weg.

Stattdessen deutete sie mit einem schlanken Finger träge auf das Buch. Gehorsam schlug Bea den abgegriffenen Buchdeckel auf und blätterte durch die ersten Seiten. Sie ließ ihre Finger über die leeren Ränder gleiten, als auf einmal, wie durch Zauber, ein zusammengefaltetes Blatt Papier zu Boden segelte. Bea bückte sich und griff danach. In der linken oberen Ecke war ein Bild von Zach, etwa so groß wie ein Passfoto. Bea stand wieder auf, und durch die plötzliche Bewegung fühlte sie sich einen Augenblick lang benommen. Sie blickte Cassandra fragend an und verschlang dann, was auf dem Blatt stand.

Da sackte ihr das Herz ab und fiel, viel tiefer noch als das Buch, das ihr aus den Händen rutschte.

31

Bea warf einen letzten kurzen Blick auf das Airtasker-Profil, das sie in den Händen hielt, dann stürmte sie zu Zach und hielt ihm das Blatt Papier vor die Nase. Ihr Herz hämmerte, und sie fühlte sich völlig benommen. »Was ist das hier, Zach?«

Zögernd nahm Zach ihr das Blatt aus der Hand, die Augenbrauen verwirrt zusammengezogen, vielleicht auch besorgt. Er faltete es auf, überflog die Seite und schüttelte den Kopf. »Scheiße, Bea, das kann ich dir erklären.«

»Airtasker? Was zum Teufel ist Airtasker, und warum um alles in der Welt steht in deinem Profil ›Ich mache so gut wie alles‹ und daneben ein zwinkernder Smiley?«, fragte Bea, die Hände in die Seiten gestemmt.

»Soll ich es ihr sagen, oder möchtest du das lieber tun?«, sagte Cassandra, die neben ihr aufgetaucht war.

Bea schaute verblüfft von Zach zu Cassandra. »Ihr beiden kennt euch?«

»Könnte man so sagen.« Cassandra lachte kalt.

Bea spürte die Blicke der anderen Gäste im Rücken. Schon wurde verstohlen geflüstert, während alle die kleine Gruppe beobachteten. Bea fasste Zach am Ellenbogen und zog ihn in die Küche, weg von den neugierigen Augen und Ohren.

In den engen Raum zwischen die schmale Arbeitsfläche

und die Industriespülmaschine gequetscht, stand Zach da und starrte zu Boden. Er sah aus, als hätte er ernsthaft Angst. Dann trat er einen kleinen Schritt auf Bea zu. »Bea, bevor ich irgendetwas sage, musst du unbedingt daran denken, wie viel du mir bedeutest. Wie sehr ich dich liebe und dass es etwas ganz Besonderes ist, dass ich dich kennengelernt habe. Bitte – bitte hör mich bis zum Ende an.« Zach fuhr sich verzweifelt mit den Händen durchs Haar, das plötzlich matt und glanzlos wirkte. Er machte einen weiteren kleinen Schritt und griff nach ihrer Hand, aber Bea wich zurück. Die Berührung, die sie noch vor wenigen Minuten mit Freude und Liebe erfüllt hatte, traf sie nun wie ein scharfes Messer.

»Zach, du machst mir echt Angst.« Bea zitterte leicht und warf einen Blick auf Cassandra, die hinter ihnen in die Küche getreten war. Ihre Gedanken liefen auf Hochtouren, und sie versuchte herauszubekommen, wie es möglich war, dass Zach Cassandra kannte. Hatte sie je von einem großen, gut aussehenden Mann namens Zach aus Melbourne gesprochen? Waren sie möglicherweise Verwandte, die sich seit Langem aus den Augen verloren hatten? War Cassandra überhaupt hier, um sich mit ihr zu versöhnen? Bea fühlte sich immer unwohler. Sie brauchte jetzt ganz rasch Antworten, bevor ihr der Kopf platzte.

Zach holte tief Luft. »Vor ein paar Monaten hat Cassandra über mein Airtasker-Profil mit mir Kontakt aufgenommen.«

Bea schüttelte den Kopf. »Was zum Teufel ist Airtasker?«, fragte sie schon zum zweiten Mal.

»Eine Onlinecommunity von Leuten, die verschiedene Handwerksdienste und Fähigkeiten für wenig Geld anbieten. Ich war ziemlich knapp bei Kasse und hab einen Weg gesucht, schnell Geld zu verdienen. Ich versuche, genug zusammenzusparen, um meinen eigenen Laden aufzumachen. Ich hab schon immer von einem eigenen Fitnessstudio geträumt.«

»Ein Fitnessstudio? Wovon redest du eigentlich? Du bist doch Lektor, warum um alles in der Welt solltest du ein Fitnessstudio eröffnen wollen? Das ergibt doch gar keinen Sinn.« Bea war kurz davor, hysterisch loszulachen, aber irgendetwas sagte ihr, dass das hier kein Scherz war.

»Komm zum Punkt, Zach«, drängte Cassandra. »Ich hab ihn angeheuert, damit er dich anmacht und dir dann, wenn du völlig verrückt nach ihm bist, das Herz bricht. Aber es sieht so aus, als wäre er nicht in der Lage gewesen, das durchzuziehen. Also musste ich die Sache selbst in die Hand nehmen. Den Bonus kannst du jetzt natürlich vergessen.« Sie starrte Zach böse an.

»*Was* hast du getan?«, schrie Bea auf. Was ihre sogenannte Freundin gerade gesagt hatte, ergab doch keinen Sinn. Ihr wurde übel. Alles, woran sie geglaubt hatte, all das Gute, was sie in Zach gesehen hatte, die überwältigenden Gefühle zwischen ihnen, lösten sich vor ihren Augen in nichts auf.

»Du hast doch wohl nicht gedacht, dass du so einfach davonkommst, oder?«, sagte Cassandra mit feindselig verschränkten Armen. »Du hast mich gedemütigt. Du hast meine Beziehung zerstört. Du hast mir mein ganzes Glück genommen. Bea, du hast mich zerstört. *Zerstört!* Meine Familie hat mich mehr oder weniger ausgestoßen, so peinlich ist ihnen das Ganze. Und Matt weigert sich, mir zu vergeben – er weigert sich sogar, nur mit mir zu sprechen. Was ich auch sage, er sieht meinen Fehltritt einfach nicht als das, was er war: ein blöder, aus der Trunkenheit heraus begangener Fehler, der mir überhaupt nichts bedeutet hat.« Mit erhitzten Wangen und die Augen feucht vor Kummer, bebten Cassandras Schultern bei jedem Wort. »Seine Anwälte bombardieren mich pausenlos mit Mails. Er hat sich in den Kopf gesetzt, die Ehe annullieren zu lassen. Und während mein Leben in Trümmer fällt, was machst du da? Schleichst dich davon, als wäre nichts passiert. Du sollst doch eigentlich meine Freundin sein, meine beste Freundin, aber erst baust du Riesenscheiße und versaust mir das Leben und dann lässt du mich einfach sitzen!« Sie schrie jetzt, und eine einzelne Träne lief ihr über die Wange.

Bea war wie vor den Kopf gestoßen. Sie hatte immer schon gewusst, dass Cassandra einen Hang zum Drama und eine Tendenz zu passiv-aggressivem Verhalten hatte. Wie damals, als sie wochenlang nicht mit Bea geredet hatte, weil sie das Gefühl hatte, sie würde sich nicht genug anstrengen und nicht genug »in ihre Beziehung einbringen«. Aber einen Verrat wie diesen hatte Bea nun wirklich nicht kommen sehen.

»Dann war das also alles gelogen?« Nach ein paar Sekunden Stille wandte Bea sich wieder an Zach. »Das mit uns war eine Lüge?« Zach machte den Mund auf, aber bevor er etwas sagen konnte, wandte Bea sich wieder an Cassandra und fuhr fort: »Cassandra, ich weiß: Was ich getan habe, war schrecklich. Vielleicht war es unverzeihlich. Aber es war ganz ehrlich ein Missgeschick. Und seitdem bettle ich dich die ganze Zeit an, mir zu vergeben, dir helfen zu lassen. Ich bin nach Melbourne gezogen, damit du den Raum hast, den du wolltest! Du weißt, dass ich niemals absichtlich so herzlos sein könnte. Dass ich nie etwas tun würde, um dich gezielt zu verletzen.« Bea hielt kurz inne. Sie konnte immer noch nicht begreifen, wie ihre älteste und angeblich liebste Freundin derart grausame Rache an ihr üben konnte. »Aber was du getan hast, dieser vorsätzliche Verrat … ich fass es einfach nicht, dass du mich so sehr hasst.« Zachs falsches Spiel war eine Sache, aber ein solcher Angriff auf sie, ausgeführt von einer Freundin, der Freundin, die sie fast ihr ganzes Leben abgöttisch verehrt hatte, das war einfach zu viel. Sie konnte es nicht begreifen. Sie konnte es nicht ertragen.

Cassandra starrte Bea an. Ihre Gesichtszüge waren härter und kühler, als Bea sie in Erinnerung hatte. Plötzlich erkannte sie sie kaum noch. Wo waren die feinen Lachfältchen um ihre Augen geblieben, die ihre ganze gemeinsame Geschichte in sich trugen, all ihre glücklichen Erinnerungen? Daran, wie sie bei unzähligen Übernachtungspartys im Schein der Taschenlampe unter der Bettdecke *Wilbur und Charlotte* und *Der König von Narnia* und *Sara, die kleine Prinzessin* gelesen hatten. Wie sie während der Vorlesungen an der Uni einander Mails geschrieben hatten und in den Liebesgeschichten der *Highland-Saga* und der *Frau des Zeitreisenden* geschwelgt hatten. Wie Cassandra in den Nachrichten, die Bea von Jungs bekam, zwischen den Zeilen gelesen und Beas missglückte Dates analysiert hatte. Wie Cassandra sie gebeten hatte, ihre Trauzeugin zu werden. Wie Bea zugeschaut hatte, als Cassandra zum Altar schritt, und ihr das Herz vor Stolz und Liebe beinahe barst. Und jetzt lösten sich diese ganzen Erinnerungen vor ihren Augen in nichts auf. *Oder habe ich das alles vollkommen falsch in Erinnerung?* Wie auch immer, nichts davon hatte jetzt noch eine Bedeutung.

»Weißt du was, Cassandra? Ich hab mich selbst die ganze Zeit fertiggemacht, dass mir das damals so blöd rausgerutscht ist. Aber schließlich habe ja nicht ich mit dem gottverdammten Oben-ohne-Kellner geschlafen! Das hast du selbst verbockt!« Bea brüllte plötzlich los. Sie war nach dem Schock und dem Nicht-wahrhaben-Wollen jetzt beim Zorn gelandet. »Was für eine tolle ausgleichende Gerechtigkeit, für mich eine Art … eine Art Escortservice zu engagieren! Du bist sicher stolz auf dich!«

Cassandra schnaufte überrascht. Sie war es nicht gewohnt, dass Bea so aufsässig und angriffslustig reagierte.

Zach ergriff seine Chance, als einen Augenblick Stille herrschte. »Ich bin kein Escortservice! Bea, du hast das alles total falsch verstanden.«

»Ach ja, habe ich das wirklich? Egal wie man es nennt, das Ergebnis bleibt das gleiche.« Bea konnte kaum fassen, wie sich ihr Leben plötzlich in eine Seifenoper verwandelte. Wenn sie nicht so schockiert und so tief verletzt gewesen wäre, hätte sie das Ganze vielleicht sogar zum Lachen gefunden. *Verrat, ein Escortservice, schlüpfrige Affären – so was kann man nicht erfinden. Das ist schlimmer als eine Folge von* Reich und Schön.

»Okay, ja, Cassandra hat mich dafür bezahlt, dass ich Zeit mit dir verbringe.«

»Bezahlt? Ich habe dich mehr als nur bezahlt. Ich habe das gesamte Geld in dich investiert, das wir für die Hochzeitsreise gespart hatten!«

Bea ignorierte Cassandra und wandte sich an Zach. »Damit du Zeit mit mir verbringst? Wir sind jetzt seit über einem Monat zusammen! Du hast mir gesagt, dass du mich liebst. Wir haben …« Sie trat näher zu ihm und senkte die Stimme. »Wir sind intim miteinander gewesen, um Himmels willen.«

»Bea, es tut mir so leid«, sagte Zach und spielte mit einem Teigschaber herum, der auf der Arbeitsplatte gelegen hatte. Er konnte Bea nicht in die Augen schauen. »Ich weiß nicht, was ich sagen soll. Ich wollte nicht, dass du es auf diese Weise herausfindest.«

»Hast du denn je vorgehabt, es mir zu sagen? Oder wolltest du tatsächlich einfach verschwinden, wie Cassandra es von dir verlangt hat? Mir in einem tragischen Racheakt das Herz brechen?« Bea konnte einfach nicht fassen, was sie über diesen Mann hörte, mit dem sie noch ein paar Stunden zuvor das Bett geteilt hatte. Sie hatte sich ihm hingegeben, körperlich und mit ihren innersten Gedanken und Gefühlen. »Wie viele gibt es noch?«

»Wie viele was?«, fragte Zach verständnislos.

»Stell dich nicht so dumm! Wie viele Frauen hast du noch am Bändel?«

»Keine! Du bist die Einzige, mit der ich zusammen bin.«

»Ha, da hab ich aber Glück gehabt!«, kicherte Bea, die sich inzwischen leicht geistesgestört fühlte.

Schweigen. Es war hoffnungslos. Es gab absolut nichts, was Cassandra oder Zach sagen konnten, um diese Sache auch nur im Ansatz wieder in Ordnung zu bringen.

Zach sprach als Erster. »Ich habe erst mit dir geschlafen, als ich mir wirklich sicher war, was ich für dich empfinde. Deswegen hab ich so lange gewartet damit. Ich hatte nicht vor, dich zu verletzen. Und ich wollte dir alles erzählen, das schwöre ich. Ich hatte nur solche Angst, du würdest mich dann hassen und mich nie wieder sehen wollen. Die ganze Zeit hatte ich fürchterliche Angst, dich zu verlieren. Du hast keine Ahnung, in welcher Zwickmühle ich gesteckt habe. Ich weiß, in welchem Licht dir unsere Beziehung jetzt erscheinen muss. Ich kann dir gar nicht sagen, wie leid mir das tut.«

»*Unsere Beziehung*? Also ehrlich. Als Nächstes wirst du mir noch erzählen, ich wäre mehr für dich gewesen als nur ein Job«, spie Bea ihn regelrecht an.

Zach trat wieder auf sie zu und versuchte erfolglos, nach

ihrer Hand zu greifen. »Ja! Na ja, am Anfang war es schon nur ein Job«, stotterte er. »Aber du musst mir glauben, dass das zwischen uns alles echt war. Ganz ehrlich!«

Bea schüttelte den Kopf. *Hält er mich für komplett bekloppt?* »Schwachsinn! Das ist totaler Schwachsinn! Darauf fall ich nicht rein, nicht eine Sekunde lang. Zach, du hast mich angelogen. Und du hast verdammt noch mal auf meine Kosten Geld verdient! Bildest du dir etwa ein, ich würde dir jetzt noch ein einziges Wort glauben?«

»Ja … denn ich bin in dich verliebt, Bea«, flüsterte Zach.

Bea sah, wie Cassandra die Kinnlade herunterklappte. Sie schob sich näher heran und wollte sich einmischen, aber Zach redete weiter. »Bea, du musst wissen, wie viel du mir inzwischen bedeutest. Wie viel ich von dir gelernt habe. Du bist so mutig, du steckst voller Überraschungen. Ich weiß, dass du dich die letzten Monate sehr einsam und verloren gefühlt hast. Und sieh doch bloß, was du trotz allem zu erschaffen versuchst – was du erschaffen hast. Und wie du Kontakt zu Leuten herstellst. Du bist einfach erstaunlich.«

Bea verdrehte die Augen. »Oh, Mann, du bist gut, Zach, du bist richtig gut. Vergiss das mit dem Escortservice, du solltest Schauspieler werden. Das war echt oscarreif!« Mittlerweile fühlte Bea sich nicht mehr als Teil ihrer Umwelt, es war, als würde sie sich außerhalb ihres Körpers befinden. Sie sah, wie Zachs Mund sich bewegte, aber sie schnappte nur noch Bruchstücke dessen auf, was er sagte. Irgendwas über Geldmittel und sein eigenes Fitnessstudio, dass er gar kein Lektor war, und dazwischen immer wieder ein »Tut mir leid«. Aber was sie eigentlich hörte, war: *Ihr armen Geschöpfe. Was haben wir euch angetan? Mit all unseren Plänen und Manipulationen?* Dieses Zitat aus Ishiguros *Alles, was wir geben mussten*, dem Buch, das sie diesmal zu Next Chapter mitgebracht hatte, lief in ihrem Kopf in Endlosschleife. Das Buch schien plötzlich auf einer vollkommen neuen Ebene zu ihr zu sprechen.

Und dann kam ihr ein letzter herzzerreißender Gedanke.

»Und was ist mit dem Buch? War das wenigstens echt, oder hat Cassandra dir davon berichtet? Damit du sagen sollst, dass es mal dir gehört hat?«

Zach erstarrte mit erhobenen Augenbrauen und wollte antworten. Aber das war nicht nötig. In diesem Moment wusste Bea Bescheid. Sie wusste, dass der Mann, der vor ihr stand, nicht mal ansatzweise der Mann war, für den sie ihn gehalten hatte. Sie begriff jetzt, wie tief seine Täuschung ging und wie gerissen Cassandras Plan gewesen war. Es war alles gelogen – eine einzige riesige, hässliche, klaffende Lüge.

Bea hatte genug gehört. Sie ertrug es nicht, mit diesen beiden Menschen noch länger im selben Raum zu sein, riss ihre Handtasche aus dem Schrank und ging zur Tür.

Im letzten Moment blieb sie stehen. Ihr lag noch eine Frage auf der Zunge. Aber statt sie zu stellen, kramte sie in ihrer Tasche nach dem Portemonnaie, öffnete es und griff nach all den Coupons und Scheinen, die sie hineingestopft hatte. Sie wirbelte herum und schmiss dem schockierten Zach den Haufen Banknoten und Zettel entgegen.

»Für die Überstunden«, sagte sie mit zitternder Stimme, drehte sich auf dem Absatz um und rannte aus The Nook hinaus.

Und dann war sie endlich allein und konnte in der kühlen Nachtluft ihren Tränen freien Lauf lassen.

32

liebe Ramona,
bitte mach dir nicht die Mühe, die Krümel aufzusaugen oder die Böden feucht zu wischen. Räum nur die ganzen Schokoladenpapierchen und die leeren Pizzaschachteln weg, die überall rumliegen, und wenn dann noch Zeit ist, mach vielleicht mein Bett. Tut mir leid, dass es so unordentlich ist. Ich habe gerade herausgefunden, dass ich in meinem echten leben in einer Aufführung von Der Widerspenstigen Zähmung stecke. Na ja, die Anzahl der leeren Mars-Papiere dürfte einiges über die Wut in meinem Herzen aussagen.
Mit freundlichen Grüßen
Bea Katharina Babbage

33

Bea,
die Wohnung war sehr Unordnung, also bleibe ich 45 Minuten länger. Diese Zeit ist nicht in Kleingedrucktes von Preisgewinn. Bitte zahle extra nächstes Mal.
Und ich hoffe, alles in Ordnung.
Ramona

34

sprich nicht, wenn dein mund voller lügen ist.

Diese Anmerkung in *Meeting Oliver Bennett* unterstrich Bea aggressiv mit hellgelbem Textmarker. Ihr Haar, schon tagelang nicht mehr gewaschen, hatte sie zu einem unordentlichen Knoten gebunden und sie saß im Schneidersitz auf der Couch. Sie trug nur einen Pulli und ein schwarzes Spitzenunterhöschen. Die letzten vier Tage hatte sie ausschließlich mit dem Versuch zugebracht, den Irrsinn zu verdauen, der ihr Leben dermaßen zunichtegemacht hatte. Als sie in jener Nacht von The Nook nach Hause gegangen war, hatte sie eine Mischung aus Schmerz, Verrat und überwältigender Enttäuschung empfunden. *So muss sich Julia gefühlt haben, als Winston sie der Ratten wegen verraten hat,* hatte sie voller Verbitterung gedacht und *1984* in einem ganz neuen Licht gesehen. Aber als sie an diesem Morgen, mehrere Tage später, in ihrer stillen, kalten, leeren Wohnung aufgewacht war, hatte sie ein ganz anderes Gefühl empfunden.

Gleichgültigkeit.

Sie war drüber weg. Über Cassandra. Über Zach, der ihr nur was vorgemacht hatte und in Wirklichkeit eine Art beschissener Escortservice war. Und über die Lächerlichkeit ihres eigenen Lebens und alles, was damit zusammenhing. Sie hatte es satt, wegen Menschen Tränen zu vergießen, von denen sie wusste, dass es umgekehrt wahrscheinlich nie der Fall sein würde. Bea setzte sich ein neues Ziel. Statt Trübsal zu blasen, würde sie ihre ganze Energie darauf konzentrieren, zu der einzigen Person in ihrem Leben Kontakt aufzunehmen, die sie weder verurteilt noch betrogen hatte, die sie weder in die Irre geführt noch enttäuscht hatte. Zu der einen Person, deren tiefempfundene Erkenntnisse in Beas Seele widerhallten. Zu der einzigen Person, bei der sie Trost gefunden hatte, als sie sich so ungeheuer einsam gefühlt hatte.

Sie wollte Kontakt zum *echten* Geheimnisvollen Autor aufnehmen.

Sie würde herausfinden, wer wirklich hinter diesen Anmerkungen steckte – und wenn es das Letzte war, was sie im Leben tat! Und sie würde ihr Ziel ohne jedes weitere Klagen, ohne Weinkrampf und Gebrüll verfolgen.

Bis drei Uhr früh hatte sie *Meeting Oliver Bennett* noch einmal fast komplett durchgearbeitet. Auch diesmal achtete sie nicht auf die Handlung, stattdessen hockte sie über das Buch gebeugt auf der Couch und analysierte jeden Kommentar, jede Markierung und jede Notiz mit neuem, prüfendem Blick. Sie goss sich ein weiteres Glas Wodka mit Eis ein – *Wenn ich schon nicht heulen darf, kann ich wenigstens saufen,* sagte sie sich –, kippte es hinunter und schmatzte genüsslich mit den Lippen.

melbourne hat mich sowieso nie leiden können.

Diesen Satz markierte sie, griff nach ihrem Notizbuch und kritzelte hinein:

Vielleicht von anderswoher?
Lebt vielleicht nicht mehr in Melbourne?

Sie seufzte, ließ die Knöchel knacken und runzelte die Stirn. Sie wollte unbedingt etwas finden, irgendetwas, das sie wegführte von ihrem Ex-Freund, dem Hochstapler. Bea drehte sich auf den Rücken und hob das Buch über den Kopf. Sie streichelte die harten Buchecken, liebkoste die abgenutzten Seiten leicht mit den Fingern und blätterte ziellos im Buch herum.

mitgefühl steht dir gut.
dein seltenes lächeln war oft zu sehen.
halte durch, du schönes rätsel.
deine fürze riechen nach honig.

Bea brach in Gelächter aus. »Ach, wunderbarer Autor, wer bist du nur? Wenn du mich in einem solchen Augenblick noch zum Lachen bringen kannst, dann gibt es nichts, was du nicht kannst«, murmelte sie vor sich hin. Wurde sie jetzt endgültig verrückt? Sie hielt sich das Buch näher vors Gesicht und fuhr mit der Fingerspitze über die schrägen Buchstaben. Sie hing ihren Gedanken darüber nach, was für ein Mensch wohl eine so zierliche Handschrift haben mochte, da rutschte ihr der Roman aus den Händen und landete klatschend auf ihrem Gesicht. Bea schrie leise auf und setzte sich aufrecht hin. Dabei warf sie das Buch hinunter. Es lag nun geöffnet auf dem Boden, und die Seiten berührten ihr Telefon, das ebenfalls auf dem Boden lag. Das Telefon, das sie ausgeschaltet hatte, seitdem sie sich in sich selbst zurückgezogen hatte. Plötzlich fiel es ihr wieder ein: Da war eine Telefonnummer gewesen. Im Buch! Sollte sie noch einmal versuchen, dort anzurufen? *Vielleicht kann die mir mehr über den Besitzer des Buches verraten?*

Sie hob das Buch auf und blätterte darin herum, bis sie die Nummer fand, die hastig auf den Rand gekritzelt war. Sie legte den Zeigefinger darauf, griff mit der anderen Hand nach ihrem Handy, schaltete es mit fest zusammengekniffenen Augen an. Sie wusste, was jetzt kommen würde.

18:02 [Verpasster Anruf von Zach]
19:36 [Verpasster Anruf von Zach]
20:34 [Verpasster Anruf von Zach]
20:55 [Verpasster Anruf von Zach]
21:44 [Verpasster Anruf von Zach]
22:08 [Verpasster Anruf von Zach]

Zach: Bitte, Bea! Es tut mir leid. Ich liebe dich. Bitte können wir reden?

In ihrem Hals bildete sich ein Kloß, und ehe sie sich zurückhalten konnte, wählte sie eine Nummer, die sie eigentlich gar nicht hatte wählen wollen.

*

»Bea, geht's dir gut?« In der Tür stand Dino. Offenbar war er gerannt, seine Jacke hielt er in der Hand. Er trug weite Jogginghosen und ein weißes Muskelshirt, sodass man die Tattoos sehen konnte, die seinen ganzen Arm bedeckten. Sein Haar war noch verwuschelter als sonst, seine Augen leicht gerötet und sein Blick nicht ganz zielgerichtet. Es war zu früh am Morgen, als dass er schon seinen üblichen Schutzwall um sich hätte errichten können. Bea sah ihn zum ersten Mal so verletzlich. Es war unerwartet – und irgendwie vielsagend.

»Tut mir leid, ich hätte dich nicht bitten sollen herzukommen«, sagte sie und spielte mit dem Tunnelzug ihrer Pyjamahose herum, in die sie noch schnell geschlüpft war.

Dino drängte sich an ihr vorbei zur Couch. Beim Versuch, in letzter Minute Ordnung zu machen, hatte Bea ein Glas Wodka, fünf Schokoladenpapiere und einen BH (den sie sich zuvor in einem Anfall feministischer Wut vom Leib gerissen hatte) in eine Schachtel unter dem Couchtisch gestopft. Die Flasche Absolut Vodka hatte sie vergessen, und Dino hielt sie nun anklagend in die Höhe.

»Hast du das etwa alles allein getrunken?«

Bea schaute verlegen zu Boden.

»Kein Wunder, dass du so beschissen aussiehst.«

Sie verdrehte die Augen und setzte sich neben ihn. »Danke, dass du gekommen bist. Ich wusste nicht, wen ich sonst anrufen sollte.« Sie schaute ihn an.

Dino nickte. »Willst du mir nicht erklären, was genau an dem Abend passiert ist? Und warum du auf keinen einzigen Anruf von mir reagiert hast, seit du aus meinem Café gerannt bist?«

Also erzählte Bea zum ersten Mal die ganze Geschichte.

Dino lief im Wohnzimmer auf und ab, die Fäuste geballt, die Pupillen vor Wut geweitet. »Das glaub ich einfach nicht«, stieß er hervor.

Nachdem sie sich die ganze Geschichte von der Seele geredet hatte – Cassandras Verrat, Zachs Profil bei Airtasker und dass Zach gar nicht der Geheimnisvolle Autor war –, spürte sie einen Frieden, als hätte sie mit jedem Wort mehr losgelassen von all der Unbarmherzigkeit, dem Verrat und dem Betrug. Sie legte sich auf die Couch und ließ den Kopf herunterhängen, sodass sie alles verkehrt herum sah. Bea genoss ihre neue überraschende Gleichgültigkeit und beobachtete, wie Dino herumtigerte.

»Der Dreckskerl.«

Bea setzte sich auf. »Was?«

»Den bring ich um.« Dino schlug sich mit der Faust in die offene Handfläche. So hatte Bea ihn noch nie gesehen, so dermaßen geladen, so voller Beschützerinstinkt.

»Dino, mach dich nicht lächerlich.« Bea stand auf, aber er blickte geradewegs durch sie hindurch und atmete so heftig, dass auch Bea tiefere Atemzüge machte.

»Dino«, flüsterte sie und legte ihre Hand auf seine. Er schaute auf und blickte ihr endlich in die Augen.

Seine Haltung wurde ein bisschen lockerer. »Tut mir leid. Ich bin nur so fürchterlich wütend auf ihn, weil er dir das angetan hat.«

Bea spürte, wie seine Hand sich entspannte. Sie lächelte leicht. Er sollte wissen, dass es ihr gut ging und dass sie ihm dankbar war für seine Anteilnahme.

Dino blickte sich im Zimmer um und starrte auf ihren unordentlichen Stapel von zerlesenen Büchern und Zeitschriften. »Wenn ein Buchtitel deine Stimmung wiedergeben sollte – welcher wäre es?«, fragte er.

»Wie bitte?«

»Das hat mich meine Großmutter immer gefragt«, erklärte Dino. »Ich habe früher, als ich jünger war, immer fürchterliche Wutanfälle bekommen und konnte nicht erklären, warum eigentlich. Meine Oma sagte mir dann immer, ich solle versuchen, es ihr mit einem Buchtitel zu erklären, und irgendwie hat das geholfen. In der Regel war es *Die kleine Raupe Nimmersatt*«, versuchte er, die Stimmung aufzuheitern.

Bea lächelte. »Klingt so, als wäre deine Großmutter eine weise Frau gewesen.«

»Das war sie auch.« Er nickte ernst.

»*Du hättest es wissen können*«, antwortete Bea. »Das ist von Jean Hanff Korelitz.«

Dino griff nach ihrer Hand, eine so intime Geste, dass Bea überrascht war, und sagte seinerseits: »*Die gelborange Wut.*«

Sie war froh, dass er sie nicht korrigierte, und sagte, sie habe es unmöglich wissen können. Sie war nicht in der Stimmung für Mitleid. »*Hoffnungslos*«, antwortete sie.

Dino starrte sie konzentriert an, ehe er mit für ihn untypisch belegter Stimme antwortete: »Überredung.«

Bea lief ein Schauer über den Rücken. Sie biss sich auf die Lippen.

Dino packte ihre Hand noch fester. »*Was ich euch nicht erzählte.*«

Bea holte tief Luft und murmelte dann: »*Hunger.*«

»O mein Gott, Bea.«

»Das ist kein Buch.«

»*Not Sorry: Vergeuden Sie Ihr Leben nicht mit Leuten und Dingen, auf die Sie keine Lust haben*«, erwiderte er nur, drehte ihr Gesicht zu sich und küsste sie voller Hingabe.

Bea blieb der Atem weg, so überrascht war sie, und dann küsste sie ihn zurück. Sie hatte noch immer den Geschmack von Wodka im Mund, aber sein intensiver minziger Geschmack überdeckte ihn. Es fühlte sich an, als würde sie schweben, während er sie mit solchem Verlangen küsste, als hätte er sein Leben lang darauf gewartet. Er schlang ihr den Arm um die Hüfte und zog sie näher zu sich, ohne seine

Lippen von ihren zu lösen, versunken in einem Nebel aus Leidenschaft und perfekten Berührungen. Langsam schob er seine Hand unter ihren weiten Pulli und fuhr mit den Fingerspitzen ganz leicht über ihre Taille. Erneut stockte Bea der Atem.

Sie konnte kaum fassen, wie gut es sich anfühlte, wie richtig es war, dass er sie so eng umschlungen hielt. Nein – wie *falsch* es war, dass er sie so eng umschlungen hielt.

»Halt, Stopp.«

Dino ließ die Arme sinken und zog sich zurück. »Alles klar?«

»Das ist nicht richtig. Wir sollten das nicht tun«, sagte Bea mit abgewandtem Blick.

Dino fuhr sich mit dem Handrücken über den Mund, als würde er versuchen, ihren Kuss abzuwischen. »Ja, du hast recht. Zu chaotisch, viel zu chaotisch«, murmelte er und trat einen Schritt zurück, als wollte er so viel Abstand wie möglich zwischen sie bringen.

»Tun wir einfach so, als wäre das nie passiert«, sagte Bea rasch.

Dino nickte nur.

»Wir sind beide nicht ganz bei Verstand. Berauscht von Wut beziehungsweise in meinem Fall vom Wodka.« Sie lachte schwach.

Einen Augenblick standen sie da und starrten auf den Abgrund, der sich zwischen ihnen aufgetan hatte. Bea fühlte sich schrecklich, schlimmer noch – wie der letzte Dreck. Nein, schlimmer als Dreck. Wie das allerniedrigste Geschöpf, das je auf der Welt gewandelt war. Sie war ein Mistkäfer, der Dung schaufelte. Wie konnte sie das ihrer Freundin Sunday antun? In diesem Augenblick war sie keinen Deut besser als Cassandra.

»Ich geh jetzt besser.« Dino drehte sich auf dem Absatz um, griff nach seiner Jacke, die er achtlos aufs Sofa geworfen hatte, und ging zur Tür.

»Warte«, rief Bea ihm leise nach.

Dino wandte sich um, die Augenbrauen erwartungsvoll erhoben.

Das Herz schlug ihr hart in der Brust. Sie öffnete den Mund, brachte aber nichts heraus. Sie schüttelte den Kopf und schaffte nur zu sagen: »Ach nichts, nichts weiter. Wir sehen uns, wenn ich das nächste Mal auf einen Kaffee vorbeikomme.«

Dino gab ein abschließendes, lautstarkes Schnauben von sich. Halb lächelte er, halb runzelte er die Stirn und ließ Bea atemlos und voller Bedauern in ihrem Wohnzimmer stehen.

35

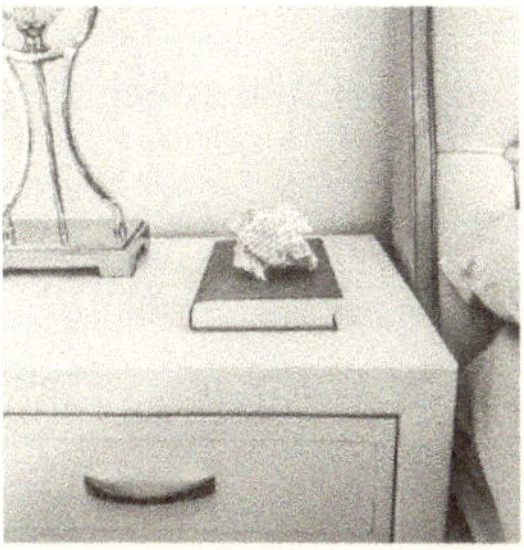

Halloistdasdeinbuch

In einem Wutanfall habe ich eine Seite aus *Meeting Oliver Bennett* gerissen. Bevor ihr mich aber jetzt sofort wegen Misshandlung eines Buches sperrt, lasst mich erst mal ausreden! Ich hab nämlich herausgefunden, dass der Geheimnisvolle Autor gar nicht der Geheimnisvolle Autor ist. Natürlich war ich außer mir und habe Dinge getan, die ich bedaure (wie zum Beispiel Seiten aus Büchern reißen). Aber dann hab ich begriffen, dass es nicht die Notizen sind, auf die ich zornig bin. Die Person, die dahintersteckt, hat mir die ganze Zeit Mut gemacht, seit ich in eine neue Stadt gezogen bin. Also werde ich mich ab jetzt nicht mehr auf andere Leute verlassen, sondern die Heldin meiner eigenen Geschichte werden und es zu meiner Lebensaufgabe machen, den echten Geheimnisvollen Autor zu finden. Wollt ihr mich auf diesem Weg begleiten?

312 Likes
Kommentare (72):

bookishflavour: Keine Sorge, Honey. Männer sind nun mal scheiße. 👎
Misterhottie: Du bist hässlich.
Caughtreadhanded: Ich fass es nicht, dass du eine Seite aus deinem Buch rausgerissen hast. Das tut mir in der Seele weh!
StephenPrince: Das tut mir wirklich sehr leid 😢. Stimme @bookishflavour zu, Männer sind wirklich oft scheiße.
NoOffenceBut: @StephenPrince, das musst du gerade sagen! Hab gerade gesehen, du bist bei Tinder.
StephenPrince: @NoOffenceBut: Wir haben schließlich Beziehungspause!

36

»Machen Sie einfach was anderes draus.« Bea starrte ihr Abbild im Spiegel an, einen kratzigen Umhang eng um den Hals, das lange Haar offen. An den vergangenen Monat konnte sie sich nur wie durch einen Nebel hindurch erinnern: Sie hatte viel gearbeitet und sich in *Meeting Oliver Bennett* vergraben, sodass sie kaum Zeit gehabt hatte zu essen, zu schlafen oder, am wichtigsten, über Zach nachzudenken. Das hatte sich als besonders schwierig erwiesen, denn er ließ einfach nicht locker. Bea hatte zahllose Textnachrichten erhalten, Anrufe und sogar eine sehr traurige Postkarte, auf der ein Körbchen mit winzig kleinen Golden-Retriever-Welpen abgebildet war und auf der stand: »Ohne dich bin ich verloren. Können wir das Vergangene bitte hinter uns lassen?« Zach versuchte verzweifelt, sie zurückzugewinnen.

In einem Versuch, den fürchterlichen Next-Chapter-Abend aus dem Kopf zu bekommen, hatten sie und Dino sich ganz und gar der Planung des nächsten Events gewidmet, das so fantastisch und extravagant sein sollte, dass sich niemand mehr an das letzte erinnern würde. Dabei überraschte Dino Bea regelmäßig mit der Fähigkeit, über den eigenen Tellerrand hinauszublicken, und hatte sich für die Planung als unverzichtbar erwiesen.

Außerdem hatten die beiden es den ganzen letzten

Monat geschafft, jegliche Erwähnung *des Kusses* zu vermeiden. »Ich fühle mich komisch, wenn ich die Augen vor dem verschließe, was passiert ist«, hatte sie Dino eines späten Abends recht kryptisch geschrieben. »Es gibt nichts zu sagen. Es hat nichts bedeutet«, hatte er geantwortet. Danach zwang sich Bea, das Ganze zu vergessen und sich selbst davon zu überzeugen, dass es wirklich nichts bedeutet hatte und dass es natürlich auch nie wieder so weit kommen würde (das würde sie Sunday auf keinen Fall antun, obwohl sie ihr in den letzten Wochen so gut wie möglich aus dem Weg gegangen war, damit ihr schuldbewusster Blick das hässliche Geheimnis nicht verraten konnte). Also waren Bea und Dino jetzt wieder Freunde, die sich verlegen umarmten, über Bücher diskutierten und, in Beas Fall, rot anliefen, sobald der andere in der Nähe war.

Und so beschäftigten heimliche Fantasien über Dino und die Planung der nächsten aufwendigen Next-Chapter-Veranstaltung Beas Geist und Nerven. Und doch spürte sie noch immer eine unerfreuliche Leerstelle im Herzen, wo zuvor Zach gewesen war. Im Versuch, diese Untiefe auszufüllen und der Bezahlung ihrer Rechnungen etwas näher zu kommen, hatte Bea angefangen, freiberuflich für ein paar kleinere Kunden zu arbeiten. Sie hatte sogar mit dem Gedanken gespielt, sich mit einer eigenen Agentur selbstständig zu machen.

Und in einem weiteren Versuch, alles zurück auf Anfang zu setzen, machte Bea etwas, das Eleanor Oliphant aus *Ich, Eleanor Oliphant* tat, wenn sie sich besser fühlen wollte – sie ging zum Friseur. In ihrem Fall zu einem kleinen, stark nach Haarspray riechenden Laden gleich um die Ecke, wo sie einen Gutschein für einen kostenlosen Haarschnitt und eine Tönung gewonnen hatte. Schutzlos lieferte sie sich den

Scheren aus, die ein Friseur in Händen hielt, den sie nicht kannte.

»Also, Schätzchen, ein bisschen mehr musst du schon noch dazu sagen. Reden wir hier von ›etwas anderes‹ im Sinne von ›Ich hab einen neuen Job‹ oder im Sinne von ›Ich habe gerade die schlimmste Trennung meines Lebens hinter mir‹?«, fragte Vaughn, der Friseur, lebhaft. Sein langes silbernes Haar war zu einem geschmeidigen Pferdeschwanz zusammengebunden, und seine gepflegten Augenbrauen waren gespannt erhoben.

»Ganz klar letzteres. Sie können sich nicht mal die Hälfte davon vorstellen«, antwortete Bea.

»Oh, Schätzchen.« Vaughn legte Bea die Hand auf die Schulter. »Bist du ins Kaninchenloch gefallen?«

Bea lächelte. *Ist es nicht merkwürdig, wie tief einige Geschichten in unserem Leben verwurzelt sind?* Andererseits erinnerte sie die Frage an ihr erstes Date mit Zach. »Oh Mann, ich bin vielleicht ins Loch gefallen. Ich hab mir den Kopf gestoßen und die Seele grün und blau geschlagen.« Sie zitierte frei und wünschte sich, sie könnte wie Alice wieder zu sich kommen und begreifen, dass alles nur ein Traum gewesen war.

Vaughn nickte vielsagend. »Da habe ich genau den richtigen Look für dich.«

*

Mit einer dicken Schicht weiß-klebrigem Zeug im Haar musste Bea eine halbe Stunde warten. Sie griff nach *Meeting Oliver Bennett*, um weitere Hinweise auf den Menschen herauszudestillieren, der dahinterstecken musste. Sie hatte die Telefonnummer, die ins Buch gekritzelt war, inzwischen unzählige Male angerufen, war aber jedes Mal sofort auf der Mailbox einer Frau gelandet. Bea kannte die Nachricht inzwischen auswendig: »Tut mir leid, ich kann gerade nicht drangehen. Hinterlassen Sie nach dem Piepton eine Nachricht, und ich rufe zurück. Vielleicht.« Sie hatte jede einzelne Bemerkung wieder und wieder gelesen in der Hoffnung, alles in ihrer Welt würde plötzlich wieder einen Sinn ergeben, wenn sie es nur schaffte, diesen Menschen von den Buchseiten ins echte Leben zu holen.

Es war für Bea ungeheuer schmerzhaft gewesen zu erfahren, dass Zach nicht derjenige war, als der er sich ausgegeben hatte. Und zu entdecken, dass Cassandra hinter alldem steckte, war sogar noch schmerzhafter gewesen. Aber aus irgendeinem Grund hatte die Tatsache, dass sie den Notizen im Buch nun kein Gesicht mehr zuordnen konnte, sie am allerschlimmsten getroffen. Es war, als hätte sie sich heftig in diese Worte verliebt und jedem Buchstaben, jeder Markierung, jedem einzelnen Punkt seine oder ihre eigene Bedeutung zugesprochen. Und jetzt, wo sie nicht mehr wusste, wer das alles geschrieben hatte – da war es einfach so, als müsste sie alles wieder und wieder von Neuem lesen.

Warum ist es dir eigentlich so wichtig, den Besitzer dieses verdammten Buches ausfindig zu machen?, fragte sie sich nicht zum ersten Mal. Aber tief in ihrem Inneren wusste sie, warum. Diese Anmerkungen zu entdecken, dieser rätselhaften Persönlichkeit zu begegnen, hatte ihr ein Gefühl von Verbundenheit geschenkt, gerade jetzt, wo sich ein großer Teil ihres Lebens so haltlos anfühlte. Sie war mit etwas verbunden und verspürte eine gewisse Beziehung zu jemandem, selbst wenn sie im Grunde gar nicht wusste, wer er war. Diese Verbundenheit erweckte in ihr den Wunsch, anders zu denken, mehr infrage zu stellen und es zu wagen, ein bisschen zu träumen.

Bea blätterte in *Meeting Oliver Bennett* und schlug eine Stelle mit einem Eselsohr und einer pinkfarbenen Markierung auf. Sie überflog die Seiten, las die Worte, die für sie schon zu guten Freunden geworden waren, und formulierte gleichzeitig schon einen Instagram-Post. Die Anzahl ihrer Follower war erheblich gestiegen, seit sie enthüllt hatte, dass der Mann hinter dem Buch gar nicht der Mann hinter dem Buch gewesen war. Sie hatte eine ganze Welle an mitfühlenden Kommentaren bekommen und, zu ihrer großen Verblüffung, viele Angebote, sie bei ihrer Suche nach dem Vorbesitzer des Buches zu unterstützen. Sie strich einen weiteren Satz an:

du bist vollkommen ganz, so wie du bist.

Bea holte ihr Telefon heraus, schoss ein Foto von der Seite und tippte rasch eine Überschrift.

> Provokation des Tages – der Gedanke des Geheimnisvollen Autors! Wie wunderbar, wenn man so geliebt wird, nicht wahr?

Sofort erschienen unterhalb ihres Bildes einige Kommentare:

> *Hört, hört. Ich hoffe, dir geht's gut, Babe xx*
> *Das ist ja SO poetisch.*

Bea lächelte. Sie scrollte durch ihren Feed, likte und kommentierte verschiedene Fotos von Romanen, Kaffee und Bücherregalen.

»Bereit fürs Auswaschen, Darling?« Vaughn fasste sie bei den Schultern und riss sie aus ihrer Träumerei.

Nach dem Föhnen und Unmengen an volumengebenden Stylingprodukten starrte Bea in den von Haarspray vernebelten Spiegel. Sie erkannte die Frau, die sie aus dem Spiegel anschaute, nicht wieder. Es war perfekt! Ein fast weißblonder Kurzhaarschnitt umrahmte ihr Gesicht, das genaue Gegenteil ihrer üblichen schwarzen Mähne. Ihre Haut wirkte durch die neue Haarfarbe noch heller, ihre schwarze Wimperntusche noch dunkler. Sie sah aus wie eine Austauschstudentin aus Skandinavien, die nur nach Melbourne gekommen war, um Literatur zu studieren, Wein zu trinken und Jungs kennenzulernen.

»Du siehst großartig aus, einfach großartig!«, gurrte Vaughn und fuhr mit den Fingern durch ihr frisch gebleichtes Haar. »Aber es fehlt noch was. Kristy!«, rief er in den hinteren Teil des Salons. »Komm mal her und bring deine Tasche mit!«

Nur Sekunden später schoss ein kleines, unscheinbares Mädchen auf sie zu, in der einen Hand einen Föhn, in der anderen eine dunkelrote Kosmetiktasche. Vaughn nahm ihr die Tasche ab und kramte darin herum. »Voilà!«, sagte er und nahm einen pinkfarbenen Lippenstift heraus. Er drehte Beas Stuhl herum, sodass sie ihn anschaute, und bevor sie noch etwas sagen konnte, fuhr er ihr schon mit dem Lippenstift über den Mund.

»So ist es perfekt«, flüsterte er stolz und schwenkte ihren Stuhl wieder zurück zum Spiegel.

»So ist es perfekt«, flüsterte Bea grinsend.

»Und, für wen ist nun das Ganze?«, fragte Vaughn, strich ihr noch einmal übers Haar und bewunderte sein Werk.

»Für wen? Na, für mich.« Bea zuckte mit den Achseln und konnte ihren Blick noch immer nicht von ihrem neuen Quell des Selbstvertrauens losreißen.

»Na, das weiß ich doch, Honey. Aber es kommt niemand zu mir, um sich die Haare machen zu lassen, ohne dass er nachher irgendwo hingeht. Also, was hast du vor? Hochzeit? Party? Mädelsabend? Heißes Date?«

»Ach, nichts Besonderes«, gestand Bea. »Nur einen Besuch in meinem Lieblingscafé.«

*

Bea trug einen smaragdgrünen Strickpulli, der ihre Augen besonders gut zur Geltung brachte, enge Jeans und ihre glitzernden silbernen Converse-Turnschuhe. Sie hatte eine frische Schicht ihres neuen knallpinken Lippenstifts aufgetragen (Kristy hatte darauf bestanden, dass sie ihn behielt – »An dir sieht er viel besser aus«, hatte sie erklärt), und ihr eisblondes Haar war locker hinter die Ohren gestrichen. Zum ersten Mal seit einem Monat fühlte sie sich stark, voller Kraft und – das wagte sie zu behaupten – wunderschön.

Sobald sie durch die blaue Tür von The Nook spazierte, stieg ihr der Duft von Muffins, gerösteten Kaffeebohnen und Zimt in die Nase. Ein junger Mann, der am hintersten Tisch saß, blickte von seinem Telefon auf und schaute sie bewundernd von oben bis unten an. Sie starrte ihn so lange an, bis er wegschaute, und ging zur Theke. Als sie Dino sah, schlug ihr Herz einen Purzelbaum.

»Einen Strong Skinny Latte bitte, besonders heiß. Es ist eiskalt draußen«, sagte Bea mit heiserer Stimme, die nicht klang wie sonst, und starrte auf Dinos kräftige Arme. Er trug einen eng anliegenden burgunderroten Pulli und kritzelte in sein schwarzes Moleskine-Büchlein. Wahrscheinlich befreite er gerade ein Sonett aus seinem Kopf und setzte es in die Welt.

»Kommt sofort«, antwortete er und drehte sich zur Kaffeemaschine um.

»Viel los heute?«, fragte sie und genoss es, dass er sie nicht erkannt hatte.

»Mmm …«, antwortete er, und Bea lachte.

»Was ist denn daran so lustig?« Er wandte sich ihr zum ersten Mal zu. »Bea?!«

»Ja?«

»Dein Haar ist ja blond!«, rief er aus und starrte sie an. »Und ganz kurz!«

»Ich weiß. Gefällt's dir?«, antwortete sie und spürte Schmetterlinge im Bauch.

»Ja. Ist was ganz anderes«, sagte er, ohne den Blick von ihr abzuwenden.

Bea nickte und schaute ihn auch weiter an. »Hat es dir besser gefallen, so wie es vorher aussah?«, fragte sie und schob nervös eine lose Haarsträhne hinters Ohr.

»Mir gefällt beides«, antwortete er und blinzelte zweimal, ehe er ihr wieder den Rücken zuwandte und sich um ihren Latte kümmerte. »Ach, heute Morgen sind übrigens fünfzehn riesengroße Gläser mit Gummibärchenbabys für dich gekommen. Was zum Teufel willst du mit Tausenden von den Dingern anfangen?«

Sie hatte das Preisausschreiben der Firma Allen's fast schon vergessen, an dem sie vor zwei Wochen teilgenommen hatte mit dem Beitrag: »Ich bin dreißig und jetzt wieder Single. Diese Babys könnten meine einzige Chance sein, je eine Familie zu haben.«

»Keine Sorge, das war das letzte Mal. Ich habe mich geändert. Ich bin auf Entzug und mache keine Preisausschreiben mehr mit, bei denen es um meine persönliche Bereicherung geht, denn ich lebe jetzt einen minimalistischen Lifestyle.«

»Aha. Na, das glaube ich erst, wenn ich's sehe«, antwortete Dino, immer noch mit dem Rücken zu ihr.

Nachdem Bea auf Netflix *Aufräumen mit Marie Kondo* gesehen hatte, hatte sie beschlossen, das alte Sprichwort »Weniger ist mehr« zu ihrem Motto zu machen. Sie hatte alles, was nicht mehr die berühmte »Freude entfachte«, in sechs große Mülltüten gepackt. Es war nötig gewesen, sich von allem zu trennen, was sie auch nur ansatzweise an Zach und Cassandra erinnerte, einschließlich vieler ihrer – und das gab sie nur sehr ungern zu – unnötigen Gewinne aus Preisausschreiben. Dann hatte sich Bea ihrer Unterwäsche zugewandt und sie auf die vorgeschriebene Art und Weise gefaltet, sodass sie sie aufrecht stehend in einer Schublade aufbewahren konnte.

Bea holte ihr Handy aus der Tasche, scrollte, ohne nachzudenken, durch ihren Instagram-Feed und versuchte, ihr klopfendes Herz zu beruhigen. Es war ungewöhnlich ruhig für einen Dienstagnachmittag. *Here Comes the Sun* tönte leise aus dem Lautsprecher, der in einer Ecke des Cafés von der Decke herabhing. Dann ertönte die Ladenglocke an der Tür.

»Dino!«, schrie Sunday beim Hereinkommen und lief zur Theke. Sie hatte rote Augen, und ihre normalerweise gebräunte Haut sah rosa und fleckig aus. Sie streckte das Kinn vor, als sie Bea bemerkte, die sie milde anlächelte. »Bea, bist du das? Sexy Haare!« Sie zwinkerte ihr zu, und durch diese einfache, nette Geste fühlte Bea sich noch schlechter als zuvor, angesichts dessen, was zwischen ihr und Dino geschehen war. Sundays eigene pinkfarbene Haare waren zu einem hohen Pferdeschwanz gebunden. Sie trug ein blaues Button-down-Hemd, schwarze, sehr weite Jeans und Doc Martens und sah schick und trendig aus – und als würde sie sich über ihr Outfit nicht die geringsten Gedanken machen. Bea begann, sich mit ihrem blonden Haar und dem pinken Lippenstift dämlich zu fühlen.

»Was ist denn los, Sunday?« Dino ließ alles stehen und liegen, kam um die Theke herum in den Laden und legte Sunday die Hand auf den Arm. »So hab ich dich ja noch nie gesehen.« Beas Kaffee ließ er halb fertig einfach stehen. Bea wandte den Blick ab.

»Ach, es ist blöd, weißt du«, schniefte Sunday und setzte sich auf einen Barhocker. »Es ist nur so … ich hab gerade im ARK-Café rumgehangen und auf meinem Telefon wieder ein paar Dokumentationen über Tierschutz geguckt. Und eine ist mir richtig unter die Haut gegangen. *Cowspiracy – Das Geheimnis der Nachhaltigkeit.* Es ist einfach schrecklich, was wir den Tieren und unserem Planeten antun! Das lässt mich einfach nicht los. Ich muss im Bereich vegane Kleidung arbeiten. Ich möchte einfach irgendetwas tun, das hilft, verstehst du? Denn im Moment fühle ich mich so, als würde ich nicht genug tun, und jedes Mal, wenn ich die Augen zumache, sehe ich diese schrecklichen Bilder vor mir. Ich bin gerade an einem McDonald's vorbeigekommen und musste heulen. Ich bin verrückt geworden!«, sagte Sunday, und erneut traten ihr Tränen in die Augen.

»Sunday, das ist doch nicht blöd. Es bedeutet, dass es dir etwas ausmacht. Und du tust bereits etwas. Irgendwann findest du einen Job im Bereich Ethical Fashion. Und bis dahin predigst du unseren Kunden hier, dass sie was für einen guten Zweck spenden sollen.« Dino setzte sich auf den Barhocker neben ihr. »Pass auf, ich erzähl dir mal, was ich tue, damit es mir besser geht. Meine Großmutter hat es mir beigebracht. Nenn mir einen Buchtitel, der deine Gefühlslage ausdrückt.«

Bea schaute zu Boden, als sie sich daran erinnerte, bei welcher Gelegenheit Dino sie mit der gleichen Aufgabe abgelenkt hatte.

»Was?«, sagte Sunday.

»Pass auf, ich fange an. *Heute so traurig.* Denn ich hab dich zum ersten Mal weinen sehen«, sagte er mit einer Sanftheit in der Stimme, die Bea fremd war.

»Okay.« Sunday schniefte. »*Ferris macht blau* – denn ich brauche dringend mal einen Tag für mich.« Sie legte Dino die Hand auf den Arm und stupste ihn leicht an.

Bea hielt sich zurück, sonst hätte sie bei der Erwähnung des Titels die Augen verdreht – ein Film, kein Buch! Dino schwieg.

»Du hast recht, damit geht es mir tatsächlich schon ein bisschen besser«, sagte Sunday. Sie wirkte bereits munterer.

Bea unterdrückte ein Husten. Sie wollte dem Pärchen diesen Augenblick nicht verderben. Mit einem letzten sehnsüchtigen Blick auf ihren halb fertigen Kaffee wandte sie sich langsam Richtung Eingang. Weil sie zu Boden schaute, stieß sie mit einem Mann zusammen, der gerade hereingekommen war.

»Bea?«

»Zach?«

37

»Zach?«, stammelte Bea um Fassung ringend. Zittrig trat sie einen Schritt dorthin zurück, wo Agatha Christie in ihrem Körbchen schlief. Sie nahm sie heraus und hielt sie zur emotionalen Unterstützung auf dem Arm. Vielleicht auch als eine Art von tierischem Schutzschild. »Was machst du denn hier?«

Zach sah schlimm aus. Sein Haar war zerrauft, das Hemd hing ihm halb aus der Hose, und er hatte dunkle Schatten unter den Augen. Beim Anblick seines Gesichts und seines Körpers, *dieses sexy, wunderbaren Körpers,* reagierte Bea noch immer mit Verlangen und dafür verachtete sie sich.

Er machte einen zögerlichen Schritt auf sie zu und blieb wieder stehen. »Ich musste dich unbedingt sehen«, sagte er und fuhr sich mit der Hand durch sein schlaffes Haar. »Du siehst übrigens irre aus.«

Sie beachtete das Kompliment gar nicht. »Und woher weißt du, dass ich hier bin?«

»Ist doch klar, dass du hier bist, Bea. Nachdem du keinen einzigen Anruf von mir angenommen hast, bin ich hierhergekommen.« Er warf Dino einen finsteren Blick zu, und der blickte genauso finster zurück. »Können wir uns irgendwo unterhalten? Bitte. Und wenn es nur ein paar Minuten sind.«

Das war typisch. In dem Moment, in dem Bea endlich so etwas wie innere Ruhe in sich fühlte, erhob Zach seinen lügnerischen, betrügerischen Kopf. Sie hatte gehofft, sie könnte ihn mit all seinem Gerümpel aus ihrem Herzen werfen und ihn wie die Farbe aus ihrem Haar aus ihrem Leben bleichen. Aber hier stand er nun, mit großen, bettelnden Hundeaugen, die stumm darum baten, ihr zu vergeben. Das war nicht gerade die Art von romantischer Geste, die sie jetzt ertragen konnte.

Sie drückte Agatha Christie fester an die Brust und atmete den Geruch von verschlafenem Pudel ein. »Das halte ich für keine gute Idee«, sagte sie.

»Bitte, Bea. Ich bitte dich, gib mir die Gelegenheit, mich zu erklären. Ich möchte, dass du mich verstehst«, sagte Zach.

»Hast du nicht gehört, Kumpel? Sie hat Nein gesagt«, mischte Dino sich ein und trat einen Schritt näher. Sunday betrachtete Zach und sagte nichts. Ihr Gesichtsausdruck und ihre Haltung sagten allerdings einiges aus.

»Halt du dich wenigstens einmal da raus, *Kumpel*«, antwortete Zach. »Das hier geht nur Bea und mich was an.«

»Und Cassandra offenbar«, sagte Dino. »Wie läuft's denn so mit dem Airtasker-Geschäft? Da soll es einiges an Extras geben, wie ich höre.« Sobald er es gesagt hatte, schien er es auch schon zu bedauern.

Bea runzelte die Stirn und seufzte. »Zach, was willst du denn jetzt noch sagen? Die ganze Situation ist unverzeihlich. Ich habe keine Lust, mir das alles noch einmal anzuhören. Ich versuche, jetzt endlich mal nach vorne zu blicken. Weg von dir, weg von Cass und von diesem ganzen verdammten Hirngespinst, dass es im echten Leben so was gibt wie ›Und sie lebten glücklich und zufrieden bis an ihr seliges Ende‹.«

»Du musst mir glauben, dass nicht alles gelogen war, Bea. Als ich dir gesagt habe, dass ich dich liebe, habe ich das wirklich ganz genau so gemeint, ehrlich«, sagte Zach mit einem verlegenen Seitenblick zu Dino. »Ja, die Art und Weise, wie wir uns begegnet sind, war fürchterlich, ein riesiger Verrat und vollkommen gedankenlos. Aber ich würde es nicht rückgängig machen wollen, denn es hat mich zu dir geführt.«

Bea hörte, wie Sunday seufzte und Dino verächtlich schnaubte. Wenn Zach noch länger bliebe, würde Dino möglicherweise husten und prusten und sein eigenes Café zusammenpusten.

»Als ich Cassandras Plan zugestimmt habe, war ich völlig am Ende. Ich brauchte dringend Geld. Es schien doch alles nur ein kleiner und unbedeutender Job zu sein. Aber da hab ich mich ganz klar getäuscht.« Zach ließ den Kopf hängen.

»Das ist ja wohl die Untertreibung des Jahres!«, brach es aus Dino heraus. Bea vergaß ihren Kummer für einen Augenblick und prustete los.

Zach schaute Dino mit gerunzelter Stirn an, dann setzte er sich auf einen Barhocker neben Bea. »Als ich bei dieser lächerlichen Sache zugesagt habe, hatte ich keine Ahnung, dass du so sein könntest, wie du nun mal bist.«

Bea spürte, wie ihr Herz raste und ihre Handflächen feucht wurden. Sie umklammerte den Hund noch fester und atmete aus. Sie hatte gar nicht gemerkt, dass sie die Luft angehalten hatte. Bea blickte dem Mann in die Augen, den sie so lieb gewonnen hatte – von dem sie sogar gedacht hatte, sie würde ihn *lieben* –, und spürte ein Stechen in der Brust. »Es ist zu wenig, und es kommt zu spät, Zach«, sagte sie. »Es sind einfach zu viele Lügen gewesen. Wie sollte ich dir je wieder vertrauen können? Ich weiß ja noch nicht mal, wer du wirklich bist!«

»Das zeige ich dir, wenn du mich nur lässt«, bat Zach, griff nach ihrer Hand und führte sie an sein Herz.

Einen Augenblick lang saßen sie da wie gelähmt, und Bea fühlte sich, als würde sie langsam immer tiefer in Zachs Blick versinken.

Dino räusperte sich und riss sie in die Wirklichkeit zurück. »Bea, auf diesen Quatsch wirst du ja wohl nicht reinfallen?«

Bea trat von Zach weg und setzte Agatha Christie auf den Boden. Sie schaute ihren eigenwilligen Barista an und dachte an den vergangenen Monat. Die scheuen Seitenblicke, die verlegenen Umarmungen, das vollkommene Leugnen von Gefühlen, das Nichtaussprechen, dass sie je geknutscht hatten. Und dann dachte sie an den Monat, den sie mit Zach zusammen gewesen war. An seine Spontaneität, seinen Witz, die Art, wie er beim Händchenhalten mit dem Daumen immer sanft ihren Zeigefinger gestreichelt hatte. Sie dachte daran, wie sie sich dreimal die Hand gedrückt hatten, wie sie die Buchhandlung The Avenue besucht hatten, auf der Suche nach möglichst vielen Bücher, in denen die Namen Zach und Bea auftauchten, und wie er eine Gruppe junger Mädchen davon überzeugt hatte, *Harry Potter und die Heiligtümer des Todes* zu lesen, indem er ihnen die Kampfszene nachgespielt hatte einschließlich des perfekten Tonfalls und des Schwingens eines eingebildeten Zauberstabs.

»Zach, ich weiß es einfach nicht«, sagte sie. »Ich brauche Zeit.«

Zach schoss von seinem Stuhl hoch und strahlte übers ganze Gesicht. »Ich kann warten. Nimm dir alle Zeit der Welt.« Er drückte ihr sanft die Schulter und lächelte sein verdammtes Sonnenblumen-auf-dem-Feld-Strahlen. Mit einem letzten bekräftigenden Nicken und einem abschließenden bedrohlichen Blick in Richtung Dino verließ er das Café. Eines hatte er wirklich gut drauf: Er wusste genau, wann der richtige Zeitpunkt für einen guten Abgang war.

Bea zerzauste ihr blondes Haar und wagte es nicht, Dino in die Augen zu schauen. »Ich muss an die frische Luft. Bis später!«

»Warte!«, rief Dino, und Beas Herz setzte einen Schlag aus. »Dein Kaffee!« Er schob ihr den Becher hin und sagte langsam und bedächtig: »Pass gut auf, okay?«

Den Blick noch immer abgewandt nahm Bea ihre Tasche und ihren Kaffee und versprach, bald wiederzukommen und die Gummibärchen abzuholen. Sie verließ den Laden und zog sich den Jackenkragen eng um den Hals. Ehe sie den ersten Schluck Kaffee trank, schaute sie sich den Becher an. Um ihn herum schlängelten sich die Worte: *Leg dich nie mit Idioten an. Sie schlagen dich immer mit Erfahrung – sagt der verdammte Mark Twain.*

*

Bea fühlte sich vollkommen durch den Wind, fast schon geistig gestört, am Rand eines Nervenzusammenbruchs, von dem sie kein gutes Buch – nicht mal ein großartiges Buch – ablenken konnte. Weder *Das Licht zwischen den Meeren* noch *Die Erfindung der Flügel* und auch nicht *Das andere Mädchen.* Nicht mal die Anmerkungen in *Meeting Oliver Bennett.* Im verzweifelten Bemühen, sich von der Begegnung mit Zach abzulenken – *wo ich doch gerade angefangen hatte, dieses ausgeprägte Kinn zu vergessen, dieses Lächeln und die Art, wie seine Schultern zucken, wenn er lacht. Verdammt!* –, rief sie den einzigen Menschen an, von dem sie sicher war, dass er sie ablenken könnte. Der einzige Mensch, der Bea mit seiner eigenen Welt in Beschlag nehmen und ihr eine Atempause von der Sorge um ihre Welt gönnen würde.

Ihre Schwester.

Lizzie ging beim dritten Klingeln dran, kreischte entzückt, legte auf und rief gleich über FaceTime zurück. Bea seufzte, als sie ranging, musste aber doch lächeln, als sie sah, wie ihre Schwester sie angrinste, die Kamera natürlich so ausgerichtet, dass sie am vorteilhaftesten aussah.

»Bea!«, quiekte Lizzie. »Ewig nicht gehört. Ich verspreche dir, dass ich bald nach Melbourne komme. Ich vermisse dich. Und – oh, mein Gott! Deine Haare!«

Bea strich sich verlegen über ihr hellblondes Haar. »Ich brauchte mal was anderes.«

»Das sehe ich. Du siehst ja so viel besser aus!«

Bei diesem zweifelhaften Kompliment schauderte Bea leicht.

»Erzähl, was gibt's Neues von Next Chapter? Ich hab da ein paar Ideen für dich.«

Bea brachte ihre Schwester auf den neuesten Stand und brach mittendrin ohne Vorwarnung in Tränen aus.

»Bea, was ist denn los? Rede mit mir!«, sagte Lizzie.

Kleine Tränen liefen Bea über die Wangen, während sie versuchte, sich wieder in den Griff zu kriegen. Sie wusste, dass sie Kummer hatte, sich sogar richtig elend fühlte, aber erst in diesem Augenblick wurde ihr bewusst, wie schlecht es ihr wirklich ging. So sehr sie sich bemühte – es würde nicht so leicht sein, Zach zu vergessen, wie sie gehofft hatte. Sie hatte Lizzie nichts von dem echten, schrecklich demütigenden Grund erzählt, aus dem sie und Zach sich getrennt hatten. »Es war eine beiderseitige Entscheidung«, war ihr verlässlicher Standardsatz gewesen, ohne genauer ins Detail zu gehen. Aber jetzt, zwischen Schniefen und verzweifeltem Luftschnappen, erzählte sie ihrer Schwester alles. Von ihrer Liebe, den Verletzungen, dem Verrat und schließlich dem Chaos, zu dem ihr Leben inzwischen geworden war.

Lizzie nickte zu allem, und als Bea schließlich fertig war, schaute sie ihr geradewegs in die Augen und sagte: »Ich hab's ja gesagt.«

Verblüfft brachte Bea nicht mehr heraus als »Was?«

»Ich hab dir doch gesagt, dass ich ihn suspekt finde. Er hat mir beim Buch-Event fast in den Hintern gekniffen, weißt du noch? Ich erkenne eine Ratte, wenn ich sie sehe.«

Bea runzelte die Stirn. Eigentlich sollte es sie nicht überraschen, dass Lizzie so reagierte. Selbst in Beas verwundbarem Zustand drehte sich alles nur um Lizzie. Bea hatte noch lebhaft in Erinnerung, wie sie mit fünfzehn zum ersten Mal bei McDonald's gejobbt hatte und gefeuert worden war, weil sie zu schüchtern gewesen war, um mit den Kunden zu sprechen. Und wie hatte Lizzie reagiert? »Was soll ich denn jetzt meinen Freunden sagen? Ich hab versprochen, dass ich ihnen am Wochenende allen kostenlos Softeis besorge. Bea, du bist ja so egoistisch!«

»Lizzie, du spinnst«, sagte Bea jetzt und war überrascht, dass sie Zach tatsächlich schon wieder verteidigte. »Er ist einfach nur ein übermäßig freundlicher Mensch ohne Berührungsängste. Und schließlich hast du ja auch einen echt schönen Hintern, in den dich sicher so mancher Mann gern mal zwicken würde.« *Hab ich da wirklich gerade den Kerl verteidigt, der ein doppeltes Spiel mit mir getrieben hat?*

»Du bist süß. Aber untersteh dich, auch noch Entschuldigungen für ihn zu suchen.«

»Und was, wenn er es wirklich ernst meint? Er sagt, dass er mich liebt. Was, wenn er sich tatsächlich trotz allem in mich verliebt hat?«

»Süße, das mag ja sein. Aber ich würde doch keinem Menschen vertrauen, der einen anderen vorsätzlich in eine

Beziehung lockt, sodass der andere sich in ihn *verliebt* – und das alles für ein paar lumpige Kröten!«

»Nein, da hast du recht. Natürlich, du hast recht.« Oh Mann, wie sie es hasste, wenn Lizzie recht hatte!

»So ist es richtig! Und jetzt sag mal: Glaubst du, es gibt einen Zusammenhang zwischen Supermonden und Stimmungsschwankungen? Denn ich bin in der letzten Zeit echt eine Bitch.«

Bea versuchte, sich auf das zu konzentrieren, was ihre Schwester sagte, aber ihre Gedanken wanderten immer wieder zu etwas, das Zach am Abend gesagt hatte, bevor alles in die Brüche gegangen war. Er hatte Bea eindringlich angeschaut und sie gefragt, ob sie an Paralleluniversen glaube. Und wenn, glaube sie dann, dort wären sie einander auch begegnet? Hätten sie einander auch unter anderen Umständen kennenlernen können und sich auch dann gut verstanden? Zu diesem Zeitpunkt hatte sie das als rührselige Grübeleien abgetan, aber im Nachhinein sah sie diese Worte in einem völlig anderen Licht.

Der logische Teil ihres Gehirns wusste, dass sie von Zach nichts Gutes zu erwarten hatte und dass Lizzie und Dino recht hatten, ihm nicht zu trauen. Aber warum hatte ein anderer Teil von ihr, nachdem sie endlich aufgelegt hatte, das Gefühl, sie sollte ihm eine letzte Chance geben?

38

Halloistdasdeinbuch

Notiz des Tages: *Messina, 19 Uhr.* Ich habe angefangen, eine Liste mit allen realen Orten zu erstellen, die der Geheimnisvolle Autor in seinen Notizen in *Meeting Oliver Bennett* erwähnt. Es sind nicht viele, aber es ist immerhin ein Anfang. Mir scheint, als hätte er das Buch ein bisschen als seinen Kalender benutzt, denn neben den paar Orten, die an den Rand geschrieben stehen, sind Tageszeiten oder Adressen genannt. Ich werde versuchen, den meisten Orten einen Besuch abzustatten, und dort Zettel mit einem Foto von den Notizen aushängen in der Hoffnung, dass jemand, der mehr weiß, auf so eine Suchmeldung stößt und sich bei mir meldet.
Ein paar Zettel hab ich schon im und um den Little Brunswick Street Bookstore aufgehängt. Als Nächstes gehe ich zu Gelato Messina. Unser Geheimnisvoller Autor scheint genau wie ich der Auffassung zu sein, dass Nachtisch die Antwort auf alle Probleme des Lebens ist.
PS: Ich sollte euch noch erzählen, dass der falsche Geheimnisvolle Autor wieder in mein Leben getreten ist. Er hat sich übermäßig entschuldigt und behauptet, er wäre noch

immer in mich verliebt. Soll ich's noch mal mit ihm versuchen, obwohl er nicht der Mann ist, der den Stift führt?

---

77 Likes
Kommentare (112):
BookishBabe: Du musst unbedingt die Geschmacksrichtungen Burnt Karamell und Kondensmilch-Vanille probieren! 🧁
Trollylolly: Du bist scheiße.
NoOffenceBut: Nimm den falschen Geheimnisvollen Autor nicht zurück! Ich wiederhole: Nimm den falschen Geheimnisvollen Autor nicht zurück! Einmal ein Lügner, immer ein Lügner.
Gensteiner: Schätzchen, du findest was viel Besseres als ihn. Fall bloß nicht auf seine Tricks rein!
StephenPrince: @NoOffenceBut, aber du hast es gestern Abend auch noch mal mit mir versucht 😉
NoOffenceBut: @StephenPrince, das war eine einmalige Sache!

39

O Mann, was für ein Tag!, dachte Bea, als sie zu Bett ging. Sie steckte ihr Telefon zum Laden ein und drehte sich bequem auf die Seite. Dann nahm sie *Meeting Oliver Bennett* vom Nachttisch, schlug das Buch irgendwo auf und vertiefte sich in die kursiven Notizen. Den Haupttext ignorierte sie völlig. Die Kritzeleien nahmen sie in Beschlag wie ein eigenes gutes Buch, und sie fühlte sich beim Lesen rundherum wohl. Genüsslich sog sie den Geruch des Buchs ein und wünschte sich, dieses Gefühl würde nie vergehen.

Gerade wollte sie sich der nächsten Notiz zuwenden, als sie ganz schwach sichtbar ein mit Bleistift gezeichnetes Schnabeltier entdeckte, unten rechts in der Ecke auf Seite 72. Es war so blass, dass Bea es bisher jedes Mal übersehen hatte. Unter der Zeichnung stand, ebenfalls so leicht mit Bleistift, dass es wirkte, als wäre die Schrift wieder ausradiert worden: *keiner ist so wie du.*

Bea lächelte über das teilweise im Wasser lebende, eierlegende australische Säugetier mit dem entenartigen Schnabel, das so vollkommen einzigartig war. Sie nahm ihr Telefon wieder zur Hand, machte ein Foto von der Zeichnung und wollte gerade ihre Instagram-App öffnen, als eine E-Mail-Benachrichtigung erschien. Sie stammte von Mia Molesworthy.

Beas Herz setzte einen Schlag aus. Mia arbeitete als Marketingassistentin bei Thelma & Clarke, und sie hatten sich im vergangenen Monat kennengelernt. Bea hatte nämlich mehrmals im Verlag angerufen, weil sie einfach nicht glauben konnte, dass Zach wirklich nicht dort angestellt war. Eines Nachmittags war die Empfangsdame von Beas Anrufen derart genervt gewesen, dass sie sie zu Mia durchgestellt hatte. Bea war mit ihrer ganzen Geschichte herausgeplatzt, und Mia hatte ihr, zu Beas großer Überraschung, mit einer Mischung aus Entsetzen und Faszination gelauscht. Seitdem standen die beiden in E-Mail-Kontakt und tauschten sich aus über Bücher, Rezensionen und Klatsch. Bea wischte über das Display und las die Mail.

An: beababbage@gmail.com
Von: molesworthym@thelmaandclarke.com
Betreff: Du schuldest mir was

Bea!
Weißt du noch, wie du mir erzählt hast, dass du davon träumst, eine eigene Marketingagentur zu gründen? Tja, möglicherweise hab ich dir gerade einen ersten Kunden an Land gezogen. Thelma & Clarke plant in ein paar Monaten eine Kampagne für den neuen Krimi von Cecilia Beechworth, und ich hab deine neue Agentur als möglichen Kandidaten für eine Zusammenarbeit angepriesen. Jetzt würde meine Chefin dich gern kennenlernen. Hast du irgendwann in den nächsten Tagen Zeit, im Verlag vorbeizukommen? Lass mich jetzt bloß nicht hängen. 😉
M x

An: molesworthym@thelmaandclarke.com
Von: beababbage@gmail.com
Betreff: Re: Du schuldest mir was

WAAAAAAS! ICH SITZE HIER UND SCHNAPPE NACH LUFT!
Weißt du überhaupt, dass das mein absoluter Traum ist?
Ich LIEBE Cecilia Beechworth! Vertrau mir, ich lass dich AUF KEINEN FALL hängen. Ich werde Tag und Nacht arbeiten. Sag mir, wann es euch passt, und ich bin sofort da.
KÖNNTE SEIN, DASS ICH DICH AB JETZT LIEBE!
B x
PS: Ich habe auch schon einen Namen für meine Agentur: Schnabeltier. Keiner ist so wie wir.

An: beababbage@gmail.com
Von: molesworthym@thelmaandclarke.com
Betreff: Re: Re: Du schuldest mir was

Schnabeltier. Finde ich super! Australisch, liebenswert, unverwechselbar – genau wie du.
Komm am Donnerstag um elf ins Büro, bring ein paar Ideen mit und ein paar Infos zu einer neueren Kampagne von dir.
Mach dich bereit, uns zu begeistern!
xx

Bea legte ihr Handy zur Seite, setzte sich im Bett auf und stieß einen begeisterten Schrei aus. »Wir haben's geschafft, Geheimnisvoller Autor! Wir haben's geschafft!«, jauchzte sie, nahm *Meeting Oliver Bennett* und gab der blassen Zeichnung einen dicken Schmatzer mitten auf den Schnabel.

*

»Liebe Güte, Lizzie – das war vielleicht heftig!«, rief Bea in ihr Telefon. Sie kam gerade von Thelma & Clarke in South Yarra und ging rasch die Straße entlang. Die kalte Luft schlug ihr entgegen, Fußgänger drängten sich unachtsam an ihr vorbei, hypnotisiert von den winzigen Displays, die sie in der Hand hielten. »Ich habe Mia Molesworthy endlich persönlich kennengelernt, weißt du, die Marketingassistentin, von der ich dir erzählt hab. Sie ist ganz reizend. Aber Janine, ihre Chefin, die ist noch einmal eine ganz andere Nummer, wirklich unglaublich. Sie hat so gut wie jede bahnbrechende Marketingkampagne verantwortet, die das Verlagswesen je gesehen hat, sie hat die komplette Marketinglandschaft komplett umgekrempelt! Ach, und Liz, sie ist so was von glamourös. Sie trug Versace!« Bea eilte an ein paar Teenagern vorbei, die vor dem Supermarkt standen.

»Du liebe Zeit, Bea! Ich kann mir gar nicht vorstellen, dass du in dieser Situation gut zurechtgekommen bist. Du bist ja in Gegenwart von gut gekleideten Leuten in der Regel nicht gerade selbstbewusst«, lachte Lizzie, während die Zwillinge im Hintergrund quäkten. Bea ignorierte die unsensiblen Worte ihrer Schwester. Sie war immer noch ganz in Anspruch genommen von ihrem heutigen aufregenden Vormittag, also erzählte sie einfach weiter.

»Nun ja, ich weiß nicht, wie ich gewirkt habe, aber offenbar konnte ich sie überzeugen. Ich hab einiges an Fakten zum Markt sowie Zahlen und Ideen für eine Kampagne herausgesprudelt, und die beiden hingen mir an den Lippen.

Janine hat gesagt, sie freut sich, mir eine Chance zu geben, und Mia und ich treffen uns bald, um über den Auftrag zu sprechen!« Bea stieß einen kleinen überglücklichen Jubelschrei aus.

»Was für eine schöne Überraschung, Bea! Natürlich muss ich dir da eine neue Garderobe zusammenstellen. Jetzt, wo du Geschäftsfrau bist, kannst du schließlich nicht in Flanell herumlaufen.« Lizzie kicherte. »Wo wir gerade von Garderobe sprechen, hab ich dir eigentlich schon erzählt, dass ich vielleicht eine Modelkampagne für The Iconic mache? Sie überlegen sich, ob sie ein paar ehemalige *Bachelor*-Kandidatinnen nehmen – da haben sie allerdings keine große Auswahl, wo doch so viele entweder schwanger oder notorische Partygirls sind. Und natürlich wollen sie jemanden mit einem guten Image, der ein mustergültiges Verhalten vorweisen kann und top in Form ist«, redete sie ohne Punkt und Komma weiter. »Ich überleg mir die Sache, aber ich bin mir noch nicht sicher. Vielleicht sollte ich mich besser ganz auf meine Onlinepräsenz konzentrieren, jetzt, wo ich die Marke von zweihunderttausend Followern geknackt habe.«

Bea sagte zwischendurch ab und zu »Mmm« und »Ahh« und stellte fest, dass sie sich endlich mal wieder so richtig gut fühlte. Nach all dem Scheiß der letzten Monate fügten sich zumindest ihre beruflichen Probleme einfach wie von selbst.

»Also, ich muss auflegen – ich habe noch einiges zu erledigen! Wir hören uns bald wieder, Schwesterherz!«

Bea hörte, wie Lizzie ein Küsschen in die Leitung schmatzte, und legte auf.

Dann lief sie zum Revolver Lane, einem Coworking Space in der belebten Chapel Street. Sie brauchte dringend einen Tapetenwechsel und das Gefühl, wieder in der echten Welt zu stehen und etwas Sinnvolles zu tun. Sie hatte heute Morgen ihren Dyson-Staubsauger, den sie erst letzten Monat gewonnen hatte, über eBay verkauft und bezahlte nun davon die Gebühr für einen Schreibtischplatz. Ihr neues Büro war nur einen kurzen Spaziergang von ihrer Wohnung entfernt und versprühte den Duft von Kreativität und Inspiration. Die Büros gingen nach hinten zu einem berüchtigten Nachtklub hinaus, und es gab ein großes Atrium mit Pflanzen in allen Formen und Größen. Gleich am Haupteingang lag ein Café, betrieben von einem Hipster namens Ricki, der seine schulterlangen sandfarbenen Locken zu einem Half-Ponytail gebunden und seinen Schnurrbart säuberlich gestutzt trug. (Für Dino wäre eine Begegnung mit ihm sicher ein gefundenes Fressen gewesen.)

Bea ging hinüber zu dem Schreibtisch, den man ihr zugewiesen hatte, nahm einen kleinen Kaktus, den sie noch schnell in der Chapel Street gekauft hatte, aus ihrer Tasche, stellte ihn in die Ecke des winzigen Stehtisches und verschränkte zufrieden die Hände. Sie versuchte, den korpulenten Mann am Schreibtisch neben ihr anzulächeln, der Beats-Kopfhörer trug und wie ein Wilder auf seinem Computer herumtippte, aber er wandte sofort den Blick ab. Bea zuckte mit den Achseln, ließ sich aber nicht entmutigen und öffnete den neuen E-Mail-Account, den sie gestern Abend eingerichtet hatte.

Mia würde jeden Augenblick eintreffen, um die letzten Einzelheiten im Vertrag zu klären und das weitere Vorgehen zu besprechen. Danach musste Mia gleich wieder los. Bea war angespannt und aufgeregt. Nachdem die Freundschaft mit Cassandra sich komplett erledigt hatte, war sie verzweifelt auf der Suche nach jemandem, der die riesige Lücke im

Bereich Freundschaft füllen könnte. Mia war eine durchaus aussichtsreiche Kandidatin dafür.

Als die Tür aufschwang, spürte Bea einen kalten Windstoß im Gesicht. Sie blickte auf und sah Mia hereinkommen, groß, brünett und mit einem perfekt sitzenden grünen Trenchcoat und schwarzen Stiefeln. Sie sprang jedem sofort ins Auge mit ihrem honigbraunen Haar und den dunklen, fast schon schwarzen Augen, die der geschwungene Lidstrich nur noch mehr hervorhob. Sie schob ihre Fliegersonnenbrille hoch und winkte.

»Bea!«, rief sie aus und gab ihr rechts und links Luftküsschen.

»Ich stehe auf ewig in deiner Schuld, dass du mir diese Chance vermittelt hast.«

»Red keinen Unsinn. Ich freue mich, dass ich helfen kann. Ich hab doch jetzt schon gesehen, was du draufhast. Und überhaupt, wozu hat man denn Freunde!« Sie lachte und griff nach Beas Hand.

Bea wurde rot. »Wollen wir loslegen?«, fragte sie und schaute im Versuch, professionell zu wirken, auf die Uhr. »Tut mir leid, dass ich nur diesen kleinen Tisch habe, aber wenn du hier zu meinem Laptop rumkommst, können wir ein paar erste Fragen durchgehen.« Bea rutschte einen Platz weiter auf einen Bürostuhl, damit Mia auf ihrem Schreibtischstuhl Platz nehmen konnte.

»Ach was, das war doch bloß eine Ausrede, damit wir uns treffen und ein bisschen quatschen können.« Mia drückte Bea leicht den Arm. »Also, wie sieht's aus mit einem Kaffee?«

»Da hätte ich einen besseren Vorschlag«, sagte Bea.

*

Sie gingen Seite an Seite die Chapel Street hinunter, vorbei an Kebabläden, aus denen es aromatisch duftete, und an Straßenmusikanten vorüber, die Xylofon spielten. Dabei plauderten sie darüber, dass sie nach der Lektüre von Sunni Overends Buch *Die Gefahren der Trüffelsuche* gern ins Yarra Valley ziehen würden, dass der Buttercup Bookstore eine ihrer liebsten Buchhandlungen war und wie es für Mia war, den ganzen Tag mit Autoren zusammenzuarbeiten. Bea war ganz beschwingt, ununterbrochen über Bücher reden zu dürfen. Als sie das Messina-Schild vor sich sah, stockte ihr der Atem. Sie bereitete sich innerlich darauf vor, dass sie im nächsten Augenblick wortwörtlich auf den Spuren des Geheimnisvollen Autors wandeln würde, rückte die Riemen ihrer Handtasche auf der Schulter zurecht und betrachtete den Eingangsbereich auf der Suche nach einem geeigneten Platz für ihr Gesuch.

»Gelato Messina«, flüsterte sie leise, und Erinnerungen an die Schrift in *Meeting Oliver Bennett* überfluteten sie.

»Ach Gott, ich liebe das Messina! Es ist Zeit, dass wir unsere Hemmungen fallen lassen, stimmt's?« Mia zwinkerte Bea zu.

Ist das nicht genau das, was der Geheimnisvolle Autor gesagt hat?

Bea starrte die schöne Mia an. Obwohl sie den ganzen letzten Monat über E-Mails ausgetauscht hatten, hatte Bea das Thema *Meeting Oliver Bennett* nicht angeschnitten.

»Du bist also schon mal hier gewesen?«, fragte Bea und schlang sich die Arme um den Körper.

»Im Messina? Ja, ich und so gut wie jeder Mensch, der in Melbourne lebt, war doch schon mal hier. Komm, wir holen uns ein Eis!« Lachend zog sie Bea hinein.

Trotz des kühlen Wetters wartete eine Schlange von Menschen darauf, bedient zu werden. Der Laden war düster, fast schon dunkel, als wären sie in einem hippen Klub und nicht in einer Eisdiele. Auf einer Tafel standen Geschmacksrichtungen wie Pannacotta mit Feigenkonfitüre und Amarettokeks, Salziges Karamell und Weiße Schokolade.

»Ich schlage Minze mit Chocolate Chip vor, das ist absolut traumhaft«, sagte Mia sehnsüchtig. Bea konnte kaum überlegen, was sie wählen sollte, denn sie musste die ganze Zeit an die Marginalien in ihrem Buch denken. Ihr Herz flatterte vor Aufregung.

»Ähm, ich glaube, ich nehme einfach Haselnuss«, sagte sie und kämpfte regelrecht, um die Worte herauszubringen.

Mia lächelte und bestellte zweimal Eis in der Waffel.

Bea betrachtete sie schweigend. Mia biss sich oft auf die Lippe, nachdem sie etwas gesagt hatte, und schloss die Augen eine Sekunde zu lang, wenn sie etwas beschrieb, das sie liebte. *Konnte sie es sein?*

Während sie warteten, fing Mia an, beiläufig davon zu erzählen, dass die Fernsehserie *Younger* leider kein bisschen Ähnlichkeit damit habe, wie die Verlagswelt im wirklichen Leben sei. Sie lachte alle paar Sätze. Jetzt, wo Bea darüber nachdachte, besaßen Mias E-Mails eine gewisse Eloquenz. *Sie konnte es doch nicht sein, oder?*

Der Mann hinter der Theke reichte ihnen die Eishörnchen, Mia bezahlte und leckte eilig und genüsslich zugleich an ihrem Eis.

»Großartig, oder?« strahlte sie und führte Bea zu einem Fensterplatz.

Bea setzte sich und leckte hektisch an ihrem tropfenden Hörnchen.

»Kann ich mal bei dir probieren?« Mia lehnte sich zu Beas Eis hinüber und drückte ihre pinkfarbenen Lippen an das Haselnusseis. *Hat der Geheimnisvolle Autor gerade an meinem Eis geleckt?* »Sehr gut«, lachte sie dann mit einem Rest Eis auf den Lippen.

»Du, Mia?«, sagte Bea.

»Was denn?« Mias Augen glänzten. Aus ihnen leuchteten Geheimnisse, Kritzeleien und Anmerkungen.

»Hast du …«

»Habe ich was, Bea?«

»Hast du *Meeting Oliver Bennett* gelesen?«

Mia schaute sie fragend und mit gerunzelter Stirn an. Bea hielt die Luft an.

Dann holte Mia tief Luft, riss kurz die Augen auf und sagte: »Nee. Nie gehört.« Die beiden aßen ihr Eis auf, dann verkündete Mia, dass sie zurück zur Arbeit müsse.

Bea winkte ihr zum Abschied, als sie die Eisdiele verließ. Sie schüttelte den Kopf und schalt sich innerlich, dass sie sich einer so lächerlichen Hoffnung hingegeben hatte. Dann spähte sie zu den arbeitenden Leuten hinüber, die sorgfältig Eis in den unterschiedlichsten Geschmacksrichtungen und in allen Farben des Regenbogens in Hörnchen oder Becher füllten. Zufrieden, dass sie alle schwer beschäftigt waren, zückte Bea rasch einen ihrer »Gesucht«-Zettel mit Fotos der Notizen und der Überschrift in fetten Großbuchstaben »IST DAS DEIN BUCH?« und klebte ihn mit der Schriftseite zur Straße hin ins Schaufenster. Dann schoss sie blitzschnell aus dem Laden und murmelte im Stillen ein Gebet vor sich hin.

40

Morgen Ramona!
Ich weiß was du jetzt denkst: Wo zum Teufel ist denn der ganze Kram von Bea hin?! Ich lebe jetzt einen minimalistischen lifestyle, inspiriert von Marie Kondo, und habe all meine weltlichen Güter der Heilsarmee gespendet.
Es sollte nun also mit dem Putzen der Wohnung einiges schneller gehen. Sollen wir so weit gehen und sagen, es war das letzte Mal putzen?
Haha, war nur ein Witz.
Aber ehrlich, ich bin fast pleite.
Wir bleiben in Kontakt,
Bea xxx

41

Bea,
Putzen hat genauso lang gedauert und du schuldest noch Geld. Sorry.
Auch kann ich nächste Woche nicht kommen. Ich fahre weg in einen romantischen Ferien mit dem neuen Mädchen, mit dem ich jetzt gehe.
Ramona

42

Zach: Hast du schon genug Zeit gehabt?

Bea verdrehte die Augen und drehte ihr Telefon schnell um, sodass das Display zur Tischplatte zeigte. Eilig wandte sie sich wieder ihrem Laptop zu. Sie hatte gerade einige E-Mails losgeschickt, um ihre bisherigen Freelancer-Aufträge zum Abschluss zu bringen. Jetzt wollte sie anfangen, sich auf die Cecilia-Beechworth-Kampagne vorzubereiten und die Kaufgewohnheiten von Krimilesern recherchieren. Zachs Nachricht lenkte sie von der dringend notwendigen Arbeit ab. Bea holte tief Luft, versuchte, alle Menschen auszublenden (einschließlich des schnaufenden Mannes, der keinen Meter von ihr entfernt arbeitete), und tippte drauflos. Und währenddessen spürte sie, wie sich eine kluge und zusammenhängende Strategie zu formen begann. Ihr Handy piepte erneut.

Zach: Wie wär's mit jetzt?

Bea knurrte verärgert. Ihr Nachbar, der so schwer atmete, starrte sie an. *Du musst gerade reden,* dachte sie und starrte zurück. Dann konnte sie sich nicht zurückhalten und tippte doch rasch eine Antwort.

Bea: Was willst du, Zach?

Zach: Dich zum Essen einladen, um dir alles zu erklären. Bitte.

Bea zog frustriert an ihrem Haar. Sie hatte versucht, ihre Gefühle für Zach zu begraben, aber sie drangen ihr einfach so aus der Haut wie Schweißtropfen an einem heißen Sommertag. Ihr kamen so unglaublich viele Gedanken in den Sinn, dass sie vollkommen unfähig war, klar zu denken. *Wäre es wirklich so schlimm, wenn ich mir seine Geschichte anhöre? Aber wozu soll das gut sein? Wie sollen wir je über das, was geschehen ist, hinwegkommen? Aber vielleicht gibt er endlich Ruhe, wenn ich mich gleich mit ihm treffe? Und hat nicht jeder (außer vielleicht Lord Voldemort) eine zweite Chance verdient?*

Bea biss sich auf die Lippen, murmelte leise »Scheiß drauf« und gab nach.

Bea: Na gut, Zach, du hast gewonnen. Wir treffen uns in zwanzig Minuten im Journeyman-Café. Ich gebe dir *eine* Chance, mir deine Sicht der Dinge zu erklären.

Zach: Ist gebongt! Bis gleich. Danke, Bea.

Bea saß an einem kleinen Holztisch und starrte auf die Auswahl an Gebäck in der Vitrine. Ein bedeutender Teil von ihr (hauptsächlich ihre feministische Seite, die sie ermutigte, sich »selbst zu respektieren« und daran zu denken, dass sie »keinen Mann brauchte, um ein vollwertiger Mensch zu sein«) verabscheute sich dafür, dass sie überhaupt hier war. Aber leider war sie nun mal hier und trank nervös kleine Schlucke von ihrem zweiten Skinny Latte heute, während sie mit heraufziehender Furcht auf den Mann wartete, der sie belogen hatte wie der Bösewicht in einer Seifenoper.

»Vielen Dank, dass du gekommen bist.«

Bea hätte sich beim Klang von Zachs Stimme fast zu Tode erschreckt. Sie richtete sich auf, lächelte kühl und bedeutete ihm, ihr gegenüber Platz zu nehmen. »Du weißt aber schon, dass ich nur gekommen bin, damit du endlich aufhörst, mich zu nerven, oder?«, sagte sie mit wiedergewonnener Fassung. Innerlich klatschte sie sich selbst ab, dass sie so gelassen sprach. Heute würde Zach sie nicht durcheinanderbringen.

Er lächelte und hob beschwichtigend die Hände. »Ich bin dankbar, dass du überhaupt hier bist.«

Dann herrschte Stille. Er starrte sie einen Augenblick zu lange an, und sie starrte zurück. Von Nahem konnte sie die leichten Fältchen um seinen Mund und die goldenen Flecken in seinen Augen erkennen. Ihr ganzer Körper verlangte danach, ihn zu berühren, und sofort fühlte sie sich deswegen total armselig.

Sie schaute als Erste weg. Während sie einen weiteren

Schluck Kaffee trank, fragte sie sich, wie sich alles nur so rasch hatte ändern können. Wie schnell war die Vertrautheit in die Brüche gegangen und nur noch ein kühles, erloschenes Gefühl übrig geblieben!

»Und, hast du in letzter Zeit ein paar neue *Jobs* an Land gezogen?« *Scheiße, so viel zu meiner Coolness.*

Zach zuckte zusammen. »Bea, so muss es doch nicht laufen, oder?«

Ha! Der hat leicht reden. Bea spürte, wie ihr ganz heiß wurde und das stechende Gefühl in ihrer Kehle zurückkehrte. Plötzlich fühlte sie sich ganz verwirrt und beschämt.

Und dann lag seine Hand plötzlich auf ihrer.

»Bea, ich will unsere Beziehung retten und dein Vertrauen wiedergewinnen. Ich wünsche mir, dass zwischen uns wieder alles so wird, wie es war. Hätte ich denn jede wache Minute mit dem Versuch zugebracht, dich zurückzugewinnen, wenn du einfach nur ein dämlicher ›Job‹ gewesen wärst?«, sagte Zach, scheinbar ganz ehrlich.

Plötzlich erschien er ihr ausgemergelt, und ihr fiel auf, dass sein Kinn stoppeliger aussah als sonst. Er wirkte, als hätte er tagelang nicht geschlafen, und irgendetwas an seinem Gesichtsausdruck ließ sie einlenken.

»Aber wo sollten wir denn da überhaupt anfangen? Wie könnte ich dir auch nur ansatzweise jemals wieder vertrauen?«

Er seufzte und sagte: »Ich schätze, ich muss einfach alles versuchen, was in meiner Macht steht, um dir zu beweisen, dass das hier echt ist. Dass ich dich liebe und mir wünsche, dass du Teil meines Lebens bist.«

Bea schüttelte den Kopf. »So einfach ist das nicht, und das weißt du genau.«

Ein Kellner kann an ihren Tisch, und sie bestellten jeder

eine Portion zerdrückte Avocado mit extra Toast und dazu Halloumi. Der Kellner lächelte und notierte eifrig ihre Bestellung. Bea spielte mit den Salz- und Pfefferstreuern und schob sie auf dem Tisch herum, bis sie wieder allein waren.

»Ich begreife einfach nicht, wie du das tun konntest«, sagte sie ruhig.

Zach blickte zu Boden, und einen Augenblick dachte Bea, er würde nicht antworten. Aber dann räusperte er sich und sagte genauso sanft: »Es tut mir so leid, Bea.« Er hob den Kopf, und seine Augen blickten besorgt. »Ich war dumm und naiv. Ich brauchte dringend Geld und dachte, es wäre keine große Sache. Ich hätte nie gedacht, dass ich jemandem begegnen würde, der so erstaunlich ist wie du.«

»Aber darum geht es doch gerade, Zach«, sagte Bea, und ihre Stimme wurde um einiges lauter. »Es hätte nicht von Bedeutung sein sollen, wer ich bin. Es ist einfach falsch, so mit einem Menschen umzugehen.«

»Ich weiß, Bea, ich weiß. Aber ist es nicht Nicola Yoon, die mal was darüber geschrieben hat, dass man nicht leben kann, wenn bedauern das Einzige ist, was man noch kann?«

»Du hast *Du neben mir und zwischen uns die ganze Welt* gelesen?«, fragte Bea überrascht.

»Ich hab alles gelesen, was du empfohlen hast, Bea. Ich hab auch in jedem Café gegessen, von dem du geschwärmt hast.« Er zuckte mit den Achseln. »Für eine Auswärtige kennst du dich mit den zerdrückten Avocados verflixt gut aus. Und natürlich habe ich auch gehofft, dass ich dir dort irgendwo zufällig über den Weg laufen würde.«

Der Kellner kam zurück und legte jedem von ihnen eine weiße Serviette und Besteck hin. Bea war dankbar für die Unterbrechung und ergriff die Gelegenheit, um sich zu sammeln. Sie dachte an die vielen Konfrontationen mit Zach, die sie sich ausgedacht hatte und bei denen sie so eloquent gewesen war. Viel zu schnell verschwand der Kellner wieder.

»Ich weiß nicht, ob ich darüber hinwegkommen kann, Zach. Ich werde nie wirklich wissen, was echt war und was nicht. War zum Beispiel die Geschichte echt, als du mir erzählt hast, wie du mit den Büchern von Enid Blyton lesen gelernt hast? Hast du wirklich jede Staffel vom *Bachelor* gesehen? Bist du überhaupt Sternzeichen Waage? Oder war das alles nur Teil der Fassade?« Seit ihrer schmählichen Trennung hatte sich Bea jede kleine Einzelheit und jede Geschichte, die Zach ihr erzählt hatte, ungefähr eine Million Mal durch den Kopf gehen lassen und nach irgendeinem Hinweis darauf gesucht, dass nicht alles gelogen war. Er hatte so aufrichtig gewirkt.

Zachs Gesicht fiel in sich zusammen. Sein ganzer Körper schien vor ihren Augen zu welken wie drei Tage alte Tulpen. Und egal, wie entschlossen Bea gewesen war, kein Mitleid mit ihm zu haben und nicht auf irgendwelche herzzerreißenden Spielchen reinzufallen, die er ihr vormachen würde – als sie diese neue, eingefallene Version von Zach sah, schmolz sie ein wenig dahin.

»Alle wichtigen Dinge sind wahr. Alles, wo ich dir Einblick gewährt habe, wer ich bin, wo du mein Innerstes gesehen hast.« Zach zuckte hilflos mit den Achseln.

Bea nickte, obwohl sie sich weiterhin nicht sicher war. »Hast du … hast du wirklich …«, setzte sie an und trank erst noch einen großen Schluck Kaffee. »Hast du mich wirklich geliebt?« Sie war erleichtert, dass sie es endlich geschafft hatte, diese Frage zu stellen. Sie quälte sie, seit sie herausgefunden hatte, dass Zach nicht derjenige war, für den er sich ausgegeben hatte.

»Bea«, flüsterte er, und ihr sackte das Herz in den Magen. »Natürlich. Ich habe dich geliebt. Ich liebe dich immer noch.« Seine Stimme zitterte. »Ich hätte nie mit dir geschlafen, wenn ich dich nicht geliebt hätte. Deshalb habe ich doch so lange gezögert.«

Bea durchforschte Zachs Gesicht nach irgendeinem Zeichen von Verrat oder Unaufrichtigkeit, aber alles, was sie sah, waren Kummer und Reue. *Reiß dich zusammen, Babbage, fall ja nicht auf diesen Hundeblick rein!*

»Können wir nicht versuchen, wieder ganz von vorn anzufangen?«, sagte Zach und streckte die Hand aus.

Bea starrte einen Augenblick darauf und kniff verwirrt die Augen zusammen, dann ergriff sie seine Hand. Erleichtert schüttelte er sie, und Bea musste daran denken, dass er es bei ihrem ersten Date genauso gemacht hatte.

»Zach Harris. Ich schaue gern exzessiv Netflix, bewundere Heißluftballons, staune oft den Mond an und verabscheue orangefarbenes Essen.«

Bea nickte gedankenverloren. Das war ihr alles zu viel.

Zach hob erwartungsvoll fragend die Augenbrauen.

»Ach ja, ich bin dran.« Sie schwieg kurz. Das war ihr alles zu unnatürlich und erzwungen. »Ähm, ich bin Bea Babbage. Im Winter röste ich gern Marshmallows auf meinem Gasherd, ich lese alles, was auch nur ansatzweise romantisch ist, ich habe mich gerade mit einer eigenen Marketingagentur selbstständig gemacht, sie heißt Schnabeltier, und von Räucherstäbchen bekomme ich wahnsinniges Kopfweh.«

»Du hast eine eigene Marketingagentur gegründet?« Zach strahlte, und Bea schmerzte an diesem Tag ungefähr zum hundertsten Mal das Herz.

»Ja, und ich habe gerade meinen ersten Kunden an Land gezogen. Du kennst ihn vielleicht – als wir zusammen waren, habe ich gedacht, du würdest dort arbeiten. Thelma & Clarke«, erwiderte Bea ein bisschen zu gehässig. *Wem will ich eigentlich was vormachen, wenn ich behaupte, ich wäre drüber weg?*

»Wow, das ist ja eine tolle Sache. Da musst du unbedingt mehr darüber erzählen«, sagte Zach ohne einen Hauch von Verbitterung. »Und was willst du noch von mir wissen?«

Bea trank einen Schluck Wasser und ging im Kopf alle Fragen durch, die sie Zach stellen wollte – nein, die sie Zach stellen *musste,* und ordnete sie nach der Wichtigkeit. »Du bist also Personal Trainer?«, fragte sie. »Sogar was deinen Job angeht, musstest du lügen?«

Zach schüttelte den Kopf. »Es tut mir leid. Du musstest ja unbedingt von mir angetan sein, und Cassandra hat mir geschrieben, du bist die ultimative Leseratte. Als wir das erste Mal miteinander gesprochen haben, ist mir die Lüge einfach so rausgerutscht. Du machst dir keine Vorstellung davon, wie stressig es war, dass ich so tun musste, als wäre ich Lektor. Was glaubst du wohl, warum ich so oft aufs Klo gegangen bin? Ich musste ja die ganze Zeit Bücher googeln!«

»Ach, das muss ja alles *so* schwer für dich gewesen sein.«

»Bea, das ist doch alles bedeutungslos. Es ist nur ein Job. Ich bin immer noch ich. Gib mir eine Chance, es dir zu beweisen.«

Bea atmete lange und nachdenklich aus und bedeutete ihm weiterzusprechen.

»Ich versuche, mein eigenes Fitnessstudio zu eröffnen, deswegen habe ich hier und da noch zusätzlich einen Gelegenheitsjob angenommen …« Zach unterbrach sich und schaute sehr verlegen drein.

Bea hob die Augenbrauen. *Das war also alles, was ich für dich war? Ein Gelegenheitsjob?*

Zach sprach jetzt hastig weiter und versuchte, den Ausrutscher vergessen zu machen. »Zed-Fit soll das Studio heißen, und mir geht es darum, den Leuten beizubringen, wie sie sich in allen Bereichen ihres Lebens gut um sich kümmern – körperlich, in Sachen Ernährung und, am wichtigsten, mental. Das ist mir wirklich sehr wichtig.«

»Das ist super, Zach. Denk groß!«, sagte Bea mit nur leichtem Spott, während sie ernsthaft versuchte, sich an diese neue Seite von Zach zu gewöhnen. Sie fragte sich, ob sie beide überhaupt noch irgendetwas gemeinsam hatten.

»Es ist ein komisches Gefühl«, sagte sie und schob zum wiederholten Mal ihr Besteck hin und her. »Ganz von vorne anzufangen, meine ich.« Sie wusste einfach nicht, was sie mit dem komplizierten, fehlerbehafteten, aber vermutlich einfühlsamen Mann anfangen sollte, der ihr gegenübersaß. Hatte Dumbledore recht, als er so was gesagt hatte wie, es sei leichter, jemandem zu vergeben, der unrecht hat, als jemandem, der recht hat? Oder lag Jane Austen richtig, als sie schrieb: »Ich könnte ihm leicht seinen Stolz verzeihen, wenn er meinen nicht verletzt hätte.«

Zach seufzte und schnipste ein paar eingebildete Krümel vom Tisch. Er machte den Mund auf und wieder zu und schien die richtigen Worte zu suchen. »Ich weiß«, gab er schließlich zu.

Die nächste Viertelstunde verbrachten sie damit, so zu tun, als wäre alles normal und als wäre Zach nie dafür bezahlt worden, mit Bea zusammen zu sein. Als wäre das alles kein brutaler Racheakt ihrer früheren besten Freundin gewesen. *Von außen betrachtet könnte man sogar denken, dass zwischen uns nichts weiter ist als die ganze normale komplizierte Ex-Beziehung,* dachte Bea. Zach lachte, als sie ihm erzählte, wie sie fast alles an Kleidung und Schmuck aussortiert hatte, was sie besaß. Darüber wurde sie ein bisschen zornig, auch wenn sie sein leises Lachen liebenswert fand. Dann kam das Essen, und Bea seufzte erleichtert. Sie ließen sich die Avocado-Köstlichkeit schmecken.

»Heilige Guacamole, ist das lecker!«, rief Bea aus. Ein winziger Kleks Avocado landete auf ihrem Kinn.

Zach beugte sich vor und wischte ihn mit dem Daumen weg. Dann schob er ihn mit einem frechen Grinsen in den Mund. Bea zuckte ganz leicht zusammen, aber sie hoffte, das könnte als Zittern von all dem Koffein durchgehen. In seiner Berührung lag etwas Elektrisches, aber sosehr ihr Herz noch immer nach Zach verlangte, ihr Kopf und ihr Bauch sagten ihr, dass es eine ganz schlechte Idee war, das hier weiterzuverfolgen. Aber um der Höflichkeit willen und damit sie Zachs verzweifelten Gesichtsausdruck nicht sehen musste, ließ sie zu, dass Zach die Unterhaltung auf neutrale Themen brachte, und genoss ihr Mittagessen.

43

Bea verließ das Café satt und zufrieden, was ihren körperlichen Zustand anging. Sie wäre sogar so weit gegangen zu sagen, sie war erleichtert, dass sie sich mit Zach getroffen hatte. Erleichtert, dass sie nicht in Tränen ausgebrochen war, voll Wut Teller gegen die Wand geworfen oder hysterisch rumgebrüllt hatte. Es gab noch immer so vieles, das gesagt werden musste, aber sie war zufrieden damit, das Kriegsbeil fürs Erste begraben zu haben.

Als sie abends nach Hause kam und den Flur zu ihrer Wohnungstür entlangging, kramte sie in der Handtasche nach dem Schlüssel und hielt den Kopf dabei tief gesenkt. Sie hatte das Haus vor Sonnenaufgang verlassen. Die Sonne war inzwischen, nach einem langen Arbeitstag und einer Verabredung mit Zach, bereits wieder untergegangen.

»Babbage!«, brüllte eine Stimme, und Bea schrie erschrocken auf.

Ehe sie ihre Sinne genug beisammen hatte, um nach dem Taschenalarm zu greifen, den ihre Mum ihr vor Kurzem mit der Post geschickt hatte, schaute sie auf und erblickte Dino, der offenbar an ihrer Wohnungstür zusammengesunken war. Er trug ein ausgebleichtes Flanellshirt, das ihm zwei Nummern zu groß war.

Bea lehnte sich gegen die Wand und fasste sich an die Brust. »Mensch, Dino, du hast mich fast zu Tode erschreckt!«

Sie keuchte, und das Adrenalin schoss ihr durch den Körper. »Was machst du denn hier?«

Dino sprang auf und taumelte auf sie zu. Er roch eindeutig nach Bourbon. Sie stieß ihn weg, und er stolperte zurück und suchte Halt an der gegenüberliegenden Wand.

»Dino! Mann, du stinkst total! Wo kommst du denn her?«

»Ich war im Pub. Mit einem Kumpel.«

Bea schaute auf die Uhr. »Es ist erst halb acht. Wie hast du es geschafft, dich in den drei Stunden, seit du den Laden zugemacht hast, dermaßen zu betrinken?«

Dinos heftiges Kichern wurde rasch zu einem Hustenanfall. Als Bea ihn neugierig betrachtete, schlug er sich auf die Brust und zwinkerte ihr zu. *Verdammt, bei diesem Zwinkern wirst du schwach. Schau weg, Bea, aber schnell!*

Sie senkte den Blick und kramte weiter nach ihrem Schlüssel, bis sie ihn schließlich zwischen den Seiten von *Meeting Oliver Bennett* entdeckte. Als sie die Tür aufgeschlossen hatte, stolperte Dino hinter ihr in die Wohnung.

»Scheiße, Babbage, wo sind denn deine ganzen Sachen?« Dino schaute sich in Beas spärlich möbliertem Wohnzimmer um. »Du liebe Zeit, hat einer bei dir eingebrochen?«

Bea schob Dino energisch zur Seite, erklärte ihr Marie-Kondo-Erlebnis und bugsierte ihn zu ihrer dekorativen Couch, die jetzt vollkommen kissenfrei war. »Ich muss mal zur Toilette. Kannst du zwei Minuten allein hier sitzen bleiben?«

Dino nickte verschämt.

Bea sauste ins Bad und schloss hinter sich ab. Sie klappte den Toilettendeckel zu, setzte sich hin, schloss die Augen und lehnte den Kopf gegen die kühlen Fliesen. *Was zum Teufel will Dino hier?* Als sie das letzte Mal allein gewesen waren, hatten sie sich geküsst. Und das war ein Fehler gewesen, ganz klar. Er war mit Sunday zusammen, und Bea liebte Sunday. Und was war jetzt mit Zach? Es war alles total verworren.

Plötzlich fühlte sie sich unglaublich erschöpft und überhaupt nicht in Stimmung für das alles. Sie wollte nur noch ihren Fleeceschlafanzug anziehen, sich mit einem Tee auf der Couch zusammenrollen und die Verfilmung von *To all the boys I've loved before* schauen. Sie würde Dino bitten zu gehen. Es würde alles in Ordnung kommen. Sie drückte die Toilettenspülung, damit es echt wirkte, wusch sich die Hände, sprühte sich ein bisschen Parfüm auf die Handgelenke, einfach so, und holte dreimal tief Luft, dann öffnete sie die Badezimmertür.

Das Wohnzimmer, in das sie zurückkehrte, war leer. Bea blickte über die Schulter und schaute nach, ob die Wohnungstür noch geschlossen war. »Dino?«

»Hier bin ich!«

Bea folgte dem Klang seiner Stimme in Richtung Küche, wo offenbar Schranktüren geöffnet und geschlossen wurden. Dino stand auf der Sitzbank, sein Oberkörper verschwand fast in einem der Hängeschränke.

»Wie ich sehe, hast du diese minimalistische Sache auch auf deine Vorräte ausgedehnt«, nuschelte er und sprang wieder auf den Boden, wo er ohne jede Anstrengung landete. »Ich bin total ausgehungert. Wollen wir Pizza bestellen?«

Bei der Erwähnung von Pizza gab Beas Magen ein lautes Knurren als Einverständnis von sich. *Es ist ja nicht so, als hätte ich was Besseres vor.* »Okay, Dino.« Aber sobald sie es ausgesprochen hatte, hatte sie das Gefühl, dass sie das noch bereuen würde.

*

Nachdem Bea die Auseinandersetzung, ob Ananas auf der Pizza Sünde oder Tugend war, gewonnen hatte, fanden sie und Dino sich auf ihrer Couch hockend wieder, großzügig belegte Stücke Pizza Hawaii in der Hand.

Dino schob den letzten Bissen seines Stückes in den Mund und fing an, geistesabwesend mit dem Daumen sein *Delilah*-Tattoo nachzuzeichnen. Bea betrachtete ihn.

»Willst du was über sie wissen?«, fragte er, den Mund noch voller Käse und Pizzaboden.

Bea nickte, überrascht von seiner plötzlichen Offenheit. *Dino muss ganz schön betrunken sein.* Sie hatte ihn noch nie so mitteilsam erlebt.

»Es gibt nichts Quälenderes, als einer Erinnerung nachzujagen, die einem immer wieder entschlüpft«, zitierte Dino. »Das steht in einer Geschichte in meinem Lieblingsbuch von Roald Dahl. *Küsschen, Küsschen!*. Erinnerst du dich?«, sagte er etwas undeutlich.

»Aber was ist mit Delilah?«, drängte Bea ihn. Sie wollte nicht, dass er wieder auswich.

»Sie war bloß die Liebe meines Lebens.« Er lachte kalt auf. Bea schluckte. »Aber leider war ich es nicht für sie.« Er blickte nachdenklich auf sein Tattoo hinunter, das er noch immer berührte. Betreten legte Bea ihm die Hand auf den Arm.

»Zuerst wollte ich mich gar nicht verlieben, weißt du? Liebe scheint die Menschen immer in Schwierigkeiten zu bringen. Und ich wollte auf keinen Fall etwas, womit ich das Risiko eingehen würde, mein Leben auf den Kopf zu stellen.«

Bea nickte. Dieses Gefühl kannte sie nur zu gut.

»Aber dann hab ich begriffen, dass die Angst, sich zu verlieben, tja, dass das eigentlich schon Liebe ist. Nur nicht laut ausgesprochen.«

Wer ist dieser gesprächige, emotionale Typ, und was hat er mit meinem introvertierten Barista gemacht?

»Ach, und wie ich mich verliebt habe, Bea. Es lag nicht nur an ihrem Gesicht. Sie war wunderschön – *ist* wunderschön. Aber es war so viel mehr als das.«

Bea rutschte auf ihrem Platz herum. Sie waren kein Paar, warum also schmerzte es sie, wenn sie hörte, dass Dino so von einer anderen Frau sprach?

»Sie konnte irre gut Geschichten erzählen. Und sie war zu allen Leuten nett. Ehrlich, zu jedem! Sogar mit einer angematschten Frucht hatte sie noch Mitgefühl. Aber, meine Fresse, sie war eine totale Chaotin. Und sogar das habe ich an ihr geliebt.«

Bea hielt den Atem an. Sie verliebte sich in sein Verliebtsein.

Damit musste Schluss sein. Aber sie musste auch wissen, wie es mit den beiden zu Ende gegangen war. »Und wie ging es weiter?«

»Sie hat mir das Herz gebrochen.« Dino blickte Bea geradewegs in die Augen.

»Was ist denn passiert?«

»Ach, ich langweile dich lieber nicht weiter mit dieser alten Geschichte!«, sagte Dino. Viel zu schnell war er wieder so wie üblich. Schweigend saßen sie eine Minute da. »Ich hab ein Gedicht für dich geschrieben«, sagte er dann in einem fröhlicheren Ton.

»Ehrlich? Ein Gedicht?«

»Yep. Ich hab's vor ein paar Wochen geschrieben. Es ist vielleicht nicht so poetisch wie das Geschreibsel vom ›Geheimnisvollen Autor‹, von dem du immer redest, aber willst du's trotzdem hören?«

Bea nickte und leckte sich glücklich die letzten Reste

Tomatensoße von den Lippen. Sie setzte sich ein bisschen aufrechter hin, bereit zum Zuhören.

Dino begann:

»Ein Muttermal verrät uns viel
Von deinem Leben, deinem Stil:
Wo du warst am Strand zur Wasserschlacht.
Mit welchem Freund du hast gelacht.
Doch das Muttermal an deinem Mund
Tut die junge Liebe kund.
Will, dass das Wünschen sich erfüllt,
Das im Traum dich ständig quält.«

»Wow, Dino.« Bea wusste nicht, was sie sagen sollte.

»Ach, das ist doch nichts Besonderes, Babbage«, erwiderte er, griff nach einem neuen Stück Pizza und schob sich drei Viertel davon auf einmal in den Mund. »Ich schätze, ich kann dich einfach gut leiden«, sagte er kauend. »Und ich weiß, dass es dir demnächst wieder besser gehen wird.«

»Du magst mich? Ich dachte, du erträgst mich nur?«

»Nicht doch, Mädchen, ich mag dich.«

Bea runzelte die Stirn. »Und was ist mit Sunday?«

»Was soll mit Sunday sein?«

»Wäre es ihr nicht unangenehm, wenn sie wüsste, dass du Gedichte über andere Frauen schreibst?«

»Warum sollte ihr das denn unangenehm sein? Sunday macht sich überhaupt nichts aus Gedichten«, sagte Dino ganz sachlich.

»Oh«, sagte Bea und zupfte an einem Stück Ananas herum, das noch in der Pizzaschachtel lag. »Ich weiß nicht, Dino.«

»Was weißt du nicht? Dass du einen Spritzer Soße auf der Nase hast?« Er lachte in sich hinein.

Bea wurde rot und wischte sich mit dem Handrücken über die Nase. »Und was ist mit Zach?«

»Zach? Was soll man sich da noch Gedanken machen? Er war nur eine Marionette – Ende der Geschichte«, sagte Dino. Er schien jetzt wieder nüchtern zu werden, offenbar hatte das Fett den Bourbon aufgesaugt.

»Ich hab ihn heute getroffen«, murmelte Bea und wich Dinos Blick aus.

»Was hast du?« Dino ließ den Pizzarand auf den Teller in seinem Schoß fallen. »Bitte sag mir, dass ich mir das gerade nur eingebildet habe.«

»Es war nur zum Mittagessen.«

»Nur zum Mittagessen? Du denkst doch nicht etwa darüber nach, wieder mit ihm zusammenzukommen, oder? Er wird dir nichts als Ärger bringen, Bea.«

Bea rappelte sich von der Couch hoch. Plötzlich war sie frustriert. Wer war Dino eigentlich, dass er sich einfach so bei ihr einlud und ihr Ratschläge gab? Der gleiche Dino, der gerade ein Gedicht über eines ihrer Muttermale rezitiert hatte, wo er doch eine Freundin hatte. »Das geht dich nun wirklich nichts an, Dino.«

»Das geht mich also nichts an? Ging es mich auch nichts an, als du zwei Wochen lang in jeden einzelnen meiner Latte geschluchzt und gejammert hast, dass dich einfach alles an Zach erinnert?«

Bea seufzte. Sie wusste, dass Dino recht hatte. Aber sie war jetzt nicht in der Stimmung, sich von ihm die Leviten lesen zu lassen. Es war ein verdammt langer Tag gewesen, und sie war mehr als kaputt. Ihr taten alle Knochen weh, und sie war vollkommen verwirrt. »Ich will das nicht mit dir besprechen, Dino. Es tut mir leid, aber dieses Problem muss ich selbst lösen.«

»Na schön. Ich warne dich nur: Du solltest dir ganz sicher sein, wenn du dich noch mal auf ihn einlässt. Ich trau diesem Typen nicht weiter, als ich ihn werfen kann.«

»Jaja.« Bea verschränkte die Arme abwehrend vor der Brust. »Ich bin alt genug, um auf mich selbst aufzupassen.«

»Sei vorsichtig – mehr sag ich doch gar nicht.«

Sie starrten einander an, und da war etwas zwischen ihnen, das Bea nicht richtig einordnen konnte.

»Dann geh ich jetzt besser«, sagte Dino schließlich.

Bea nickte. »Danke für die Pizza. Ich hoffe, der Kater morgen ist nicht allzu schlimm.«

Dino ging zur Tür, und Bea folgte ihm. Er öffnete die Wohnungstür, dann drehte er sich noch einmal um, nahm Beas Hände in seine und drückte sie fest. Bea holte tief Luft.

»Weißt du was?«, sagte er, und Bea beugte sich ein winziges bisschen zu ihm hin. »Ich nehme den Rest der Pizza mit.«

44

Begründen Sie in fünfundzwanzig Worten oder weniger, warum Sie sechs Monate freien Eintritt in den Zoo gewinnen wollen.

Meine beste Freundin hasst mich. Wenn ich regelmäßig in den Zoo gehe, könnte ich mich vielleicht stattdessen mit einer klugen, freundlichen Giraffe anfreunden.

45

Es war Mittwochnachmittag, und Bea konnte sich zu nichts aufraffen. Sie arbeitete nicht. Sie vermied es, darüber nachzudenken, wie die letzte Begegnung mit Dino ausgegangen war. Sie antwortete nicht auf die Nachricht von Zach, in der er fragte, wie es ihr gehe. Sie war in jederlei Hinsicht derart unmotiviert, dass sie quer durch die Stadt zu einem Café lief, für das sie nicht mal annähernd cool genug war.

Das fragliche Café hieß ARK, und ihr Besuch dort war Teil der Suche nach dem Geheimnisvollen Autor. Sie hatte eine der Adressen aus dem Buch mit Leuchtstift markiert, die sich dann als die Anschrift des Cafés herausgestellt hatte. Neben der Adresse war eine einfache Zeichnung von etwas, das aussah wie ein Croissant. Bea hatte ihre »Gesucht«-Zettel zusammengerollt in der Handtasche dabei und war bereit, sie in diesem extrem supertrendigen Café ins Fenster zu hängen, sobald sie ihre nötige Dosis an Koffein intus hatte. Sie hatte gehört, der Kaffee sei nördlich des Flusses besser, und obwohl sie das bezweifelte, wollte sie es doch einmal ausprobieren.

Hinter der Karte hervor blickte sie sich im Café um. Dafür, dass es ein Nachmittag mitten in der Woche war, war es ordentlich voll: kleine Grüppchen von Freunden und Familien mit kleinen Kindern plauderten gut gelaunt, tranken Latte, aßen Sauerteigtoast und brachten sich gegenseitig auf den neuesten Stand. Bea notierte sich ein paar Dinge auf den Notizblock, den sie aufgeschlagen neben sich liegen hatte, und schaute sich um, welches wohl der geeignetste Ort wäre, um ihre Zettel auszuhängen.

»Was hätten Sie gern?«

Bea schaute auf und warf dabei die Speisekarte herunter. Der Kellner bückte sich und hob sie wieder auf.

»Entschuldigung, ich war gerade abgelenkt!«, sagte Bea entschuldigend. Der Kellner, in einer zerschlissenen Jeans und ein ungeduldiges Lächeln auf den Lippen, hob nur blasiert die Augenbrauen. »Ähm, einen Skinny Latte, bitte.«

Als der Kellner mit ihrem Getränk an den Tisch zurückkehrte, entschied sich Bea, die Gelegenheit beim Schopfe zu packen. Sie hoffte, sie könnte ein paar Informationen aus ihm herauslocken. »Ganz schön voll heute, was?«, fragte sie schüchtern und trank einen Schluck Kaffee. »Ugh, viel zu heiß«, keuchte sie dann.

Der Kellner schaute ungerührt drein. »Ist das erst mal alles?«

»Mm, eine Frage noch«, sagte Bea und trank rasch einen Schluck kaltes Wasser hinterher. »Haben Sie hier viele grüblerische Schriftsteller? Ich bin ja so verrückt nach Büchern! Letztes Jahr hab ich eine Reise gemacht auf den Spuren eines meiner Lieblingsbücher, *Noch so eine Tatsache über die Welt.* Kennen Sie es? Ich habe mehr oder weniger jede einzelne Bushaltestelle in Westaustralien besucht. Tja, so was macht man nur, wenn man echt verrückt nach Büchern ist!«

»Wie schön für Sie.« Der Kellner hatte ganz klar keinen Bock auf Bea.

»Tja, kommen denn hier viele Schriftsteller her und tipp, tipp, tippen auf ihren Laptops rum? Oder kritzeln ihre

Notizen in irgendwelche Hefte? Scheiben möglicherweise Anmerkungen in Bücher?«

»Das weiß ich nicht, aber ich denke, das ist gut möglich. Wir sind hier ja schließlich in Northcote.«

Bea stützte die Ellenbogen auf und beugte sich vor. »Könnten Sie vielleicht ein bisschen genauer werden?«

»Ab und zu treffen sich hier ein paar Buchklubs. Es bleiben jede Menge Post-its liegen. Ich weiß nicht, vielleicht könnten Sie ja so einem Klub beitreten?« Der Kellner war zwei Schritte zurückgewichen.

»Ach, das ist ja toll. Super! Haben Sie da möglicherweise Kontaktdaten für mich?«, fragte Bea, den Stift bereits gezückt.

Der Kellner runzelte die Stirn. »Das bezweifle ich, aber ich werde mal den Manager fragen.« Und mit einem erleichterten Seufzer machte er sich davon.

Bea war frustriert. Sie hatte keinerlei Informationen bekommen. Rasch trank sie ihren Kaffee, kippte zwei Gläser Wasser hinunter und machte sich auf die Suche nach der Toilette, die im Hinterhof lag. Hier hoffte sie einen weiteren Ort zu finden, wo sie ihre »Gesucht«-Zettel aufhängen konnte. Zum Glück war sie gerade nicht besetzt, also klebte sie einen Zettel an die Innenseite der Toilettentür und einen weiteren rechts neben den Spiegel. Dann setzte sie sich hin, entspannte sich und fing an, durch Instagram zu scrollen.

Sie kam wieder in die Wirklichkeit zurück, als jemand an der Tür rüttelte.

»Sorry, occupado!«, rief Bea.

»Verzeihen Sie bitte«, rief eine engelsgleiche Stimme zurück.

Die Stimme kenn ich doch! Bea beugte sich so weit wie möglich nach vorne und verrenkte sich fast den Hals, um unter dem Türschlitz hindurchspähen zu können. Zwei kobaltblaue Wildlederabsätze, hoch wie Wolkenkratzer. *Die Schuhe kenn ich doch!* Eilig zog Bea die Spülung und wusch sich die Hände. *Ich glaub's einfach nicht!* Ihr Herz raste. Rasch trocknete sie sich die Hände ab und öffnete die Tür.

»Martha!«

Eine kleine, zierliche Frau mit dunkler Haut, schulterlangem blondem Haar mit ausgeprägten Ponyfransen und umwerfenden Kunstharz-Ohrringen drehte sich zu Bea um.

»Verzeihung, kennen wir uns?«, fragte die Frau, die sichtlich nicht wusste, was sie mit dieser Situation anfangen sollte.

»Martha, ich bin's! Bea! Von AKDB«, sagte Bea und umarmte die überraschte Frau.

»Bea von der Toilette?« Martha machte sich los und packte Bea bei den Schultern. »Was machst du denn hier? Ich fass es nicht, dass du das wirklich bist.«

»Ich weiß! Ich vermisse unsere Schwätzchen auf der Toilette so!«

Sie traten zur Seite, als ein junger Mann sich zwischen ihnen hindurch zur Toilette drängte und sie neugierig anschaute.

»Wie läuft's bei der Arbeit?«

»Schrecklich!«

Bea hob besorgt die Augenbrauen.

»Ach, weißt du, die üblichen Zickereien zwischen den Kollegen. Um ehrlich zu sein, feiere ich heute krank. Wenn jemand fragt: Ich habe Bindehautentzündung«, sagte Martha. Das überraschte Bea. Wegen Marthas vornehmer Ausstrahlung hatte sie immer gedacht, diese sei jemand, der sich genau an die Regeln hielt. »Und seit du nicht mehr da bist, lockt mich auch nicht mehr unser täglicher Jane-Austen-Eskapismus ins Büro. Wenn ich die Toilette betrete, vermisse ich das vertraute Geräusch von Seiten, die umgeblättert werden. Allerdings muss ich sagen, dass ich in letzter Zeit schon viel produktiver geworden bin.«

Sie lachten. Es war ein bisschen merkwürdig, von Angesicht zu Angesicht miteinander zu sprechen.

»Jetzt erzähl du mal.« Martha beugte sich vor, und der Duft ihres teuren Parfüms zog zu Bea hinüber. »Wann ist der nächste Buch-Speeddating-Abend? Ich hoffe, die machst du noch? Ich habe kürzlich ein unglaubliches, außergewöhnliches Buch zu Ende gelesen – *Schwarze Magnolie.* Es geht um eine Frau, die aus Nordkorea flüchtet. Eine wahre Geschichte! Ich kann gar nicht aufhören, darüber zu reden. Und mein Mann hat es so satt, er kann es einfach nicht mehr hören!«

Bea fand Marthas Begeisterung ermutigend. »Das nächste Treffen ist in ein paar Wochen geplant. Es war ein bisschen schwierig, alles unter einen Hut zu kriegen, bei der Arbeit ist eine ganze Menge los.« Bea brachte ihre Ex-Kollegin rasch auf den neuesten Stand in Sachen Agentur Schnabeltier.

»Das klingt ganz fabelhaft, meine Liebe! Einfach fabelhaft! Kann ich dir da irgendwie helfen?«, fragte Martha und trat einen Schritt zur Seite, damit sie dem Kellner nicht im Weg stand, der einem Paar, das in einer Ecke des Hofes miteinander schwatzte, seinen Kaffee brachte.

»Oh, würdest du mir tatsächlich mal helfen? Das wäre wunderbar, Buchhaltung ist nämlich so gar nicht mein Ding«, sagte Bea.

»Weißt du was, ruf mich einfach an, dann schauen wir mal, was ich für dich tun kann.« Martha griff in ihre Handtasche, zog eine Visitenkarte heraus und notierte eine Handynummer darauf. »Schreib mir lieber keine Mail in die Arbeit. Man darf mich nicht dabei erwischen, wie ich mit dem Feind kollaboriere.« Sie zwinkerte und gab Bea die Visitenkarte, dann umarmte sie sie herzlich.

»Es war echt super, dass wir uns zufällig hier über den Weg gelaufen sind«, stieß Bea hervor.

Martha warf ihr eine Kusshand zu und trat in die Toilette, die nun wieder frei war. Bea ging zurück ins Café, nahm ihre Jacke von der Stuhllehne und wollte zahlen. Sie warf einen letzten Blick auf den Kellner. Er stand hinter der Kasse, und sie beschloss, dass sie den Einsatz erhöhen und mehr tun musste, als nur ein paar Flyer in irgendwelchen Toiletten auszuhängen.

»Entschuldigung«, sagte sie und ging auf ihn zu. Der Kellner nickte gleichgültig, zweifellos hatte er sie mittlerweile mehr als satt. »Nur eine letzte Frage! Haben Sie jemals dieses Buch gesehen?« Sie holte *Meeting Oliver Bennett* heraus, hielt es hoch und blätterte es durch, sodass ihm die geheimnisvollen Notizen förmlich vor der Nase tanzten.

Der Kellner tat, als ob es ihn interessierte und warf einen kurzen Blick darauf, dann schüttelte er den Kopf. »Macht drei fünfzig.«

Bea war noch nicht bereit, die Segel zu streichen. »Sind Sie sicher, dass Sie das an nichts erinnert?« Sie schwenkte das offene Buch und hielt es ihm noch näher hin.

»Ich sehe hier jeden Tag eine Menge Unterschriften. Wenn ich mich an jede einzelne Kritzelei erinnern wollte, die durch diese Tür kommt« – er nickte zum Eingang hin – »wäre hier oben kein Platz mehr für die wirklich wichtigen Dinge.« Er tippte sich an die Stirn.

Bea gab sich geschlagen und ließ das Thema fallen. Sie kramte in ihrer Tasche nach losem Kleingeld und reichte ihm ein Durcheinander von unterschiedlichen Münzen. Der

Kellner verzog das Gesicht und machte sich daran, sie auseinanderzusortieren.

Er spürte ihre Enttäuschung und sagte: »Sie könnten es höchstens noch mal mit dem Aquarium probieren.« Er zeigte auf ein großes Glasgefäß voller Visitenkarten, das auf der Theke stand. »Wir haben eine Zeit lang einmal im Monat eine Verlosung gemacht – derjenige, dessen Namen wir ausgelost haben, hat eine Woche lang kostenlosen Kaffee gewonnen.« Er beugte sich vor. »Unter uns gesagt, machen wir das jetzt schon ein paar Jahre nicht mehr. Die Schüssel füllt sich aber dennoch regelmäßig. Die Leute schreiben normalerweise ihre Namen auf die Karte. Sie könnten also Ihr Glück versuchen. Vielleicht finden Sie ja eine Schrift, die mit Ihrer übereinstimmt.«

Bea lächelte den Kellner dankbar an, griff sich die Schüssel und schleppte sie an einen leeren Tisch hinten im Café. Sie schickte ein Stoßgebet zum Himmel, schob die Hand so tief in das Glasgefäß, dass sie auf Grund stieß, und zog eine Handvoll Karten heraus. Bea arbeitete sich durch alle Karten, drehte sie um und las eine riesige Anzahl von Namen und Telefonnummern. Große, kraftvolle Unterschriften, schwungvolle Unterschriften, Handschriften, die vollkommen unleserlich waren – aber kein einziges Wort, das von ihrem Geheimnisvollen Autor stammen konnte. Sie wiederholte den Vorgang, versenkte die Hand wieder tief in die Schüssel, holte den nächsten Stoß Karten heraus und arbeitete sich auch durch diesen, wobei sie jede einzelne genau untersuchte. Wieder und wieder wiederholte sie das Ganze, bis mehr Visitenkarten und Kassenzettel neben der Schüssel lagen als darin. Bei zwei Gelegenheiten glitt der Kellner an ihr vorbei. Er schnalzte einerseits missbilligend, schaute ihr jedoch gleichzeitig neugierig über die Schulter.

»Noch ein Schwung, dann bewegst du deinen Hintern zurück zur Arbeit«, flüsterte Bea. Sie schloss die Augen und griff sich einen weiteren Packen.

Nein – nein – ganz sicher nicht – nein – Moment mal!

Bea hielt inne. Ihre Hand hing fast vor ihrer Nase in der Luft. Zwischen Daumen und Zeigefinger hielt sie den Teil einer Kinokarte. Bea untersuchte sie genau. Sie war bereits so verblasst, dass man nur noch den Titel des Films lesen konnte, aber über der Stelle, wo der Name des Kinos stehen musste, stand in der Schrift, die sie nun schon so gut kannte: *freundlichkeit. gib sie weiter.*

»Das kann nicht wahr sein.« Bea überlief ein Schauer, und ihre Hände zitterten.

Rasch zog sie die Ausgabe von *Meeting Oliver Bennett* aus der Handtasche und verglich die Schriften miteinander, obwohl sie wusste, dass sie nicht falschliegen konnte. Sie kannte die Schrift einfach zu gut.

»Na, was gefunden?«, fragte der Kellner, der aus dem Nichts wieder neben ihr aufgetaucht war.

»Sie haben ja keine Ahnung!« Bea sprang auf, und bei dieser schwungvollen Bewegung flatterte eine Handvoll Visitenkarten zu Boden. »Darf ich die hier mitnehmen?« Sie hielt dem Kellner die Karte vor die Nase.

»Sicher, nur zu. Ist ja nur ein Abschnitt von einer alten Eintrittskarte.«

Nur ein Abschnitt von einer alten Eintrittskarte, der mir helfen könnte, diesem Geheimnis auf den Grund zu gehen.

46

Halloistdasdeinbuch

Ich entdecke meinen inneren Filmfan

Notiz des Tages: *freundlichkeit. gib sie weiter.*

Leute, ich habe gerade einen Abschnitt einer alten Kinokarte entdeckt, auf der GENAU UNSERE SCHRIFT steht! Endlich hab ich das Gefühl, dass ich auf eine wichtige Spur gestoßen bin. Jetzt mache ich mich auf zum @astortheatremelb, wo ich noch ein paar Zettel aufhängen will. Wir kommen der Sache näher, das spüre ich!

88 Likes

Kommentare (32):

NoOffenceBut: Ich liebe das Astor! Eine der wenigen vernünftigen Aussagen, die du bisher von dir gegeben hast.

BookClubbing: Ohhhh, die Spannung halte ich kaum aus! Ich hoffe, du findest den Geheimnisvollen Autor! Ich werde ganz genau Ausschau halten, wann es hier weitergeht. 👀

MinkyPinky: @TheWayWeWere, hast du *Meeting Oliver Bennett* gelesen?

TheWayWeWere: @MinkyPinky, nee, sorry! Klingt aber interessant! ♥
StephenPrince: @NoOffenceBut, darf ich dich am Wochenende ins Astor einladen? (und vielleicht auch wieder einziehen?)
NoOffenceBut: @StephenPrince, okay, geht in Ordnung. (Den zweiten Teil werde ich mir überlegen.)

47

Bea saß in ihrem begrünten Coworking Space am Schreibtisch und starrte auf den Kinokartenabschnitt, der auf dem Schreibtisch vor ihr lag. Sie tippte »Astor Theatre« bei Google ein, scrollte die Filme durch, die im Moment liefen, und entschied sich für einen, der nach einer perfekten Kombination aus schrullig, romantisch und unterhaltsam klang. Sie wollte schon ihre Kreditkarte herausholen und eine Eintrittskarte kaufen, als sie innehielt. *Frag doch jemanden, ob er mitkommen will.* Bea hatte sich immer darauf verlassen, dass andere sie einluden, irgendwohin mitzukommen, aber seit sie nach Melbourne gezogen war, hatte sie begriffen, dass sie in dieser Hinsicht aktiver werden musste. Sie nahm ihr Telefon und rief Zachs Nummer auf. Seit ihrem Lunchdate hatte er ihr pausenlos Nachrichten geschickt, aber sie war in ihren Antworten kühl und gleichgültig geblieben. Bloß am Ende einer Nachricht kein x schreiben! Sie holte tief Luft. Ewig konnte sie ihn schließlich auch nicht zappeln lassen.

Bea: Hey!

Zach: Hey! Wie geht's dir? x

Bea: Gut. Und selbst?

Zach: Mir geht's gut, danke. Wie läuft dein Tag so?

Bea: Super.

Zach: Das ist schön, Bea. Ich freu mich, dass du dich gemeldet hast 😉

Bea stöhnte. Was war sie doch für ein Feigling! Sie schrieb eine Nachricht an den anderen Mann, den sie im Sinn hatte, Dino. Seit er ihr das Muttermal-Gedicht vorgetragen hatte, hatte sie nicht mehr vernünftig mit ihm gesprochen. Sie wollte ihm nicht zu nahe kommen – sie hatte Angst davor, was sie dann tun würde. *Denk an Sunday*, dachte sie. Sie würde ihm einfach nur als Freundin schreiben.

Bea: Hey!

Dino: Hey.

Bea: Hast du Lust, heute Abend mit mir einen Film im Astor zu gucken?

Dino: Tut mir leid, ich kann nicht, ich gehe mit Sunday zu einem Gig. Ein andermal?

Bea: Na klar. Viel Spaß!

Wir sind nur Freunde. Wir sind nur Freunde.

Bea fragte sich, wen sie sonst noch heute Abend ins Kino einladen könnte. *Lizzie?* Nein, die verließ Mount Eliza unter der Woche nicht. Es sei denn, sie bekäme ihren Namen in der *Daily Mail* zu lesen. *Martha? Mia?* Aber die hatte sie ja beide gerade erst gesehen. *Ruth?* Bei dieser Idee musste Bea lächeln. Die royalsüchtige Ruth war zwar ein bisschen abgedreht, aber mit ihr war es immer ziemlich lustig. Bea lachte, als sie an Philip dachte, Ruths Frettchen, das Zach in die Hand gebissen hatte. Rasch schrieb sie eine Nachricht auf Facebook.

Bea: Hey Ruth. Hast du Lust, heute Abend mit mir einen Film im Astor zu schauen? x

Ruth: Hallo Beatrix. Ich liebe das Astor. Aber in welchen Film? Ich mag keine Thriller oder Actionfilme und auch nichts mit Adam Sandler.

Bea: Perfekt – es ist eine romantische Komödie mit dem Titel *Buchstäblich Liebe.*

Ruth: Und Adam Sandler spielt da wirklich
nicht mit?

Bea: Ganz sicher nicht.
Kein Adam Sandler.

Ruth: Sehr gut.
Wie viel Uhr?

Bea: Treffen wir uns doch um acht vorm
Kino 😊

Ruth: Bis dann.

*

»Ruth!«, rief Bea aus, als sie ihre Freundin vor dem Kino erblickte. Ruth trug einen schweren Plaidmantel, Jeans und einen Pullover mit dem Konterfei einer ernst blickenden Queen Elizabeth. Über der Schulter trug sie eine große Stofftasche. Bea umarmte Ruth (was dieser offenbar nicht so recht war) und schob sie dann ins warme Kino. Das Astor war eine andere Welt. Es war eine Institution in der Stadt, brüstete sich mit altmodischen Terrazzoböden und beeindruckenden dekorativen Stuckdecken, bei deren Anblick Bea sich in ein anderes Jahrzehnt versetzt fühlte. Sie spürte regelrecht die Geschichte von Musik, Kunst, Tanz und Dekadenz bei jedem Schritt, den sie hier tat.

»Danke, dass du mich so spontan eingeladen hast«, sagte Ruth.

»Aber klar doch! Ich dachte, es wäre nett, wenn wir mal wieder miteinander quatschen und uns auf den neuesten

Stand bringen.« Bea lächelte und fühlte sich ein bisschen schuldig, wenn sie an den Grund dachte, der wirklich dahintersteckte: der Teil der Kinokarte in ihrer Jackentasche.

»Was kriegst du?«, fragte Ruth.

»Wofür?«

»Na, für den Eintritt natürlich.« Ruth holte ihr Portemonnaie aus der Tasche und wollte ein paar Scheine herausholen.

Bea winkte ab. »Nichts da, ich lade dich ein«, sagte sie.

»Doch, ich bestehe darauf. Ich kann es nicht leiden, wenn ich anderen etwas schuldig bleibe.«

»Wie wär's denn, wenn du uns Popcorn kaufst, und ich hole die Karten? Das kommt ungefähr aufs Gleiche raus«, schlug Bea vor.

Ruth nickte und machte sich auf zur Snacktheke. Bea tastete nach dem Kartenabschnitt in ihrer Tasche und holte tief Luft. *Jetzt geht's los, Bea.* Sie wartete in der Schlange an der Kasse hinter einem grauhaarigen Mann, dann ging sie fröhlich auf den pickligen Teenager zu, der an der Kasse saß.

»Ja bitte?«, sagte er.

»Ich möchte zwei Karten für *Buchstäblich Liebe* abholen, auf den Namen Beatrix Babbage.« Sie schwenkte ihren Ausweis. Er nickte und reichte ihr die Karten hinüber – genau die gleiche Art Eintrittskarte, wie sie sie in der Tasche hatte. Ehe er rufen konnte »Der Nächste, bitte«, zog Bea einen ihrer »Gesucht«-Zettel aus der Tasche und legte ihn auf die Theke.

»Eine Bitte hätte ich noch«, sagte sie in dringlichem Ton.

»Ja bitte?«, sagte der Junge erneut, diesmal genervt. Hinter Bea warteten noch weitere Leute in der Schlange.

»Wäre es in Ordnung, wenn ich hier bei euch ein paar von diesen Flyern aufhänge?« Sie schob einen der Zettel näher zu ihm hinüber. Die ganze Situation war ihr ein bisschen unangenehm. Sie wusste, wie unwahrscheinlich, wie vollkommen absurd der Gedanke war, dass der frühere Besitzer ihres Buches diesen Aushang je zu Gesicht bekommen würde, aber sie musste es immerhin versuchen.

Der Junge hob den Zettel hoch und warf einen Blick darauf. »Da muss ich erst den Chef fragen.«

»Könnten Sie das vielleicht jetzt gleich machen?«, beharrte Bea. Sie spürte, wie sich vor lauter Nervosität Schweißtropfen auf ihrer Oberlippe bildeten.

»Lassen Sie ihn mir einfach da, und ich spreche mit dem Chef, sobald ich Pause habe.«

Bea dankte dem Jungen, nahm ihre Karten und machte sich auf die Suche nach Ruth. Zwischendurch schlüpfte sie jedoch noch rasch auf die Damentoilette und hängte ihre Zettel in jede Kabine. Sie wollte kein Risiko eingehen.

In dem kleinen Kinosaal saßen Bea und Ruth nebeneinander und stopften sich schweigend Popcorn in den Mund. Bea summte leise und zufrieden vor sich hin, während die Werbung lief. Sie stellte sich vor, dass der Geheimnisvolle Autor hier in diesem Kino genau das Gleiche tat, und wünschte sich, er würde noch rechtzeitig herkommen, damit er die Zettel sah, die die Verantwortlichen zweifellos ganz schnell wieder abnehmen würden.

»Vielen Dank noch mal für das Popcorn. Ich weiß gar nicht, ob ich diese Riesenportion überhaupt alleine aufkriege«, sagte sie und schob sich eine weitere Handvoll salziges Popcorn in den Mund.

»Unsinn, ich schaffe so eine Tüte immer allein, wenn ich ins Kino gehe.«

Das Kino war fast voll. Es waren vor allem junge Pärchen und Gruppen von Freundinnen da. Während die Werbung lief, unterhielten sich alle noch murmelnd miteinander.

»Und wie läuft es mit deiner Arbeit?«, fragte Ruth.

»Gut«, antwortete Bea. »Ich habe mich gerade selbstständig gemacht und eine kleine Marketingagentur gegründet. Es ist schwierig, aber so macht mir das Arbeiten wesentlich mehr Spaß.«

»Denk immer ans Atmen«, sagte Ruth.

»Wie bitte?«

»Atmen. Wenn man eine neue Firma aufbaut, kann es einen manchmal mitreißen. Denk daran, dass du dir genug Zeit nimmst, auch mal einen Schritt zurückzutreten, alles zu analysieren und ein bisschen langsam zu machen«, überraschte Ruth Bea mit einem Leckerbissen aus der Motivationstrickkiste.

Die Lichter gingen aus, das Geplauder verstummte, und Bea raunte: »Es geht los!«

»Weiß ich doch«, antwortete Ruth. Dann öffnete sie die riesige Tasche, die sie auf den Sitz neben sich gestellt hatte, und kramte geräuschvoll darin herum. Bei diesem Lärm wurde Bea unbehaglich zumute. Auf der Leinwand erschien schon der Titel des Films.

»Oh nein«, stieß Ruth atemlos hervor.

»Was ist denn?«, flüsterte Bea.

»Philip ist weg.«

»Was? Philip, das Frettchen? Weg?«

»Er muss irgendwie aus der Tasche entwischt sein.«

»Er war in deiner Tasche?«, zischte Bea ein bisschen zu laut. Ein Paar, das vor ihnen saß, drehte sich um.

»Er hat ganz klare Anzeichen von Trennungsangst gezeigt, da konnte ich ihn ja wohl kaum allein zu Hause lassen.«

Sie blickten einander panisch an, als sie begriffen, dass hier im Kino ein Frettchen unterwegs war. Bea schaute unter ihren Sitz, während Ruth auf dem Platz herumsuchte, auf dem ihre Tasche stand.

Dann kreischte vorne im Kino eine junge Frau auf.

Die beiden sahen sich an, dann sprangen sie auf und rannten nach vorne zu der Frau. Diese schüttelte heftig ihre weit geschnittenen Hosenbeine, während ihr Freund offenbar nicht wusste, was er tun sollte, und ihr tröstend den Rücken tätschelte. Ruth und Bea bauten sich vor ihr auf.

»Was ist denn passiert?«, fragte Bea.

»Eine riesengroße Ratte ist mein Bein raufgeklettert. Das war vielleicht ekelhaft! Sie ist wieder raus, aber es fühlt sich so an, als wäre sie immer noch da!«, kreischte die junge Frau. Sie schlenkerte mit den Beinen und stampfte mit den Füßen auf.

»Das war keine Ratte, du unhöfliche Göre, das war ein Frettchen, und zwar *mein* Frettchen!«, herrschte Ruth sie an. Obwohl es im Kino dunkel war, sah Bea, dass Ruth ganz rot im Gesicht war.

»Tut mir echt leid«, flüsterte Bea der mitgenommenen jungen Frau zu.

In den hinteren Reihen des Kinos rief ein Mann jetzt laut: »Achtung, Ratte!« Ruth und Bea schauten gerade rechtzeitig hin, um zu sehen, wie er die Beine in die Höhe riss. Eine Sekunde später stieß die Frau neben ihm einen heiseren Schrei aus und folgte seinem Beispiel. Das Pärchen neben ihnen tat es ihnen nach, und so ging eine Art »Frettchen-Ausweichwelle« durch die ganze Reihe.

Ruth war verzweifelt. »Der arme Philip. Er muss schreckliche Angst haben«, sagte sie. Bea hatte Mitgefühl mit Ruth, obwohl sie deren Entscheidung, das Frettchen mit in ein volles Kino zu nehmen, nicht ganz nachvollziehen konnte.

»Das wird schon wieder, Ruth. Wir fangen ihn ein.«

»Nein, es wird nicht wieder, Beatrix. Wenn er einmal frei ist, dann ist es ganz schwer, ihn zu fangen. Ich fürchte, ich werde ihn nie wieder zurückbekommen«, wimmerte Ruth.

Bea machte kurz die Augen zu und räusperte sich. »Achtung, bitte alle mal herhören!«, rief sie in den Kinosaal hinein. Die Leute murrten und riefen, sie solle sich hinsetzen, aber Bea sprach weiter. »Es tut mir leid, dass ich den Film unterbrechen muss, aber wie Sie sicher gemerkt haben, ist hier im Kino ein Tier entkommen. Es ist nicht, wie viele von Ihnen angenommen haben, eine Ratte, sondern ein Frettchen. Das Frettchen meiner lieben Freundin Ruth hier.« Sie berührte Ruth leicht am Arm. Ruth nickte und hielt nur mit Mühe die Tränen zurück. »Das Tier heißt Philip, und es ist sehr schnell. Wenn er bei Ihnen vorbeirennt, könnten Sie dann bitte versuchen, ihn zu fassen? Aber ganz vorsichtig! Je schneller wir ihn erwischen, desto früher können wir den Film weiterschauen.« Bea war stolz auf ihre Ansprache und darüber, dass sie ihre Verlegenheit überwunden und versucht hatte, einer Freundin zu helfen. Worauf sie aber nicht stolz war, war das Chaos, das jetzt folgte.

Die Leute sprangen von ihren Sitzen auf und hoben ihre Sachen hoch. Einige legten sich der Länge nach auf den Boden und hielten Ausschau nach Philip, andere wiederum sahen ihn und versuchten, ihn zu fassen, hatten aber keinen Erfolg, weil er viel zu schnell an allen vorbeisauste.

»Philip! Philip!«, rief Ruth, der inzwischen die Tränen übers Gesicht liefen.

Plötzlich zischte Philip den Gang entlang, vorbei an seiner Besitzerin und allen Leuten, die versuchten, ihn zu erwischen. Ganz vorne lief in der Zwischenzeit der Film weiter, der Ton dröhnte vor sich hin. Inzwischen waren zwei Platzanweiser hereingekommen und bemühten sich, die Leute zu beruhigen, aber ohne Erfolg. Einer von ihnen versuchte sogar, Philip zu schnappen, als er an ihm vorbeiflitzte, und stolperte dabei rückwärts ins Dunkel. Es war ein heilloses Durcheinander.

Da erinnerte sich Bea auf einmal an ihren Hund Lulu – einen durchgedrehten Border Collie mit einer Energie, die für einen Hund schon nicht mehr normal war. Die einzige Art, Lulu zur Ruhe zu bringen, bestand darin, selbst unglaublich gelassen und ruhig zu sein. Bea hatte sich immer ganz ruhig irgendwo hingesetzt und Lulu auf diese Weise angelockt. Mitten im ganzen Tumult und Chaos setzte sich Bea also nun vorne im Kino im Schneidersitz auf den Boden. Sie holte tief Luft, versuchte, sich zu entspannen, und flüsterte den Namen des Frettchens.

»Philip … Philip … Philip.«

Aber das Frettchen rannte weiterhin wie wild im Kino herum.

Bea machte beharrlich weiter. Sie schloss die Augen, atmete tief aus und rief das Frettchen weiterhin leise bei seinem Namen.

Als sie die Augen wieder öffnete, sah sie Philip links von sich. Er hatte die Ohren aufgestellt, die Pfötchen waren verkrampft, und er zögerte. Auch alle anderen hatten ihn jetzt entdeckt und schauten zu ihm hin. Die Menge schnappte nach Luft, als er losrannte. Vor Bea hielt er inne, und sie ließ ihren Atem ruhig fließen. *Ein und aus. Ein und aus.*

Mit einer einzigen zügigen Bewegung sprang Philip ihr auf den Schoß und rollte sich zu einem Knäuel zusammen. Bea stieß einen tiefen Seufzer aus und umklammerte Philip, so fest sie konnte. Er schnurrte wie eine Katze, und sein Atem beruhigte sich. Die Kinogäste brachen in Applaus aus, und Bea machte im Sitzen eine kleine Verbeugung.

»Können wir jetzt endlich den Film sehen, verdammt!«, rief eine unwirsche Stimme aus der hintersten Reihe.

48

Halloistdasdeinbuch

Kritzelei des Tages: *Fawkner Park, 12.30 Uhr (am großen Baum Ecke Toorak-/Punt Road).* Vielleicht ist das der Ort, wo der Geheimnisvolle Autor am liebsten nachdenkt? Ich werde in der Mittagspause mal in den Fawkner Park gehen und ein paar Zettel aufhängen. Ob es Schicksal ist, dass der Park bei meinem Büro gleich um die Ecke liegt?

92 Likes
Kommentare (44):
NoOffenceBut: Du greifst ja echt nach jedem Strohhalm …
Kettlechipbabe72: Gib nicht auf, Süße! Du wirst den Mann schon noch finden.
VictoriaParks: Danke, dass Sie die Tierwelt von Victoria genießen.
Sexydiva112: Ich liebe deinen Stil. Folge mir, dann folge ich dir auch. 🙌
StephenPrince: @NoOffenceBut, wie immer die Spaßbremse.

StephenPrince: @NoOffenceBut, tut mir leid, war nicht so gemeint.
StephenPrince: @NoOffenceBut, ich liebe dich.

49

Bea zog den Reißverschluss ihrer schwarzen Steppjacke bis ganz oben zu. Nachdem sie bei ihren Überlegungen für die Krimikampagne einen Durchbruch erzielt hatte (eine Krimi-Dinnerparty zur Veröffentlichung des Buches – besser konnte es wirklich nicht mehr werden), hatte sie beschlossen, sich mit einem Mittagessen im Park zu belohnen. Im Fawkner Park.

Bewaffnet mit *Meeting Oliver Bennett*, ihrem Mobiltelefon und einer Handvoll »Gesucht«-Zettel, lief sie nun die Straße entlang, um sich auf die Spuren des Geheimnisvollen Autors zu begeben. Nach ihrem irgendwie verheerenden Abend mit Ruth (der Silberstreif am Horizont hatte allein darin bestanden, dass es ein Film gewesen war, bei dem man schallend lachen musste, so sehr, dass man fast ein bisschen in die Hose machte) war Bea restlos bereit, sich wieder voll und ganz ihrer Jagd zu widmen. Sie musste optimistisch und willensstark sein. Es war die einzige Art, wie sie den Geheimnisvollen Autor finden konnte.

Bea hatte viel Zeit übrig und beschloss, die siebzehn Minuten zum Park zu laufen. Sie schlängelte sich durch die engen Seitenstraßen hinter der Chapel Street und kam an Boutiquen vorbei, die alles verkauften, von Brillen bis hin zu hochwertiger, teurer Lingerie. Dann ging sie durch den geschäftigen, duftenden Prahan Market und vorbei an The

Nook (sie entschied, nicht hineinzuschauen und Hallo zu sagen), und die ganze Zeit ging sie im Geiste ihre Taktik durch. Es war keine große Sache: Sie würde, solange sie Zeit hatte, ihre Zettel an Bäume und Bänke hängen. Und im schlimmsten Fall, wenn bei der ganzen Sache nichts herauskäme, hätte sie wenigstens ihre Mittagspause an der frischen Luft verbracht.

Bald fand sich Bea an einem der Eingänge zum Fawkner Park wieder. Der Weg führte zu einem großen, zentral gelegenen Oval und wurde von Reihen turmhoher Eichen flankiert. *Verdammt, dieser Park ist ja riesengroß!*, dachte sie. Sie hatte keine Ahnung, wo sie hier anfangen sollte, aber sie ließ sich davon nicht einschüchtern, sondern tat einen zögerlichen Schritt vorwärts, dann noch einen und noch einen, bis sie mit frischem Elan den von den Bäumen überdachten Weg entlangschritt. Aufmerksam scannte sie ihre Umgebung nach irgendetwas, das ihr etwas über den geheimnisvollen Autor enthüllen könnte. Immer wieder blieb sie stehen, hängte einen Zettel an einen Baum oder eine Bank und ignorierte die neugierigen Blicke der anderen Parkbesucher.

Sie hatte Hunger und fühlte sich ein klein bisschen lächerlich, also holte sie die Sushi Rolls heraus, die sie auf dem Markt gekauft hatte, tunkte das erste Stück in Sojasoße und ließ es sich auf der Zunge zergehen. Und dann sah sie den Baum. Er sah aus wie ein überdimensionaler Brokkoli: eine gewaltige großblättrige Feige hinten im Park, die ihre Äste in alle Richtungen ausstreckte. Schnell verputzte sie den Rest ihres Sushis und begann, auf den Baum zuzulaufen, als hätte sich eine kosmische Kraft ihres Körpers bemächtigt. An diesen Baum musste sie unbedingt ihren Zettel hängen.

Am Fuß des Baumes blieb Bea stehen und spähte zwischen den belaubten Zweigen hindurch nach oben. Sie schritt einmal um den Stamm herum und suchte nach dem Platz, wo ihr Zettel am besten ins Auge fallen würde. Sie machte eine Stelle ausfindig, brachte den Flyer etwa auf Augenhöhe an und trat einen Schritt zurück, um ihr Werk zu bewundern.

Dann betrachtete sie wieder den riesigen Baum und stellte sich vor, wie der Geheimnisvolle Autor sich gegen seinen breiten Stamm lehnte. Und während sie so dastand, musste sie an den Sommer denken, in dem sie und Cassandra in ihrem Garten ein Baumhaus gebaut hatten – ein paar Bretter in einen Baum gequetscht traf es eher – und wie sehr sie es genossen hatte, dort oben zu sitzen und bis in den Sonnenuntergang zu lesen.

Sie stopfte Buch, Telefon und die leere Sushibox vorne in ihre Jacke und suchte nach einer passenden Aufstiegsmöglichkeit. Sie fand eine Lücke, zwängte ihren Fuß hinein und zog sich hinauf, fiel aber wieder zurück. Sie versuchte es erneut, diesmal mit einem kleinen Sprung, und schaffte es, hoch genug zu kommen, um sich über einen der unteren Äste zu werfen. Jetzt konnte sie sich hochziehen und einen Ast nach dem anderen hinaufklettern, bis sie das Zentrum des Baumes erreicht hatte, wo alle Äste zusammenliefen. Sie kauerte sich hin und ließ den Blick über die Äste gleiten. Zu ihrer Enttäuschung sah sie nur einen Klumpen grünes Kaugummi und eine verbeulte Dose Diätcola.

»Alles klar da oben?«, rief eine Stimme. Bea zuckte zusammen.

Sie steckte den Kopf aus ihrem Versteck und sah einen schlaksigen Mann in Fahrrad-Shorts, der auf der Stelle joggte. »Ja, alles klar. Es ist fantastisch! Ich genieße die Ruhe dieses Ortes!«, rief sie hinunter, verschränkte die Hände hinter dem Kopf und stieß etwas aus, das halb ein Seufzen und halb ein Gähnen war.

Der Mann schaute skeptisch zu ihr hinauf, als wollte er sagen: Bist du nicht ein bisschen zu alt, um auf Bäume zu klettern, Pippi Langstrumpf?, aber schließlich lief er weiter.

Bea stand auf und versuchte abzuschätzen, welches der tragfähigste Ast war, auf dem sie weiter in das dichte Blattwerk hinaufklettern könnte. Sie stellte ihren Fuß versuchsweise hierhin und dorthin, packte einen höher gelegenen Ast und zog sich hinauf. Dann wagte sie sich Schrittchen für Schrittchen weiter nach außen vor. Von hier oben hatte sie einen unglaublichen Blick auf den Park, der wirklich wunderschön war.

»Wenn ich doch bloß ...« Bea tat einen weiteren Schritt und streckte die Arme aus, sodass sie mit den Fingerspitzen das Grün über sich berühren konnte. Aus dem Nichts schoss eine Elster an ihr vorbei, und Bea erschrak derart, dass sie den Halt verlor. Sie schrie auf und geriet ins Schwanken, ihr linker Fuß rutschte ab und verklemmte sich in einem vollkommen unnatürlichen Winkel zwischen ein paar Ästen. Ein stechender Schmerz durchzuckte ihr Bein, und Bea wand sich vor Schmerzen. »Fuck, oh verdammt!«

Im Eifer des Gefechts vergaß sie, wo sie war, und wand sich ein bisschen zu sehr. Mit der letzten Bewegung geriet sie zu weit nach außen auf den Ast. Sie spürte einen leichten Knall im Knöchel und stürzte zu Boden – glücklicherweise aus nicht sonderlich großer Höhe. Mit einem dumpfen Aufschlag landete sie auf dem Rücken und kam verletzt und atemlos auf dem Kiesweg zu liegen.

Sie konnte sich nicht rühren, lag mit weit geöffneten Augen da und hatte Mühe, wieder zu Atem zu kommen. Alles um sie herum drehte sich.

Als sie endlich wieder Luft bekam, versuchte sie sich aufzusetzen, aber schon bei der kleinsten Bewegung schoss ihr erneut der Schmerz das ganze Bein hinauf. Sie wandte den Kopf und sah ihr iPhone, das ihr beim Sturz aus der Jacke gefallen sein musste, knapp außerhalb ihrer Reichweite liegen. Sie schob sich ganz leicht nach links, schaffte es, das Gerät zu fassen, und zog es zu sich heran. *Wen soll ich anrufen?* Sie wünschte, ihre Eltern wären hier. Und zum ersten Mal wünschte sie sich, Lizzie würde nicht so weit draußen in Mount Eliza wohnen. *Dino?* Sie wählte seine Nummer und betete, dass er rangehen würde. Nach einigen Klingeltönen wurde der Anruf auf die Mailbox umgeleitet. Sie versuchte es in The Nook, obwohl sie wusste, dass Dino da nie ranging. Wieder nahm niemand ab. *Fuck, verdammt noch mal, fuck!*

Erneut versuchte sie, sich aufzusetzen, und schaffte es diesmal, sich auf einen Ellenbogen zu stützen. Sie wusste, dass sie Zach anrufen musste. Es war die einzige andere vernünftige und verlässliche Möglichkeit. Er war stark genug, um sie zu tragen. Sie scrollte durch ihre Kontakte und drückte widerstrebend auf seine Nummer.

Beim dritten Klingeln ging er dran. »Bea? Ich freu mich ja so, dass du anrufst! Gerade wollte ich …«

»Zach, ich brauche deine Hilfe«, sagte sie und fing an zu weinen.

*

»Was erkennen Sie da auf dem Röntgenbild?«, fragte Bea, die jetzt dank des Morphiums weniger Schmerzen hatte und wesentlich besserer Stimmung war. Sie lag in der Notaufnahme des Alfred Hospital, an ihrer Hand war ein Tropf befestigt, über den sie gute, altmodische Schmerzmittel bekam. Bis Zach es zu ihr in den Park geschafft hatte, hatte ein Spaziergänger sie entdeckt. Er war früher bei den Pfadfindern gewesen und hatte ihr rasch eine provisorische Schiene angelegt, angefertigt aus den Zweigen der Großblättrigen Feige. »Das ist wirklich ironisch, was?«, hatte sie laut vor sich hin sinniert, erinnerte sich aber, zugedröhnt wie sie jetzt war, nur noch verschwommen daran.

Seit ihrer Ankunft im Krankenhaus hatte Bea eine Kernspintomografie und einmal Röntgen über sich ergehen lassen, und nach drei entsetzlich langen Stunden Wartezeit erfuhr sie endlich, dass sie keine Rückenverletzung hatte, wohl aber der linke Knöchel gebrochen war.

»Sehen Sie das hier?«, sagte der Arzt und zeigte auf den Bildschirm. Er sah eigentlich viel zu jung aus, um Arzt zu sein: er hatte zerraufte Haare, trug eine Brille mit schwarzem Rand und wirkte, als würde er Verkleiden spielen. Zach hielt Beas Hand und drückte sie fest. Seit sie im Krankenhaus angekommen waren, hatte er sie nicht mehr losgelassen.

»Was ist das?«, fragte Bea dringlich.

»Ein gebrochener Fußknöchel. Ich hab's ja gewusst!« Der Arzt jauchzte weniger wie ein Arzt, der eine Diagnose stellt, sondern eher wie ein kleiner Junge, der gerade in der Speisekammer eine Packung Kekse entdeckt.

»Und was bedeutet das?«, fragte Zach verärgert.

»Da müssen wir was machen«, sagte der Arzt mit nervigem Lächeln. Er schaltete den Leuchttisch aus. »Ihr Knöchel ist an zwei Stellen gebrochen, das sieht ganz schön hässlich aus, wenn Sie mich fragen. Ich würde vorschlagen, so schnell wie möglich zu operieren. Dr. Richards scheint morgen früh noch Luft zu haben«, sagte er lässig und fuhr mit dem Finger den Plan auf seinem Klemmbrett entlang.

»Operieren?«, riefen Zach und Bea gleichzeitig.

»Ja, aber das ist wirklich reine Routine. Dr. Richards führt solche Operationen dauernd durch, meistens bei Spitzenfußballern.« Er schwieg und schaute Bea von oben bis unten an. »Sie werden wieder ganz gesund, da müssen Sie sich keine Sorgen machen. Aber vielleicht sollten Sie sich ein paar Tage freinehmen. Nach der OP werden Sie wahrscheinlich ein paar Wochen eine Schiene tragen, aber mit ein bisschen Physiotherapie kommt das alles wieder in Ordnung. Nichts, worüber Sie sich Sorgen machen müssten.«

»Oh«, murmelte Bea, während Zach ihr tröstend über die Hand strich. Bea war nicht mehr operiert worden, seitdem ihr mit 19 die Weisheitszähne gezogen worden waren. Nach der Narkose war sie damals überzeugt gewesen, dass sie in Narnia war, und hatte die Schwester die ganze Zeit mit Aslan angesprochen. Sie schauderte, als sie daran dachte.

»Haben Sie Angehörige, die ich benachrichtigen soll?«, fragte der Arzt.

Bea versagte die Stimme, sie konnte nicht antworten. Sie schüttelte den Kopf, als ihr das Bild ihrer verzweifelten Mutter vor Augen trat. Maggie würde nur Stress machen, und Martin – nun ja, der würde wahrscheinlich verlangen, dass er die Operation selbst durchführen dürfte. Es wäre besser, wenn sie diese Unterhaltung fürs Erste verschob.

»Aber ich bin hier, ich weiche ihr nicht von der Seite«, sagte Zach und legte Vertrauen und Wärme in seine Stimme.

»Und Sie sind?«, fragte der Arzt.

»Ich bin ihr Freund«, antwortete Zach und warf Bea einen Blick zu, als warte er auf ihre Zustimmung.

Sie schloss die Augen und stieß einen vernehmlichen Seufzer aus. *Tja, ich schätze, damit sind wir wohl wieder zusammen.*

50

»Zach, ich glaube, ich will das gar nicht.« Bea drückte ihrem alten und neuen Freund die Hand. Sie lag nun im weißen Krankenhaushemd und dicken Socken auf einem Bett und wartete auf die Operation. Gerade hatte sie mit ihren Eltern und ihrer Schwester telefoniert, die sich alle Sorgen machten. »Es ist eine Routineoperation«, hatte Bea ihnen gesagt. Auch Dino hatte sie eine kurze Nachricht geschickt, damit er Bescheid wusste – nur für den Fall, dass er sich Sorgen machte, weil er nichts mehr von ihr gehört hatte. Es kam keine Reaktion.

»Keine Angst, Bea. Wie der Arzt gesagt hat: Du bist hier in den besten Händen, und die ganze Sache ist vorbei, ehe du es überhaupt merkst! Ich bin die ganze Zeit über hier und warte auf dich.« Zach versuchte, fröhlich zu klingen, und strahlte sie mit seinem Filmstarlächeln an.

Sie konnte immer noch nicht ganz glauben, dass sie gestern noch gesund und Single gewesen war und jetzt im Krankenhaus lag im Begriff, aufgeschnitten zu werden, mit einem offenbar völlig in sie vernarrten Freund an ihrer Seite. Die große, betäubende Angst (von den Schmerzen ganz zu schweigen) reichte aus, um ihren Zorn und ihre große Skepsis vorläufig zum Schweigen zu bringen, denn sie wollte jetzt einfach nicht alleine sein. *Macht mich das jetzt erbärmlich und zum genauen Gegenteil einer starken, unabhängigen Frau?*, fragte sich Bea und klagte, dass man sie von ihrem Morphiumtropf abgehängt hatte.

»Begreifst du eigentlich, dass sie mir die Haut aufschlitzen, mir die Knochen brechen und sie wieder zurechtruckeln? Schlitzen, brechen, ruckeln! Schlitzen, brechen, ruckeln!« Bea versuchte, es beiläufig klingen zu lassen.

»Hör auf mit deinem Schlitzen, Brechen, Ruckeln.« Zach schauderte und kitzelte Bea durch die Decke hindurch sanft am Bauch. »Du kommst wieder ganz in Ordnung.«

Ein Mann in hellblauer OP-Kleidung kam herein. »Miss Babbage, sind Sie bereit? Ich bin John, Ihr Anästhesist«, sagte er freundlich und schüttelte ihr beruhigend die Hand. »Ich bringe Sie in den OP.«

»Bereiter werde ich nicht«, sagte Bea leichthin, aber ihr Herz raste.

»Jetzt muss ich dich also allein lassen?«, fragte Zach.

Bea nickte. Ihr blieb die Stimme weg. Ihr Körper fühlte sich schlaff an, und sie bekam kaum noch Luft.

»Ich liebe dich«, sagte Zach.

Bea schluckte. *Liebe ich dich?* Bevor sie überlegen konnte, was sie antworten sollte, wurde sie schon auf ihrem Bett in Richtung OP gerollt. Sie starrte zu den großen, grellen Lichtern hinauf, die auf sie niederschienen, als wäre sie in einem Verhörraum. *Du wirst wieder gesund. Das ist alles Routine,* rief sie sich immer wieder in Erinnerung. Dann ließ sie ihren Gedanken freien Lauf, hin zu Lattes und Pudeln und Dino und … *Ist es ihm ganz egal, dass ich operiert werde?*

»Und jetzt setze ich Ihnen das hier auf«, sagte Dr. John und zog ihr eine Maske über Mund und Nase.

Bea schloss die Augen.

»Sie werden jetzt so gut schlafen wie selten in Ihrem Leben«, sagte er mit seiner beruhigenden Stimme. Bea spürte, wie ihr die Kälte durch die Adern kroch, als das Propofol in ihren Tropf injiziert wurde.

»Also dann, träumen Sie was Schö…«

*

»Mir geht's gut, ich hab nur Schmerzen. Ich kann nicht rumlaufen, aber der Arzt sagt, sie helfen mir morgen wieder auf die Beine, sodass ich mit Krücken und einer Schiene laufen kann«, sagte Bea in ihr Telefon. Vom Krankenhauszimmer aus sprach sie über FaceTime mit Lizzie. Um sie herum weiße Wände, ein winziges Fenster und ein kleines Bild von einem Segelboot. Bea hatte die vergangenen vier Stunden hier gelegen und war nur aus zwei Gründen noch nicht durchgedreht: die Gesellschaft von Zach (ob man's glaubt oder nicht) und ein scheinbar unerschöpflicher Vorrat an Schmerzmitteln. Sie trug noch immer ihr Krankenhausnachthemd, und ihr Bein war auf einem Stapel Kissen hoch gelagert. Sie wollte gar nicht darüber nachdenken, wie ihr Haar wohl aussah, und war sehr verlegen, dass Zach sie in diesem Zustand sah. Aber es schien ihm ganz egal zu sein. Offenbar genoss er es sogar, sich um sie zu kümmern. Und, das musste Bea zugeben, darin war er wirklich brillant. Als sie aufgewacht war, hatte das ganze Zimmer voller Sonnenblumen gestanden, und Zach hatte ihr vorgelesen, mit ihr gesprochen und sogar zugeschaut (todpeinlich!), wie sie, erschöpft von den vielen Medikamenten, eingeschlafen war. Zweifellos hatte sie im Schlaf auch gesabbert und geschnarcht.

»Ach, Bea, ich wünschte, ich könnte dich besuchen, aber die Mädchen haben die Windpocken, und hier geht's echt drunter und drüber. Und natürlich ist Nick ausgerechnet jetzt zum Arbeiten in Perth – ich überlege schon, ob ich ihn anrufe und ihn bitte, nach Haus zu kommen. Ich könnte ihm sagen, dass ich nach Melbourne fahren und dir helfen muss«, sagte Lizzie entschuldigend und drückte ihr Gesicht so nahe an die Kamera, dass Bea die Klümpchen Mascara an ihren Wimpern erkennen konnte.

»Sei nicht albern, Liz, mir geht's gut. Mein *Freund* ist hier und kümmert sich um mich.« Bea richtete das Telefon auf Zach, der in einer Ecke des Zimmers auf einem Stuhl saß und geduldig in einer Ausgabe von *People* blätterte.

»Dein Freund?« Lizzies Ton veränderte sich schlagartig.

»Liz, jetzt sei nicht unhöflich. Wir hören uns später wieder. Ich liebe dich!« Bea warf eine Kusshand in Richtung Kamera und legte auf.

Zach verzog das Gesicht. »Na ja, sie kann mich nun mal nicht leiden.«

»Sie braucht nur ein bisschen Zeit, um dir zu verzeihen. Wahrscheinlich auch dafür, dass du versucht hast, ihr in den Hintern zu kneifen. Sie wird sich schon wieder beruhigen.« Bea zuckte mit den Achseln. *Habe* ich *ihm eigentlich schon vergeben?*

Zach wurde blass. »Das würde ich doch nie machen! Liebe Güte, ich schäme mich immer noch, dass sie denkt, ich wollte sie anmachen.«

»Ja, ja.« Bea winkte ab. Sie war zu müde, um sich jetzt damit zu beschäftigen. Sie fühlte sich wirklich sehr erschöpft, und es wurde immer schwerer, das dumpfe Pochen in ihrem Knöchel zu ignorieren. »Zach, du musst doch total müde sein. Wann hast du eigentlich zuletzt geschlafen – ist das jetzt schon zwei Nächte her?«, fragte sie und betrachtete seine eingefallenen Wangen und die Schatten unter seinen Augen.

»Mir geht's gut, Bea.«

Bea lächelte. »Mir auch, ehrlich. Ich schlafe gleich ein, und dann schlafe ich bestimmt ein paar Stunden durch. Warum gehst du nicht nach Hause, legst dich auch ein paar Stündchen hin und holst uns dann was zu essen? Dieses Krankenhausessen ist wirklich unerträglich.« Sie wusste, dass das die einzige Möglichkeit war, um ihn hier rauszubekommen: die Situation umdrehen, sodass es wirkte, als würde er ihr einen Gefallen tun, wenn er ging.

»Na, da ist was dran. Bist du auch sicher, dass es dir nichts ausmacht?«

»Es macht mir überhaupt nichts aus. Ich bin so weggetreten, dass ich mich morgen sowieso an nichts mehr erinnern werde. Geh nach Hause, ruh dich ein bisschen aus und bring mir, wenn du wiederkommst, einen anständigen Hähnchenburger mit«, sagte Bea und leckte sich vor lauter Vorfreude die Lippen.

»Nun gut, wenn du dir sicher bist.« Zach zog seine Stiefel an und stand auf.

»Ich bin mir ganz sicher.«

Er beugte sich zu ihr hinunter und küsste sie leicht auf die Lippen, fast als hätte er Angst, sie zu zerbrechen.

Sie schaute zu ihm hinauf. »Danke für alles, Zach. Ehrlich.«

»Hab ich doch gern gemacht.«

»Und vergiss die Pommes nicht!«, rief sie, als er hinausging. Dann schloss sie die Augen und war erleichtert, dass sie allein war.

*

Ein lautes Krachen riss sie aus dem Tiefschlaf. Verschlafen schaute sie sich im Zimmer um und sah auf dem Boden einen dunklen Schatten neben einem umgekippten Stuhl.

»Dino?«, fragte Bea. »Bist du das?«

Er sprang auf und zog seinen grauen Kapuzenpullover und seine dunkelblaue Jeans zurecht. Seine Kleidung war voller Mehl, er musste direkt von der Arbeit gekommen sein. »Tut mir leid, ich wollte dich nicht wecken. Ich wollte gerade wieder gehen, als ich gesehen hab, dass du schläfst, aber ich bin über diesen vollkommen fehlplatzierten Stuhl hier gestolpert« sagte er und stellte den Stuhl wieder auf. »Was zum Teufel ist denn mit dir passiert, Babbage?« Er boxte leicht gegen ihren Arm.

Sie genoss die freundschaftliche Geste, denn sie hatte es inzwischen satt, dass die Krankenschwestern und Zach so behutsam mit ihr umgingen. »Ach, weißt du, es war ein ganz normaler Donnerstag. Zum Mittagessen Sushi, dann auf einen Baum geklettert und runtergefallen und mir dabei zum Abendessen einen gebrochenen Knöchel eingehandelt und zum Nachtisch eine spontane kleine Operation. Alles wie immer.«

»Warum bist du denn auf einen Baum geklettert? Nein, warte, lass mich raten. Wieder der Geheimnisvolle Autor?« Er setzte sich unbeholfen aufs Bett und ließ verlegen die Beine baumeln.

Bea hielt den Atem an. Sie spürte Gefühle, die sie eigentlich nicht empfinden wollte. *Wir sind nur Freunde. Es ist gut so, wie es ist,* sagte sie sich.

»Ich hab mir einen Augenblick ganz schön Sorgen gemacht, Babbage«, sagte er.

»Den Eindruck hatte ich aber nicht.«

»Wie meinst du das?«

»Du hast meine Nachricht total ignoriert. Ich bin schon vor Stunden aus dem OP gekommen.«

»Bea, mein Telefon war kaputt. Ich hab hier im Krankenhaus angerufen, sobald ich herausgefunden hatte, wo du bist. Denk ja nicht, ich würde mir nichts aus dir machen.«

Bea nickte erleichtert. *Er hat mich nicht vergessen.*

»Unfassbar, dass du das alles allein durchstehen musstest, Bea. Allein der Gedanke daran …« Er runzelte die Stirn.

»Ich war nicht allein«, gab sie leise zu.

Dino hob eine Augenbraue.

»Als ich dich nicht erreicht habe, hab ich Zach angerufen. Er ist gekommen, hat mich aus dem Park geholt und ist mir nicht von der Seite gewichen, bis ich ihn nach der Operation nach Hause geschickt habe. Es war wirklich süß. Er scheint jetzt ein ganz anderer Mensch zu sein.«

Dino verzog das Gesicht, rückte ein Stückchen von Bea ab und hinterließ eine kühle, leere Stelle zwischen ihnen. »Wie bist du überhaupt auf die Idee gekommen, ihn anzurufen, Bea?«

»Weil ich hier in der Stadt keine Verwandten habe und – na ja, ich denke darüber nach, ihm noch eine Chance zu geben, Dino. Wie du gesagt hast, ist es letztlich meine Entscheidung. Ich bin vorsichtig und schaue mir an, wie er sich verhält. Und ich muss sagen, er tut sein Bestes, um alles wiedergutzumachen. Verdammt, er hat mich durch diese ganze Tortur hier begleitet, als ich niemand anders hatte«, sagte Bea mit fester Stimme und versuchte, damit nicht nur Dino zu überzeugen, sondern auch sich selbst.

Er sprang auf und lief sichtlich frustriert im Zimmer auf und ab. »Ich dachte, du magst ihn nur, weil du davon ausgegangen bist, dass er diese dämlichen Notizen in dem Buch geschrieben hat – und jetzt … Weißt du denn, ob er überhaupt lesen kann?«, sagte er bissig. »Seid ihr jetzt wieder zusammen? Einfach so?«

»Ich weiß nicht, vielleicht. So was Ähnliches«, antwortete Bea und versuchte, sich aufzusetzen. »Müssen wir unbedingt jetzt darüber reden?« Sie wies auf das Krankenzimmer.

Doch Dino gab nicht nach. »Das glaub ich einfach nicht, Bea. Du liebe Zeit, ich dachte, du wärst klug, aber bei diesem Kerl setzt dein Urteilsvermögen komplett aus.«

»Wie bitte? Wie kannst du es wagen!«, fauchte Bea ihn an. »Du kennst mich überhaupt nicht. Ich hatte die fantastische Vorstellung, der Geheimnisvolle Autor wäre genau der Richtige für mich, und als Zach mir gesagt hat, dass er es gar nicht ist, nun ja, da hab ich mir die ganze Sache abgeschminkt. Schließlich ist es doch irgendwie lächerlich. Vielleicht ist der Vorbesitzer von *Meeting Oliver Bennett* irgendjemand, dem ich nie begegnen werde, und die wirkliche Liebe meines Lebens ist Zach. Ich bin es mir ja wohl selbst schuldig, nach dieser Liebe zu suchen, oder?«

»Bea, liebe Güte, du bist manchmal so gutgläubig! Du bist immer bereit, anderen zu vertrauen, selbst wenn sie bei zahllosen Gelegenheiten bewiesen haben, dass sie dein Vertrauen in keiner Weise verdienen. Egal, was du behauptest: Du lebst mittlerweile schon derart in diesen Randbemerkungen, dass du vollkommen blind für die Wirklichkeit geworden bist. Du musst da raus und anfangen, für *dich selbst* zu leben.« Dino hielt inne. Er hatte die Fäuste geballt und atmete heftig und flach, als versuchte er, sich wieder in den Griff zu kriegen.

»Ich lebe in den Randbemerkungen? Das sagt genau der Richtige! Du bist doch zu cool für die Welt. Oh, dass mich bloß keiner schief anschaut oder es wagt, eine Gedichtzeile falsch zu zitieren, sonst reiß ich ihm den Kopf ab! Keiner schafft es, deinen lächerlichen Standards zu entsprechen, Dino. Und ganz ehrlich, ich bin es leid.« Bea verschränkte die Arme vor der Brust. Sie konnte vor Wut und wegen der Medikamente nicht wirklich klar denken und erst recht nicht richtig sehen, aber sie erkannte doch, wie Dino das Gesicht verzog – hatte sie ihn verletzt?

»Na, dann viel Glück, Bea«, sagte er mit einer Stimme, in der Kälte lag. »Ich bin raus aus dem Spiel. Ich kann nicht länger mit ansehen, wie du dich selbst kaputtmachst. Wenn du diesen Wahnsinnigen in deinem Leben hast, dann will ich nicht mehr daran teilhaben. Ich hoffe, ihr beide werdet glücklich.« Er drehte sich um und ging hinaus, ohne auch nur noch einen einzigen Blick zurückzuwerfen.

»Du mich auch, Dino«, murmelte Bea. Sie wusste auch nicht genau, warum sie jetzt weinen musste.

51

Begründen Sie in 25 Wörtern oder weniger, warum Sie einen Jahresvorrat an großen Kaltwachsstreifen von Kair's gewinnen wollen.

Hab meinen Rasierer verloren und mit meinem gebrochenen Knöchel kann ich mir keinen neuen kaufen. Meine Beinbehaarung ist schon länger als *Krieg und Frieden.*

52

Bea war vor wenigen Tagen aus dem Krankenhaus entlassen worden. Sie fühlte sich noch immer angeschlagen und nicht richtig wohl. Sie lehnte sich auf der Couch zurück und ließ den Blick über die Decke gleiten: ein Riss, zwei kleine Spinnweben, ein nicht identifizierbarer grünblauer Fleck und ein kleiner Stern, der im Dunkeln leuchtete. Sie schüttelte den Kopf und dachte zurück an ihr altes Kinderzimmer, das mit ihren ganz persönlichen Sternbildern, die im Dunkeln leuchteten, geschmückt gewesen war. Cassandra hatte damals einen Blick auf ihren ganzen Stolz geworfen, gegrinst und gesagt: »Süß.« Selbst als Zehnjährige hatte Bea schon begriffen, dass das nicht gerade ein Kompliment gewesen war.

Sie nahm ihren halb leeren Kaffeebecher und trank einen Schluck kalten Latte. Weil sie in ihrer Mobilität eingeschränkt war und alles andere als gut mit Dino stand, hatte sie angefangen, sich vom Lieferservice Kaffee aus The Nook bringen zu lassen. Dino nicht zu sehen, konnte Bea ertragen, aber ihre Koffeinsucht war eine andere Sache, und sie kam einfach nicht ohne den starken, süffigen, auf den Punkt genau gemachten Kaffee von The Nook aus. Also hatte sie sich davon überzeugt, dass er die fünf Dollar Lieferkosten allemal wert war. Sie würde einfach nicht mehr auf ihren Kontostand schauen.

Es klingelte. Bea runzelte die Stirn, warf einen Blick auf die Uhr und fragte sich, ob es Dino sein könnte, der zu Kreuze kriechen und sie um Entschuldigung bitten wollte. Mithilfe einer Krücke rappelte sie sich von der Couch hoch. Halb hüpfte, halb humpelte sie mit ihrer Gehhilfe zur Wechselsprechanlage.

Sie drückte auf den Knopf zum Sprechen und rief laut: »Hallo?«

»Beatrix? Ich bin's!«

»Wer ist ›ich‹?«, rief Bea zurück. Bei der eindeutig weiblichen Stimme empfand sie leichte Enttäuschung, und sie durchforstete ihr Gedächtnis, woher sie die Stimme kannte.

Eine Pause mit dumpfem Geräusch, dann platzte ein schrilles »Ruth!« durch die Leitung.

»Ruth? Was machst du denn hier? Hatten wir heute irgendwas vor? Habe ich vielleicht was vergessen?«

»Nein.«

»Ach, wie nett, ein Überraschungsbesuch!«

»Könntest du mich dann vielleicht reinlassen?«, sagte Ruth ganz sachlich. »Ich würde gern etwas mit dir besprechen, und ich möchte nicht, dass die ganze Straße mithört.«

»Ja, natürlich, tut mir leid!« Bea fummelte an der Anlage herum und drückte den Türöffner.

Sie warf einen Blick über die Schulter auf das Durcheinander, das in ihrem Wohnzimmer herrschte, und seufzte. Vor ihr türmten sich halb ausgetrunkene Tassen Tee, Taschentücher, eine Schüssel mit Hühnersuppe (ihre Mutter hatte per Kurier einen großen Behälter mit gefrorener Suppe geschickt), dreckige Socken und Schachteln von verschiedenen Medikamenten, die Bea brauchte. Ehe sie am Zustand des Zimmers etwas verbessern konnte, kündigte ein entschiedenes Klopfen die Ankunft von Ruth an.

Bea setzte ein Lächeln auf und öffnete die Tür. »Ruth! Woher weißt du denn, wo ich wohne? Wie schön …« Sie verstummte mitten im Satz, als sie sah, wie derangiert Ruth aussah. Ihr wuscheliges Haar wirkte, als hätte sie ein widerspenstiges Vogelnest auf dem Kopf, ihr rotes Paisleyshirt hing halb aus ihrer grünen Cargohose. »Ruth, alles in Ordnung mit dir?«

Ruth holte tief Luft und blickte Bea in die Augen, dann brach sie in Tränen aus. Erst jetzt bemerkte Bea das Frettchen, das ihr um die Füße sprang.

»Ach, Ruth! Bitte komm doch rein.« Bea führte ihren Überraschungsgast ins Wohnzimmer und manövrierte ihn auf die Couch. Dabei versuchte sie mehrfach, mit dem gesunden Fuß ihre Schlafanzughose unter die Couch zu schieben. Sie nahm eine Packung Taschentücher, warf Ruth einige davon zu und blieb verlegen neben ihr stehen. »Was kann ich dir anbieten? Tee? Kakao? Scotch auf Eis?«

»English-Breakfast-Tee!«, schluchzte Ruth. Sie schien gar nicht mitzubekommen, dass Bea auch angeschlagen war.

Bea war erleichtert, dass sie etwas tun konnte, und hinkte in die Küche, wobei sie sich an Stühlen und Wänden abstützte. Sie stellte Wasser auf und durchstöberte ihre ziemlich leeren Schränke. In der Teedose fand sie noch genau drei Teebeutel, nahm den English-Breakfast-Tee und warf ihn in eine Tasse.

»Milch und Zucker?«, rief sie durch die offene Tür. Als keine Antwort kam, zuckte sie mit den Achseln und gab von beidem einen großzügigen Schwung in den Tee.

Als sie wieder aus der Küche kam, die Tasse in gefährlicher Schieflage in der Hand ohne Krücke, schien sich Ruth zum Glück einigermaßen beruhigt zu haben. Sie weinte nicht mehr, saß aufrecht auf der Couch und putzte sich mit einer Hand die Nase, mit der anderen streichelte sie Philip. Vorsichtig stellte Bea den Tee auf den Couchtisch und musste sich voll und ganz darauf konzentrieren, damit sie nichts verschüttete oder hinfiel.

»Ich liebe dieses Buch.« Ruth zeigte auf *Meeting Oliver Bennett*, das auf dem Couchtisch lag.

Bea war hocherfreut, dass sie endlich mal jemand traf, der das Buch gelesen hatte. »Du kennst es auch? Dieses Buch hier ist was ganz Besonderes. Es stehen nämlich …«

»Was ist denn mit dir passiert?«, unterbrach Ruth sie mitten im Satz und starrte auf Beas Fuß.

»Ach, nur ein kleiner Betriebsunfall. Mir geht's gut. Aber was ist mit dir los?«, fragte Bea und ließ sich vorsichtig neben Ruth aufs Sofa sinken.

Ruth brauchte einen Augenblick, bis sie antworten konnte. Ihr Blick blieb an der gegenüberliegenden Wand hängen, und sie schien in Gedanken meilenweit entfernt. Dann zog sie die Nase hoch. »Ich bin noch nie von Philip getrennt gewesen.«

»Getrennt? Was meinst du damit? Ist mit Philip alles in Ordnung?«

Ruth tupfte sich die Augen mit einem Taschentuch ab. »Ja, es ist alles in Ordnung. Ich habe beschlossen, sein Zimmer neu streichen zu lassen und bei der Gelegenheit auch das Wandgemälde von Elizabeth und Philip ein bisschen zu erneuern.«

Bea nickte und versuchte mitzukommen. Ein frisch renoviertes Zimmer für ein Frettchen? Sie dachte an ihre eigene Wohnung, mit den Rissen und allem Drum und Dran.

»Gestern ist die Firma gekommen, und die Leute haben gesagt, Philip muss für mindestens eine Woche die Wohnung verlassen! Offenbar sind die Farbausdünstungen nicht gut für ihn und für mich auch nicht. Kannst du dir das vorstellen? Also hab ich mir ein paar Hundepensionen angeschaut. Aber die nehmen keine Frettchen. Die spinnen vielleicht!« Bea hatte Ruth noch nie so fertig mit den Nerven gesehen. »Ich habe versucht, ihn mit in mein Zimmer ins Langham Hotel zu schmuggeln, aber die haben uns erwischt, und das Management hat gedroht, uns alle beide rauszuwerfen, wenn ich ihn nicht anderswo hinbringe! Ich wusste wirklich nicht mehr, was ich machen sollte. Philip kommt nicht gut mit Fremden zurecht, und ich kann ihn doch nicht eine ganze Woche bei meiner stumpfsinnigen Schwester unterbringen. Er kann sie nicht ausstehen.« Ruth gab ein hysterisches Gackern von sich. »Dann ist mir eingefallen, wie gut du mit dem kleinen Philip zurechtkommst. Wie er eine Beziehung zu dir aufgebaut hat und dir im Kino in die Arme gesprungen ist. Das hab ich noch nie erlebt.« Ruth lächelte liebevoll, dann runzelte sie wieder die Stirn.

Arme Ruth. »Und wie kann ich dir nun helfen?«, fragte Bea.

»Na ja, wo du doch so gut mit Philip auskommst …«

Oh nein.

»Und wo er doch diese Woche nicht zu Hause sein kann …«

Ach du liebe Güte, bloß nicht.

»Die Farbausdünstungen würden ihn umbringen …«

Scheiße, Scheiße.

»Und bei mir kann er auch nicht bleiben …«

Teilnahmslos gucken! Teilnahmslos gucken! »Ach?«

»Würdest du … könntest du dir vielleicht vorstellen …«

Nur das nicht!

»Dich um meinen lieben Philip zu kümmern? Nur für ein

paar Tage, allerhöchstens zwei Wochen, während ich alles andere regle?«

NEEEEEEIIIIIIIIIIN! »Ja.«

»Ja? Wirklich?«

»Ja«, sagte Bea. Es klang eher wie eine Frage.

Ruth stieß einen lauten Jubelschrei aus und zog Bea samt ihrem kürzlich operierten Knöchel an sich. Philip schlängelte sich unsicher zwischen den beiden hin und her.

Bea löste sich sanft aus Ruths schmerzhafter Umarmung, indem sie ihr Hinterteil so weit zurückschob, bis ihr Oberkörper automatisch nachkam.

»Ach, ich bin ja so erleichtert«, sprudelte es nur so aus Ruth heraus. »Philip bedeutet mir alles, und ich ertrage es nicht, von ihm getrennt zu sein. Ich kann nicht mal aufs Klo gehen, ohne dass ich ihn mitnehme! Ich hasse es, wenn ich anderen Leuten zu Dank verpflichtet bin – dann fühle ich mich so schwach und belastet –, aber hier muss einfach mein Baby an erster Stelle kommen. Nicht wahr, Prinz Philip, Duke of Edinburgh?«, säuselte sie und kraulte das Frettchen, das nun sehr zufrieden schien, unterm Kinn.

»Aber klar doch. Ich freu mich ja, wenn ich helfen kann«, sagte Bea durch zusammengebissene Zähne hindurch.

»Ach, ausgezeichnet, ausgezeichnet«, trällerte Ruth. »Ich geh rasch runter und hol seine Sachen.«

»Seine Sachen? Jetzt schon?«

»Na ja, am besten zieht er gleich ein. Diese ganzen Veränderungen und die Unsicherheit sind gar nicht gut für seine psychische Verfassung. Außerdem muss ich nach Sydney zu einem Gründerinnentreffen und würde es nicht ertragen, ihn schon wieder aus seiner gewohnten Umgebung herauszureißen.«

Seine psychische Verfassung? Und was ist mit meiner psychischen Verfassung?

Ruth stand auf, drückte Bea das Frettchen in den Arm und ging zur Tür. »Ich bin gleich wieder da. Ich muss sicher nur zweimal gehen.«

Nachdem sie dreimal zu ihrem Auto gelaufen war, quoll Beas Wohnzimmer über mit Frettchen-Utensilien, darunter ein großes Hühnergehege aus Draht, zwei Gurtgeschirre (eins für tagsüber und eins, das im Dunkeln leuchtete, für die spontanen Abendspaziergänge, die Philip so liebte), Näpfe für Futter und Wasser, ein Katzenklo, Putzzeug (»sein Gehege muss zweimal die Woche gereinigt werden«), zwei große Kisten mit Spielzeug, ein fluoreszierender Leuchttunnel (»um ihn geistig anzuregen«), ein Schlafsack, eine kleine Hängematte und ein runder Weidenkorb als Bettchen. Beas Kühlschrank war nun voll bis zum Anschlag mit rohem Hühnerfleisch. »Er braucht acht bis zehn kleine Mahlzeiten am Tag. Sein Stoffwechsel ist wirklich zu beneiden!«, erklärte Ruth. Zum Glück hatte Bea während ihrer Marie-Kondo-Phase so gut wie alles aus ihrer Wohnung geworfen, sonst wäre sie gezwungen gewesen, in eine größere Wohnung umzuziehen.

»Ich weiß es sehr zu schätzen, dass du mir hilfst, Beatrix, ehrlich. Gibt es irgendwas, womit ich mich bei dir revanchieren könnte?«

Bea dachte einen Augenblick nach. »Ja, da gäbe es in der Tat etwas. Erinnerst du dich, ich hab dir doch erzählt, dass ich mich mit einer kleinen Marketingagentur selbstständig gemacht habe. Es ist nichts Großes – aber vielleicht könntest du mir irgendwann mal mit ein paar Ratschlägen weiterhelfen, wenn es dir nichts ausmacht. Wo du doch so eine erfolgreiche Geschäftsfrau bist.« Bea zuckte verlegen mit den Achseln. Sie fühlte sich immer ein bisschen unwohl, wenn sie jemanden um einen Gefallen bat, aber weil sie soeben zugestimmt hatte, den Frettchen-Babysitter zu spielen, fand sie, Ruth wäre ihr im Grunde einen Gefallen schuldig.

»Aber natürlich, Beatrix. Wenn du Philip hilfst, helfe ich deiner Firma. Gleich ein erster Ratschlag für dich: Wachse im Stillen. Dann sind deine Konkurrenten völlig überrascht, wenn du auf einmal riesengroß und brillant bist.«

Bea nickte und sog Ruths Weisheiten in sich auf.

»Also dann, wir bleiben in Verbindung«, sagte Ruth zu Philip.

»Äh, okay. Dann halt mich auf dem Laufenden, wie es mit dem Streichen der Wohnung vorangeht!«, sagte Bea verzweifelt und lehnte sich gegen ihre Wohnungstür. Ruth winkte und verschwand im Hausflur.

Seufzend setzte Bea den sichtlich geknickten Philip in sein Gehege, warf sich noch zwei Schmerztabletten ein und legte sich wieder auf die Couch. *Was zum Teufel ist da gerade passiert?*

*

Beas Augenlider flatterten. Sie blinzelte, als das helle Tageslicht in die Tiefen ihres Schädels einzudringen schien. Also machte sie die Augen wieder zu, zog sich die Decke über den Kopf und versuchte, wieder einzuschlafen. Da hörte sie plötzlich in ihrer Küche ein leises klirrendes Geräusch, sodass sie die Augen wieder aufriss. Immer noch unter die Decke gekuschelt lauschte sie aufmerksam. *Ja, da macht jemand ganz klar meine Schranktüren auf und zu.* Bea erstarrte. Ihr tat immer noch alles weh, und sie war von der letzten

Ladung Schmerzmittel ein bisschen high. Sie versuchte durchzuspielen, wie sie sich in dieser Situation verhalten sollte. Wo hatte sie ihren kleinen Taschenalarm hingelegt? Auf den Nachttisch. Dahin würde sie es in ihrem Zustand niemals rechtzeitig schaffen. *Vielleicht verschwindet der Kerl wieder, wenn ich einfach ganz mucksmäuschenstill liegen bleibe.* Sie kniff die Augen zusammen, und ihr Kiefer verkrampfte sich.

Als ein lauter Krach ertönte, zuckte sie zusammen. *Ich hoffe bloß, dass Frettchen die Deutschen Schäferhunde in der Familie der Marder sind,* dachte sie, als sie Schritte hörte. Sie wurden lauter, gingen einmal quer durchs Zimmer, blieben stehen, gingen weiter. Dann verstummten sie. Bea spürte eine dräuende Gegenwart und hörte stoßweises Atmen. Finger schoben sich unter ihre Decke.

Sie verkrampfte sich und machte sich auf alles gefasst. »Bitte töten Sie mich nicht!«, schrie sie.

»Bea?«, sagte eine Stimme. »Ich bin's, Zach. Entspann dich!«

»Zach?« Bea machte ein Auge auf. »Was machst du denn hier? Wie bist du reingekommen?«

»Mit dem Schlüssel, den du mir gegeben hast.«

»Ich hab dir einen Schlüssel gegeben?«

»Ja, als ich dich zu Hause abgeliefert habe. Du hast mir einen Schlüssel gegeben und darauf bestanden, dass ich ihn auch benutze und nachschaue, dass du nicht im Schlaf gestorben bist.«

»Du liebe Zeit, diese Schmerzmittel machen mich echt zur Dramaqueen.« Bea entspannte sich. »Hilf mir mal auf.«

Zach griff sie an Hand und Ellenbogen, sie umfasste ihn, und er zog sie vorsichtig in eine sitzende Position.

»Wie fühlst du dich? Und was zum Henker macht dieses Frettchen hier bei dir?«

Philip! Sie hatte gehofft, dass sie das alles nur geträumt hatte.

»Er hat sofort wieder versucht, mich zu beißen! Wir beide kommen einfach nicht klar miteinander«, sagte Zach mit gerunzelter Stirn. Bea rieb sich die Schläfen und machte sich so ihre Gedanken über die Intuition von Tieren.

»Ach übrigens, ich hab dir was mitgebracht.« Zach streckte den Arm aus und präsentierte ihr einen Strauß Narzissen.

»Die sind aber schön!«

Zach strahlte, und sein ganzes Gesicht hellte sich auf, als wäre er ein Labrador, den man gerade ermunternd den Kopf getätschelt hatte. »Ich hab keine Vase gefunden. Es sieht irgendwie so aus, als wären in deiner Wohnung nur noch die Couch und das ganze Zeug für das Frettchen.«

»Ich probiere gerade was Neues aus.«

»Das sehe ich.«

»Ich schau mal nach, ob ich noch was finde.« Bea rutschte zur Kante der Couch, verzog vor Schmerz das Gesicht und ließ sich wieder in eine liegende Position zurücksinken.

»Nicht bewegen, ich mach das schon«, sagte Zach und drückte ihr beruhigend den Arm.

Bea dankte ihm mit einem Lächeln und legte den Kopf gegen die Sofalehne. Langsam kam die Erinnerung zurück, wie sie Zach den Schlüssel gegeben hatte. *Verdammt, diese Medikamente hauen aber auch rein!* Aber im matten Licht des Nachmittags, in einer Wohnung mit nichts darin als Frettchen-Kram war Bea mehr als dankbar, dass Zach hier war.

»Das müsste funktionieren!« Triumphierend kehrte Zach aus der Küche zurück, in der Hand ein leeres Glas, in dem einmal Pastasoße gewesen war und in dem jetzt die Narzissen standen. Er wich dem Frettchengehege aus (was Philip mit einem leisen, bedrohlichen Fauchen kommentierte), stellte die Blumen auf den Couchtisch und ließ sich neben Bea auf die Couch fallen.

»Gut gemacht. Sehr einfallsreich.« Bea klatschte theatralisch Beifall. »Bist du auch wirklich echt?« Sie kniff die Augen zusammen.

Zach runzelte die Stirn. »Natürlich bin ich echt. Und du?«

»Ich bin ein Traum.«

Zach lachte, kniff sie in die Wange und rückte ein bisschen näher. »Du bist echt merkwürdig. Aber das gefällt mir.«

»Du bist hier derjenige, der komisch ist. Im einen Moment wirst du dafür bezahlt, dass du mit mir zusammen bist, und im nächsten bringst du mir Blumen und räumst mein Wohnzimmer auf.«

»Moment mal, ich hab dein Wohnzimmer nicht aufgeräumt!«

»Noch nicht.« Bea zwinkerte ihm zu.

Zach lachte und gab ihr einen zarten Kuss auf die Lippen. Bea erwiderte ihn mit einer Leidenschaft, wie sie ein paar Tage nach einer Operation wahrscheinlich noch nicht ratsam war. Er beugte sich über sie und achtete darauf, dass er sie nicht mit seinem Gewicht belastete. Bea stöhnte leise auf.

»Zach«, hauchte sie.

»Bea«, flüsterte er mit heiserer Stimme zurück.

»Ich würde gern … du weißt schon.« Sie war rot geworden. Ihr Fuß war in sehr ungünstiger Position auf einem Kissen hoch gelagert.

»Oh! Du würdest gern …?« Zach hob eine Augenbraue. Er schwebte noch immer über ihr, das Gewicht auf die Hände gestützt. Ihre Nasen berührten sich beinahe. »Bist du – bist du denn sicher, dass es dir schon gut genug geht?«, fragte Zach zögerlich und warf einen Blick auf ihren Fuß.

»Ja«, sagte Bea entschieden. »Nur dass du vielleicht die ganze Arbeit machen musst.« Sie zuckte spielerisch mit den Achseln.

»Das schaff ich schon.« Er küsste sanft ihren Hals, dann ihr Schlüsselbein und dann bewegte er sich nach unten. Sein halber Körper hing jetzt unbeholfen neben der Couch, während er ihre Brust und ihren Bauch küsste. Bea bekam Gänsehaut am ganzen Körper, und ihr Atem ging ganz flach. Sie fuhr Zach durchs Haar und spürte, wie er lächelte. Langsam und bedächtig zog er ihre Jogginghose und die Unterhose hinunter, während Bea sich verlegen nach hinten schob. Ihr gebrochener Knöchel hinderte sie daran, sich so zu bewegen, wie sie wollte. Zach küsste jetzt wieder ihren Bauch, quälend und unerträglich langsam. Sie bäumte sich auf, und ihr Atem wurde schneller, als wollte er sagen: *Mach schneller!* Schließlich küsste Zach sie tiefer und noch tiefer, bis er genau dort war, wo sie ihn haben wollte.

53

liebe Ramona,
ich weiß ich weiß! Meine Wohnung ist ein Saustall. Ich musste mich noch von der Operation erholen und konnte kaum was machen. (Und dass du letzte Woche nicht hier warst, hat mir echt den Rest gegeben! Wie war denn dein Urlaub?) Bitte tu mir einen Gefallen und schmeiß alles raus, was du noch an Schmerzmitteln findest. Ich brauche für den Rest meines lebens keine chemisch hervorgerufenen Highs mehr.
Danke. Tut mir leid.
liebe Grüße
Bea xx

PS: Wie stehst du zum Putzen von Frettchenkäfigen? Ich bin dir echt was schuldig!

54

Bea,
ich habe allergisch auf Tierhaare, so kann ich heute nicht putzen. Bitte sag mir Bescheid, wenn die Tier weg ist.
Tut mir leid!
Ramona

PS: Mein Urlaub sehr schön und romantisch.

55

SPEEDDATE MIT EINEM BUCH

Träumen Sie nicht weiter davon, die perfekte Frau oder den perfekten Mann zu finden, sondern machen Sie sich stattdessen auf die Suche nach dem perfekten Buch für Sie! Bea Babbage, Gründerin der Marketingagentur *Schnabeltier* mit Sitz in Melbourne, und der Barista Grover Dinopoli haben die Datingveranstaltung mit dem ganz besonderen Dreh ins Leben gerufen. Next Chapter hilft Ihnen nicht bei der Suche nach Ihrem Seelenverwandten, sondern dabei, Ihre nächste große literarische Liebe zu finden. Die Veranstaltungen finden im Café von Grover Dinopoli, *The Nook*, statt. Die Teilnehmer bringen ihr Lieblingsbuch mit und haben fünf Minuten Zeit, es einem anderen Leser vorzustellen. Spricht Sie das Buch an, nehmen Sie es mit; wenn nicht, wartet vielleicht schon am nächsten Tisch die große Bücherliebe.

»Wir sind schon sehr aufgeregt. Wir erwarten einen großen Andrang und vielleicht auch den einen oder anderen prominenten Überraschungsgast.«

Bea Babbage über das bevorstehende Next-Chapter-Treffen

»Meiner Meinung nach besteht der Reiz von Next Chapter darin, dass wir Menschen mit einer Leidenschaft für Bücher zusammenbringen. Lesen ist heutzutage keine einsame Beschäftigung mehr. Es geht um Freundschaft, um Gefährten, um Gemeinschaft, und das wollen wir auf unsere eigene und einzigartige Weise feiern.«

Grover Dinopoli

Die nächste Veranstaltung findet statt am Samstag, den 25. Juli, um 19.00 Uhr in The Nook, South Yarra. Der Eintritt kostet 10 Dollar. Eine Anmeldung wird erbeten unter beatrix@platypusagency.com.au

56

Bea: Dino, hast du gesehen? Wir stehen ganz oben bei den Veranstaltungshinweisen. Das ist absolut riesig für die nächste Next-Chapter-Veranstaltung. Nur noch zehn Tage bis dahin! Wir müssen uns unbedingt bald treffen und die Details besprechen. Sag mir Bescheid, wann es bei dir passt. Ich bin total aufgeregt – AHHH 😱

Bea ließ ihr Telefon über den Küchentisch gleiten und verdrehte die Augen. Warum machte sie sich überhaupt noch die Mühe, Dino zu schreiben? Es war klar, dass er nicht antworten würde. Er war so dermaßen stur! Und außerdem war Bea sauer auf ihn. *Wie kann er es wagen, mir zu sagen, mit wem ich eine Beziehung führen darf und mit wem nicht, wem ich verzeihen darf und wem nicht? Ich habe ja schließlich auch kein Mitspracherecht, was Sunday angeht!*

Heute würde sie zum ersten Mal wieder arbeiten, und sie hätte nicht aufgeregter sein können. Nachdem sie Zach in benebeltem Zustand, an dem die Medikamente schuld gewesen waren, ihren Schlüssel gegeben hatte, war er mehr oder weniger bei ihr eingezogen. Sie erinnerte sich an die vergangene Woche nur wie durch einen Schleier: Massagen, hinter Philip her putzen, wenn er gewisse unappetitliche Dinge getan hatte, seine hartnäckige Abscheu Zach gegenüber, Gelage mit gesundem Essen und herrlicher, atemberaubender Sex. Einerseits genoss sie Zachs Anwesenheit ebenso wie seine Bereitschaft, ihren Kühlschrank stets gut gefüllt und ihren Körper stets befriedigt zu halten – und andererseits konnte Bea nicht bestreiten, dass sie sich allmählich ein bisschen erstickt fühlte.

Sie machte sich eine Schüssel mit glutenfreiem Müsli und Mandelmilch zurecht. Nachdem sie nun gelernt hatte, wie sie mit ihrer peinlichen Gehhilfe hinken musste, konnte sie sich auch ohne Krücken fortbewegen. Sie setzte sich mit ihrem gesunden Frühstück hin und löffelte das fade Zeug.

Zach kam frisch aus der Dusche und ging hinter ihr vorbei. Sein Haar war noch feucht, und er duftete nach Erdbeeren. »Den ersten Tag wieder ins Büro! Bist du sicher, dass du schon so weit bist, Babe?«, fragte er und massierte ihr von hinten verführerisch die Schultern.

Argh! Diesen Kosenamen ertrage ich nicht. »Ganz sicher. Du musst aufhören, dir immer Sorgen um mich zu machen, Zach. Mir geht's gut«, sagte Bea und kratzte mit dem Löffel am Rand der Schüssel entlang, um sich davon abzulenken, wie liebend gern sie einen Streit mit ihm vom Zaun gebrochen hätte. »Und ich muss auch endlich mal wieder anfangen zu arbeiten. Ich hinke mit allem total hinterher! Ich hab einen Riesenhaufen ungelesener Mails von Mia – von den anderen kleinen Aufträgen, mit denen ich noch längst nicht fertig bin, ganz zu schweigen. Und dann ist bald wieder Next Chapter. Ich muss unbedingt Dino erwischen und unsere endgültige Planung ausarbeiten.« Bea seufzte tief.

»Es ist eine endlos lange Liste!« Sie stand langsam auf und wollte ihre leere Schale in die Spüle stellen.

Ehe sie auch nur einen Schritt machen konnte, nahm Zach ihr die Schale aus der Hand und küsste Bea im Vorübergehen auf den Hinterkopf. »Aber lass es langsam angehen.«

Bea war nicht sicher, ob er sich auf ihren heilenden Knöchel bezog oder auf ihr Verhältnis zu Dino. Sie hatte Zach nichts von dem großen Krach erzählt, aber er hatte hinten im Vorratsschrank den großen Haufen Tüten vom Lieferservice gefunden. »Mach dir keinen Kopf, das wird schon. Kommst du später wieder?«, fragte sie und küsste ihn leicht.

»Soll ich denn?« Er küsste sie voller Leidenschaft zurück.

Einen Augenblick bog sie sich ihm entgegen, zog sich allerdings sofort wieder zurück. Sie musste zur Arbeit und wollte sich von Zach nicht mit Sex zum Bleiben verlocken lassen. Sie drehte sich so abrupt um, wie ihr Fuß es zuließ, hob ihre rote Tragetasche vom Boden auf, nahm Philip an die Leine und humpelte zur Tür.

»Bis dann!«

»Ich liebe dich!«, rief er ihr hinterher, aber da hatte Bea schon die Tür hinter sich zugemacht.

*

Es war ein gutes Gefühl, wieder im Büro zu sein. Obwohl sie nur diesen kleinen Schreibtisch hatte, kam es ihr vor, als hätte sie mehr Platz für sich als in der ganzen vergangenen Woche. Die befreiende Geräuschkulisse von klappernden Tastaturen, Brainstorming-Sessions und Anrufen von Kunden der Start-up-Gründer um sie herum befeuerte ihre Kreativität. Bea fühlte sich erleichtert. Zum ersten Mal seit einer Woche hatte sie in ihrem Kopf wieder Platz für Strategien und Ablaufdiagramme statt immer nur *Zach, Dino, Zach, Dino, Zach.* Sie hatte Philips Leine an einem Bein ihres Schreibtischs befestigt (zum Glück waren im Revolver Lane Tiere erlaubt), wo er jetzt tief und fest schlief und dabei ein sanft schnurrendes Geräusch von sich gab.

Gerade als sie sich wieder einigermaßen eingelebt hatte, schwang die Eingangstür auf. Bea hörte sie, ehe sie sie sah – das Klackern dieser Absätze hätte sie überall auf der Welt erkannt! Sie blickte auf, und tatsächlich stand die legendäre Martha vor ihr. Bea hatte sich immer noch nicht daran gewöhnt, sie in Fleisch und Blut zu sehen. Sie trug einen hellroten Trenchcoat, der einfach perfekt zu ihrer Hautfarbe passte, und ihr Haar war jetzt schulterlang und schwarz wie das von Kleopatra. Bea realisierte, dass Martha eine Perücke trug. Sie strahlte sie an und winkte sie zu sich, während sie neidisch von den exquisiten Schuhen ihrer ehemaligen Kollegin zu ihren eigenen Füßen sah: ein Nike-Turnschuh und eine klobige Schiene.

»Martha, wie schön, dich zu sehen! Ich stehe tief in deiner Schuld.« Bea beugte sich zu ihr hin und wollte sie auf die Wange küssen, aber Martha gab ihr rechts und links Luftküsse.

»Ist mir ein Vergnügen. Ich habe noch ein paar Krankentage, und um ehrlich zu sein, bringen mich diese ganzen Start-up-Vibes so richtig in Schwung. Außerdem gibt es kaum etwas, das ich nicht für einen Austen-Fan wie dich tun würde! Also, wie kann ich dir helfen?« Martha tat einen Schritt über Philip hinweg, ohne das schlafende Tier auch nur zu erwähnen, zog sich einen Stuhl heran und setzte sich mit übereinandergeschlagenen Beinen darauf. Ihre Körperhaltung war mustergültig, und sie duftete nach Chanel No. 5 – der Inbegriff von Eleganz.

»Im Wesentlichen geht es darum, dass ich keine Ahnung habe, wie man eine Finanzprognose erstellt«, gab Bea zu. Sie zog eine Tabelle heran, die sie erstellt hatte, und zeigte auf einige Zahlen.

»Das ist kein Problem, Bea, da kann ich dir weiterhelfen.« Martha lächelte, holte ihren Laptop aus ihrer schwarzen Tasche und stellte ihn sich auf dem Schoß zurecht. »Wie sieht es mit Buchhaltungsprogrammen aus? Hast du Xero?«

»Nein.«

»MYOB?«

»Nein.«

»QuickBooks?«

»Nein.«

Martha blickte sie mit einem Hauch von Mitleid an und sagte dann: »Mach dir keine Gedanken, meine Liebe. Ich hab schon unter schwierigeren Bedingungen gearbeitet und erstelle dir jetzt die beste Finanzprognose, die du je gesehen hast!«

Bea lachte. »Ich danke dir sehr, Martha. Du hast ja keine Ahnung, was mir das bedeutet.«

Martha schüttelte den Kopf, als wollte sie sagen: »Ist doch nicht der Rede wert«, und fing an, wie wild auf ihrem rotgoldenen Laptop herumzutippen.

Gerade als Bea sich wieder an die Arbeit machen wollte, begann Philip, sich unkontrolliert zu winden. Er hatte sich die ganzen Tage über überraschend gut benommen, wenn man mal davon absah, dass er Zach ab und zu angefaucht hatte, aber jetzt schien er vollkommen durchzudrehen. Er wand sich, fauchte und zitterte. Martha kreischte auf und zog die Beine ein, während Bea sich neben dem Frettchen auf den Boden kauerte.

»Philip, geht's dir gut?«, flüsterte sie ihm zu. *Ob man wohl mit Frettchen wirklich sprechen kann?*

»Er ist nur ganz aufgeregt, weil er mich sieht«, sagte Ruth, die plötzlich aus dem Nichts aufzutauchen schien. Sie hakte Philip von der Leine los, hob ihn hoch und drückte ihn an sich. Er rollte sich zufrieden ein.

Ruth trug eine schwarze Caprihose und einen Pullover mit der Aufschrift »Team Sarah, Duchess of York«. Ihr Haar hatte sie zu einem so strengen Pferdeschwanz zusammengebunden, dass Bea fürchtete, Ruths Haut könnte reißen.

»Du hast Mummy vermisst, was? Das hast du doch, oder?« Ruth küsste Philip ein bisschen zu heftig auf den Bauch, sodass ein paar Haare an ihrem Lippenstift hängen blieben.

Martha hüstelte.

»Ruth, du bist wieder da! Was machst du denn hier?«, rief Bea aus, überrascht von dem unangekündigten Besuch.

»Ich bin natürlich gekommen, um Philip zu besuchen. Und um dir zu helfen, Bea.«

»Ehrlich? Danke schön!« Die Leute fingen schon an, ihnen Blicke zuzuwerfen, zweifellos weil sie sich von dem Lärm gestört fühlten, den Beas spontan versammelte Mannschaft hier veranstaltete. Bea ignorierte die Blicke und stellte die beiden Frauen einander vor.

»Mir fällt auf, dass du einen britischen Akzent hast. Kennst du jemanden von den Royals?«

»Die Royals? Du meinst … die Windsors?«

»Natürlich, wen denn sonst, Martha«, erwiderte Ruth deutlich frustriert.

»Nein, ich kenne keinen von ihnen persönlich, tut mir leid.«

Ruth blickte Martha einen Augenblick länger in die Augen als nötig, runzelte die Stirn und wandte sich dann abrupt wieder an Bea. »Beatrix, ich nehme an, du hast keine Ahnung, wie man ein Unternehmen gründet?« Sie setzte sich im Schneidersitz auf den Boden und ließ Philip an ihrem Arm hinaufklettern.

Als Bea mit den Achseln zuckte, legte Ruth los. »Fangen wir damit an, dass du Fehler machst. Je früher du das tust, desto eher kannst du sie korrigieren«, sagte sie.

»Bea?«, rief jemand, und Bea holte tief Luft, ehe sie sich umdrehte. *Was ist denn heute bloß los?*

»Sunday?«

»Was machst du denn hier?«, fragte Sunday.

»Ich habe hier einen Platz gemietet. Aber was machst *du* hier?«, fragte Bea verwirrt. Martha und Ruth starrten die beiden an und warteten darauf, dass Bea sie vorstellte.

»Ich hab hier einen neuen Job! Als Fashion Assistant bei dieser großartigen veganen, umweltfreundlichen, nicht-ausbeuterischen, Start-up-Kleidermarke.«

Ruth, die noch immer auf dem Boden saß, streckte ungeduldig ihre mit Frettchensabber bedeckte Hand aus und wollte Sunday die Hand schütteln. »Ich bin Ruth, Beas Mentorin.«

»Und ich bin Martha, Beas Finanzplanerin.« Auch Martha streckte Sunday die Hand hin.

»Ähm, hallo.« Sunday berührte die Hände der beiden nur oberflächlich.

»Dann arbeitest du also nicht mehr in The Nook?«, fragte Bea. Sie wollte unbedingt etwas über Dino erfahren – aber auf ganz unauffällige, lässige Art.

»Wir sind immer noch Geschäftspartner, aber ich arbeite nicht mehr dort. Ich musste unbedingt meinen Träumen folgen, weißt du, und frei sein wie ein Vogel!« Sunday tat so, als schlage sie mit Flügeln.

Bea nickte und konnte sich The Nook ohne die göttlichen Backwaren von Sunday gar nicht vorstellen. Sie hatte Kreationen erschaffen, von denen Bea nicht mal geahnt hatte, dass es sie gab. »Dino findet es sicher ganz schrecklich ohne dich.«

»Er wird's überleben.«

Bea nickte. Hier war ihre Chance, mehr zu erfahren. »Wie geht's ihm eigentlich? Ich weiß nicht, ob er es dir erzählt hat, aber wir hatten so eine Art Streit. Ich hab ihn seitdem nicht mehr erreicht.«

»Um ehrlich zu sein, ich hab keine Ahnung. Ich bin gerade erst aus meinem Bali-Urlaub zurückgekommen, und dann hab ich sofort hier angefangen. Dino hab ich seit über einer Woche nicht gesehen. Ich sollte mal vorbeigehen und ihn besuchen«, sagte Sunday vergnügt.

»Du hast ihn nicht gesehen? Habt ihr beiden denn Schluss gemacht?«, fragte Bea etwas zu übereifrig.

Sunday lachte. »Schluss gemacht? Mensch, soll das etwa ein Witz sein? Wir sind doch nur Freunde. Weißt du denn nicht, dass ich lesbisch bin?«

Bea ließ den Notizblock fallen, den sie in der Hand hielt. *Dino ist Single?*

»Ich bin jetzt mit Ramona zusammen, deiner heißen Putzfrau. Ich hab sie bei dir kennengelernt, als ich damals das Kochbuch abgeholt hab. Hat sie dir nicht erzählt, dass wir gerade zusammen auf Bali gewesen sind?«

»Nein!«, rief Bea schockiert aus. »Ich meine, ich wusste nur, dass sie in Urlaub war. Dann bist du also das Mädchen, mit dem sie zusammen ist?«

Sunday nickte und lächelte strahlend.

»Und du und Dino?«, fragte Bea versuchsweise.

»Du liebe Zeit, nein, wir sind nur gute Kumpels. Wenn

du mich fragst, ich dachte immer, dass Dino auf dich steht.« Sunday kniff ihr spielerisch in den Arm. »So, jetzt muss ich aber flitzen. Die Entwürfe für diese Badeanzüge aus recyceltem Plastik machen sich schließlich nicht von selbst! Bis später, Süße! Ich freue mich ja so, dass wir im gleichen Haus arbeiten!«

Dino ist die ganze Zeit Single gewesen?

»Bea, warum bist du so blass geworden?«, fragte Martha.

»Ja, ist alles in Ordnung?«, schloss Ruth sich an.

Bea schüttelte den Kopf. »Ich glaube, ich falle in Ohnmacht.«

57

Den ganzen restlichen Tag konnte Bea sich nicht mehr konzentrieren. *Dino ist Single!*, dachte sie immer wieder. Aber sie hatte doch gesehen, wie er mit Sunday umging. Oder hatte ihr paranoides Gehirn ihr alles nur vorgemacht? Und Sunday und Ramona? *Wie konnte mir das nur entgehen?*

Während Martha und Ruth über Computersysteme stritten und Philip ohne Unterbrechung fraß und fraß, dann schiss und danach weiterfraß, befand Bea sich in einer Art Schockzustand. *Du bist mit Zach zusammen*, sagte sie sich, während sie versuchte, Ablaufpläne zu entwerfen und die Anweisungen zu begreifen, die Mia geschickt hatte. Und als Martha und Ruth sagten, dass sie jetzt gehen müssten, winkte Bea ihnen nur halbherzig zu, ohne sich groß zu bewegen.

Sie warf einen Blick auf die Uhr. Sie hatte Angst, zu Zach nach Hause zu gehen, aber sie hatte genauso viel Angst vor dem, was sie tun würde, wenn sie nicht nach Hause ging. Als Sunday also noch einmal an ihren Schreibtisch kam und fragte, ob sie mit auf einen After-Work-Drink in den Lucky Coq kommen wolle, nahm Bea an, dankbar, dass sie nun eine Entschuldigung hatte.

Zwei Stunden, drei Tequilashots und zwei Gläser Rotwein später stolperte Bea aus dem Pub. Sunday hielt sie lachend fest.

»Bist du sicher, dass es dir gut geht, Schätzchen?« Sundays dunkelroter Lippenstift war verschmiert, und ihr Lippenpiercing funkelte im Licht der Straßenlaternen. Während sie hinaus auf die Straße stolperten, kippte Bea um, und Sunday fing sie auf.

»Aber natürlich, *Schätzchen*! Mir geht's einfach fantastisch!«

Sunday brach wieder in lautes Gelächter aus. »Also, erzähl mir mal mehr von Zach. Ich kann einfach nicht glauben, dass ihr beiden wieder zusammen seid!«, sagte sie etwas undeutlich.

»Irgendwie bin ich da einfach wieder reingestolpert, weißt du? Er war da, als ich niemand anders hatte. Und er hat sich gut um mich gekümmert. Außerdem ist der Sex einfach verdammt großartig.« Bea hickste und hielt sich rasch die Hand vor den Mund.

»Oh Mann. Ich hab schon verstanden. Guter Sex ist echt alles! Zu dumm, dass ich den besten Sex meines Lebens für immer verloren habe.«

»Oh? Ist etwas mit Ramona?« Bea war immer noch nicht über die Enthüllung hinweg, dass Sunday mit ihrer Putzfrau schlief.

»Nein! Das macht einfach nur total Spaß. Der beste Sex, den ich je hatte, war mit der Liebe meines Lebens – Ella. Sie war wunderschön und gleichzeitig unglaublich witzig. Und der Sex war einfach fantastisch. Aber ich erinnere mich noch genau, wie mir klar wurde, dass es für mich mehr als nur das Körperliche war. Es war ihr Lachen, das es mir so unglaublich angetan hatte.«

»Und was ist dann passiert?«

»Sie hat ganz plötzlich den Kontakt abgebrochen. Eines schönen Tages hab ich sie angerufen, und der Anruf ging direkt auf die Mailbox. Ich hab nie wieder von ihr gehört. Sie hat mein Herz zu Spaghetti verarbeitet«, sagte Sunday.

»Zu Spaghetti?«, kicherte Bea.

»Jawohl, Spaghetti!«, rief Sunday aus und kicherte ebenfalls. »Weißt du, was wir jetzt machen sollten?«

»Was denn?« Bea strahlte Sunday an. So sorglos und frei hatte sie sich schon lange nicht mehr gefühlt. Sie griff nach Sundays glitzer-manikürter Hand und schwang sie vor und zurück, ganz begeistert von dieser unbekümmerten Geste.

»Wir sollten zu The Nook fahren!« Sunday fiel Bea in die Arme, und Bea kicherte hysterisch.

»No way, José! Dino ist stinksauer auf mich. Ich kann ihm jetzt echt nicht gegenübertreten.« Bea holte ihr Handy heraus und wollte einen Uber bestellen. Genug war genug, sie sollte jetzt wirklich nach Hause zu Zach. Außerdem gefiel es ihr nicht, wie ihr Magen ins Flattern geriet, wenn Sunday den Namen Dino erwähnte.

»Das ist er nicht, er *liebt* dich!«

Bea verdrehte die Augen.

»Nun komm schon«, sagte Sunday, schnappte Beas Handy und dirigierte sie in Richtung The Nook, genau in die Gegenrichtung zu ihrem Heimweg. »Er macht noch ein paar Sachen zu Ende, und ich hab gesagt, ich komme vorbei und helfe ihm beim Aufräumen.« Sunday lächelte, als der Uber neben ihr hielt und Bea widerwillig hinter ihr ins Auto plumpste.

*

Beas Magen verkrampfte sich, als sie sich der schmalen blauen Tür von The Nook näherten. *Das ist keine gute Idee*, sagte der Teil von ihr, der nicht betrunken war, und sie zitterte in der kalten Winterluft. Aber der betrunkene Teil drängte sie in den Laden. Sunday folgte ihr auf dem Fuß.

»Hallo, Dino! Bist du noch da?«, rief diese ein paar Dezibel zu laut für Beas inzwischen pochenden Kopf.

Sie blieb stehen und spielte verlegen an ihrem Haar herum. Agatha Christie kam sofort auf sie zugewatschelt und leckte ihr die Schuhe ab.

»Sunday?«, rief Dino von der Küche her. »Die anderen sind alle schon weg.« Er kam in seiner üblichen grünen Schürze aus der Küche, um Sunday zu begrüßen. Als er Bea sah, erstarrte er und sein Verhalten änderte sich. Er kniff die Augen zusammen und wurde ganz steif vor Wut. »Bea. Was willst du denn hier?«

Bea nahm Agatha Christie auf den Arm und drückte sie an sich. Sie blinzelte rasch ein paarmal. *Nein, ich heule jetzt nicht.*

»Ach, komm schon, du alter Griesgram. Wir sind doch alle Freunde.« Sunday gab ihm einen Kuss auf die Wange. »Weißt du, was Bea gedacht hat? Du wirst dich totlachen.«

Bea schüttelte leicht den Kopf. *Erzähl's ihm nicht, Sunday.*

»Dass es eine gute Idee war, wieder mit dem Typen zusammenzukommen, der sie belogen hat?«, fuhr Dino sie an.

Bea verdrehte die Augen. Sie hatte Dinos andauernde Befürchtungen satt. »Warum interessiert dich das überhaupt, Dino? Außerdem hat Zach sich geändert. Er ist wunderbar.«

»Er ist wunderbar im Bett trifft's wohl eher.« Sunday zwinkerte ihr zu.

»Deswegen bist du also mit ihm zusammen? Es ist der Sex? Ich habe mich schon die ganze Zeit gefragt, was der Grund sein könnte.«

»Das ist überhaupt nicht der Grund«, ätzte Bea. *Stimmt das?*

»Ist ja auch egal …« Sunday räusperte sich. »Was viel lustiger ist: Bea hat gedacht, wir beide wären zusammen. Sie hat uns die ganze Zeit für ein Paar gehalten!« Sie brach in Gelächter aus.

Dino riss die Augen auf. Er blickte Bea an, als wollte er fragen, ob das wirklich stimmte. Bea hob entschuldigend die Achseln.

»Du liebe Güte. Du hast gedacht, Sunday und ich wären zusammen? Die ganze Zeit über hast du das gedacht?«, murmelte er.

»Natürlich hab ich das gedacht, Dino. Du hast ja nie etwas Gegenteiliges gesagt.«

»Mir war nicht klar, dass ich etwas hätte sagen sollen – vor allem, wenn man bedenkt, dass es da gar nichts zu sagen gab«, sagte Dino mit leicht zitternder Stimme.

Sunday warf einen Blick auf die beiden, die einander anschauten und offenbar an alles dachten, was ungesagt geblieben war. »Dino«, durchbrach sie schließlich die Stille, »wobei können wir dir noch helfen?«

Dino blickte sich in dem blitzsauber funkelnden Café um. »Dein Timing ist wie immer erstklassig, Sunday. Ich bin gerade fertig geworden.«

Sunday schnippte mit den Fingern. »Verflixt!«, sagte sie grinsend und warf einen Blick auf die Uhr. »Sieht ganz so aus, als würde ich es doch noch zu der Einweihungsparty in Collingwood schaffen. Bea, willst du mitkommen?«

Bea schaute Dino an, der sich bereits wieder in die Küche zurückzog. Ihr Herz setzte einen Augenblick aus, als hätte sie einen Teil von sich verloren. Sie musste unbedingt wieder in Ordnung bringen, was auch immer da zwischen ihnen zerbrochen war. Und – vielleicht – auch die dringend anstehenden Maßnahmen für Next Chapter besprechen. Also lehnte sie Sundays Angebot ab und gab ihr zum Abschied einen Kuss. Sunday stolzierte mit drei Fingern winkend aus dem Café, und die Glocke an der Eingangstür klingelte Unheil kündend hinter ihr. Bea wandte sich wieder zu Dino und wollte etwas sagen, aber er hatte sie einfach stehen lassen. Seufzend setzte sie Agatha Christie in ihr Körbchen zurück und ging in die Küche.

»Dino?«, sagte sie und lehnte sich an den Türrahmen. In ihrem Kopf drehte sich alles.

»Du bist ja immer noch da«, sagte er, ohne sich umzuschauen.

Bea trat einen Schritt vor, blieb stehen und ging wieder rückwärts. *Ich schaffe das. Ich schaff's, dass wir uns wieder versöhnen.* »Dino, könnten wir bitte mal miteinander reden?«

»Schieß los. Was gibt's denn?«, sagte Dino abweisend, drückte den Deckel auf einen Behälter mit Mini-Quiches und stelle ihn in den Kühlschrank. Dann wandte er sich zu Bea um, verschränkte die Arme und blickte sie mit erhobenen Augenbrauen an.

»Dino, ich möchte doch nur, dass zwischen uns wieder alles so wird, wie es war. Mir fehlen die nervigen Zitate auf meinen Kaffeebechern. Mir fehlt unser Geplänkel und unsere Plauderei, und mir fehlen die Muffins, die du mir immer für abends aufgehoben hast.« Bea zwang sich zu einem Lächeln und spürte, wie sich ein großes Gewicht von ihren Schultern hob.

Dino schüttelte den Kopf und blickte geistesabwesend durch die kleine Servierklappe. »Ich weiß nicht, ob es zwischen uns jemals wieder so werden kann, Bea.«

»Bitte, Dino.« Bea trat wieder einen Schritt nach vorn. Sie wollte so gern den Graben schließen, der sich zwischen ihnen aufgetan hatte.

»Was ist der wirkliche Grund, dass du wieder mit ihm zusammen bist, Bea?«, fragte Dino und ließ die Arme sinken. »Ich versteh das einfach nicht. Ich versteh dich nicht.«

Bea blickte Dino in die Augen und sah dort Trauer und Zorn und vielleicht auch einen Hauch Sehnsucht. *Warum bin ich mit Zach zusammen?*, fragte sie sich. Das war eine Frage, die sie nicht so richtig beantworten konnte. Es war alles so rasend schnell passiert, und jetzt war es … nun ja, es war nun mal einfach so, wie es war. Ihr kamen verschiedene Möglichkeiten in den Sinn. *Bei ihm fühle ich mich sicher. Ich bin gern in seiner Nähe. Er kann wunderbar kochen.* Aber sie kam immer wieder auf den einen Grund zurück: *Weil ich sonst niemanden hätte.*

Dino trat einen Schritt näher. »Bea, ich wollte nicht, dass sich zwischen uns alles ändert. Du kannst es mir glauben oder nicht, du fehlst mir auch«, sagte er jetzt etwas sanfter.

Bea zögerte einen Augenblick, dann zog sie sich ein paar Zentimeter zurück. Dinos Gesicht verhärtete sich bei dieser Bewegung unmerklich.

»Warum kannst du mir nicht einfach sagen, warum du mit ihm zusammen bist, Bea?« Agatha Christie kam zu den beiden in die Küche, drückte ihren kleinen Körper mit dem gelockten Fell an Dinos Bein und schaute wissend zu ihm hoch.

»Weil …«

»Was? Sind es einfach die Umstände? Hättest du ein zu schlechtes Gewissen gehabt, ihn einfach abzuweisen? Denn einen anderen logischen Grund kann ich mir einfach nicht vorstellen.«

»Das ist nicht fair, Dino. Wie kannst du so was Schreckliches sagen?.«

»Ihr beide habt nichts gemeinsam.«

»Und du und ich haben etwas gemeinsam?« Bea schrie fast.

»Bea.« Er trat wieder auf sie zu und nahm ihr Gesicht zwischen seine Hände, sodass sie seine warmen, rauen Handflächen an ihren Wangen spürte. »Woraus auch unsere Seelen geschaffen sein mögen: seine und meine Seele gleichen sich völlig«, zitierte er Emily Brontë.

»Was soll das denn bedeuten? Ich versteh dich einfach nie, Dino. Du sagst nie, wie du dich wirklich fühlst. Die ganze Zeit über sprichst du in Gemeinplätzen und Zitaten. Es ist mir egal, wie Brontë sich fühlt oder Wilde oder Austen.« Ihre Stimme zitterte. Dino schien die Kunst zu beherrschen, zu kommunizieren und sich dennoch gleichzeitig alle Leute vom Leib zu halten. All diese Zitate und Metaphern, hinter denen er sich immer versteckte! Die permanenten Schranken – er konnte offenbar gar nicht anders, als immer wieder neue zu errichten. War ihm denn alles egal? Oder konnte er nicht anders? »Ich will wissen, was *du* fühlst!«

Dino zögerte, die Hände immer noch an Beas Gesicht.

»Dino! Sag's mir einfach. Sag mir, was du wirklich meinst.«

»Es geht hier nicht um mich. Ich muss mich nicht für meine Gefühle rechtfertigen«, sagte er und ließ sie los.

»Warum nicht?«, bedrängte ihn Bea.

»Da gibt es nichts zu sagen.«

Bea schüttelte den Kopf. »Da gibt es alles zu sagen, das weißt du genau.«

»So bin ich eben nicht. Ich bin nicht so aufgewachsen, dass ich einfach so über meine Gefühle plaudern würde. Ich bin bisher sehr gut damit gefahren, niemand an mich heranzulassen«, sagte Dino in einem einzigen Atemzug.

»Dino, probier's mal aus. Für mich. Bitte sag mir, was du wirklich meinst.« Sie stand so nahe bei ihm, dass sie spüren konnte, wie er zitterte. Die Stille zwischen ihnen zog sich immer länger hin.

»Ich habe gemeint … Ich habe gemeint, dass wir eine Verbindung zueinander haben, ob es uns nun gefällt oder nicht. Wir sind gleich. Wenn ich gute Neuigkeiten habe, bist du die Erste, die ich anrufen will. Wenn es regnet, frage ich mich, ob du auch trocken bleibst. Und wenn ich abends schlafen gehe, muss ich an dich denken und an niemand sonst. Sag mir, dass es für dich nicht auch so ist, Bea. Sag mir, dass du nicht genauso empfindest.« Dino lehnte seine Stirn an ihre. Er schien sich angesichts seiner neuen Offenheit wie befreit zu fühlen.

So standen sie, die Stirn aneinandergelegt, da. Bea war ein bisschen zittriger in den Knien als zuvor. Einen Augenblick stellte sie sich vor, er würde sie an sich ziehen und sie würde seine Bartstoppeln wieder auf den Lippen spüren. Aber dann fing sie sich wieder und dachte an Zach. Er mochte sie einmal verraten haben, aber das gab ihr noch lange nicht das Recht, ihm nun auch Unrecht zu tun. Aber Dino hatte sich ihr gegenüber gerade geöffnet. Sie konnte ihn nicht einfach hängen lassen.

»Dino …«, brachte sie heraus und trat einen Schritt zurück.

Dino seufzte wie besiegt und wurde wieder zu seinem alten, kühlen Selbst.

»Ich will noch mit dir befreundet sein, Dino. Du fehlst mir.«

Er gab zur Antwort nur ein Schnauben von sich.

Bea wollte noch mehr sagen, aber nach einem Blick auf die steife Körperhaltung, die er nun wieder eingenommen hatte, zwang sie sich, die Küche zu verlassen und dann das Café, weg von ihrer überwältigenden Sehnsucht.

58

Verwirrung, ja Angst waren in den folgenden Stunden Beas treue Begleiter. Der Vorabend mit Dino war so unerwartet und so unglaublich nervenaufreibend gewesen! Sie hatte ihn noch nie so offen erlebt, so unsicher. *Aber ich bin mit Zach zusammen,* sagte sie sich und erinnerte sich, wie er sie umarmt hatte, als sie zu ihm ins Bett gekrochen kam – als würde er sie vor allem Schlechten in der Welt beschützen. Und sie lag wirklich unglaublich gern in seinen Armen.

Bea zog ihre Tasche unter dem Schreibtisch hervor, aber als sie sich wieder aufrichten wollte, stieß sie sich an der harten Tischplatte aus Holz, schrie leise auf und rieb sich den Kopf. Wenn sie vorher noch nicht erledigt gewesen war – jetzt war sie es garantiert.

Ihr Telefon piepte, und eine weitere hektische Nachricht von Zach erschien auf dem Display. Er hatte heute keine Kunden und deshalb trotz aller Einwände Beas angeboten, von ihrer Wohnung aus zu arbeiten, sodass er auf Philip aufpassen konnte. Aber er kam nicht mit ihm zurecht. Schon den ganzen Tag bekam Bea eine Nachricht nach der anderen: »Er hat gerade versucht, mich durch den Draht des Geheges hindurch zu kratzen«, »Vierter Versuch, das Frettchen zu füttern, abgebrochen, weil es so irre gefaucht hat« und »Dieses Vieh ist vom Teufel besessen«.

Schnell stopfte sie Telefon, Laptop, Lippenpflegestift

und eine Ausgabe von *Mehr als Worte sagen können* in ihre Handtasche, als das Telefon erneut piepte. Das musste Lizzie sein. Sie hatte in der Nähe ein Treffen mit einer Firma, die Mineralwasser vertrieb und sie als Markenbotschafterin wollte. Danach wollte sie rasch auf einen Kaffee in Beas Coworking Space vorbeischauen und war jetzt jede Minute fällig. Bea warf einen Blick auf ihr Handy und hoffte, den Namen ihrer Schwester auf dem Display zu lesen, aber stattdessen erschien »Dino«. *Scheiße.*

> Dino: Bea, ich halte es für das Beste, wenn du dir einen anderen Veranstaltungsort für Next Chapter suchst. Es ist einfach alles zu kompliziert, und ich möchte Bea Babbage hinter mir lassen.

»So ein Arsch!«

Ein paar neugierige, triefäugige Gesichter tauchten hinter ihren Laptops auf.

Bea hob entschuldigend die Hand, deutete auf ihr Telefon und sagte: »Kunden! Immer das Gleiche, oder?«

Sie ließ sich auf ihren Stuhl plumpsen und drehte sich weg von den neugierigen Blicken. Klar – ihr Treffen gestern hatte das Ganze zwischen Dino und ihr noch komplizierter gemacht. Aber zwischen ihnen war es doch schon immer irgendwie kompliziert gewesen. Jetzt ließ er also zu, dass ihm dieser Zustand geschäftlich in die Quere kam. Damit hatte Bea nicht gerechnet. *Was zum Teufel mache ich jetzt?* Sie zermarterte sich das Hirn, und die vertraute Enge hielt wieder Einzug in ihrer Brust. Bis zum nächsten Treffen von

Next Chapter waren es nur anderthalb Wochen. Wie sollte sie in so kurzer Zeit einen anderen geeigneten Veranstaltungsort finden? Ganz zu schweigen davon, was das bedeutete, wo sie doch bereits so viel Presse bekommen hatten! Wenn die Leute am falschen Ort auftauchten, wäre das ein echter PR-Albtraum! Das war wirklich das Allerletzte, was sie jetzt gebrauchen konnte. Ein bitterer Zorn, wie sie ihn noch nie zuvor verspürt hatte, packte sie, sie schüttelte den Kopf und nahm ihr Handy wieder zur Hand.

Bea: Vielen Dank auch, Dino. Vor allem dafür, dass du mich NEUN TAGE VOR DEM TREFFEN so dermaßen hängen lässt!!! Wenn ich dich vorher noch nicht für unerträglich und egoistisch gehalten habe, dann spätestens jetzt!

Zwei Minuten später leuchtete ihr Telefon wieder auf. Bea spazierte inzwischen unbeholfen um ihren kleinen Schreibtisch herum und war vor lauter Frust regelrecht benommen.

Dino: Ich bin nicht egoistisch. Ich lasse uns bloß Raum.

Bea: Na super. Danke für den Raum. Und wehe, du isst auch nur ein einziges von meinen Gummibärchenbabys!

Bea starrte auf ihr Telefon und wünschte sich paradoxerweise gleichzeitig, es würde ruhig bleiben und aufleuchten. Als es stumm blieb, stieß sie einen langen, übertriebenen Seufzer aus. *Was hab ich bloß getan.* Sie hätte gestern Abend nicht zu Dino gehen sollen. Was hatte sie auch schlafende Hunde wecken müssen!

Sie schwang sich die Handtasche über die Schulter, hinkte den schmalen Gang hinunter und verfluchte Dino den ganzen Weg bis zum Haupteingang.

Bea: Liz? Wehe, du bist nicht bald hier.

Lizzie: Komme gerade aus dem Meeting. Bin in fünf Minuten da.

Bea: Gut. In fünf Minuten gibt's Wodka und Tränen im Borschtsch.

Lizzie: Wodka? Um diese Zeit?

Bea: Ich hab's nötig, glaub mir.

*

»Er kann sich doch nicht einfach so aus Next Chapter zurückziehen!« Lizzie trank einen Schluck von ihrer Diätcola. Sie saßen in einer Ecke der dunklen, leeren Bar, die nach Rote Bete und Alkohol roch.

»Es ist eine Katastrophe, Liz.« Bea trank einen großen Schluck Wodka-Soda und genoss das Prickeln der Bläschen auf ihrer Zunge, ehe sie die scharfe Flüssigkeit hinunterschluckte.

»Okay«, sagte Lizzie, den Blick auf ihr Handy gerichtet, wo sie jetzt ihre Kontakte durchscrollte. »Ich hab einen Plan.«

Bea nickte. Sie war gespannt, was Lizzie vorschlagen würde, um die Situation zu retten.

»Ich denke da an eine riesige Veranstaltung.« Lizzie tippte auf dem Telefon herum. »Und wir fokussieren uns mehr auf die Datingsache, verstehst du? Vor ein paar Jahren war ich doch auf dieser irren Launch-Party von Tinder, und die war einfach gigantisch. Scharf, sexy, lustig – genauso, wie man sich das wünscht. Nimm's mir nicht übel, aber einfach nur Bücher können ein bisschen dröge sein, weißt du?«

Nicht das schon wieder. »Na ja, scharf und sexy wollten wir die Sache ja nun eigentlich nicht angehen«, antwortete Bea.

»Das ist der springende Punkt, Süße. Ein ›wir‹ gibt es nicht mehr. Die Sache liegt jetzt allein bei dir! Dino ist nicht mehr dabei, und das bedeutet, dass du jetzt machen kannst, was du willst. Das Ganze weniger konservativ und sehr viel gewagter gestalten. Und dich richten wir auch schön sexy her. Nicht nuttig-sexy, sondern elegant-sexy. Ich hab schon ein umwerfendes Kleid im Kopf, rückenfrei und eng, in Schwarz. Ich schreib dem Designer eine Mail, vielleicht können wir es für einen Abend leihen. Eigentlich will er, dass man mich darin sieht, aber du gehörst ja schließlich zur Familie, wir sollten's einfach mal probieren. Ich schreib ihm gleich!« Und sie tippte rasch auf ihrem Telefon herum.

Bea sah zu, wie Lizzie leise vor sich hin murmelte, während sie die E-Mail entwarf. Ihre Daumen tanzten mit der Präzision einer Spitfire über die Tastatur. Bea konnte sich genau vorstellen, was Lizzie im Sinn hatte: Tischdecken aus rotem Samt, Shots am laufenden Meter, pumpende Beats, ein Fotoautomat … Die Bücher würden ganz unwichtig werden, sie wären einfach nur eine Ausrede, um gesehen zu werden und möglicherweise die Nummer von jemandem zu ergattern. Sie wusste, dass Lizzie Next Chapter zu einem Erfolg machen wollte, und bewunderte ihre Begabung – aber das war einfach nicht Bea. Und sie konnte nicht zulassen, dass die Seriosität von Next Chapter angetastet wurde. Sie würde ihrer Sache nicht untreu werden. Diesmal nicht.

»Nein«, sagte sie leise.

»Unsinn, Bea. Es wird super.« Lizzie tippte weiter.

»Bitte, Liz. Ich hab Nein gesagt.«

»Was ist denn in dich gefahren, Bea? Ich will dir doch nur helfen.« Lizzie runzelte die Stirn – nun ja, soweit man eine Stirn runzeln konnte, die voller Botox war.

»Genau darum geht es, Lizzie. Vielleicht brauche ich deine Hilfe nicht. Nicht so. Unser ganzes Leben lang hast du immer behauptet, du würdest mir helfen: einen guten Typen zu finden, einen Job, das Richtige für den Körper zu tun und für mein Leben, aber in Wirklichkeit hast du mir immer nur gesagt, was ich tun soll, und hast dir nie angehört, wer ich eigentlich bin oder was ich gerne möchte. Und ich habe mitgemacht. Lizzie. Ich liebe dich sehr, wirklich wahr, aber ich muss meine eigenen Entscheidungen treffen und das tun, was *ich* für richtig halte«, sagte Bea und war selbst überrascht, wie ehrlich und direkt sie war.

»Das versteh ich, Süße. Ich passe nur auf dich auf, das weißt du doch, oder?«

»Das weiß ich, Liz. Aber ich lasse mich nicht mehr durch meine Beziehungen zu anderen Menschen definieren: Lizzies kleine Schwester, Martins Tochter, Cassandras beste Freundin.« Dieser Name kam ihr nur schwer über die Lippen. »So viele Frauen tappen in diese Falle. Aber ich will das nicht mehr. Ich bin die neue Bea.« Sie wies auf ihre Frisur. »Das bedeutet, ich bin ungefähr die Gleiche wie die alte Bea, nur dass sie keine Angst hat.« Bea lachte ein bisschen und war erleichtert.

Lizzie schaute Bea einen Augenblick an und schwieg – und das war wirklich etwas Neues bei ihr. Ihre Augen schienen vor Staunen ein bisschen größer zu werden, fast, als würde sie ihre Schwester zum ersten Mal sehen.

»Okay. Das gefällt mir. Die neue, alte Bea.«

Eine neue, alte Bea, als die Bea sich viel wohler fühlte. Sie sagte zu Lizzie: »Freut mich, dich kennenzulernen.«

»Ich freue mich auch sehr, dich kennenzulernen«, antwortete Lizzie. »Hat dir schon mal jemand gesagt, dass du genauso aussiehst wie meine Schwester?«

59

An: beababbage@gmail.com
Von: gerardsmith@gmail.com
Betreff: Unsere Bücher sind einzigartig

Liebe Bea,
gestern Abend habe ich deinen »Gesucht«-Zettel an einem Baum in der Nähe der Kleinen Buchhandlung in der Brunswick Street gesehen. Ich kann dir zwar nicht helfen, den Vorbesitzer deines Buches zu finden, aber ich habe ein Buch, das deinem ziemlich ähnlich ist. Es hat auch jede Menge Anmerkungen in Kleinbuchstaben und viele Unterstreichungen. Aber meine stehen nicht in *Meeting Oliver Bennett,* sondern in *Naokos Lächeln.* Gekauft habe ich das Buch in einer kleinen Secondhandbuchhandlung in Sassafras. Vielleicht willst du ja da mal nachfragen?
Genieß die Kraft deines Buches – und viel Glück dabei, seinen ursprünglichen Eigentümer ausfindig zu machen!
Mit freundlichen Grüßen
Gerard

60

Halloistdasdeinbuch

📍 Auf der Jagd

Hier kommt ein Update für euch. Ich schleppe mich gerade den ganzen langen Weg nach Sassafras, denn ich hab einen Hinweis bekommen! Und zwar von den Göttern der Literatur/von einem freundlichen Herrn, der oft in eine bestimmte Secondhandbuchhandlung geht und dort ein Buch gefunden hat, in dem GENAU SOLCHE ANMERKUNGEN STEHEN WIE IN MEINEM. Könnt ihr euch vorstellen, wie absolut unwahrscheinlich das ist? Denkt bitte nicht schlecht über mich, dass ich den ganzen langen Weg bis in die Berge zurücklege, aber ich bin echt verzweifelt. Und, wie Veronica Roth mal geschrieben hat: »Aus Verzweiflung kann ein Mensch Überraschendes tun.«

109 Likes
Kommentare (32)
gossipqueen89: Auf geht's, Mädel! 👏
Booksontherail: Juhu! Halt uns auf dem Laufenden. Und

bitte schreib uns ein neues Zitat des Geheimnisvollen Autors, ich brauche mehr weltgewandte Weisheit in meinem Leben.

StephenPrince: @NoOffenceBut, ich stimme Veronica Roth zu! PS: Treffen wir uns am Samstag um acht bei unserem Lieblingsthai? ❤

NoOffenceBut: @StephenPrince, bitte hör auf, unsere Beziehung ständig online zum Thema zu machen.

Sexyboy98: Du bist scharf.

Botboy76: Bitte like meine Seite.

61

»Entschuldigung, ist Ihnen dieses Buch schon mal begegnet?«

Bea stand in einer kleinen Buchhandlung in Sassafras. Der Ort lag oben in den Bergen, und hier war es noch kälter als in der Stadt. Sie hatte ihre dick gefütterte Jacke an, einen roten Wollschal mit passender Mütze und dazu ihre schwere Schiene, und noch immer zitterte sie vor Kälte.

Die ältere Dame hinter der Theke nahm Beas *Meeting Oliver Bennett* entgegen und blätterte darin herum. Auf ihrem Kopf saß eine dunkelrote Lesebrille, die hin und her wackelte, während sie durch die Seiten blätterte. Schließlich setzte sie die Brille auf und sah sich einige Eintragungen sorgfältig an.

Bea blickte sich um. Der Laden hatte etwas wohltuend Altertümliches und verströmte den köstlich holzigen Geruch von Secondhandbüchern. Die Regalbretter waren mit einer Mischung aus alten und neuen Büchern derart beladen, dass sie sich durchzubiegen schienen.

»Dieses Buch habe ich schon lange nicht mehr gesehen«, sagte die Dame schließlich.

Bea zuckte zusammen. Sie war ganz Ohr. »Sie können sich wirklich daran erinnern?«

»Ja, natürlich. All diese wunderschönen Eintragungen sind ein Meisterwerk für sich.« Die Frau lächelte liebevoll. »Woher haben Sie das Buch?«

»Aus der Kleinen Buchhandlung in der Brunswick Street. Haben Sie eine Ahnung, wie es dorthin gekommen sein könnte?«, fragte Bea dringlich.

Die Dame schüttelte den Kopf. »Ich wünschte, ich wüsste es. Ist es nicht erstaunlich, welchen Weg unsere Bücher nehmen? Fast als hätten sie ihren eigenen Willen«, lächelte sie, klappte das Buch zu und legte es vorsichtig auf die Ladentheke zwischen ihnen.

»Können Sie sich denn noch erinnern, wer Ihnen das Buch ursprünglich überlassen hat?«

»Aber natürlich. Sie war schließlich von hier.«

Sie? Beas Herz raste.

»Sie hat jahrelang hier um die Ecke gewohnt und ist häufig vorbeigekommen. Sie war eine unglaubliche Leseratte und einem kleinen Schwatz nie abgeneigt.« Die Frau schmunzelte.

»Sie *war*? Wohnt sie denn jetzt nicht mehr hier? Wissen Sie, wo sie hingezogen ist?«

Die Frau schob ihre Lesebrille auf den Kopf zurück und schien in sich zusammenzuschrumpfen. »Sie ist vor einiger Zeit gestorben. Das war für uns alle hier ein großer Verlust. Sie war eine wunderbare Frau, die es wirklich verstanden hat, Menschen zusammenzubringen.«

Bea war enttäuscht. Ein unerwarteter Schmerz pochte tief in ihrer Brust. Der Mensch, der hinter all diesen wunderschönen Gedanken und Kuriositäten steckte, konnte doch nicht einfach fort sein. »Wie hieß sie?«

»Alena – Alena Loris. Mein Gott, konnte sie mich zum Lachen bringen! Kurz bevor sie gestorben ist, hat sie uns einen ganzen Stapel Bücher gespendet voller Notizen und Anstreichungen. Auserlesene Kommentare, von denen jeder seine eigene Wahrheit hatte. Die Bücher waren nicht lange hier, sie gingen weg wie warme Semmeln, als die Leute erst einmal erkannt hatten, was in ihnen steckte. Aber ich bin mir sicher, dass ich eins aufbewahrt habe. Es müsste hier irgendwo sein.« Die Frau beugte sich vor, sodass Bea nur noch die Brille sehen konnte, die auf ihrem Kopf balancierte. Nachdem sie vielleicht eine Minute unter der Ladentheke herumgekramt hatte, richtete sie sich wieder auf und hielt ein Buch mit ausgeblichenem Umschlag umklammert. »Da ist es.« Sie blies den Staub herunter und reichte Bea eine Ausgabe von *Kindeswohl*.

Bea schlug das Buch auf. Sie hatte fast ein bisschen Angst hinzuschauen. Erst einmal stellte sie sich anders hin und verlagerte das Gewicht von ihrem verletzten Fuß weg. Als sie das Innere des Buches sah, wurde es ihr eng in der Brust. Genau wie ihre Ausgabe von *Meeting Oliver Bennett* waren die Seiten voller kleiner Anmerkungen und wilder Unterstreichungen, in genau der gleichen zierlichen Handschrift, deren Buchstaben fein säuberlich ineinander übergingen. Bea spürte einen Kloß im Hals, und ihr traten die Tränen in die Augen.

»Was ist denn los, Liebes?« Die Frau legte ihr eine knochige Hand auf den Arm.

»Ach, es ist albern. Es ist nur so … es klingt wahrscheinlich merkwürdig, aber ich habe mich irgendwie in diese Anmerkungen verliebt. Und ich wollte so unglaublich gern den Menschen kennenlernen, der sie geschrieben hat.« Bea merkte, dass sie möglicherweise ein bisschen geistesgestört klang. »Für mich sind die Anmerkungen immer die Hauptsache in diesem Buch gewesen. Und aus irgendeinem Grund habe ich mich dadurch auch so gefühlt, als wäre ich wichtig.«

»Das ist gar nicht albern, Liebes.«

Bea lächelte und war dankbar für diese Bestätigung, aber

allmählich sank ihr der Mut. Sie hatte so viel Zeit damit zugebracht, den Geheimnisvollen Autor zu suchen, den Menschen, der all das geschrieben hatte – und jetzt war dieser Mensch tot? *War das alles nur Zeitverschwendung?* Bea schloss die Augen und versuchte, sich Alena Loris vorzustellen. Sie war sicher sehr liebenswert gewesen – unglaublich liebenswert. Und sie hatte nach Lebkuchen geduftet, ganz klar. Eine Frau, die andere inspirierte und der es vollkommen gleichgültig war, was andere Leute von ihr hielten. Eine Frau, wie Bea sie gern gewesen wäre. *Ach, ich wünsche mir so, ich hätte sie kennenlernen können!*

Sie machte die Augen wieder auf, blätterte in dem neuen Buch und starrte darauf, bis ihr eine Idee kam. »Wo hat sie gewohnt?«

»Ach Gott, ziemlich weit durch im Kenneth Crescent. Sie hat mich einmal zum Tee eingeladen, und es gab Baklava. Wenn Sie die Zitate in den Büchern gut finden, hätten Sie erst mal ihr Essen probieren sollen!«

Bea lächelte. Dass der Geheimnisvolle Autor so bezaubernd gewesen war, hob ihre Stimmung ein wenig. Nicht dass sie daran gezweifelt hätte. »Ist das weit weg?«

»Nein, nur ein paar Straßen. Sie könnten wahrscheinlich hinlaufen«, sagte die Frau und warf einen skeptischen Blick auf Beas Schiene. »Aber ich bin mir ziemlich sicher, dass die Familie das Haus verkauft hat. Es werden jetzt andere Leute dort wohnen.«

Bea beachtete den Pragmatismus der Frau gar nicht. »Wie sieht das Haus denn aus?«

»Es ist klein, aber irgendetwas daran hat mich immer an eine bescheidenere Ausgabe von Tara erinnert, Sie wissen schon, aus …«

»*Vom Winde verweht*«, beendete Bea den Satz. Normalerweise hätte sie sich keine Gelegenheit entgehen lassen, um über das Meisterwerk von Margaret Mitchell zu sprechen, aber jetzt hatte sie eine Mission. »Kann ich dieses Buch haben? Ich zahle Ihnen jeden Preis dafür! Ich weiß, dass es Ihnen auch viel bedeuten muss«, sagte sie hastig.

Die Frau betrachtete Bea prüfend und erkannte ihre Leidenschaft. »Wissen Sie was? Es gehört Ihnen. Ich glaube, Sie brauchen es dringender als ich.« Bea wollte ihr Portemonnaie aus der Tasche holen, aber die Frau winkte ab. »Betrachten Sie es als Geschenk von einem Bücherwurm an einen anderen.« Und damit drehte sie sich um und beschäftigte sich mit den Regalbrettern hinter ihr.

Bea lächelte, bedankte sich noch einmal und verließ den Laden.

*

An den Stamm eines alten Jacarandabaums gelehnt stand Bea da und keuchte. Sie war so schnell zum Kenneth Crescent wie nur möglich gehinkt. Bea konnte ihr Glück kaum fassen und musste sich immer noch beruhigen. Sie war besorgt, bei einer plötzlichen Bewegung könnte sie aus diesem Traum erwachen, und es würde alles vor ihren Augen verschwinden. Sie musste die Anmerkungen des Geheimnisvollen Autors mehr als hundertmal gelesen haben. Sie hatte jedes einzelne Wort analysiert, jeden Bogen und jedes schräge Abfallen der Schrift. Sie hatte verborgene Bedeutungen und Erkenntnisse darüber gesucht, wer er war. Und jetzt war Bea so kurz davor, mehr über den echten Geheimnisvollen Autor – die echte Geheimnisvolle Autorin – herauszufinden!

Aufmerksam betrachtete sie das einfache Haus, das in

einer gebogenen Sackgasse lag. Bea löste sich vom Baum und humpelte auf den Zaun zu. Sie ließ die Finger darüber gleiten und versuchte, sich die alte Dame vorzustellen, die die Frau aus der Buchhandlung ihr beschrieben hatte: Wie sie im kleinen Innenhof saß, ihre Romane las und ihr Herz über deren Seiten ergoss. *Wenn dieser Bretterzaun doch sprechen könnte!*

»Kann ich Ihnen helfen?«

Bea blickte auf und sah einen älteren Herrn, der sie vom Nachbargrundstück aus anstarrte. Er hielt eine ausgebeulte braune Papiertüte in der Hand und starrte sie mit einem Gesichtsausdruck an, in dem sie lesen konnte: *Oder soll ich lieber die Polizei rufen?*

»Tut mir leid, ich gehe hier einfach nur vorbei.« Bea verhaspelte sich fast und kam sich ein bisschen dumm vor.

Der Mann blickte sie weiterhin misstrauisch an.

»Aber wo ich Sie hier gerade treffe …«, versuchte Bea ihr Glück.

Er sagte nichts.

»Wohnen Sie schon lange hier?«

»Ja.« Kein Mann großer Worte.

»Die Dame, die neben Ihnen gewohnt hat, Alena, haben Sie die gekannt?«

»Sind Sie eine alte Freundin von ihr?«

»Könnte man so sagen«, antwortete Bea. Sie klopfte auf ihre Handtasche, in der jetzt sowohl *Meeting Oliver Bennett* als auch *Kindeswohl* steckten. »Ich habe etwas gefunden, das ihr früher gehört hat. Ich weiß, dass sie nicht mehr lebt, aber ich habe mich gefragt, ob ich vielleicht einen Verwandten finden und versuchen kann, der Familie die Sachen zurückzugeben.«

»Ich hab sie gekannt. Aber nicht gut.« Er verzog den

Mund, als würde er sich an etwas Unangenehmes erinnern.

»Oh – wie war sie denn?« Bea bemühte sich, ganz ruhig zu klingen, aber innerlich flippte sie fast aus.

»Meistens hat sie für sich allein gelebt. Und ich rede nicht viel. Merkt man ja.« Er verstummte wieder, klapperte mit seinem Schlüsselbund herum und blickte auf seine Haustür.

»Und mehr können Sie nicht über sie sagen? Was ist mit alter Post? Landet hier versehentlich noch etwas für sie?«

Der Mann kratzte seinen dichten Schnurrbart. »Selbst wenn ich Post für sie hätte, glauben Sie etwa, die würde ich Ihnen geben? Ich kenne Sie nicht. Sie könnten ja geistesgestört sein«, sagte er ohne jeden Anflug von Humor. »So. Mein Bier stellt sich nicht von selbst kalt.« Er wies auf seine Tüte.

Bea lächelte und versuchte, sich ihren Frust nicht anmerken zu lassen. Sie brachte ein falsches, verständnisvolles Nicken zustande. *Was für eine Enttäuschung.* Sie drehte sich um und wollte gehen, doch dann hielt sie inne. »Hallo!«, rief sie. »Darf ich Ihnen meine Nummer dalassen? Falls Ihnen noch was einfällt?«

Der Mann musterte sie noch einmal genau, seine Skepsis war mit Händen zu greifen. Dann zuckte er mit den Achseln. »Na gut. Aber erwarten Sie nicht zu viel.«

Bea murmelte ein Dankeschön und kritzelte ihre Nummer auf einen alten Kassenzettel aus ihrem Portemonnaie.

Er nahm ihn und sagte: »Und jetzt machen Sie, dass Sie hier wegkommen. Sie sind mir nicht geheuer!«

Bea lachte nervös und machte sich auf den Weg. »Rufen Sie mich an, ja? Wenn Ihnen etwas einfällt. Egal was!«

*

»Nichts. Ich habe mir die Finger wund recherchiert und konnte niemanden finden, der Alena Loris heißt. Das heißt, niemanden, auf den die Beschreibung der Dame in Sassafras passt«, rief Bea zu Zach hinüber, der sich ums Abendessen kümmerte. Sie hatte sich in die Ecke der Couch gekuschelt und die Beine hochgelegt, *Kindeswohl* aufgeschlagen auf dem Schoß und den Laptop neben sich. Den gesamten Nachmittag hatte sie damit zugebracht, auch die kleinste Kritzelei auf Hinweise zu durchforschen. Der Kunde, der Zach um fünf Uhr als Personal Trainer gebucht hatte, hatte abgesagt, also hatte er die Gelegenheit genutzt, war früher zu Bea gekommen und bereitete ein romantisches Dinner für zwei zu.

Bea blätterte weiter durch das Buch, schlug aufs Geratewohl eine Seite auf und sog die kleine Schrift regelrecht in sich auf, als wäre es eine Droge, von der sie nicht genug kriegen konnte. Worte wie *wohlklingend* und *hypnotisieren* und Sätze wie *große ideen entstammen kleinen anfängen* sprangen sie von den Seiten her geradezu an. Aber sie hatte noch immer genauso wenig Ahnung wie zuvor, was die Frage nach der Motivation und dem Innenleben des Geheimnisvollen Autors betraf.

»Ich hab *Kindeswohl* von vorne bis hinten durchgeblättert, und es gibt nichts Offensichtliches, was mir sofort aufgefallen wäre.«

»Solltest du nicht eigentlich an deiner Präsentation sitzen?«, rief Zach zurück. Er machte in der Küche Zucchininudeln und hantierte klappernd mit Töpfen und Pfannen, ließ Wasser laufen und raspelte irgendetwas klein. Bea war gerührt, dass er kochte, aber insgeheim wünschte sie sich nur Ruhe und Frieden. Und Kohlenhydrate.

»Ja, gleich«, sagte Bea, die sich einfach nicht von *Kindeswohl* losreißen konnte.

Zach kam aus der Küche, ein Geschirrtuch lässig über die Schulter geworfen. »Du willst dir doch wohl wegen dieser dummen Anmerkungen nicht deinen großen Auftrag vermasseln? Das sind sie nicht wert.«

Bea ignorierte ihn. Sie war verblüfft, wie schroff er reagierte, und las einfach weiter.

»Schau dich doch mal an, du bist total besessen. Diese Anmerkungen haben dich voll im Griff. Du hast mich kaum angeschaut, seit ich hier bin«, fuhr er fort.

Das stimmte. Bea hatte kaum Notiz von Zach genommen. Nicht nur an diesem Abend, sondern schon seit ihrer großen Auseinandersetzung mit Dino in The Nook. Sie klappte das Buch zu und blickte zu ihrem Freund hoch. Sie schaute ihn richtig an. Sie wollte Zach wirklich eine Chance geben, aber sie fühlte sich überfahren. Sie wusste gar nicht richtig, wie das alles überhaupt so hatte geschehen können: Der falsche Geheimnisvolle Autor kochte in ihrer Küche falsche Nudeln.

»Tut mir leid, aber das ist eine Sache, der ich einfach auf den Grund gehen muss. Ich hatte gehofft, du würdest das verstehen. Besonders nach allem, was wir durchgemacht haben.«

Sie wandte sich wieder ihrem Buch zu, suchte die Stelle von eben und ging die Seite bis zu Ende durch. Dann griff sie nach ihrem Handy und suchte nach einer guten Position, um die Seite für Instagram zu fotografieren.

»O Mann, jetzt reicht's aber allmählich mit den Fotos und dem ganzen Gedöns auf Instagram«, knurrte Zach, ließ sich neben Bea auf die Couch fallen und griff nach ihrem Handy.

»Zach, hör auf! Du ruinierst mir das gute Licht«, jammerte Bea. Sie klang längst nicht so spielerisch, wie sie beabsichtigt hatte, und schauderte bei dem Gedanken, wie sehr sie nach Lizzie klang.

Zach griff nach ihrer Hand und entwand ihr sanft das Telefon. Bea seufzte und verschränkte die Arme vor der Brust. »Bitte komm zu mir zurück«, sagte er leise.

»Wovon redest du? Ich bin doch hier. Ich sitze neben dir.«

»Bist du wirklich hier bei mir? Ich habe das Gefühl, als würdest du immer nur an deine Arbeit und an diese verdammte Schnörkelschrift denken. Du bist ganz davon in Anspruch genommen, und es kommt mir so vor, als könnte ich da nicht mithalten.« Zach fuhr sich mit den Händen durchs Haar. Seine perfekten Locken sprangen sofort wieder an ihren Platz zurück, nachdem seine Finger hindurchgeglitten waren. »Ich weiß ja, dass ich auch sehr viel arbeite, und ich finde es gut, dass wir beide unsere Arbeit lieben. Mir gefällt es, wie ehrgeizig du bist. Aber das hier ist was anderes. Es ist einfach too much. Ich komme mir bescheuert vor, dass ich das überhaupt sage, aber ich glaube, ich bin eifersüchtig auf einen bescheuerten Kugelschreiber.«

Bea legte Zach die Hand aufs Knie. Sie schauten zu, wie Philip den Kopf aus dem kleinen Häuschen in der Ecke seines Geheges streckte. Als er Zach sah, zischte er und zog sich rasch wieder zurück.

Zach zischte zurück.

»Zach, das verstehe ich«, sagte Bea. Sie spürte, wie sich ihr Magen verkrampfte, ohne dass sie wusste, warum. »Es tut mir leid, ich war so sehr in meine Arbeit vertieft und in Next Chapter und das alles …« Sie wies auf das Buch, das noch immer aufgeschlagen auf ihrem Schoß lag. »Und, na ja, du und ich … da muss ich mich immer noch dran gewöhnen. Vielleicht nimmt mich das alles einfach ein bisschen zu sehr mit.«

Zach zwinkerte unwillig. Er wollte ganz klar nichts über ihre Zweifel hören, schüttelte den Kopf und unterbrach sie, ehe sie noch mehr sagen konnte. »Du weißt doch, dass ich dich liebe, oder? Mir gefällt es nicht, wenn ich dich die ganze Zeit teilen muss«, sagte er, beugte sich zu ihr hinüber und küsste sie sanft auf die Lippen.

Bei seiner Berührung entspannte Bea sich und küsste ihn immer wilder zurück, bis er auf ihr lag. Keiner von ihnen sagte etwas, nur ihr heftiges Atmen war zu hören und ihre Hände, die am Körper des anderen auf und ab glitten. Bea beschlich das Gefühl, sie lägen nur auf der gleichen Wellenlänge, wenn sie sich in genau dieser Position befanden. Aber heute Abend war Bea mit ihren Gedanken nicht so richtig bei dem wunderbaren Mann in ihrem Bett. Sie dachte vielmehr über das nach, was Zach gesagt hatte. Vielleicht musste sie aus dem Abgrund der Buchseiten zurückkehren und allmählich anfangen, wieder in der Wirklichkeit zu leben. *Ich kann nicht ewig nur in Randnotizen leben,* sagte sie sich im Versuch, die Enttäuschung zu lindern, die sie zu zerreißen drohte. Möglicherweise waren diese Randbemerkungen der einzig sichere Ort, an den sie hingehörte.

62

Bea trank den Strong Skinny Latte von The Nook aus, den sie sich hatte liefern lassen, und stellte den Becher auf die Küchenbank. Irgendwie schmeckte er nicht so gut, wenn keine typische Beschriftung von Dino quer über den Becher gekrakelt war. Es war früher Nachmittag, und sie hatte das Haus noch nicht verlassen. Nachdem sie viel zu viel Zeit auf den Versuch verschwendet hatte, die Anmerkungen in *Kindeswohl* zu entziffern und sich knutschenderweise wieder mit Zach zu versöhnen, hatte sie büßen müssen. Stundenlang hatte sie sich fast ununterbrochen wie eine Irre auf ihre große Präsentation mit Mia und Janine vorbereitet und versucht, alles nachzuholen, was sie versäumt hatte.

Jetzt starrte Bea in den Spiegel und strich sich übers Haar. Die tiefen blauen Schatten unter ihren Augen waren gekonnt unter einer Schicht Concealer verborgen, und sie hatte sich die Lippen hellrot geschminkt (ein Versuch, die Betrachter von ihrem müden Aussehen abzulenken). Bea lächelte ihr Spiegelbild an, ließ die Zähne blitzen und strahlte übertrieben. *Du schaffst das,* sagte sie sich und verdrängte jeden Gedanken an Meinungsverschiedenheiten und Versöhnungssex mit Zach und an das eiserne Schweigen von Dino. Das hier war nicht der richtige Zeitpunkt, um sich auf verwirrende Gefühle zu konzentrieren. Jetzt war es an der Zeit, ihre Präsentation zu rocken und ihren Kunden von sich zu überzeugen.

Bea zog ihre schwarze hüftlange Jacke an, die sie noch professioneller wirken ließ, beugte sich über Philips Gehege und gab dem schlafenden Frettchen einen Abschiedskuss auf den pelzigen Kopf.

*

Bea saß im gelb gestrichenen Besprechungsraum in ihrem Coworking Space und tappte mit ihrer Gehhilfe ungeduldig auf den Boden. Sie warf einen Blick auf die Uhr – 15.50 Uhr. Nur noch zehn Minuten, bis die Damen von Thelma & Clarke kommen würden.

»Und hier kommt schon der Kaffee«, sagte Martha. Sie trug ein Tablett mit Kaffee und betrat gemeinsam mit Ruth eilig den Konferenzraum. Martha trug ein knielanges Samtkleid (ein absolutes Chefinnenkleid) und einen schwarzen Blazer, Ruth ein kariertes Trägerkleid mit einer weißen Hemdbluse darunter und eine kleine Brosche in Form eines Corgis am Kragen. Die beiden blickten einander an und lachten über einen unausgesprochenen Scherz.

Ruth hatte sich offenbar von ihrer Enttäuschung erholt, dass Bea das Frettchen nicht mitgebracht hatte. Sie griff sich ein Croissant vom Tisch, aber Martha schlug ihr sanft auf die Hand. In diesem Augenblick war Bea sehr glücklich, Freunde zu haben, die ihr in einem Moment, in dem sie sich vollkommen überfordert fühlte, ganz selbstlos und ohne jede Gegenleistung weiterhalfen. Freunde, die sie mochten und die ihr beistanden, ohne irgendwelche Hintergedanken.

»Denk daran: immer lächeln! In der Geschäftswelt gibt es keine Ziellinie, also genieß einfach, dass du unterwegs bist!« Ruth riss sich schnell ein Stück von einem Plunderteilchen ab und schob es sich in den Mund. Martha blickte sie alles andere als begeistert an.

»Mir ist ein bisschen schlecht.« Bea fummelte an der Fernbedienung für den Projektor herum und prüfte zum hundertsten Mal, ob sie auch funktionierte.

»Hör auf, dir Sorgen zu machen. Du hast die Sache im Griff, Bea«, sagte Martha, während sie Notizblock und Stift aus der Tasche holte und vor sich auf den Tisch legte. »Ach, übrigens, dein Speeddating-Event ist nächste Woche, oder?«

»Erinnere mich bloß nicht daran«, knurrte Bea. Sie hatte immer noch keinen neuen Veranstaltungsort.

»Ich hätte da vielleicht was für dich: Ein Freund von mir hat eine kleine Bar in West Melbourne. Sie heißt Willows & Wine, ist süß und urig, und an einer Wand steht ein großes Bücherregal. Er sagt, dass du die Bar für den Abend mietfrei nutzen kannst, wenn du dafür sorgst, dass die Leute was zu trinken kaufen«, sagte Martha und frischte ihren knallig pinkfarbenen Lippenstift auf, wobei sie einen Taschenspiegel zu Hilfe nahm.

»Ehrlich? Martha! Du bist mein Ritter in schimmernder Rüstung!« Bea war unglaublich erleichtert. *Es könnte doch noch alles gut ausgehen. Es muss einfach gut ausgehen.*

»Ach, das ist doch keine große Sache. Wollen wir noch mal kurz durchgehen, was wir sagen? Habt ihr euren Text drauf?«, kam Martha wieder zum Geschäftlichen und schob die Papiere vor sich zusammen. Bea und Ruth nickten. Aber noch ehe eine von ihnen »Content Marketingstrategie« sagen konnte, gab Beas Telefon einen Ton von sich. Es war eine Nachricht von der Empfangsdame gekommen:

Bea schoss von ihrem Stuhl hoch und machte sich daran, auf eine besondere Ich-hab-alles-im-Griff-Art aus dem Besprechungsraum zu humpeln.

Im winzigen Foyer standen ganz ruhig Mia und neben ihr die glamouröse Janine Partridge im grauen Hosenanzug und mit einer klobigen Halskette aus grünen Smaragden. Wie üblich strahlte sie unglaubliche Autorität aus.

»Mia, Janine, schön, dass wir uns wiedersehen«, begrüßte Bea die beiden mit ausgestreckter Hand. »Ich bringe Sie zum Besprechungsraum, dort warten meine beiden Beraterinnen Ruth Lester und Martha Peters auf uns.« Bea führte die Frauen den engen Korridor hinunter und hörte Janines Absätze laut hinter sich klappern.

Als sie den Raum betraten, erhoben sich Ruth und Martha und gaben den beiden die Hand. Bea ging nach vorne und schaltete den Projektor ein.

»Sie können sich ein paar Croissants nehmen, die sind für Sie.« Ruth zeigte auf das Gebäck, auf ihrer Wange waren noch ein paar Krümel zu sehen. Janine und Mia lächelten freundlich.

Bea klickte ihre Präsentation an, räusperte sich und trank einen Schluck Wasser. *Reiß dich zusammen, Babbage!* Sie bedankte sich bei Mia und Janine abermals für ihr Kommen und ging kurz die Tagesordnung durch. Allmählich fasste sie Fuß, und die Sache begann, ihr Spaß zu machen.

»Wer ist die Hauptfigur in Cecilia Beechworths neuem Roman?«, fragte sie und blickte sich im Zimmer um.

»Rachel Belton«, antworteten Mia und Janine.

»Nein. Es ist Cecilia Beechworth.« *Kurze Pause um des Effekts willen.* »Cecilia ist zur Hauptfigur geworden, die Protagonistin ihres eigenen Romans. Die Leute kaufen einen Roman von der Beechworth, um ihr neuestes Buch zu lesen, ganz egal, um wen es darin geht. Andere lesen es nicht, gerade *weil* es ein Buch von der Beechworth ist, auch wenn es sich um eine noch so brillante Geschichte handelt. Wie können wir uns also davon befreien, sodass die Hauptfiguren Rachel, Neville und Gloria selbst zu Wort kommen können? Wie können wir die Liebhaber von Kriminalromanen faszinieren – aber auch diejenigen anlocken, die sonst auf keinen Fall einen Krimi in die Hand nehmen würden?«

Janine kritzelte etwas in ihr Notizbuch, und Mia streckte Bea heimlich zwei erhobene Daumen hin.

»Stellen wir uns mal ein solches Buch vor.« Bea ging zum nächsten Bild über: ein Buch mit metallisch glänzendem Cover und einem fett gedruckten grünen Titel. »Was fehlt hier?«

»Der Name des Autors«, antwortete Mia.

»Ganz genau.« Bea strahlte. »Stellen wir uns vor, wir würden Cecilias neues Buch auf diese Weise verkaufen. Die Geschichte wird, wie immer, brillant und voller Suchtpotenzial sein, und natürlich wird es einen riesigen Hype darum geben, aber wir verraten nicht, wer der Autor ist.« Sie ging zum nächsten Bild über, das einige Schlagzeilen zeigte.

»Wir lancieren eine Pressekampagne: ›Wer ist der geheimnisvolle Autor?‹ Wir sorgen dafür, dass die Protagonisten wieder die echten Protagonisten sein können, dass der Schauplatz bedeutend ist – aber die Hauptfigur, die Hauptdarstellerinnen und -darsteller? Das ist jeder, der mutig genug ist, das Buch zu kaufen, und es liest, ohne dass er von außen vorgegebene Erwartungen im Kopf hat. Jeder, der sich nicht vorschreiben lässt, was er von diesem Buch halten oder wie er reagieren soll. Jeder, der in seiner eigenen Geschichte zum Detektiv wird – auf der Suche nach demjenigen, der die Geschichte geschrieben hat, die für ihn die Welt verändert. Indem wir Cecilias Namen vom Cover nehmen, wird unsere gesamte Leserschaft selbst Teil der Geschichte.« Bea holte tief Luft.

»Ich sehe schon Zeitungen wie *The Age* oder sogar die *Cosmopolitan* durchdrehen.« Sie ging zum nächsten Bild über. »Wenn dann, eine Woche später, der Hype auf dem absoluten Höhepunkt ist und die Leute sich schon die Haare raufen über die Frage, wer der geheimnisvolle Autor ist, werden wir enthüllen, dass es die legendäre Cecilia Beechworth ist. Und dann explodieren die Medien förmlich!« Bea schwenkte die Hände, um diese Vorstellung in ihrer ganzen Größe anzudeuten. »Mehr noch: Unsere Enthüllung wird die Einstellung der Menschen verändern. Sie erlaubt ihnen, mutiger zu sein, selbstbewusster in der Auswahl ihrer Lektüre. Und wenn wir das einmal geschafft haben, haben wir sie endgültig für uns gewonnen.«

Dann setzte Bea sich hin, und Ruth rückte in den Mittelpunkt.

»Ich würde gern ein bisschen was über Marktforschung erzählen«, begann sie.

*

Bea, Ruth und Martha standen nervös vor der Tür des Besprechungsraums und warteten, bis Janine und Mia ihre Sachen eingepackt hatten. Soweit Bea es sagen konnte, war die Präsentation gut gelaufen, aber sie hatte keine Ahnung, was in Janines Kopf vorging. Sie hatte die ganze Zeit über das gleiche kühle, irgendwie unbestimmte Lächeln beibehalten. *Bitte findet meine Vorschläge nicht ganz so schrecklich,* dachte Bea und ließ nervös die Knöchel krachen. Martha strich Bea über den Rücken, und Bea schaute sie dankbar an.

Nach einer qualvollen Wartezeit trat Janine aus dem Konferenzraum, Mia im Schlepptau. Janine ergriff Beas Hand und hielt sie fest.

»Vielen Dank für Ihre Präsentation, Bea. Ich bin beeindruckt. Ich freue mich schon auf weitere Projekte mit ihrer Agentur.« Janine ließ sie los, schüttelte auch Martha und Ruth rasch die Hand und eilte davon. Mia folgte ihr dicht auf den Fersen.

Sobald sie außer Sichtweite waren, schaute Bea ihre Freundinnen an, und alle drei stießen laute Freudenschreie aus.

»Sie haben uns geliebt!«, rief Bea jubelnd.

»Dich haben sie geliebt, Darling«, gurrte Martha.

»Ich glaube, mich haben sie auch geliebt. Janine konnte gar nicht mehr davon aufhören, wie sehr sie für Diana's Muesli schwärmt!«

Bea verschränkte die Hände und strahlte die beiden an. »Ohne euch hätte ich nichts davon geschafft.«

»Du bist ein Naturtalent, Bea«, antwortete Ruth.

»Ich nehme an, es ist gut gelaufen?«, fragte eine tiefe, vertraute Stimme.

»Zach? Was machst du denn hier?«, sagte Bea. Er war wie aus dem Nichts neben ihnen aufgetaucht.

»Ich konnte einfach nicht anders. Ich musste unbedingt aus erster Hand hören, wie die Präsentation gelaufen ist. Ich hab mich also ein bisschen hier rumgetrieben und gewartet, bis ihr fertig seid. Erzähl!« Er gab Bea einen Kuss auf die Wange, und ihr blieb fast das Herz stehen. Plötzlich war ihr ganz heiß.

Sie lieferte ihm eine eilige Zusammenfassung. Plötzlich hatte sie das dringende Bedürfnis nach frischer Luft.

»Sei nicht so bescheiden, Bea. Es ist fantastisch gelaufen!« Martha lächelte und stellte sich Zach vor.

»Bea, ich wusste doch, dass die Sache voll einschlagen würde. Das müssen wir feiern!«, sagte Zach und zog Bea an sich. Ruth und Martha nickten zustimmend.

»Na, wenn das kein Timing ist – ich will mir auch gerade einen Drink besorgen!« Plötzlich tauchte Sunday neben ihnen auf, sodass sie sich nun zu fünft in den winzigen Flur quetschten. Sie wirkte leicht erhitzt und voller Anspannung, lehnte sich gegen die Wand und schaute Bea an. »Was gibt es denn eigentlich zu feiern?«, fragte sie.

»Ach, nur dass wir gerade bei einer großen Präsentation einen Volltreffer gelandet haben.« Bea zuckte nonchalant mit den Achseln.

»Gut gemacht, Bea!«, rief Sunday und stieß einen Jubelschrei aus. »Wenn das so ist, gehen die Drinks auf mich. Und ich weiß auch schon, wo.«

Alle lächelten Sunday an, die Augenbrauen erwartungsvoll erhoben.

»The Nook!«

Bei der Erwähnung des Cafés sank die Begeisterung eines Teils der Gruppe merklich. Völlig unbeeindruckt davon – vielleicht hatte sie wirklich nichts gemerkt – redete Sunday weiter. »Im Großhandel hatten sie Kahlúa und Wodka monstergünstig im Angebot, also hab ich meine Vorräte aufgestockt. Blöderweise hab ich sie in The Nook stehen lassen und immer wieder vergessen, sie zu holen. Aber wenn das hier nicht der richtige Zeitpunkt für Espresso Martinis ist, dann weiß ich nicht, wann!«

»Ich bin mir nicht sicher, ob es eine gute Idee ist, dass

ich jetzt in The Nook gehe.« Bea flüsterte fast und schaute überallhin, nur nicht zu Zach.

Sunday schlang ihren Arm um Bea und zwang sie, die fest verschränkten Arme auseinanderzunehmen. »Keine Sorge, Honey, Dino ist nicht da. Er ist heute Abend bei einem Poetry-Slam. Und außerdem mache ich einen richtig geilen Espresso Martini!«

»Du hast nicht auch zufällig Gin gekauft, oder?«, fragte Ruth und lieferte Bea einen weiteren Vorwand, Zach nicht anzusehen. »Mein Drink erster Wahl ist ein Dubonnet mit einem Spritzer Gin, genau wie ihn die Queen trinkt.« Sie lächelte stolz. »Ich habe immer eine Taschenflasche damit dabei, für den Fall, dass sich eine Gelegenheit für ein starkes Getränk ergeben sollte!«

Sunday starrte Ruth einen Augenblick an. »Ich hab vielleicht noch einen Erdbeerlikör da und könnte was draus machen, das dem nahekommt?«

»Ist gekauft!«, fiel Martha ein und zog Ruth an ihre Seite. »Außerdem bin ich britisch – wie viel königlicher kann's da noch werden?«, sagte sie und stieß Ruth leicht mit der Hüfte an.

Zach warf Bea einen Blick zu und rieb sich die Bartstoppeln. »Das musst du wissen, Bea.«

Bea seufzte und versuchte, wieder in die Hochstimmung zu kommen, die sie noch Augenblicke zuvor verspürt hatte. Sie schaute von Zach zu ihren drei Freundinnen. Alle drei starrten mit breitem Lächeln zurück. »Ach, zum Teufel, was soll's. Los geht's!«

»Also, ihr habt's gehört. Wir gehen in The Nook. Ladys und Gentleman, folgen Sie mir!«, rief Sunday und ging voran, während sie ihre Kopfhörer in die Ohren schob und die Musik so laut aufdrehte, dass die anderen die Spice Girls hören konnten.

63

Schon als Bea The Nook betrat, hatte sie kein gutes Gefühl. Der vertraute Geruch des Ortes, den sie sonst immer als so tröstlich empfunden hatte, irritierte sie jetzt und erinnerte sie an ihre letzte intime Begegnung hier mit Dino. So viel hatte sich seitdem verändert.

Zach drückte ihr dreimal die Hand und zog sie an sich. Sie drückte seine Hand nicht zurück und tat stattdessen so, als wäre sie durch einen losen Faden an ihrem Blazer abgelenkt. Ruth und Martha liefen fröhlich hinter Sunday her. Einer nach dem anderen betraten sie alle die Küche und quetschten sich in den engen Raum. Zum Glück war Dino nirgendwo zu sehen, genau wie Sunday versprochen hatte. Bea war sowohl erleichtert als auch einen Hauch enttäuscht.

»Aha!«, rief Sunday aus und hielt triumphierend eine Flasche Wodka in die Höhe. »Genau da, wo ich sie habe stehen lassen!«

Die Gruppe jubelte. Zach holte Kaffeebecher aus einem Regal hinter Bea und schob sie schwungvoll über die Theke in Richtung Sunday. Ehe Bea sichs versah, hatte jeder einen Becher mit Espresso Martini, und sie stießen miteinander an. Die Küche war erfüllt von Gelächter und Heiterkeit.

»Du hast es geschafft, Babe«, flüsterte Zach Bea ins Ohr. Sein Atem kitzelte sie am Hals. »Ich bin so stolz auf dich.« Er beugte sich zu ihr und küsste sie auf die Stirn.

»Bei diesem Drink fehlt etwas«, sagte Ruth und blickte auf ihren Martini hinunter. Nach langem Überreden hatte Sunday es geschafft, dass sie ihn probierte.

»Auf keinen Fall«, erwiderte Sunday. »Wenn es eine Sache gibt, von der ich wirklich genau weiß, wie man sie zubereitet, dann ist das ein Espresso Martini.«

»Nein, es fehlt ganz klar etwas«, beharrte Ruth und schaute ausgerechnet Bea Hilfe suchend an.

Sie blickten alle in die schaumige beige Flüssigkeit in ihren Bechern und tranken noch einen Schluck.

»Also, wenn ihr mich fragt: Ich finde, das schmeckt verdammt gut«, sagte Zach.

»Na, siehst du!«, sagte Sunday zufrieden.

»Kaffeebohnen! Das ist es! Es fehlen Kaffeebohnen«, rief Ruth. »Es sollten mindestens zwei oder drei Kaffeebohnen drin sein, vorzugsweise so platziert, dass sie ein gleichseitiges Dreieck bilden.«

Sunday stieß einen lang gezogenen Seufzer aus. »Mach dich nicht lächerlich. So einen protzigen Blödsinn hat dieser Drink nicht nötig, er ist gut, so wie er ist.«

»Ich halte das auf keinen Fall für protzigen Blödsinn, Sunday«, erwiderte Ruth und stellte heftig ihren Becher ab. »Das ist eine Frage des Protokolls.«

»Wisst ihr was, ich hole einfach eine Handvoll Kaffeebohnen, dann sind alle zufrieden«, sagte Bea, machte sich aus Zachs Umarmung los und drängte sich aus der Küche hinaus.

Sie glitt langsam hinter die Theke und ließ die Finger über die vertraute hölzerne Oberfläche gleiten. An der Kaffeemaschine angekommen, beugte sie sich darüber und holte eine Handvoll Kaffeebohnen aus dem großen Plastikbehälter, der oben auf dem Mahlwerk saß. Und als sie sich umwandte, um wieder zurück zu den anderen zu gehen, sah sie es – Dinos Notizbuch. Das Notizbuch, das Dino normalerweise hütete wie seinen Augapfel und in das er weiß Gott was für literarische Ergüsse schrieb. Der rissige Buchrücken schien regelrecht nach ihr zu rufen.

Bea trat einen Schritt zur Seite, ohne den Blick von den abgegriffenen, in Leinen gebundenen Seiten zu nehmen, in dem Versuch, sich wieder in die Küche zu bewegen. Doch schon tat sie wieder einen Schritt auf das Notizbuch zu, fast als würde es sie auf einmal magnetisch anziehen.

Sie wusste genau, dass sie das nicht tun sollte, dass es eine unglaubliche Verletzung der Privatsphäre wäre und vollkommen daneben. Aber sie konnte sich diese seltene Gelegenheit einfach nicht entgehen lassen, mehr über den so schwer fassbaren und verschlossenen Dino zu erfahren. Bea vergewisserte sich mit einem Blick, dass niemand sie sehen konnte, dann ließ sie die Bohnen auf der Theke liegen und griff nach dem kleinen Buch. Sie schlug es einfach irgendwo auf und fuhr mit den Fingern über die Seiten, auf denen der Stift sich tief eingedrückt hatte. Sie warf einen weiteren verlegenen Blick in Richtung Küche und überlegte, ob sie das Buch nicht eilig wieder dorthin zurücklegen sollte, wo sie es gefunden hatte, aber dann siegte ihre Neugier über ihr Schuldgefühl, und sie wagte es, einen weiteren Blick hineinzuwerfen. Sie blätterte um, und ihr Blick blieb an einem kurzen Gedicht hängen, das hastig an den Rand einer Seite gekritzelt war.

Ich habe sie geküsst.
Ich habe mich nach ihr gesehnt.
Ich habe sie gewählt.
Sie hat mich geküsst.

Sie hat sich nach mir gesehnt.
Sie hat ihn gewählt.

»Dino«, flüsterte sie und blätterte schnell weiter. Wieder entdeckte sie ein Gedicht, dieses hier war überschrieben mit dem Titel »Sonnenblumen«.

Die Sonne tanzt dir im Gesicht,
Die Welt erhellst du mit deinem Licht.
Du stehst in lodernden Farben da,
Mich verlangt es nach dir – ob fern, ob nah.
Überall Blütenblätter wie aus Gold,
In der Luft liegt sanft dein Duft so hold.
Ich nehm dich mit, reich wird mein Herz
Mehr als durch Geld und durch Kommerz.

Sie blätterte zurück zum Anfang des Buches, um so viel wie nur möglich zu sehen, bevor irgendjemand sie suchen kam. Vor lauter Eile ließ sie das Notizbuch fallen. Es schlug auf dem Boden auf und öffnete sich auf der ersten Seite.

Bea erstarrte. *Das war doch nicht möglich.*

Sie schloss die Augen und wünschte sich von ganzem Herzen, das, was sie sah, möge wirklich wahr ein. Vorsichtig öffnete sie ein Auge nach dem anderen und blickte hinab auf die kurze Widmung in der linken oberen Ecke auf der Innenseite des Buchdeckels. Sie konnte kaum glauben, was sie da sah, ihre Blicke glitten immer wieder von Neuem über die Worte hinweg. Über die Buchstaben, bei denen jeder an den nächsten gehängt war, die sich krümmten und sich ineinanderschlangen wie eine Horde eifriger Kinder, die alle nach vorne an den Zeilenanfang drängten. Buchstaben, unter denen kein einziger Großbuchstabe war. Genau die handgeschriebenen Buchstaben, die sie inzwischen so gut kannte, dass sie sie überall wiedererkannt hätte. Die handgeschriebenen Buchstaben, die zu Alena gehörten.

mein liebster grover,
diese seiten werden nicht urteilen. schreib hier auf, was du laut aussprechen möchtest und nicht kannst.
ich werde dich immer lieben.
gran

Alena Loris ist Dinos Großmutter?

Die Großmutter, von der Dino mit solcher Wärme sprach, die Frau, die ihn großgezogen hatte, ihn geliebt, ihn ermutigt hatte, sein Potenzial auszuschöpfen.

Bea stockte der Atem, als ihr klar wurde, was sie da gerade herausgefunden hatte. Sie stellte sich anders hin und wünschte, das Klopfen in ihrem verletzten Bein würde aufhören. Die Verletzung, die daher rührte, dass sie sich auf diese verrückte detektivische Suche begeben hatte. Auf eine Suche, die sie durch ganz Melbourne geführt hatte, nur um sie dann wieder genau an diesen Ort und zu genau dem Menschen zu bringen, der ihr immer wieder durch die Finger zu gleiten schien wie Sand.

Bea zerbrach sich den Kopf und dachte an die vielen Male, die sie und Dino über die Notizen in ihrem Buch gesprochen hatten. Aber hatte sie ihm die Einträge auf den Seiten jemals gezeigt? Und was hatte sie ihm sonst nicht erzählt? Welchen wichtigen Hinweis hatte sie ihm nicht gegeben, der dazu geführt hätte, dass er im Geheimnisvollen Autor seine Großmutter erkannt hätte? Aber ihre Grübelei führte zu nichts. Außerdem hatte Dino, nachdem sie dem Irrtum aufgesessen war, das Buch habe früher Zach gehört, immer fast schon erbost und aufgebracht reagiert, sobald sie dieses Thema angeschnitten hatte. Es war beinahe so, als hätte sich Dino geweigert, mehr über Zach zu erfahren oder auch nur einzuräumen, dass er auch gute Seiten haben könnte. Was aber hätte sie von Dino erfahren können, wenn ihn nicht seine Abneigung gegen Zach so ablehnend gegenüber dem Buch gemacht hätte! Ärger, leichter Kummer und Erleichterung durchfluteten sie.

»Was zum Teufel machst du hier?«

Bea fuhr zusammen und ließ das Buch erneut fallen. *Dino.* Sie ließ sich einen Augenblick Zeit, um sich zu sammeln, holte tief Luft und drehte sich dann um.

»Was machst du hier, Bea?«, wiederholte Dino. Er stand auf einmal neben ihr an der Theke und blickte verständnislos durch die Durchreiche in die Küche. Man sah Oberkörper und hörte Gelächter.

»Wir feiern. Unser Pitch ist super gelaufen«, sagte Bea. Sie konnte ihn nicht anschauen, sie brauchte mehr Zeit, um das alles hier zu verdauen. »Und was machst *du* hier?« Tränen traten ihr in die Augen. *Nicht jetzt, Bea.*

»Ich habe Agathas Plüschflamingo vergessen, und du weißt ja, was dann los ist. Sie hat den ganzen Nachmittag vor lauter Stress nur gefressen. Nicht dass ich mich dafür rechtfertigen müsste, dass ich in meinem eigenen Laden vorbeischaue.«

»Was brauchst du denn so lange, Babe?« Zach trat aus der Küche. Als er Bea und Dino erblickte, die sich gegenüberstanden, stockte er. »Dino«, sagte er knapp und nickte kurz. »Ist es Zeit, sich vom Acker zu machen, Bea?«

»Ich wollte gerade wieder gehen«, sagte Dino in ganz anderem Tonfall als eben. »Macht es euch ruhig gemütlich.«

Er bückte sich, hob Agatha Christies abgenutztes Spielzeug auf und holte seinen Schlüssel aus der Tasche.

Bea sah zu, wie er entschieden in Richtung Tür ging. Die Anspannung, die in seinem Körper lag, war unverkennbar. Bea fühlte sich auf einmal sehr niedergeschlagen. Sie wollte etwas sagen, ihm etwas hinterherrufen, ihm erzählen, was sie herausgefunden hatte, weil sie wusste, was es ihm bedeuten würde – aber sie konnte nicht. Nicht solange Zach hier war.

»Ich hoffe, es ist jetzt endlich alles geklärt«, sagte Zach plötzlich aus heiterem Himmel.

Dino blieb stehen und richtete sich auf, dann drehte er sich um und schaute Zach an. »Wovon redest du bitte?«

»Bea und ich sind jetzt wieder zusammen.«

»Hmm.« Dinos vage Antwort schien alles zu sagen.

»Sie liebt dich nicht, und sie hat es satt, dass du sie anschmachtest«, sagte Zach bitter.

Bea warf ihm rasch einen Blick zu. »Zach. Bitte.«

»Ach, tatsächlich? Hat sie das gesagt?«, fragte Dino.

»Das musste sie gar nicht.« Zach trat einen Schritt auf Dino zu. »Ich kenne sie gut genug, und ich liebe sie genug, dass ich das sehe.«

Bea schaute nervös von Zach zu Dino und zu den drei Gesichtern, die nicht gerade diskret durch die Durchreiche starrten. Martha stand der Mund offen. Sunday hatte die Augen aufgerissen und trank aus ihrer Tasse. Ruth biss in einen Muffin und schien nicht ganz so interessiert wie die anderen.

»Warum lässt du sie nicht für sich selbst sprechen?«, erwiderte Dino angespannt.

Zach blickte Bea erwartungsvoll an, fast als wäre ihm gerade erst wieder eingefallen, dass sie ja auch noch da war. Bea verlagerte unruhig das Gewicht vom einen Fuß auf den anderen und wünschte, sie hätte ihren Espresso Martini nicht in der Küche stehen lassen.

»Lasst uns das ein andermal besprechen«, sagte Bea plötzlich gereizt. Sie durfte jetzt nicht damit anfangen. Nicht jetzt.

»Bea, sag's ihm einfach. Sag ihm, dass wir zusammen sind, dass wir uns entschieden haben und dass sich das ganz bestimmt so schnell nicht ändern wird«, sagte Zach fast ein bisschen von oben herab.

»Jetzt komm schon, sie hat gesagt, sie will nicht darüber reden«, sagte Dino, der Beas Unbehagen spürte.

»Nein. Du musst das hören, damit endlich Schluss damit ist. Er oder ich?«, fragte Zach auf gespenstische Weise ausdruckslos.

»Zach, lass sie in Ruhe.«

»Er«, sagte Bea so leise, dass sie nicht sicher war, ob irgendjemand es gehört hatte. *Er*, dachte sie noch einmal bei sich. *Natürlich ist er es.*

»Was?«, fragte Zach fassungslos.

»Es tut mir sehr leid, Zach. Ich wollte nicht so empfinden. Ich hab versucht, anders zu empfinden. Aber es ist Dino. Ich will, dass er es ist«, sagte Bea traurig.

Zachs ganzer Körper spannte sich an. Bea blickte ihm in die Augen, den einzigen Teil von ihm, der nicht erstarrt war, aber sie sah nur schrecklichen Kummer. Ihr drehte sich der Magen um. Sie wollte Zach so gern berühren, ihn in den Arm nehmen und ihm sagen, dass alles gut werden würde und dass es ihr schrecklich leidtue. Aber sie wusste, dass sie das nicht tun durfte. Sie musste stark bleiben und endlich das sagen, was sie schon so lange hatte sagen wollen.

»Verdammte Scheiße, Bea.« Zach stürmte aus The Nook.

Bea schaute Dino an. Zum ersten Mal seit Langem war sie sich über ihre Gefühle voll und ganz im Klaren. *Du bist es. Ich bin so froh, dass du es bist.* Ein kleines Lächeln erschien auf ihren Lippen. Aber Dino schüttelte den Kopf.

»Mein Gott, Bea. Dafür ist es zu spät«, sagte er so vernichtend, dass es Bea das Herz brach. Und er folgte Zach nach draußen.

Bea blieb mutterseelenallein zurück.

64

»Dino, bitte geh nicht!«, rief sie ihm nach und wollte ihm hinterherlaufen, aber bevor sie den ersten Schritt machen konnte, spürte sie, dass jemand sie mit starkem Griff zurückhielt.

»Lass ihn gehen«, sagte Sunday ihr ins Ohr.

»Nein. Nein! Ich muss es ihm sagen!« Bea versuchte, sich aus Sundays Griff zu befreien, aber diese hielt sie fest und umklammerte sie, genauso wie Bea es mit Cassandra vor so vielen Monaten auf deren Hochzeit gemacht hatte. Aber statt immer weiterzukämpfen wie damals Cassandra, gab Bea Sunday schließlich nach und vergrub das Gesicht an ihrer Brust. Die Tränen strömten ihr übers Gesicht, und sie rang nach Luft.

»Es ist gut.« Sunday streichelte Bea tröstend über den Rücken. Martha und Ruth standen verlegen neben ihnen. Ruth atmete besonders laut, und Martha gurrte die unterschiedlichsten Versionen von »Es wird alles wieder gut«.

»Nichts ist gut«, schnaufte Bea. Ihre Heulerei war ihr peinlich. »Überhaupt nichts. Ich war so bescheuert. Ich war so dermaßen drauf fixiert, etwas Perfektes zu finden, dabei hatte ich *ihn* doch die ganze Zeit vor der Nase. Er ist die ganze Zeit da gewesen. Ich hatte einfach nur zu viel Angst, das zu sehen«, wimmerte sie, den Kopf noch immer an Sundays Brust gepresst.

»Das ist ganz normal, Bea. Wir haben alle Angst. Manche von uns können es nur besser verbergen als andere«, sagte Ruth ernst.

»Ich muss es ihm sagen.« Bea löste sich endlich von Sundays T-Shirt, das ganz nass geheult war. Die Wimperntusche lief ihr die Wangen hinunter.

»Vielleicht braucht er ein bisschen Zeit, Bea«, sagte Sunday.

»Nicht das mit mir. Das mit ihr«, antwortete Bea, die an Alena Loris dachte. »Das zumindest hat er verdient, auch wenn ich ihn nicht verdient habe.«

Sunday nickte, als würde sie verstehen, worum es ging. Sie schien Bea nichts fragen zu wollen, damit sie nicht völlig durchdrehte, und ließ sie los. Bea entschuldigte sich bei den dreien, dass sie ihnen den Abend verdorben hatte, und ging durch die blaue Tür hinaus in die kühle Melbourner Abendluft.

*

Bea: Bitte, Dino! Ich weiß, dass du nicht mit mir reden willst, und ich weiß, dass mein Timing fürchterlich ist, aber ich muss dir etwas wirklich Wichtiges sagen. Es geht um mehr als uns, um mehr als das alles hier. Ich muss dich sehen.

Bea: Dino, bitte.

Bea: Gottverdammt, Dino! Du bist so dermaßen stur!

Bea: Verfickt noch mal, Dino.

Bea: Tut mir leid. Bitte ruf mich zurück.

Obwohl es schon fast Mitternacht war, lag Bea noch immer auf ihrer Couch zusammengerollt und schickte immer weiter Nachrichten an Dino. Sie musste ihm wirklich dringend mitteilen, was sie herausgefunden hatte: dass seine Großmutter der Mensch war, den sie die ganze Zeit gesucht hatte. Dass ihre Worte reine Magie waren und dass Bea Zugang zu ihrer Seele hatte. Als Dino weiterhin nicht antwortete, warf Bea ihr Handy hin, schlug *Meeting Oliver Bennett* auf und las einige Anmerkungen. Die Geheimnisvolle Autorin kannte Dino.

Bea griff nach dem pinkfarbenen Textmarker, der auf dem Couchtisch lag, und strich eine Zeile an.

bitte wende mir nicht den rücken zu

Sie fragte sich, von wem Alena hier sprach, machte ein Eselsohr in die Seite und las weiter.

wie kann etwas so kleines meine ganze welt erfüllen?

War hier möglicherweise von Dino die Rede? Bea markierte auch diese Seite mit einem Eselsohr und wünschte sich, Dino wäre hier.

kein finsterer blick wird dein großes herz treffen.
das geschenk des lebens.
dein seltenes lächeln war oft zu sehen.

Bea markierte eine Stelle nach der anderen. Wie hatte sie nur so blind sein können? In diesem Buch ging es gar nicht um romantische Liebe – es war ein Liebesbrief an Alenas Familie. An ihren Enkel, den wichtigsten Mann in ihrem Leben. Plötzlich sah Bea Dino in einem vollkommen anderen Licht. Diese dunklen Augen blickten niemals zornig. In ihnen lagen Verwunderung, Kummer und Weisheit. Seine Lippen verzogen sich gar nicht verächtlich, hinter ihnen verbargen sich ein gebrochenes Herz und die Sehnsucht, geliebt zu werden. Seine abgetretenen Schuhe, seine schlabberigen Jeans und seine weiten Hemden hatten nichts mit schlampigem Aussehen zu tun – sie waren ein Lobgesang darauf, allen Dingen eine zweite Chance zu geben. Und seine Tattoos, ach ja, die Tattoos! Das war eine weitere Art, seine Geschichte zu erzählen.

Sie blätterte weiter und machte sich in Gedanken Notizen zu allem, was sie Dino über seine Großmutter fragen wollte.

Aber was, wenn er von alldem hier gar nichts wissen will? Was, wenn er mich nie wieder zurückruft?

Bea kam ein Gedanke. Sie griff nach ihrem achtlos zur Seite geworfenen Handy und rief Dinos Twitteraccount auf, sein engster Berührungspunkt zur seiner Meinung nach der nichtauthentischen Welt der sozialen Medien. Sie scrollte ein paar Jahre zurück.

CuppaDino: Veilchen sind blau, Rosen sind rot,
Trump als Präsident? Ich lach mich tot!

CuppaDino: Make America great again? Im Ernst jetzt?

CuppaDino: Kommt heute Abend um acht zur Dead Poet's Society, ich trete auf!

CuppaDino: Weiß jemand, wo man Bambusgeschirr kaufen kann? Ich richte gerade mein neues Café ein, @TheNook, und ich will verdammt sein, wenn wir fürs Take-away keine Recyclingsachen benutzen!

CuppaDino: Date Night mit Gran!

Und da war ein Foto von Dino, dünner und mit etwas längeren Haaren als heute. Er stand neben einer zierlichen Frau mit dunkelbrauner, ledriger Haut, deren große braune Augen strahlten, als ob sie die ganze Welt gesehen hätten.

»Alena«, flüsterte Bea. Sie konnte es nicht glauben. Dort, neben dem Mann, den sie anbetete, stand ihre Geheimnisvolle Autorin. Und sie war ausnehmend schön, schöner als Bea sie sich je hätte vorstellen können.

Sie fühlte sich ganz high von ihrem neuen Wissen und verfolgte Dinos Twitteraccount zeitlich immer weiter zurück: Fotos von ihm mit Freunden, Auszüge aus Gedichten, ironische politische Retweets und kurze, knackige Buchbesprechungen. Sie entdeckte noch weitere Fotos von ihm und seiner Großmutter, hielt bei jedem inne und nahm sich Zeit, sie zu analysieren und begierig nach weiteren Informationen zu suchen. Obwohl Alena gut dreißig Zentimeter kleiner war als ihr Enkel, schien Dino zu ihr aufzublicken.

Bei einem Bild von Dino, Alena und einer weiteren Frau hielt Bea wieder an. Alle drei hielten ein Eis in der Hand. »Drei Generationen Eisfans«, lautete die Bildunterschrift. Bea schaute sich die unbekannte Frau genauer an. War das Dinos Mutter? Sie war wunderschön. Und so jung! Sie war groß und schlank wie ihr Sohn, trug ein kurzes weißes Oberteil ohne Ärmel, das ihre gebräunte Taille sehen ließ, und einen fließenden orangefarbenen Rock. Dino lehnte sich an seine Oma, seine Mutter hatte ihm die Hand locker auf die Schulter gelegt. Die beiden Frauen lächelten, sie strahlten schon fast, während Dino eher überrascht worden war, sein leicht verzogenes Gesicht deutete darauf hin, dass sie eben noch miteinander gescherzt hatten. Etwas an der Sorglosigkeit und der unbefangenen Art der drei faszinierte Bea. Sie starrte auf den Bildschirm, sah genau hin, saugte die Gesichtszüge und jedes Lächeln, jeden Blick und jede Haltung ein, bis sie schließlich einschlief.

*

Zach: Bea, ich komme gleich vorbei und hol meine Sachen.

Bea erwachte davon, dass ihr Telefon vibrierte. Es war acht Uhr morgens. *Wann bin ich denn eingeschlafen?* Ihr Mund fühlte sich pelzig an und ihr Haar wirr und verknotet. Sie las die Nachricht von Zach noch einmal, und ihr rutschte das Herz in die Hose bei dem Gedanken daran, ihn zu sehen. Schnell drückte sie die Nachricht weg und schaute, ob nicht doch eine Antwort von Dino gekommen war – aber nichts. Zur Sicherheit schrieb sie ihm noch einmal, dann rappelte sie sich von der Couch hoch und schleppte sich ins Bad, um sich die Zähne zu putzen.

Während sie sich etwas Parfüm aufs Handgelenk spritzte, klingelte es. *Zach. Scheiße.* Bea war nicht darauf vorbereitet. Sie fühlte sich schrecklich, weil sie sich gestern vor allen anderen gegen ihn entschieden hatte. Es war nicht fair von ihr gewesen, ihn in Gegenwart so vieler Leute zu demütigen. *Andererseits – hat er mir nicht vor ein paar Monaten genau das Gleiche angetan?* Sie schob den Gedanken weg. Auge um Auge – so ein Mensch war sie nicht, und sie wusste, dass es bei dieser Trennung nicht darum ging. Rasch gurgelte sie mit Mundwasser, rannte zur Tür, holte tief Luft und machte auf.

»Zach, es tut mir so leid«, sagte sie gleich als Erstes.

Zach, immer noch in den Klamotten von gestern Abend, starrte sie nur an und kam herein, ohne ein Wort zu sagen. Er ging ins Schlafzimmer, und Bea folgte ihm. Er machte die Schranktüren auf und zu, griff blindlings nach seinen Sachen und stopfte sie in die Reisetasche, die er sich über die Schulter geworfen hatte.

»Bitte, Zach«, sagte Bea. »Wollen wir uns nicht hinsetzen und reden?«

»Ich bin nicht zum Reden gekommen, ich will nur meine Sachen holen«, knurrte Zach sie mit eisiger Stimme an.

»Es tut mir wirklich sehr leid, Zach. Ich hab dir nie wehtun wollen.«

Zach zog den Reißverschluss seiner Tasche zu. »Tja, das

hast du aber, Bea. Du hast mir wehgetan.« Er schaute sie mit Tränen in den Augen an.

Bea zauderte. »Ich weiß, und es tut mir unglaublich leid, Zach. Aber es war einfach nicht mehr das Gleiche. Es war nicht so wie vorher«, stammelte sie.

»Du hast uns doch gar keine Chance gegeben.«

»Doch, das hab ich. Ich hab uns eine riesige Chance gegeben – obwohl ich das Gefühl hatte, als wäre ich irgendwie in das alles nur reingestolpert. Ich habe einfach mitgemacht, denn ich glaube, ich habe es geliebt, dass mich jemand liebt – so fürchterlich das klingen mag.« Bea bemühte sich sehr, ehrlich zu sein, nicht nur Zach, sondern auch sich selbst gegenüber. Jetzt würde sie nicht mehr vor der Wahrheit zurückschrecken.

»Ich habe dich geliebt, Bea, aus ganzem Herzen. Und du bist einfach darauf herumgetrampelt, als wäre es gar nichts. Als wäre ich nichts.« Zach warf sich die Tasche heftig über die Schulter und ging auf die Tür zu.

»Du liebe Zeit, Zach! So wie du auf meinem Herzen herumgetrampelt bist, als du Geld dafür bekommen hast, etwas mit mir anzufangen?«, antwortete Bea und verabscheute sich selbst dafür, dass sie klang wie ein maulendes Kind.

»Ich dachte, das hätten wir hinter uns gelassen, Bea.«

»Ich glaube nicht, dass ich das je hinter mir lassen kann.«

Zach blickte sie wieder an, und ihm lief eine Träne übers Gesicht. »Wenn die Dinge doch bloß anders wären, Bea. Jetzt haben wir beide unsere Portion Schmerz abbekommen.«

»Da hast du wohl recht.«

Zach drehte den Türknauf und war bereit, für immer aus ihrem Leben zu treten. Aber er wandte sich noch ein letztes Mal um.

»War ich je der Richtige für dich – oder war es immer er?«, fragte er und schauderte bei dem Gedanken an Dino.

Bea schluckte schwer. »Ich …«, fing sie an, und ihr brach das Herz.

»Hab ich mir gedacht.« Er schlug die Tür zu und war weg.

65

Bea klappte ihre Ausgabe von *Meeting Oliver Bennett* zu und seufzte. Sie drückte das Buch an die Brust und hielt es fest umklammert, als wäre es ein Mensch. Dann stellte sie es ins Bücherregal und ging ins Bad. Sie hatte beschlossen, dass sie es nun zum letzten Mal gelesen hatte. Sie konnte es nicht behalten – nicht jetzt, wo sie mit Sicherheit wusste, dass es Alena gehört hatte. Jetzt, nun ja, jetzt gehörte es Dino – und sie würde dafür sorgen, dass er es auch bekam.

Vor einer Woche hatte Zach ihre Wohnung verlassen, und sie hatte Dino zuletzt geschrieben. Als ihre unaufhörlichen Nachrichten Dino keine Antwort entlockten, hatte sie schließlich alle Kontaktversuche eingestellt. Vielleicht brauchte Dino einfach Raum. Auch wenn das Nichtstun sie fast wahnsinnig machte.

Während sie sich die Zähne putzte und ihr Spiegelbild anstarrte, traf sie die Erkenntnis wie ein Blitz: Sie konnte nicht ewig warten. *Es ist Zeit, das hinter dir zu lassen.*

Sie hatte gedacht, dass Dino genau der Richtige für sie wäre – aber sie war nun nicht mehr die Richtige für ihn. Sie hatte den Mann verloren, der ihre Tage erhellt hatte – nun ja, erhellt mit leichten Eintrübungen von geringfügigem Sarkasmus und schwarzem Humor. Der Mann, der sie herausgefordert hatte, der sie ermuntert hatte, die Dinge aus einem anderen Blickwinkel zu betrachten. Aber als sie endlich so weit gewesen war, sich zu öffnen, hatte er ihr den Rücken zugekehrt. Wenn sie daran dachte, konnte Bea nicht anders, sie fühlte sich so, als hätte er sie niemals wirklich gemocht.

Sie steckte die Zahnbürste in ihre Haltevorrichtung zurück und schloss die Augen. *Es ist Zeit, das hinter dir zu lassen,* wiederholte sie leise für sich. Das musste sie einfach! Denn sie war es, ehrlich gesagt, satt, immer nur traurig zu sein. Sie war nach Melbourne gezogen, um hier neu anzufangen, und das hatte sie auch geschafft. Sie hatte neue Freunde, eine neue Arbeit und ein neues Herzensprojekt. *Und wenn ich in puncto Liebe total abgeschmiert bin – was soll's!* Wenn sie in den vergangenen Monaten eines gelernt hatte, dann das: Sie brauchte keinen Mann, um ein vollständiger Mensch zu werden – das war sie nämlich schon. Doch während sie versuchte, achtsam zu sein und dankbar, und all den anderen Wischiwaschi-Kram, den das Gerede vom positiven Denken mit sich brachte, bedachte, schien ihr Herz doch nicht ganz der gleichen Meinung zu sein.

Es ist Zeit, das hinter dir zu lassen. Es ist Zeit, das hinter dir zu lassen. Es ist Zeit, das hinter dir zu lassen.

Ihr Telefon piepte: Der Lieferservice war mit einem frischen Kaffee aus The Nook eingetroffen. Sie zog sich rasch einen Wollpulli an, stieg in ein Paar Stiefel und lief hinunter, um Savinay zu begrüßen, ihren Retter mit dem Kaffee.

*

»Glaubst du, er kommt wirklich nicht?«, fragte Lizzie, in einer Hand ein Küchenmesser, in der anderen ihr Handy. Lizzie übernachtete (uneingeladen) bei Bea und versprach, Next Chapter nach dem Reinfall vom letzten Mal zu einem riesigen Erfolg zu machen. Sie hatte (ungefragt) eine

Gruppe von ehemaligen *Bachelor*-Kandidatinnen und ein paar D-Promi-Influencer organisiert, die zu dem Treffen kommen sollten, und versprochen, sie würden diesmal wirklich auftauchen, obwohl es bei diesem Abend nicht darum gehen würde, einen Partner zu finden.

Bis zu Next Chapter war es noch ein bisschen Zeit, und die Schwestern standen nebeneinander in Beas kleiner Küche und bereiteten Platten mit Obst und Käse vor. Bea trug eine schwarze Yogahose und einen weiten grauen Kapuzenpulli, während Liz wie immer vollkommen overdressed war in ihrer schwarzen Lederhose, dem glitzernden Tanktop rotem Lippenstift und Keilsandalen.

»Das bezweifle ich doch sehr.« Bea schnitt entschieden eine Erdbeere durch.

Lizzie packte Bea bei den Schultern, die Augen vor Aufregung und Erwartung weit aufgerissen. »Du darfst nicht aufgeben! Du musst ihn dazu bringen, dass er kommt!« *Ein für alle Mal eine hoffnungslose* Bachelor-*Romantikerin.* »Komm schon«, fuhr Lizzie fort und kniff Bea ein bisschen zu fest in die Wange. »Du weißt doch, was Osher immer gesagt hat: Du musst um die Person kämpfen, die du liebst, sonst zieht die Liebe deines Lebens an dir vorbei. Und ehe du es merkst, bist du eine verschrobene Alte mit einem Haufen Katzen und einer ungesunden Leidenschaft für erotische Romane.«

»Bitte, Liz, sind wir nicht über diese Klischees der alten Jungfer hinaus? Ich bin fast mein ganzes Erwachsenenleben hindurch Single gewesen, und es geht mir wunderbar damit«, wehrte Bea ihre Schwester ab. »Ich lasse das hinter mir. Er wird es sich nicht mehr anders überlegen, er ist zu stur, und es ist auch alles viel zu kompliziert geworden. Ich gewöhne mich langsam an den Gedanken, ihn hinter mir zu lassen. Und mit der Zeit bekomme ich auch meine Sucht nach seinem Kaffee in den Griff«, sagte Bea, aber sie glaubte es selbst noch nicht so richtig.

»Du lässt dir immer noch Kaffee von ihm liefern? Bea, das ist doch lächerlich!«

»Keine Sorge, Liz, ich hab beim Lieferservice eine Woche kostenlose Lieferungen gewonnen.«

»Darum mache ich mir keine Sorgen. Geh doch einfach hin und sprich mit ihm.«

»Lizzie, ich lasse das hinter mir«, antwortete Bea nachdrücklich.

»Na gut, mach, was du für richtig hältst. Betrachte das als meinen ersten Versuch, deine Grenzen zu respektieren oder was auch immer«, knurrte Lizzie und machte sich wieder daran, die Wassermelone in Scheiben zu schneiden. Ihr Messer knallte voller Wut auf das Schneidebrett. »Aber was ist mit dem Buch? Wirst du ihm das wenigstens geben? Er hat es verdient, die Sache mit seiner Oma zu erfahren.«

»Ich weiß, ich weiß. Ich hab schon einen Beschluss gefasst: Wenn ich bis morgen früh nichts von ihm gehört habe, lege ich ihm das Buch draußen vor The Nook, sodass er es findet.«

Lizzie zog nur die Augenbrauen hoch.

»Ich weiß, eigentlich wollte ich es ihm persönlich erzählen, aber was soll ich machen, wenn er mich nicht anhören will? Und ich kann das alles einfach nicht mehr länger für mich behalten.«

Lizzie schüttelte den Kopf – das war nie ein gutes Zeichen, denn sie hasste es, sie hasste es wirklich wie die Pest, irgendetwas zu tun, womit sie es riskierte, ihre perfekt frisierten Locken durcheinanderzubringen. Aber sie schnitt weiter.

Bea versuchte zu lächeln. Sie würde sich von nichts und

niemand die Laune verderben lassen. Heute war der Abend, für den sie so hart gearbeitet hatte. Alles würde großartig werden, und es war in Ordnung, dass Dino nicht kam.

»Diese Bachie-Freundinnen von dir werden doch nicht so durchgeknallt sein, oder? Es muss alles gut laufen, Liz. Du hast ihnen doch noch mal eingetrichtert, dass das kein typisches Speeddating ist, wie sie es kennen, oder? Außerdem habe ich Martha versprochen, dass wir die Bar ihres Freundes nicht auf den Kopf stellen«, sagte Bea. Sie schnitt ein Stück Brie ab und schob es sich in den Mund.

Martha hatte Ernst gemacht mit ihrem Angebot. Willows & Wine, das erheblich größer war als The Nook, stand als neuer Veranstaltungsort fest. Bea hatte fast dreißig Mails mit der Bitte um eine Eintrittskarte bekommen, weitere fünfundzwanzig Leute hatten beim Facebook-Event »interessiert« angeklickt.

»Ja, ja, keine Sorge, es wird alles megaentspannt, Honey.« Lizzie zwinkerte Bea zu, und die verdrehte die Augen. Lizzie würde auch noch Miss Clavel aus *Madeline* als entspannt bezeichnen.

»Und Zach? Kommt der auch ganz bestimmt nicht?« Lizzie pikste Bea mit dem Ende des Löffels, mit dem sie gerade die Beeren in der Schüssel umgerührt hatte.

»Du lieber Gott, ich hoffe nicht! Ich würde es nicht ertragen, ihn wiederzusehen. Nicht nachdem ich mitgekriegt habe, wie fertig er war, als er seine restlichen Sachen aus meiner Wohnung geholt hat«, sagte Bea.

»Weg mit Schaden, würde ich sagen. Ich hab ihm nie über den Weg getraut. Obwohl ich mir zu Herzen genommen habe, was du gesagt hast über die Geschichte, dass er mich angegrabscht hat, und über meine Tendenz, ein bisschen zu viel in die Dinge reinzuinterpretieren. Vielleicht hattest du recht«, sagte Lizzie. Bea lächelte. Dieses Geständnis war eine Riesensache für Lizzie. Sie hatte noch nie zugegeben, dass es möglicherweise jemanden gab, der nicht vollkommen von ihr eingenommen war.

Lizzie strich ihrer Schwester über den Arm, warf einen Blick auf ihre diamantbesetzte Uhr und kreischte erschrocken auf. »Du liebe Güte, Bea! Du beeilst dich mal besser. Wir müssen in einer Stunde da sein. Ich mach das hier fertig.« Sie zeigte auf die halb fertigen Platten, die vor ihr standen.

Vielleicht war es gar nicht so schlecht, dass ihre Schwester wieder bei ihr wohnte. Bea ging in ihr Zimmer, zog die Klamotten aus, warf sie nachlässig auf den Boden und ging ins Bad, um sich für das große Ereignis aufzubrezeln.

66

Nervös öffnete Bea die Tür zu Willows & Wine. Sie checkte das Lokal ab und begann im Geiste schon, die Tische umzustellen. Nachdem sie den Besitzer der Bar begrüßt hatte, der sich als eingefleischter Fan von Jodie Picoult entpuppte und sich sehr freute, als Gastgeber für das Event zu fungieren, begannen Bea und Lizzie umzuräumen. Sie schoben die fünfundzwanzig kleinen Tische auf eine Seite des Raumes, richteten sie parallel zueinander aus und stellten auf jeden Tisch einen goldglänzenden Buchständer (die Bea natürlich gewonnen hatte) mit einem Zettel, auf dem stand: »Dein Lieblingsbuch hierhin legen«. In der Nähe des Kamins, der in einer Ecke des Raumes vor sich hin prasselte und Wärme verströmte, hängte Bea Poster auf, auf denen in eleganter kursiver Schrift Zitate aus ihren Lieblingsbüchern standen.

Sie stellte gerade den letzten kleinen Topf mit einer Sonnenblume in eine der Lücken in dem Bücherregal, das eine ganze Wand einnahm, als sich die Tür öffnete.

»Beatrix!« Ruth und Philip, der eine kleine gepunktete Fliege trug, waren eingetroffen. »Das hast du bemerkenswert gut hinbekommen, Beatrix«, sagte sie und schwenkte eine Ausgabe von *Victoria & Abdul* durch die Luft. »Du solltest sehr stolz auf dich sein.«

Bea lächelte nervös, trat zurück und bewunderte ihr Werk. »Ja, ehrlich?«

»Ehrlich.«

Kurze Zeit später trafen Martha und Sunday ein, schwärmten von dem Raum und gratulierten Bea zu ihrem guten Händchen für Dekoration.

Lizzie drängte sich in die Gruppe. »Ihr müsst Beas Freunde sein! Ich glaube, ein paar von euch bin ich schon mal bei Beas erster Veranstaltung begegnet. Für die, die es nicht wissen: Ich bin Lizzie, Beas Schwester. Möglicherweise kennt ihr mich aus dem Fernsehen, ich war Zweite in der zweiten Staffel vom *Bachelor.*« Lizzie gab jedem einen Kuss auf die Wange. »Und wer ist dieser kleine Kerl?«, fragte sie und beugte sich herab, damit sie Philip genauer betrachten konnte.

»Das ist Philip, wie Prinz Philip«, sagte Ruth unwirsch. Sie erholte sich noch von Lizzies spontanem und unnötigem Kuss.

»Aha. Ist er ein Marder?«

»Technisch gesehen ja. Er ist ein Frettchen.«

»Und, Liz, was ist jetzt mit den Teilnehmerinnen vom *Bachelor*?«, unterbrach Bea, bevor sich eine ausgewachsene Diskussion über die Familie der Marder entwickeln konnte.

»Ach ja. Lily und Scarlett sind schon unterwegs. Alles bereit für Instagram!«, zwitscherte Lizzie.

Während Bea noch lachte, ging die Tür auf und die ersten Gäste trudelten ein.

*

Nie zuvor hatte Bea so viele Bücherliebhaber in einer Bar zusammengequetscht gesehen. Männer und Frauen jedes Alters, jeder Größe und jeder Gestalt waren vertreten. Sie saßen einander gegenüber, die ausgewählten Bücher vor sich auf den zierlichen Ständern. Auch an Büchern war alles vertreten, von *Crazy Rich Asians* über *Das Ding mit Jane Spring* bis hin zu *Normale Menschen.* Bea konnte kaum fassen, wie viele Leute ihr Event hier zusammengebracht hatte.

Lizzie und ihre beiden Ex-*Bachelor*-Mitbewerber-Freundinnen machten pausenlos Selfies, nachdem sie sich von ihrem ersten Schock erholt und begriffen hatten, dass dieses Event tatsächlich genau so war, wie Lizzie es beschrieben hatte. Bea schaute Mia und Ruth zu, die in eine hitzige Diskussion verwickelt waren. Sie entdeckte auch Ramona, die mit Sunday Händchen hielt (Bea war ihr seit ihrem Umzug nach Melbourne noch nie persönlich begegnet und hatte ihr zur Begrüßung entgegengerufen: »Tut mir echt leid, dass ich so eine Chaotin bin!«). Zwei Bedienungen schlängelten sich mit Tabletts voll Champagner und Wein durch die Menge, und in der Ecke neben den Platten mit Obst und Käse standen Brotkörbe und Schalen mit Oliven. Bea blickte zum hundertsten Mal durch den Raum und hielt Ausschau.

»Ich glaube nicht, dass er kommt, Babe«, sagte Sunday, die zu ihr herübergekommen war und sich neben sie stellte, während Ramona sich ein Stück Käse nahm.

»Wer?«, tat Bea ganz gleichgültig.

Sunday warf ihr einen wissenden Blick zu, aus dem nur ganz leichtes Mitleid sprach.

Bea holte tief Luft und strich ihr Seidenkleid glatt. »Hast du eigentlich seine Großmutter mal kennengelernt?« Sie hatte sich zwar geschworen, dieses Thema nicht anzusprechen, aber sie konnte einfach nicht anders.

»Wessen Großmutter? Dinos?«, fragte Sunday verwirrt.

»Ja.«

»Ich bin ihr nur ein paarmal begegnet. Sie ist gestorben, da hab ich ungefähr sechs Monate in The Nook gearbeitet.«

»Wie war sie so?«

»Das kann ich nicht genau sagen. Sie kam mir sehr nett vor. Ich weiß, dass sie vorbeigekommen ist, wann immer sie konnte. Sie und Dino haben sich oft ein Croissant eingepackt und zusammen im Park gegessen.«

»Im Fawkner Park?« Bea hielt den Atem an.

»Ja, genau.«

War ja klar.

»Wieso willst du das wissen?« Sunday schaute Bea neugierig an.

»Das ist eine lange Geschichte.« Bea warf einen Blick auf die Uhr. »Ich sollte wohl mal die Sache hier eröffnen.« Sunday drückte Bea rasch noch ermutigend die Hand und hielt dann wieder Händchen mit Ramona, die die Backen voll Käse hatte und sehr glücklich aussah.

Bea marschierte in der Bar nach vorne, stellte sich auf die Zehenspitzen und sagte, so laut sie konnte: »Willkommen alle zusammen zu Next Chapter!«

Alle Köpfe drehten sich zu ihr, und es wurde still im Raum.

»Vielen herzlichen Dank für euer Kommen. Next Chapter hat in einem winzigen Café angefangen – und schaut euch bloß mal an, wie weit wir es seitdem gebracht haben!« Kurzer Applaus erklang, dann sprach Bea weiter. »Bei diesem Event geht es darum, einander Geschichten zu erzählen. Es geht um eine Gelegenheit, bei der wir miteinander in Beziehung treten und unsere Lieblingsgeschichten weitergeben können.« Sie erklärte den Anwesenden kurz die Regeln. Dann räusperte sie sich, nahm ihr Handy und hielt es hoch über den Kopf. »Möget ihr das Buch eurer Träume finden und glücklich leben bis ans Ende eurer Tage. Auf die Plätze, fertig, empfehlt!« Und sie drückte auf den Startknopf ihres Handyweckers.

Sofort erfüllte Geplauder den Raum, als die Leute begannen, über ihre Lieblingslektüre zu sprechen. Dieser Klang war für Bea wie das Gefühl, barfuß über Gras zu laufen, oder wie ein herzhaftes, befreiendes Niesen – ihre Gäste schienen voll und ganz zufrieden zu sein.

Bea ließ sich auf ihrem Stuhl nieder und holte das Buch aus der Tasche, das sie für den heutigen Abend gewählt hatte – *Neun Fremde.* Dabei verweilte ihre Hand noch kurz in der Handtasche und liebkoste den Rücken des Buches, von dem sie geschworen hatte, dass sie es Dino morgen geben würde. *Meeting Oliver Bennett.*

Es ist Zeit, das hinter dir zu lassen, erinnerte sie sich selbst noch einmal, während sie *Neun Fremde* vor sich auf den Tisch legte.

Ein Mann mit einem frisch gestärkten Hemd tauchte ihr gegenüber auf, und nach einigen einleitenden Worten ging Bea gleich dazu über, das Meisterwerk zu beschreiben, das vor ihr lag. Jedes Mal wenn der Wecker ging, erklärte sie dem nächsten Bücherliebhaber, wie lustig und doch ergreifend dieses Buch war. Und obwohl das alles stimmte, schien jedes Kompliment irgendwie hohl zu klingen, denn eigentlich hätte sie am liebsten nur über *Meeting Oliver Bennett* gesprochen. Sie wollte das Buch hoch über den Kopf halten wie eine Trophäe und, so laut sie konnte, rufen: »Wenn Sie dieses Jahr ein einziges Buch lesen müssen, dann dieses hier. Nicht wegen der Geschichte, sondern wegen der Anmerkungen!«

Aber der einzige Mensch, mit dem sie gerne darüber sprechen wollte, war nicht hier.

Ein paar Leute schienen an dem neuesten Buch von Liane Moriarty interessiert zu sein und sagten, sie würden später darauf zurückkommen. Andere erklärten, Gegenwartsliteratur sei nicht so ihr Ding (und Bea versuchte mit ganzer

Kraft, sie nicht zu verurteilen). Während sie auf ihr nächstes Gegenüber wartete, blätterte Bea rasch in ihrem Buch.

Dann hüstelte ein Mann vor ihr. Bea schlug das Buch zu, verlegen, dass sie beim Lesen erwischt worden war, selbst unter all diesen Bücherwürmern. Sie blickte auf und erstarrte.

Matt. Cassandras Matt! Cassandras Matt, dessen Leben Bea zerstört hatte (na ja, eigentlich war es ja eher die ganze Die-errötende-Braut-hat-mit-dem-Oben-ohne-Kellner-geschlafen-Geschichte gewesen). Aber es war gar nicht mal das Merkwürdigste, dass Matt mit einem leicht liebestollen Lächeln Gesicht vor Bea stand, sondern dass sein Arm durch den langen, schmalen Arm einer Blondine geschlungen war, die nicht Cassandra war. Sie war klein, stark geschminkt und trug eine riesige schwarze Sonnenbrille, obwohl es Abend war – und sie sich in einer Bar befand.

»Scarlett.« Die Blondine, die ganz klar nicht Cassandra war, streckte ihre zierliche Hand aus und schüttelte Bea die Hand. »Ich hab schon viel von dir gehört!«

»Ach wirklich?« Bea stand auf und umarmte Matt. Sie war ganz verlegen. »Matt, was machst du denn hier?«

»Ich bin als Scars Begleitung gekommen. Sie hat durch deine Schwester von diesem Event erfahren …«

»Ich war in der dritten Staffel vom *Bachelor*, und deine Schwester war für mich so was wie eine Mentorin. Genau genommen war es Lizzie, die die Idee für meinen ersten Auftritt hatte: dass ich mit Boxhandschuhen auftreten und sagen sollte: ›Ich hab gleich gewusst, dass du mich umhaust!‹ Adrian ist fast ausgeflippt, er war ein großer Boxfan. Leider bin ich dann doch in der fünften Runde rausgeflogen.«

»Scarlett!«, brüllte Lizzie von der anderen Seite der Bar und tänzelte mit ausgebreiteten Armen auf sie zu. »Du bist gekommen!« Sie umarmten sich.

Matt nutzte die Gelegenheit und beugte sich um die beiden wiedervereinten Freundinnen herum. »Bea, es ist wirklich schön, dich wiederzusehen.«

Bea trat einen Schritt zur Seite und antwortete: »Dich auch, Matt, dich auch. Ich kann gar nicht glauben, dass du wirklich hier bist!«

»Ich weiß. Es ging jetzt alles ganz schön schnell mit Scar. Wir haben uns über Tinder kennengelernt, als sie Ferien in Margaret River gemacht hat – und der Rest ist Geschichte. Obwohl: Falls dich irgendjemand fragt: Wir sind nicht zusammen. Sie wartet auf die offizielle Verlautbarung in *Women's Weekly* nächsten Monat, daher auch die Sonnenbrille. Aber fürs Erste bin ich zufrieden, so wie's ist.«

Bea nickte wissend, obwohl sie keine Ahnung hatte, was »offizielle Verlautbarung« bedeutete. »Ich bin froh, dich so glücklich zu sehen, Matt. Ich kann dir gar nicht sagen, wie viele Stunden ich wach gelegen und darüber nachgegrübelt habe, wie das alles bei deiner Hochzeit so schieflaufen konnte. Hast du den Obstkorb bekommen, den ich dir als Entschuldigung geschickt habe, den Strauß mit Süßigkeiten und die Ballons, auf denen stand: ›Bitte verzeih mir, ich habe kein Taktgefühl‹?«

Matt lachte. »Ja. Tut mir leid, dass ich mich nie dafür bedankt hab. Wo ich doch all die Hochzeitsgeschenke zurückgeben musste und die Anwälte bezahlen, bin ich einfach nicht dazu gekommen.« Er legte eine Pause ein. »Ich glaube, es war das Beste so. Irgendwo hab ich immer gewusst, dass das mit mir und Cass letztlich nicht gut gehen würde. Ich meine, versteh mich nicht falsch, ich vermisse sie, aber ich glaube, wir hatten uns zum Schluss voneinander entfernt.« Wieder hielt er kurz inne. »Ich wünschte mir nur, sie hätte es mir selbst gesagt, damit ich mir einen letzten

Rest von Würde hätte bewahren können«, sagte er. »Quäl dich nicht zu sehr damit. Du bist immer eine gute Freundin gewesen. Manchmal sogar zu gut!«

»Danke, Matt«, sagte Bea, und sie meinte es ganz ehrlich. Sie spürte, wie sich ein Teil ihrer Schuldgefühle von ihr löste. »Wie geht es ihr eigentlich?«

»Cass? Nach ihrer Facebook-Seite zu urteilen ist sie im Augenblick in irgendeiner Luxusentzugsklinik.«

»Das klingt ganz nach Cass.« Sie standen einen Augenblick da, verbunden durch den gemeinsam erlittenen Schmerz und die Lossagung davon. »Ich bin wirklich froh, dass du gekommen bist, Matt. Holt euch doch einen Drink! Ach ja, und es gibt auch eine riesige Käseplatte.«

Bea schaute zu, wie Matt sein Date an die Hand nahm und sie zur Bar führte. Er lächelte, als er sich zu ihr hinunterbeugte und ihr rasch einen Kuss auf den Hals gab. Unbewusst legte Bea die Hand auf die gleiche Stelle an ihrem Hals und überlegte, wie wunderbar es doch wäre, auch eine so liebevolle, beiläufig intime Geste zu empfangen.

*

»Mmm, vollkommen richtig.« Bea lauschte eifrig, während ein schlaksiger Junge, der nicht viel älter als siebzehn sein konnte, voller Begeisterung seine selbst publizierten Memoiren beschrieb: *Ginger ist das neue Brünett. Mein Leben als Rotschopf.*

»Es mag Ihnen gar nicht aufgefallen sein, aber Rothaarige sterben tatsächlich aus«, sagte er.

Dann ging der Wecker und gab das Zeichen für die nächste Runde. Ehe der Junge ging, schob er Bea eine glitzernde Visitenkarte in die Hand und murmelte: »Seb

Mooney. Wir werden das Wort ›ginger‹ wieder mit neuer Bedeutung füllen. Erzählen Sie's gern weiter.«

Bea beugte sich vor und wollte die Karte in ihre Handtasche stecken, die unter dem Tisch zwischen ihren Füßen in Schiene und Turnschuh stand. Mit der nun letzten Runde näherte sich der Abend seinem Ende. Bea war hocherfreut, dass das Event beinahe ausgebucht gewesen war. Der Anblick der strahlenden Gesichter und der Klang des ausgelassenen Geplauders – über den Zauber, den Bücher verbreiteten! – erfüllten Bea mit einem unglaublichen Gefühl der Befriedigung. Und abgesehen von dem kurzen Tumult, der ausgebrochen war, nachdem eine von Lizzies *Bachie*-Freundinnen ein Foto bei Instagram hochgeladen hatte, auf dem Lizzie ein Doppelkinn hatte, schien alles reibungslos gelaufen zu sein. Aber natürlich konnte Bea nicht verleugnen, wie enttäuscht sie war, dass Dino nicht gekommen war. Obwohl sie wusste, dass das Ganze zunächst wenig Aussicht auf Erfolg gehabt hatte, hatte sie Next Chapter zusammen mit ihm erdacht, auf die Beine gestellt und durchgezogen. Dass er nun nicht hier war, fühlte sich an wie ein Sakrileg.

Der Wecker klingelte zum letzten Mal, und alle im Raum brachen in aufgeregtes Gerede aus, als die Leute anfingen, ihre Bücher und Telefonnummern auszutauschen. Es sah ganz so aus, als würde es demnächst noch mehr Büchertreffen geben. Bea stand am Rande des Geschehens und sog die ganze Fröhlichkeit in sich auf.

Langsam leerte sich der Raum. Bea winkte jedem Gast zum Abschied zu und erinnerte ihn daran, Next Chapter über Facebook zu folgen, um in Sachen weitere Treffen auf dem Laufenden zu bleiben. Als alle Gäste gegangen waren, machte sie sich daran, dem Putzteam zu helfen, fegte die Krümel zusammen und brachte die letzten Gläser zurück zur Bar.

»Das hast du super gemacht, Mädchen«, sagte Lizzie. »Sogar mich hast du jetzt neugierig auf Bücher gemacht! Guck mal, ich habe hier den allerersten psychologischen Thriller meines Lebens.« Stolz hielt sie eine abgegriffene Ausgabe von *Nenn mich Evie* in die Höhe. »Ich bin ein ganz neuer Mensch!«

Bea gratulierte ihr zu ihrer Aufgeschlossenheit.

»Es wird alles wieder gut«, sagte Lizzie.

»Ich weiß«, antwortete Bea, nur ein kleines bisschen weniger überzeugt.

»Doch, dir geht's bald wieder gut. Du bist wunderbar, Bea, und es warten wunderbare Dinge auf dich. Du brauchst weder ihn noch seine lauwarmen Lattes, du wirst schon sehen.«

»Hey! Lass den Kaffee aus dem Spiel.« Bea lachte. Sie hatte das Gefühl, es war bereits etwas Wunderbares geschehen.

67

Am kommenden Morgen erwachte Bea in aller Frühe vom Geräusch von Lizzies so gar nicht ladyliken Schnarchern. Erschöpft und verwirrt drehte sie sich um und sah, dass ihre Schwester sich auf der anderen Seite ihres Bettes ausgebreitet hatte – den Großteil der Bettdecke und ihre Extensions hatte sie um sich gewickelt. Bea erinnerte sich dunkel, dass Lizzie mitten in der Nacht ins Schlafzimmer gestürmt war und verkündet hatte, wie ungerecht es sei, dass sie auf dem Klappsofa schlafen müsse. Sie war zu Bea ins Bett gehüpft und hatte von ihr verlangt, dass sie sich an sie kuschelte.

Bea stand vorsichtig auf, damit sie das schlafende Dornröschen nicht weckte, schnappte sich eine Jeans und ihren orangen Lieblingskaschmirpullover, schlich aus dem Zimmer und machte die Tür hinter sich zu. Dann zog sie sich um, wusch sich das Gesicht, putzte sich die Zähne und bestellte währenddessen schon beim Lieferservice ihren Kaffee.

Im Wohnzimmer erblickte sie die einsame Ausgabe von *Meeting Oliver Bennett* dort, wo sie sie gestern Abend hingestellt hatte – müßig in ihrem Bücherregal zwischen *Befreit* und *Das Sunday Girl.* Bea griff nach dem Buch, hielt es zärtlich in der Hand und strich mit dem Daumen über den Buchrücken. Zum letzten Mal. Heute würde sie das Buch endlich seinem rechtmäßigen Eigentümer zurückgeben, egal, ob er sie sehen wollte oder nicht. Sobald ihr

Kaffee käme, würde sie runterrennen, die göttliche Koffeinköstlichkeit noch im Stehen trinken und sich dann auf den Weg zu The Nook machen, wo sie *Meeting Oliver Bennett* hinlegen würde, damit Dino es fand. So sah zumindest ihr Plan aus.

Es ist Zeit, das hinter dir zu lassen.

Genau nach Plan piepte ihr Telefon. Amit war mit ihrem Latte da. Bea schlüpfte in ein Paar Turnschuhe, warf das Buch in ihre Handtasche und riss unten die Haustür auf.

Tief atmete sie die Luft des frischen Morgens ein und bereitete sich auf die Fahrt zu The Nook vor. Sie marschierte zum Gittertor ihres Apartmentblocks, wo sie die Lieferanten immer traf. Auf dem Weg an den Briefkästen vorbei wühlte sie in dem ganzen Kram in ihrer Handtasche herum – *Was würde Marie Kondo wohl dazu sagen?* –, bis sie ihr Telefon gefunden hatte.

Bea: Liz, ich bin unterwegs, damit ich *Meeting Oliver Bennett* ein für alle Mal loswerde. Habe sehr gemischte Gefühle. Schreib mir, wenn du aufwachst, um zu kontrollieren, dass ich die Ware auch wirklich abgeliefert habe.

»Dein Kaffee«, sagte Amit, als sie das Gittertor erreicht hatte.

Bea hatte den Blick immer noch auf ihr Telefon gerichtet, murmelte ein Dankeschön und griff nach dem Latte. Der Mann räusperte sich.

Sie schaute auf.

Dino.

Das Selbstvertrauen, das Bea noch Augenblicke zuvor verspürt hatte, löste sich in nichts auf. Da, ihr gegenüber, stand der nachdenkliche, grüblerische, wunderschöne Dino. Mit dichten Bartstoppeln. Der Schalk blitzte ihm aus den Augen. Er war es tatsächlich. Nachdem es sich so angefühlt hatte, als hätte Bea sich schon ihr halbes Leben nach ihm verzehrt, konnte sie es kaum fassen, dass er wirklich hier war in Fleisch und Blut. Die Spannung in ihren Schultern ließ ein bisschen nach.

»Dino«, sagte sie.

»Bea.«

»Du bist hier.« Sie kam sich idiotisch vor, dass sie von diesem Augenblick geträumt hatte, denn als sie ihn sah, begann ihr ganzes Inneres zu schmerzen, und ihr brach von Neuem das Herz.

»Ich bin hier.«

»Was machst du denn hier?«

»Ich wollte dich mit Kaffee beliefern«, sagte Dino und schaute ihr weiterhin in die Augen. Eine gewisse Ruhe schien über ihn gekommen zu sein, so kannte sie ihn gar nicht.

Bea blickte hinunter auf den Latte, den sie in der Hand hielt, und merkte erst jetzt, dass es nicht wie üblich ein Pappbecher war, sondern ein Mehrwegbecher. Bea lächelte.

»Ich fass es nicht, dass du zweimal täglich Kaffee bestellt hast.« Dino lachte verlegen.

Bea ignorierte den scherzhaften Kommentar. »Ich habe auch was für dich«, platzte sie heraus. Endlich fand sie die Sprache wieder, auch wenn sie nicht so eloquent war, wie sie es gern gewesen wäre. Sie holte *Meeting Oliver Bennett* aus der Tasche und hielt es ihm hin.

Dino blickte das Buch abschätzend an und sah verwirrt

aus. »Warum gibst du mir das? Ist das nicht eine Sache zwischen dir und Zach?«, fragte er.

»Nein, es ist eine Sache zwischen dir und mir.«

Dino schaute sie fragend an. »Bea.« Er schüttelte den Kopf, und seine Geduld schien zu schwinden. »Das ist nicht komisch. Ich bin gekommen, weil ich …«

»Schau es dir einfach an«, unterbrach ihn Bea.

Widerstrebend nahm Dino das Buch und schlug es aufs Geratewohl auf. Abgesehen von dem normalen Text war die Seite ganz untypisch leer und ohne Kommentare. »Was soll ich mir denn anschauen? Ich dachte, deine Suche wäre vorbei.«

»Versuch's mal mit einer anderen Seite.«

Ohne ihren Blickkontakt zu unterbrechen, blätterte er um und schaute wieder auf das Buch hinunter. Er ließ die Blicke übers Papier gleiten und blickte dann ein zweites Mal hin. Bea hielt sich zurück und hatte das Gefühl, es würde etwas zu Ende gehen, während sie zusah, wie Dino in dem Buch herumblätterte und jede kleine Kritzelei erkundete. Sie lächelte, als sie sah, wie sich seine Haltung sichtbar entspannte. Sein normalerweise so verschlossener Gesichtsausdruck war nun einem breiten Strahlen gewichen. Sie konnte sehen, wie sein Geist arbeitete, während er darum kämpfte, die ganze Situation zu verstehen. Bea ließ ihm Zeit, alles zu verstehen. Sie wollte, dass er von selbst auf die Lösung kam.

»Das kann nicht sein«, sagte er. »Mein Gott – sie ist es.« Er schaute Bea mit feuchten Augen an. »Sie ist hier. Wie hast du – wie um alles in der Welt hast du das herausgefunden? Und wie habe ich das nur nicht mitbekommen können?«

»Hast du nicht gewusst, dass sie so was gemacht hat?«

»Du liebe Güte, nein! Glaubst du, ich hätte nicht sofort

die Gelegenheit genutzt, diese Anmerkungen zu lesen, wenn ich auch nur im Geringsten davon hätte ausgehen können, dass sie von ihr stammen? Ich wusste zwar, dass sie immer viel gelesen hat, aber das hier – das ist eine vollkommen neue Ebene.« Geistesabwesend ließ er die Finger über die Anmerkungen im Buch gleiten, als versuchte er, die Gedanken seiner Großmutter in sich aufzunehmen. »Sie hat immer etwas im Schilde geführt, meine Großmutter.« Er lächelte stolz.

Bea verspürte Erleichterung. Selbst wenn es zu spät für sie beide war, so konnte sie ihm doch immerhin dieses Abschiedsgeschenk machen.

»Wie zum Teufel hast du das rausgefunden?«, fragte Dino noch einmal. Sein Hals war dunkelrot geworden, und die Röte kroch ihm langsam bis in die Wangen.

»Das war kein Spaziergang, so viel kann ich dir sagen!«, sagte Bea mit ihrer neu entdeckten Ehrlichkeit. Sie schaute herab auf die Ausgabe von *Meeting Oliver Bennett* und berührte sie leicht mit den Fingerspitzen. Dann blickte sie zu dem Mann auf, der vor ihr stand, und hätte auch ihn am liebsten berührt. Rasch schlang sie ihre freie Hand um den Kaffeebecher. »Ich hab mich auf meiner Suche praktisch in ganz Melbourne herumgetrieben.« Sie setzte Dino über die letzten Wochen ihrer Suche ins Bild. Darüber, wie sie versucht hatte, die Spuren miteinander in Beziehung zu bringen, über die »Gesucht«-Zettel und ihren unglückseligen Besuch im Fawkner Park, über das Astor Theatre, das ARK-Café und über Sassafras – wo sie dann *Kindeswohl* gefunden hatte.

Dino schüttelte ungläubig den Kopf. Er sah entspannt aus, fast heiter, ganz anders als der coole, beherrschte, leicht distanzierte Mann, den sie kannte.

»Und dabei hatte ich das letzte Stück des Puzzles die ganze Zeit vor der Nase.« Bea machte eine kurze Pause. Sie wusste: Bei dem, was sie jetzt sagen wollte, könnte Dino ausflippen. Aber sie wusste auch, dass sie keine andere Wahl hatte. »Dein Notizbuch.«

»Mein Notizbuch?«

»Ich hab darin gelesen …« Bea verstummte wieder.

»Wie war das?«, sagte Dino mit erhobenen Augenbrauen.

»Dein Notizbuch. Ich hab möglicherweise ein ganz klein bisschen darin gelesen.«

Dino zuckte zusammen und hielt sich die Hand vor die Augen.

»Es tut mir leid, ich konnte einfach nicht anders. Ich wollte dich besser verstehen. Du bist immer so schwer zu fassen, und ich musste wissen, was du denkst«, sagte Bea verlegen. »Als ich ihre Widmung gelesen und ihre Handschrift gesehen habe, wusste ich Bescheid.«

Dino starrte sie mit leerem Gesichtsausdruck an. Er machte den Mund auf, als ob er etwas sagen wollte, dann machte er ihn wieder fest zu. Bea und Dino schauten zu, wie zwei kleine Mädchen gemeinsam mit ihren Eltern über den Fußgängerüberweg gingen. Eines davon drehte sich zu den beiden um und rief ihnen spontan zu: »Ich liebe Hummus!« Dann rannte sie ihrer Familie hinterher.

Bea und Dino lachten ein wenig gezwungen. Dieser Moment der Unschuld brachte das Eis zum Schmelzen.

»Bea, ich kann noch gar nicht glauben, wie du das zustande gebracht hast. Es tut mir wirklich leid, dass ich so stur war. Es tut mir leid, dass ich nicht zugelassen habe, dass du mir das alles schon früher erzählt hast.«

Bea war erfreut. Sie wollte sich diese Gelegenheit nicht entgehen lassen, also ergriff sie das Wort und redete wie ein Wasserfall weiter. Dino musste alles begreifen, er musste eine Chance bekommen, auf irgendeine Weise wieder mit seiner geliebten Großmutter zu kommunizieren. »Ich habe ein paar Sachen angestrichen, von denen ich dachte, du würdest sie vielleicht gern lesen«, sagte sie und wies ihn an, die Seiten aufzuschlagen, die sie mit Eselsohren markiert hatte. Er sog die Notizen auf diesen Seiten eine nach der anderen in sich auf.

»Ich hoffe, hier geht es um mich«, flüsterte er wie zu sich selbst und berührte eine Zeile mit dem Finger.

Bea beugte sich vor und las:

wie kann etwas so kleines meine ganze welt erfüllen?

Bea drängte ihn weiterzulesen, und stellte ihm die Fragen, auf die sie sich schon so lange eine Antwort wünschte.

»Und hier geht es vielleicht um meine Mum«, überlegte er mit roten Augen und zeigte auf die Notiz: *ich habe gehört, du liebst mich.* »Meine Mutter hat sich auf die Anrufe meiner Gran nie gemeldet, und sie hat das immer sehr persönlich genommen. Das war die einzige Gelegenheit, bei der die Unzerstörbarkeit meiner Gran Risse zu bekommen schien: Wenn sie den Frust mit ihrer Tochter einfach nicht mehr verbergen konnte. Ich erinnere mich, dass ich als kleiner Junge gebettelt habe, dass es ihr wieder gut gehen soll. Ich hab ihr gesagt, dass das einfach die Art meiner Mum ist, dass sie uns trotzdem liebt, auf ihre eigene Art.«

Das ist es!, dachte Bea.

»Weißt du, wessen Telefonnummer das ist?« Sie beugte sich vor, griff nach dem Buch und blätterte ein paar Seiten weiter, bis sie die Handynummer fand, die sie so oft angerufen hatte. Ein einzelner Großbuchstabe stand daneben geschrieben.

Dino las die Nummer. »E steht für Eva. Das ist die Nummer meiner Mum. Gegen Ende hat Gran Telefonnummern und Adressen immer an ganz merkwürdigen Orten notiert.«

»Ich habe so oft dort angerufen, um Antworten zu bekommen, aber es ist nie jemand drangegangen.«

»Sie verschwindet einfach von der Bildfläche. So ist das immer schon gewesen«, antwortete Dino, wandte seine Aufmerksamkeit wieder dem Buch zu und las die nächste Seite, die Bea für ihn markiert hatte.

Nachdem sie auf diese Weise unzählige Anmerkungen durchgesprochen hatten, klappte Dino das Buch schließlich zu. »In den letzten paar Jahren war sie nicht mehr geistig so klar wie früher. Sie wurde zurückhaltender und sprach weniger. Aber vielleicht war sie einfach zu sehr damit beschäftigt, all ihre Erinnerungen für später aufzuschreiben. Alles zu dokumentieren«, sagte Dino. »Ich kann dir gar nicht sagen, wie viel mir das bedeutet, Bea.«

Bea lächelte und war ungeheuer dankbar, dass sie eine kleine Rolle dabei gespielt hatte, Dino dieses posthume Geschenk zukommen zu lassen. »Nun, dann lasse ich euch beide mal allein, damit ihr engere Bekanntschaft miteinander schließen könnt. Ich bin froh, dass ich dir in die Arme gelaufen bin. Es hat mir den Weg zu The Nook erspart.« Sie versuchte, fröhlich zu klingen, obwohl sie sich bei dem Gedanken an den drohenden Abschied so fühlte, als wären ihre Füße schwer wie Ziegelsteine.

»Warte mal.« Dino hielt sie sanft am Handgelenk zurück.

Bea blickte in sein unglückliches Gesicht, und wieder fiel ihr auf, wie schön er war.

»Was ist denn?«, fragte sie.

Dino verzog das Gesicht. »Es ist nur – hast du gelesen, was ich dir geschrieben habe?«

Bea runzelte die Stirn. »Geschrieben?« Dann fiel ihr ein, dass sie noch immer den Becher in der Hand hielt. Zögernd warf sie einen genaueren Blick darauf und drehte ihn in den Händen. Und wie eigentlich zu erwarten gewesen war, standen darauf Worte mit schwarzem Stift geschrieben. *Ich bin vielleicht ein mürrischer, verschlossener Mann mit fürchterlichem Modegeschmack – aber ich bin willens, offen für alles zu sein, von jetzt an in alle Ewigkeit.*

»Dino, was soll das bedeuten?«

»Das sind genau fünfundzwanzig Worte. Ich habe deinen Ratschlag befolgt und hoffe doch sehr, dass ich gewinne!«

Bea lachte. »Das hast du für mich geschrieben? Und um was ging es bei dieser Ausschreibung?«

Dino schluckte. »In fünfundzwanzig Worten oder weniger: Warum hast du verdient, dass Bea dir eine zweite Chance gibt?«

Bea hielt den Atem an. Sicher hatte sie ihn falsch verstanden.

»Ich war dumm, Bea. Ich hätte dich zurückrufen sollen. Ich hätte auf jeden Fall gestern Abend zu Next Chapter kommen sollen. Und ich hätte dich neulich Abend in The Nook nicht einfach so stehen lassen sollen. Ich weiß, ich habe gesagt, es wäre zu spät, aber das ist es nicht, Bea. Es ist noch nicht zu spät. Für mich jedenfalls nicht.« Sein Blick durchbohrte sie regelrecht. »Und ich hoffe, für dich auch nicht.«

Bea schüttelte den Kopf. Sie dachte daran, was Alena geschrieben hatte – *stück für stück bewegst du dich voran* –, und sie fragte sich, ob das ein Motto war, nach dem sie beide leben könnten. Ob sie tapfer und unvoreingenommen genug sein konnten, um es zu versuchen. *Er hat ein solches Glück, dass er sie gekannt hat,* überlegte Bea und wünschte, sie könnte Alena fragen, was sie tun sollten.

»Bea, an diesem Abend im Café mit Zach ist alles so schnell gegangen. Ich habe absolut nicht erwartet, dass du das sagen würdest, was du gesagt hast. Dass du dich für mich entscheiden würdest, nachdem du dich immer wieder für Zach entschieden hattest. Ich habe gedacht, du sagst das nur, weil es mit ihm gerade nicht so gut läuft. Und ich wollte nicht einfach nur ein billiger Ersatz sein. Ich wusste nicht, wie du …« Er verstummte und führte den Gedanken nicht zu Ende aus.

»Dino, du warst nie ein billiger Ersatz. Das, was zwischen Zach und mir war, das war lustig und aufregend. Aber es hat etwas gefehlt. Er hat mich gewählt, und wie üblich hab ich bei der Sache mitgemacht. Aber so bin ich nicht mehr. Ich weiß jetzt, was ich will, dich – meine Nummer eins. Und Dino – ich will dich immer noch. Ich habe nur gedacht, dass du mich nicht mehr willst«, sagte Bea hastig, und ihr Herz hämmerte.

»Wie konntest du das nur denken, Bea? Wenn du deinen Kaffee bestellt hast – hast du da nicht gemerkt, dass ich dich will? Als du diesen Geheimnisvollen Autor gesucht hast – hast du da nicht gemerkt, dass ich dich wollte? Als du gelesen hast – hast du da nicht gemerkt, dass du diejenige warst, die ich immer wollte? Ich will dich. Jeden Tag, Bea, seit wir uns begegnet sind. Es tut mir sehr leid, dass ich dir das nicht schon früher gesagt habe.«

»Mir tut es auch leid, Dino. Dass du jemals hast glauben müssen, du wärst nicht gut genug.«

Dino schob sich ein paar Zentimeter näher an Bea heran, legte ihr die Hand auf die Wange, und Bea schmiegte sich daran und zerschmolz regelrecht unter seiner Handfläche. »Wir begegnen uns immer nur kurz und wünschen uns mehr, nicht wahr?«

Bea nickte. Sie wusste nicht, was sie antworten sollte. Der Ruf eines Vogels und das Brummen von Verkehrslärm drangen zu ihnen, der regelmäßige Herzschlag des Tages, der voranschritt, ohne diesem Augenblick besondere Aufmerksamkeit zu schenken.

Sie blickten hinunter auf die abgegriffenen Ecken von *Meeting Oliver Bennett.* Es war ein Buch, das so unterschiedliche Lebenswege miteinander verband. Ein Buch, das sie beide zurück zu etwas oder zu jemandem geführt hatte. Ein Buch, durch das sie sich geheilt fühlten, als besäßen die Seiten die Macht, die Risse in der Welt mit Worten der Hoffnung zu füllen.

»Ich hoffe bloß, nach allem, was passiert ist, ist es nicht zu spät für uns?«, sagte Dino und griff nach ihrer Hand.

»Das hoffe ich auch«, sagte Bea.

»*Auf der Suche nach der verlorenen Zeit.*« Dino trat einen Schritt näher.

Bea lächelte. Sie hatte sofort verstanden. »*Die geheime Geschichte.*« Sie zeigte auf *Meeting Oliver Bennett.*

»*YOU – Du wirst mich lieben.*« Dino beugte sich zu Beas Gesicht vor.

»*Ein wirklich erstaunliches Ding*«, lachte Bea.

»Erinnerst du dich an meinen Lieblingsband mit Kurzgeschichten von Roald Dahl?«, fragte Dino mit erhobener Augenbraue.

»*Küsschen, Küsschen!*?«

Und das taten sie.

68

Halloistdasdeinbuch

Ich weiß, was ihr jetzt denkt. Was soll dieses dämliche Gekrakel? Und was ist mit unserem wunderschönen, klugen, fast schon besessen ordentlichen Geheimnisvollen Autor passiert?
Nun, ihr habt mich auf frischer Tat ertappt! Ich habe angefangen, mir meine eigenen Notizen zu machen, sozusagen mein eigenes Schicksal niederzuschreiben, denn ich habe sie gefunden, Leute! Ich habe unsere Geheimnisvolle Autorin tatsächlich gefunden! Es tut mir leid, dass ich euch nicht früher darüber in Kenntnis gesetzt habe, aber ich war zu sehr damit beschäftigt, »verliebt« zu sein. (Die drei kleinen Worte habe ich noch nicht gesagt, aber ich spüre sie. Und außerdem weiß ich, dass er es nicht wagen würde, einen Fuß ins Land Instagram zu setzen – hier bin ich an einem sicheren Ort!)
Und noch besser: Der Enkel der Geheimnisvollen Autorin (ja genau – wie standen denn die Chancen dafür?!) und ich werden in ein paar Wochen gemeinsam ein Event abhalten: Schreib dein Leben – Your Own Chapter. Mehr darüber in

Kürze. Kommt oder … ihr verpasst die ultimative Chance auf euren nächsten großartigen Lesestoff!
Leute, ich liebe euch. Danke, dass ihr mich auf meiner Reise begleitet.
Bea x

---

122 Likes
Kommentare (32):
SillyMilly: Du hast den Geheimnisvollen Autor gefunden?!?!?!? Mensch, auf diesen Augenblick warte ich seit Monaten! Bitte poste ein Bild!
RyanHotling: ICH KOMME! Kann's kaum erwarten, dich persönlich kennenzulernen!
StephenPrince: @NoOffenceBut, willst du zu diesem Event gehen? Klingt cool.
NoOffenceBut: @StephenPrince, bitte hör auf, mich über Instagram-Kommentare auf Dates einzuladen. Das ist total gruselig.
NoOffenceBut: @StephenPrince, PS: Ich habe ganz unbeabsichtigt den ganzen Tag mit meinem neuen blitzenden Diamantverlobungsring angegeben 😉
CuppaDino: Ich liebe dich auch.

Die Bücherliste

Betty und ihre Schwestern, Louisa May Alcott
Normale Menschen, Sally Rooney
Lust und Laster, Evelyn Waugh
Das Schicksal ist ein mieser Verräter, John Green
Unbekannte Jägerin, Kate Quinn
Matilda, Roald Dahl
Das Rosie-Projekt, Graeme Simsion
Das Bildnis des Dorian Gray, Oscar Wilde
Der Jane Austen Club, Karen Joy Fowler
Ein Mann namens Ove, Fredrik Backman
Küss mich, Mitkerl!, Sally Thorne
Alice im Wunderland, Lewis Carroll
Die geheime Geschichte, Donna Tartt
Morgen war Krieg, John Marsden
Wer die Nachtigall stört …, Harper Lee
Enzo. Die Kunst, ein Mensch zu sein, Garth Stein
Was du nicht alles kannst!, Davina Bell
Moby Dick, Herman Melville
Doktor Schiwago, Boris Pasternak
Der große Gatsby, F. Scott Fitzgerald
Ein einfaches Leben, Min Jin Lee
Harry – Ein Leben zwischen Liebe und Verlust, Katie Nicholl
Textbook Romance, Zoë Foster Blake und Hamish Blake

[nicht auf Deutsch erschienen; im Text übersetzt mit »Dating für Einsteiger«]
The Dark Between Stars, Atticus [nicht auf Deutsch erschienen; im Text übersetzt mit »Die Dunkelheit zwischen den Sternen«]
Deine Juliet, Mary Ann Shaffer und Annie Barrows
Forrest Gump, Winston Groom
Catch-22, Joseph Heller
Mord im Pfarrhaus, Agatha Christie
Die Schattenhand, Agatha Christie
Karibische Affäre, Agatha Christie
Fata Morgana, Agatha Christie
Sturmhöhe, Emily Brontë,
Ein ganzes halbes Jahr, Jojo Moyes
Die Liebenden von Leningrad, Paullina Simons
Küsschen, Küsschen!, Roald Dahl
Ab heute wird alles anders, Maria Semple
Ich bin ein Schicksal, Rachel Kushner
Love Letters of the Great War, Mandy Kirkby [nicht auf Deutsch erschienen; im Text übersetzt mit »Liebesbriefe aus dem Ersten Weltkrieg«]
Say Hello, Carly Findlay [nicht auf Deutsch erschienen; im Text übersetzt mit »Sag Hallo«]
Die Jadelilie, Kirsty Manning
The Hate Race, Maxine Beneba Clarke [nicht auf Deutsch erschienen; im Text übersetzt mit »Das Hass-Rennen«]
I am Sasha, Anita Selzer [nicht auf Deutsch erschienen; im Text übersetzt mit »Ich bin Sasha«]
Sinn und Sinnlichkeit, Jane Austen
Emma, Jane Austen
Große Erwartungen, Charles Dickens
Wilbur und Charlotte, Elwyn Brooks White

Der König von Narnia, C. S. Lewis
Sara, die kleine Prinzessin, Frances Hodgson Burnett
Die Highland-Saga, Diana Gabaldon
Die Frau des Zeitreisenden, Audrey Niffenegger
Alles, was wir geben mussten, Kazuo Ishiguro
Der Widerspenstigen Zähmung, William Shakespeare
1984, George Orwell
Die kleine Raupe Nimmersatt, Eric Carle
Du hättest es wissen können, Jean Hanff Korelitz
The Amber Fury, Natalie Haynes [nicht auf Deutsch erschienen; im Text übersetzt mit »Die gelborangene Wut«]
Hopeless, Colleen Hoover [nicht auf Deutsch erschienen; im Text übersetzt mit »Hoffnungslos«]
Überredung, Jane Austen
Was ich euch nicht erzählte, Celeste Ng
Hunger. Die Geschichte meines Körpers, Roxane Gay
Not Sorry. Vergeuden Sie Ihr Leben nicht mit Leuten und Dingen, auf die Sie keine Lust haben, Sarah Knight
Ich, Eleanor Oliphant, Gail Honeyman
So Sad Today: Personal Essays, Melissa Broder [nicht auf Deutsch erschienen; im Text übersetzt mit »Heute so traurig«]
Harry Potter und die Heiligtümer des Todes, J. K. Rowling
Das Licht zwischen den Meeren, M. L. Stedman
Die Erfindung der Flügel, Sue Monk Kidd
Das andere Mädchen, Christian White
The Dangers of Truffle Hunting, Sunni Overend [nicht auf Deutsch erschienen; im Text übersetzt mit »Die Gefahren der Trüffelsuche«]
Du neben mir und zwischen uns die ganze Welt, Nicola Yoon
To all the boys I've loved before, Jenny Han

Noch so eine Tatsache über die Welt, Brooke Davis
Schwarze Magnolie, Hyeonseo Lee
Mehr als Worte sagen können, Jill Santopolo
Naokos Lächeln, Haruki Murakami
Kindeswohl, Ian McEwan
Vom Winde verweht, Margaret Mitchell
Madeline, Ludwig Bemelmans
Victoria & Abdul, Shrabani Basu
Crazy Rich Asians, Kevin Kwan
Das Ding mit Jane Spring, Sharon Krum
Neun Fremde, Liane Moriarty
Call me Evie, J. P. Pomare [nicht auf Deutsch erschienen; im Text übersetzt mit »Nenn mich Evie«]
Befreit, Tara Westover
The Sunday Girl, Pip Drysdale [nicht auf Deutsch erschienen; im Text übersetzt mit »Das Sunday Girl«]
Auf der Suche nach der verlorenen Zeit, Marcel Proust
Die geheime Geschichte, Donna Tartt
YOU. Du wirst mich lieben, Caroline Kepnes
Ein wirklich erstaunliches Ding, Hank Green

Für dieses Buch wichtige Bookstagram-Accounts

Schon als wir begonnen haben, an *Liebe kann kein Zufall sein* zu arbeiten, wussten wir, dass wir auch Mitglieder der einzigartigen, bücherversessenen und -empfehlenden Community von Bookstagram (die Leser bei Instagram), zu der auch wir gehören, ins Boot holen mussten. Die Bilder, die Bea bei Instagram verwendet, sind echt und stammen von einigen unserer Lieblingsaccounts bei Bookstagram. In der Reihenfolge, wie sie im Buch auftauchen, sind das:

Kapitel 4: @Crimeofrhyme
Kim hat bei Instagram den Foto-Account @crimeofrhyme. Sie liebt Lesen, Regentage ohne festes Programm und harte Arbeit, wenn's drauf ankommt. Sie verdankt alles Jesus. Und sie wird immer von irgendeiner Art Koffein angetrieben.

Kapitel 6: @lifeandliterature
Tracey ist Buchliebhaberin, Teetrinkerin und kaffeesüchtig. An den meisten Tagen schwelgt sie in allen drei Dingen.

Kapitel 11: @Babblingbooks
Babbling Books wird von Tamsien West betrieben, die aus Melbourne stammt. Sie teilt ihre Liebe zu Büchern, Reisen

und Tee mit ihren Followern aus aller Welt und schreibt in ihrem Blog über das Leben, das Lesen und Bücherreiseziele.

Kapitel 29: @Lillytales

Kate Lloyd ist eine Bloggerin aus Melbourne und eine queere, feministische Bücherliebhaberin. Sie bloggt als »Lillytales« auf Instagram, YouTube, Twitter und ihrem eigenen Blog, wo sie Rezensionen und Betrachtungen über das Leben, über Essen, Mode, Reise und anderes veröffentlicht.

Kapitel 35: @Readwithkatie

Katie ist bekennende Bücherliebhaberin, und wenn sie gerade nicht liest, macht sie Fotos, erschafft Content und verfolgt neue Onlineprojekte. Sie lebt in Melbourne mit einer Büchersammlung, die für ein ganzes Leben reicht, einer Katze und einem Hund.

Kapitel 38: @Crazybooklady

Michaela ist eine Bookstagramerin aus Adelaide in Südaustralien, die gern mit jedem über Bücher plaudert, der lange genug stehen bleibt. Ihr perfekter Buchmoment sieht so aus: ein großartiges Buch, eine große Tasse Kaffee und ein Brunch – am besten mit viel Halloumi.

Kapitel 46: @ab_reads

Abbie ist ein unersättlicher Bücherwurm aus Nordostengland. Sie liest leidenschaftlich gern, thematisch so breit gestreut und so viel wie möglich.

Kapitel 48: @sweptawaybybooks

Alyssa ist zwischen zwanzig und dreißig, liest schon ihr ganzes Leben lang und hat sich ihren Traum erfüllt, von Kanada in ihre literarische Lieblingsumgebung, nämlich nach Großbritannien zu ziehen. Sie liest alles, was sie interessiert, aber sie hat eine Schwäche für Bücher mit Happy End.

Kapitel 59: @booksontherail
Das ist die Instagram-Seite und die Initiative, die wir beide gegründet haben. Australische Bücherfreunde geben ihre Liebe zum Lesen weiter, indem sie Bücher in Zügen, Straßenbahnen oder Bussen auslegen. Diese Bücher sind dazu da, entdeckt, gelesen und für den nächsten nichtsahnenden Pendler wieder ausgelegt zu werden. Die Initiative gehört zur größeren Community @booksonthemoveglobal.

Kapitel 67: @Halfdesertedstreets
Danielle Carey lebt im Südosten von Queensland, wo sie Schreiben und Englische Literatur unterrichtet. Sie kämpft dagegen an, dass ihre Bücherregale ein ganz eigenes Bewusstsein entwickeln und ihr gesamtes Haus übernehmen. Danielle bloggt bei deecarey.com.

Es gibt noch viel mehr Accounts, denen wir gern folgen, bei denen wir uns Lesetipps holen und die wir um Fotos ihrer tollen Bücherregale beneiden (#shelfie). Wenn euch die gesamte Liste interessiert, könnt ihr auf unseren Instagram-Accounts @booksontherail und @aliandmichelle sehen, wem wir folgen.

Danksagungen

Liebe kann kein Zufall sein würde es nicht geben ohne das unglaubliche Team bei Simon & Schuster Australia. Eure Unterstützung, euer Engagement und eure Bereitschaft, mit zwei Bücherliebhaberinnen etwas zu riskieren, waren bemerkenswert. Ein ganz spezielles Dankeschön geht an Programmleiter Bert Ivers, Verlegerin Fiona Henderson, Marketingchefin Anna O'Grady, Lektorin Kylie Mason, Korrekturleserin Vanessa Lanaway, Projektbetreuerin Michelle Swainson, Pressefrau Rachael Versace und Geschäftsführer Dan Ruffino.

Bert, du bist der beste Programmleiter aller Zeiten. Danke, dass du so warmherzig bist und es uns immer sanft beibringst, wenn wir eine Lieblingsszene streichen müssen. Anna, mit dir hat alles angefangen! Unser Kaffeetrinken damals werden wir immer im Herzen behalten – und dich auch. Fiona, deine E-Mails lesen wir am allerliebsten. Danke für deine Unterstützung und dafür, dass du uns so aufregende Neuigkeiten überbringst wie die internationalen Verkäufe (und die der Filmrechte)! Kylie, dein gründliches Lektorat hat unser Buch zu dem gemacht, was es heute ist, und wir fragen uns oft: »Was würde Kylie dazu sagen?«

Es gibt noch viel mehr gute Seelen, die uns auf unserem Weg selbstlos unterstützt haben. Unsere erste Leserin und weise Mentorin Sharon Krum – deine Anrufe am frühen Morgen und spät am Abend, deine Überarbeitungen und E-Mails haben uns geholfen, Beas Geschichte lebendig werden zu lassen (und unsere geistige Gesundheit zu bewahren). Henry Kalus, unser fröhlicher und kluger Rechtsberater und Vertrauter – danke für deine Begeisterung und deine klugen Ratschläge. Unsere »Bookstagramer« deren Seiten wir hier aufgegriffen haben – danke für eure Lektüreempfehlungen, dass ihr unser Projekt unterstützt und eure kreativen Funken über die Seiten dieses Romans versprüht habt. Josh Appelboom und Alicia Kalus, unsere ureigenen, echten Dinos – danke für eure Ratschläge und dafür, dass ihr unsere traurigen Versuche, Gedichte zu verfassen, in Juwelen verwandelt habt. Und natürlich unsere allerbesten Freunde – danke, dass ihr so viel Freude in unser Leben bringt.

Ein gigantisch großes Dankeschön, so groß wie ein Zug, geht auch an unsere Book-Ninjas. Ihr seid die Allerbesten, und wir haben ein solches Glück, dass ihr in Zügen, Straßenbahnen und Bussen unsere Liebe am Lesen teilt!

Und schließlich danken wir all denen, die unser erstes Buch, *Buchstäblich Liebe,* überall auf der Welt gelesen haben. Denen, die es in ihren Buchklubs besprochen haben, in den Buchhandlungen gekauft, in den Büchereien ausgeliehen, in Zügen auf die Sitzplätze gelegt und bei Goodreads online bewertet haben. Ihr alle habt zur Verwirklichung unserer Träume beigetragen, und wir hoffen, dass euch *Liebe kann kein Zufall sein* genauso gut gefällt.

Alis Danksagung

Danke an alle, die an mich geglaubt haben – selbst als ich das nicht getan habe!

Ich beginne mit der Liebe meines Lebens, Alex, meinem größten Unterstützer. Ich weiß nicht, was ich machen würde ohne deine ständigen Updates und Benachrichtigungen, wenn *Buchstäblich Liebe* bei Goodreads positiv besprochen oder wenn es in der italienischen Ausgabe der *Vogue* erwähnt wird. Oder wenn ein gutes Foto davon auf Instagram erscheint. Ich brauche dich, wie Bea Kaffee braucht. Danke, dass du so bist, wie du bist.

An meine Eltern Cindy und John. Danke, dass ihr mich ermutigt habt, meinen Träumen zu folgen und Schriftstellerin zu werden. Danke, dass ihr mehr Ausgaben von *Buchstäblich Liebe* gekauft habt, als ihr brauchen könnt, und dass ihr sichergestellt habt, dass das Buch in jeder Buchhandlung, die ihr besucht habt, immer gut präsentiert wird. Mum, ich danke dir auch, dass du meine ganz persönliche Lektorin bist und gemeinsam mit Alex einer meiner größten Unterstützer.

Danke auch dem Rest meiner wunderbaren Familie. Meinem Bruder Josh, meiner Schwester Emma, meinen Großeltern Harry, Jacqueline, Cilla, Paul und dem Golden Retriever Lulu, danke für eure fortdauernde Liebe und Ermutigung.

Und schließlich danke ich der Lady, mit der ich dieses Buch geschrieben habe. Erinnerst du dich noch, als jemand um drei Uhr früh in euer Haus eingedrungen ist und ich zu genau diesem Zeitpunkt aufwachte und dir eine Nachricht geschickt habe, weil ich gespürt habe, dass du in Gefahr bist? Ich glaube, diese Verbundenheit ist das Ergebnis der wunderbaren Zeit, die wir miteinander verbracht haben und immer noch verbringen dürfen. Danke, dass du so erfolgreich darin warst, mit mir zu einer einzigen Person zu verschmelzen. Danke für das viele Gelächter, für absolut null Streitigkeiten und dafür, dass du gespürt hast, wann ich fand, jetzt wäre eine weitere Entwicklung unserer Protagonisten fällig, eine Änderung im Handlungsverlauf oder einfach nur eine Tasse Tee – noch bevor ich es selbst wusste. Du bist die Cat für meine Frankie, und ich liebe dich.

Michelles Danksagung

Danke an meine Eltern Susie und Allan für eure Unterstützung, eure Begeisterung und eure PR-Anstrengungen. Eure Großzügigkeit und eure Liebe sind grenzenlos, und ich bin sehr stolz, dass ich eure Tochter bin.

Meine süße Lici, du magst meine jüngere Schwester sein, aber es gibt niemanden, zu dem ich mehr aufblicken würde! Du bist klug, gerecht, witzig, unglaublich intelligent und die größte Quelle für Freude und Inspiration.

Dank an Sara und Iwan für eure Liebe, eure Ermutigung und, ganz wichtig, danke, dass ihr Oliver erschaffen habt, unsere kleine Muse! Es stimmt tatsächlich: »Sobald Sie Oliver Bennett begegnen, wird nichts mehr sein wie zuvor.«

Danke an meinen Verlobten Dave, dass du meine Welt in eine große romantische Komödie verwandelst! Du bist liebenswert ohne Ende, charmant, klug, geduldig, und du unterstützt mich. Ich bin ein besserer Mensch, weil ich dich liebe.

Danke an Ali, die talentierteste Schriftstellerin, Geschäftspartnerin, Social-Media-Aficionada und Freundin, die man sich nur wünschen kann! Dein Witz, dein kreativer Funke, deine genaue Planung des Handlungsverlaufs und deine Tatkraft verblüffen mich immer wieder. Du bist die großzügigste, freundlichste, urkomischste Lady, die ich kenne, und du schaffst es, selbst unsere dunkelsten Schreibtage in Tage voller Licht und Gelächter (und voller Pad Thai) zu verwandeln! Du bist einfach ein Traum, mit dem man gerne lebt und arbeitet.

Eine Frau, die sich alles von der Seele tanzt, ein Mann, der sein Herz schon zu lang verschlossen hält, und eine Geschichte, die man so schnell nicht vergisst …

512 Seiten. ISBN 978-3-7341-0343-8

Nach einem schweren Schicksalsschlag lässt die 35-jährige Tess alles hinter sich und flieht Hals über Kopf in die abgelegene Ödnis des Runaway Mountain in Tennessee. Hier, in einer kleinen Hütte auf dem Berg nahe eines charmanten Örtchens, lässt Tess los – indem sie immer dann tanzt, wenn die Trauer sie wieder einmal überwältigt. Doch die laute Musik bleibt nicht unbemerkt, und eines Tages steht ein zwar sehr attraktiver, aber umso wütenderer Mann neben ihr – Ian North, ein bekannter Street-Art-Künstler, der ebenfalls gute Gründe hatte, die Einsamkeit der Berge zu suchen. Es ist Abneigung auf den ersten Blick, aber die Liebe hat sich noch nie hinters Licht führen lassen …

Lesen Sie mehr unter: **www.blanvalet.de**